Quatre enterrements et un mariage

Matthieu Noli

Quatre enterrements et un mariage

ÉDITIONS FRANCE LOISIRS

Édition du Club France Loisirs
avec l'autorisation des Éditions de Fallois

Éditions France Loisirs
123, boulevard de Grenelle, Paris
www.franceloisirs.com

ISBN : 978-2-298-05423-1

À Sophie

1

Christobal de Kerniguet vivait ses dernières heures.

Il avait vécu une vie bien remplie. Né le 1er janvier 1930 à 7 heures du matin, à l'heure dite et à la date prévue, il fut ce jour-là matinal et ponctuel pour la première et la dernière fois de sa vie. Christobal était le fils d'Albert-Félix, baron de Kerniguet, et de Maria del Carmen Flor del Quilombo y Joquésé, une danseuse de tango argentine rencontrée dans le swinging Montparnasse des années 1920. Il avait une sœur, Isadora, venue au monde cinq ans après lui. Il la martyrisa vigoureusement pendant toute son enfance.

Dévasté par la mort accidentelle de sa mère au retour d'un déjeuner pascal trop arrosé et furieux de ne pas avoir été autorisé à rejoindre la Résistance, Christobal s'était enfui du manoir familial, un petit château nommé Ti-Kroaz, le jour de son quatorzième anniversaire. Mais plutôt que d'aller rejoindre les Forces françaises de l'intérieur, et d'imiter ainsi le glorieux exemple d'un oncle rescapé de Verdun, il avait fugué en compagnie d'Yvonne, la bonne, une Bigoudène ventripotente de dix ans son aînée. En guise de remerciement pour son dépucelage, il lui avait promis qu'il l'épouserait et qu'ils vivraient une vie libre et heureuse, là-bas, en Amérique du Sud, loin, très loin de la petite vie étriquée qu'ils abhorraient, aux abords du golfe du Morbihan.

Son père l'avait récupéré à Bordeaux et lui avait fait visiter toutes les maisons closes de Rochefort-sur-Mer à Rochefort-en-Terre pour lui changer les idées. Convaincu que son avenir ne se trouvait pas auprès de la bonne, si bonne soit-elle, il était rentré au bercail. Tout bien considéré, Christobal n'en voulut pas à son père de cette éducation à coups de trique.

Mais son désir d'évasion le titillait toujours. Quatre ans plus tard, il s'était engagé dans la Légion étrangère à la suite d'un pari perdu. Ce colosse d'un mètre quatre-vingt-dix-huit et cent onze kilos s'y épanouit pendant une dizaine d'années, enchaînant les missions en Afrique et les opérations en Extrême-Orient. Démobilisé, il avait multiplié les business crapoteux, les combines louches et les placements hasardeux pendant une autre décennie. Définitivement grillé auprès de tous ceux qui comptaient dans la généreuse Françafrique, il était rentré au bercail à l'orée de son quarantième anniversaire.

De retour au pays, il avait continué à couler des entreprises au rythme très régulier d'une tous les trois ans. Son business plan était imparable : la première année je fais craquer une étincelle, la seconde je m'enflamme, la troisième je suis carbonisé.

Cela ne l'empêchait pas d'enchaîner les projets avec un mélange d'enthousiasme insensé et d'obstination bravache. D'autant que Christobal n'était pas du genre à avoir le triomphe modeste. Au contraire, il avait la défaite joyeuse, la déroute éclatante, la déconvenue tonitruante.

De toute façon, il pouvait toujours compter sur la fortune accumulée par son grand-père, Alphonse de Kerniguet. Ce patrimoine, qui comprenait, outre Ti-Kroaz, deux appartements boulevard Raspail et trois studios dans le Marais, était géré par un homme d'affaires royaliste qui avait fait sienne la devise de la famille d'Orange : « Je maintiendrai. » Christobal le détestait.

La Bigoudène oubliée, il avait eu son lot d'amoureuses. Sa grande taille, son corps athlétique, sa peau mate (un héritage de sa mère) et ses yeux bleus comme ceux de ses ancêtres bretons lui permettaient de multiplier des conquêtes. Sa force de séduction reposait sur une absence totale de scrupules d'ordre moral et un bagout impressionnant. Pendant ses vingt et quelques années africaines, il avait engrossé un certain nombre de femmes, assistant parfois aux accouchements avec un air poli, mais refusant énergiquement de reconnaître ses rejetons.

Ce n'est qu'à son retour en France qu'il s'était posé sans véritablement s'assagir, tant l'infidélité semblait inscrite dans ses gènes. Il avait épousé puis épuisé une jeune bourgeoise lyonnaise, discrète et romantique, qu'il avait kidnappée un soir de beuverie. À l'usage, ce petit bout de femme d'à peine un mètre soixante s'était révélée incroyablement résistante. Isabelle Morsang était la fille de Jacques Morsang, un industriel enrichi dans le commerce du cuivre au lendemain de la Seconde Guerre mondiale. Dévouée et hypocondriaque, elle aurait voulu faire médecine mais son père avait refusé, car chez les Morsang il était d'usage que les femmes ne travaillent pas.

À défaut de faire carrière, elle était tombée enceinte dès le premier soir. Ils s'étaient mariés en catimini, peu de temps avant que la grossesse ne devienne trop apparente, avec pour seuls témoins la femme de chambre de l'hôtel où ils passeraient leur nuit de noces et un sacristain neurasthénique.

À peine un an après la naissance de Ronan, un deuxième garçon était venu au monde. L'accouchement de ce gros bébé de près de cinq kilos, né deux jours après le terme de la grossesse, avait duré une douzaine d'heures. Exaspéré par la lenteur du travail, Christobal était parti de la clinique en claquant la porte pour ne revenir que le lendemain, bourré.

Épuisée par la naissance de Paul et choquée par l'attitude de Christobal, Isabelle Morsang avait refusé de décroiser les jambes en présence de son mari pendant de longues années. Jusqu'au jour où, convaincue d'être ménopausée, elle avait consenti à se donner à lui une fois de plus. Un troisième fils était apparu sept mois plus tard. Cette fois-ci, la naissance d'Archibald s'était passée sans encombre : dans sa couveuse, le nourrisson pesait à peine deux kilos.

Isabelle Morsang fut une mère exemplaire pour ses trois enfants. Infiniment tendre et compréhensive, elle cuisinait pour son quatuor des plâtrées pantagruéliques qu'ils engloutissaient bruyamment en rotant des remerciements pendant qu'elle les contemplait, assise sur un tabouret de cuisine, avec le sourire triste d'une Mater Dolorosa.

Très soucieuse pour leur santé, prête à dégainer son Vidal à la moindre occasion, elle assénait à ses hommes des « je vous soignerai tous » comminatoires. Souvent, elle était obligée de mettre ses menaces à exécution, tant ses aînés se bagarraient, à coups de pied, de poing, de boules de pétanque, de tringle à rideaux et même de tisonnier, sous l'œil effaré de leur cadet.

Impuissante face à ce déchaînement de violence, Isabelle se réfugiait dans la prière, sa seule consolation. Elle avait hérité de la foi ardente de sa mère, dont la vocation religieuse avait été contrariée par un mariage arrangé, comme il s'en pratiquait encore dans la bourgeoisie lyonnaise de la fin du dix-neuvième siècle. Isabelle de Kerniguet aurait voulu partager cette foi simple et joyeuse avec ses fils en leur faisant lire les textes de saint François d'Assise et de sainte Thérèse de Lisieux ou en leur parlant des grands mystiques qui avaient marqué son enfance, d'Hildegarde de Bingen à Charles de Foucauld.

Mais Ronan dédaignait ses « faibleries », comme il les appelait, et Paul, qui avait déjà reçu sa part de coups, ne pouvait envisager un seul instant de tendre la joue gauche. Comme si ce qu'il endurait ne suffisait pas déjà ! Seul Archibald se montrait réceptif : il accompagnait sa mère à la messe sans barguigner et la regardait réciter son chapelet en sanglotant avec un mélange d'inquiétude et de tendresse. Du haut de ses neuf ans, il la trouvait si fragile.

Il faut dire qu'elle se dévouait sans jamais se plaindre, ni quémander de l'aide. Parfois, elle laissait échapper un soupir quand Christobal lui annonçait qu'il sortait dîner. Elle savait pertinemment qu'il rentrerait tard et aviné, sentant le parfum d'une autre après avoir pétri leur contrat de mariage dans une couche étrangère. Isabelle en souffrait atrocement, à s'en griffer le corps et le visage, à s'en arracher les seins. Mais elle ne disait rien. Elle essayait de se convaincre qu'il valait mieux rester pour le bien des enfants.

Ainsi, ses hommes profitèrent d'elle pendant une bonne quinzaine d'années. Jusqu'au jour où elle fut emportée par une crise cardiaque en pleine découpe d'un gigot pascal, un couteau dans une main, un paquet de gros sel dans l'autre. On la retrouva allongée sur le sol de la cuisine, les bras en croix. Le gros sel formait une auréole autour de sa tête. Christobal y vit un signe.

Ses funérailles eurent lieu trois jours plus tard, dans une atmosphère cataclysmique. Ronan et Paul se disputèrent tout le long de la cérémonie, avec une violence si indécente que personne ne remarqua le profond chagrin d'Archibald, relégué au bout du premier rang.

Quant à Christobal, ses lamentations furent si théâtrales qu'elles en devinrent presque gênantes pour l'assistance qui ne connaissait que trop bien le quotidien de cette « pauvre Mme Kerniguet ». Le cortège se faufila ensuite dans les rues de la petite bourgade bretonne pour rejoindre le cimetière sous un crachin persistant. Décidément, chez les Kerniguet, on faisait le chemin de croix après avoir fêté Pâques.

Christobal pleura sa femme pendant trois jours sans interruption. Il but des litres de whisky pendant les trois semaines qui suivirent avant de sombrer pendant trois mois dans la pénombre d'une interminable dépression. Dans l'intervalle, tant bien que mal, Ronan, Paul et Archibald avaient terminé leur année scolaire. Mais l'ambiance était si lourde à Ti-Kroaz, Christobal mettait tant de mauvaise grâce à s'occuper de ses fils, qu'ils furent heureux d'apprendre que leur tante Isadora les invitait à passer l'été à Paris.

Leur soulagement fut de courte durée : dès leur arrivée boulevard Raspail, ils furent accueillis par une douzaine de chats teigneux qui leur firent rapidement comprendre que c'était eux les maîtres de maison. Pour ne rien arranger, les cérémonies occultes de leur tante plongeaient les trois frères dans un grand désarroi : que manigançait-elle avec ses invités étranges et ses rituels abscons ? Ils ne cherchèrent pas à comprendre. Puisqu'ils étaient livrés à eux-mêmes, ils en profitèrent pour se promener jour et nuit dans les rues de Paris.

Pendant ce temps à Ti-Kroaz, Christobal de Kerniguet s'était repris en main. Après avoir pleuré, picolé et déprimé tout son saoul, il se leva un matin, étira sa longue carcasse, se racla la gorge et décida de partir en quête d'une remplaçante.

Lorsque ses trois fils revinrent en Bretagne à la fin du mois de juillet, ils constatèrent avec effroi que leur père était remonté en selle. Pourtant, dans le train qui les emmenait vers la terre de leur enfance, ils ricanaient, ravis d'être enfin débarrassés des odeurs âcres, insupportables et entêtantes d'encens et de pipi de chat. Leurs cœurs battaient fort lorsqu'ils descendirent du train : ils allaient retrouver Ti-Kroaz, la plage, les copains, leur vie d'avant. Ils ne tardèrent pas à déchanter.

En leur absence, Christobal s'était trouvé une autre passion : la sculpture. Comme d'habitude, il n'avait pas fait les choses à moitié. Les communs, réaménagés jadis par le père de Christobal pour accueillir les invités, avaient été convertis en un immense atelier. Dans le manoir, chaque recoin de pièce était occupé par un enchevêtrement d'esquisses, de burins, de marteaux, de maquettes, de couteaux et de crayons, le tout recouvert par une fine couche de plâtre. Aussi, puisque les invités ne pouvaient plus dormir dans la grange, c'est dans les chambres des enfants qu'ils s'installeraient, lesquelles avaient été soigneusement vidées de leur décoration. Ronan, Paul et Archibald n'étaient plus chez eux.

L'irruption de Solange dans la vie de leur père n'allait pas améliorer les choses. Cette robuste Bretonne au visage carré, au menton en galoche et au derrière péninsulaire prit rapidement une place prépondérante dans la vie de Christobal. Elle était costaude quand Isabelle incarnait la fragilité, rustique quand leur mère était sensible, active quand la défunte était, au fond, contemplative. Le seul point commun entre les deux femmes était une passion pour les questions médicales. C'était à croire que Christobal de Kerniguet aimait s'entourer d'infirmières.

Étrangement, les œuvres signées Kribal (le sigle CK étant déjà pris) remportèrent assez rapidement un certain succès. Certes, on ne s'arrachait pas ses sculptures – des sexes dressés enrobés de billets de banque – des collines huppées de Los Angeles aux quartiers d'affaires de Beijing. Mais, pour la première fois de sa vie, Christobal goûtait la saveur sucrée de la réussite. Il exposa ses œuvres dans une bonne partie du grand Ouest, de La Baule à Deauville, en passant par Vannes, Quimper et Dinan.

Du côté de Ti-Kroaz, on ne s'épuisait pas en conjectures. Christobal vendait ses œuvres au plus offrant. L'argent qu'il gagnait ainsi lui permettait de rembourser d'anciennes dettes, de racheter du matériel et d'inviter, parfois, ses fils à dîner. À chaque fois, il ne manquait pas de leur rappeler sa grande générosité.

La colère et la consternation de Ronan, Paul et Archibald contre cette nouvelle lubie finirent par se transformer en un mélange de résignation et de fierté. En revanche, la plupart des anciens amis de Christobal s'éloignèrent.

Christobal avait changé. Systématiquement vêtu d'un long sari de couleur violette, il déambulait dans les rues du village, l'air important. Il arborait désormais une longue barbe blanche qu'il lissait doucement en plissant des yeux quand il s'adressait à un interlocuteur. Ce qui lui arrivait de plus en plus rarement, car il était sourd comme un pot et s'exaspérait de ne pas entendre. Ses fils, ses amis et ses admirateurs avaient renoncé à lui téléphoner, effarés par ses vociférations. Christobal, lui, considérait que cette aphasie lui conférait une certaine aura.

2

À des degrés divers, les frères Kerniguet adorèrent leurs années de pensionnat.

Ronan confirma les excellentes dispositions entrevues dès l'enfance. C'était un élève brillant et appliqué qui rendait à l'heure des copies sans fautes ni ratures. Son écriture était parfaitement calligraphiée, ses titres étaient soulignés en vert, en rouge et en bleu. Son bureau et sa chambre étaient toujours méticuleusement ordonnés.

Tout au long de sa scolarité, il écrasa ses condisciples avec une supériorité tranquille, qui ne souffrait aucune contestation.

En sport, Ronan excellait dans un certain nombre de disciplines, notamment l'athlétisme et le karaté. Courir plus vite que les autres, sauter plus haut, taper plus fort, voilà des activités qui lui plaisaient. En revanche, les sports collectifs l'agaçaient prodigieusement : partager avec une équipe la victoire ou la défaite, dépendre des autres… quelle idée ridicule !

Sans surprise, ce beau jeune homme à la crinière blonde était élu délégué de classe chaque année. Il s'acquittait de sa tâche avec une bonhomie royale. C'est à cette époque qu'il découvrit, grâce à un professeur de philosophie libidineux, la figure nietzschéenne du surhomme. Ce fut une révélation. Combien il se retrouvait dans le portrait de Goethe dressé par le philosophe allemand ! Ronan aussi voulait être « un homme fort, hautement cultivé, habile à toutes les choses de la vie physique, se tenant lui-même bien en main, ayant le respect de sa propre individualité, pouvant se risquer à jouir pleinement du naturel dans toute sa richesse et toute son étendue, assez fort pour la liberté ; homme tolérant, non par faiblesse, mais par force, parce qu'il sait encore tirer avantage de ce qui serait la perte des natures moyennes ; homme pour qui il n'y a plus rien de défendu, sauf du moins la faiblesse, qu'elle s'appelle vice ou vertu… »

Cela dit, tout surhomme qu'il fut, il lui arrivait parfois de descendre de son piédestal pour prêter assistance à un faible ou résoudre un problème de mathématiques à la place d'un cancre. Ces bonnes actions n'étaient pas dénuées d'arrière-pensées. Pour l'aîné des Kerniguet, nostalgique de la féodalité d'Ancien Régime, c'était là un moyen de se créer une clientèle d'obligés qui lui servirait plus tard. Consterné par la lente déliquescence qui caractérisait l'histoire de sa famille depuis plusieurs décennies, Ronan était bien décidé à redorer le blason terni des barons de Kerniguet. C'était son devoir, sa mission, son Graal. Il en avait fait le serment sur la tombe de son grand-père, un soir de pleine lune.

Mais, avant cela, il fallait étudier, fonder une

famille, avoir un héritier. Dans l'ordre. À sa sortie du pensionnat, il intégra une préparation aux grandes écoles commerciales avant de passer trois années sur les campus franciliens de la plus prestigieuse d'entre elles. La première case était cochée. La deuxième n'allait pas tarder à l'être.

C'est à un bal de promotion qu'il fit la connaissance de Tina Papakirikos, une ravissante Grecque aux yeux couleur noisette, aux cheveux très noirs et aux jambes interminables. Dès le premier soir, Ronan sut que cette femme, dont le visage ressemblait étrangement à celui de sa mère, deviendrait son épouse. Séduite par son ambition, elle se laissa conquérir.

Tina était la descendante d'une puissante famille d'armateurs grecs qui possédait une splendide demeure sur les bords de la mer Égée. Son père, Costas Papakirikos, était un vieil affairiste qui déployait des trésors d'imagination pour être chaque jour un peu plus cruel avec son entourage. Il avait épousé une esthéticienne stéphanoise qu'il adorait humilier en public. Enchantée de connaître enfin l'opulence, l'ancienne Miss Forez 1963 ne mouftait pas mais échafaudait chaque soir des projets d'empoisonnement sans jamais avoir le courage de les mener à bien. C'étaient ses Mille-et-une-nuits de femme en colère. Tina n'était allée qu'une seule fois à Saint-Étienne rencontrer sa famille française, des gens simples vivant une vie modeste. Bien décidée à ne plus jamais les revoir, elle s'était convaincue qu'ils étaient tous morts dans des circonstances mystérieuses.

Mondaine, futile et cynique, Tina se piquait de littérature et, Grèce oblige, d'histoire de l'art. Son père, qui ne refusait jamais rien à sa fille unique, lui avait offert un appartement place du Panthéon pour qu'elle puisse étudier dans de bonnes conditions. Las, cela ne l'avait pas empêchée de bachoter médiocrement pendant plusieurs années avant d'obtenir une vague licence de droit. Très fier de sa princesse étoilée, Costas Papakirikos l'avait quand même propulsée à la tête d'une agence immobilière dont il était actionnaire majoritaire.

Habituée à vivre entourée d'une domesticité pléthorique, Tina mettait un point d'honneur à être totalement incapable de faire la cuisine, le ménage ou le repassage. Pas question d'être comme sa mère, asservie par son mari et rabaissée en permanence. C'était sa façon d'être féministe.

Chaque été, le couple se rendait sur la Côte d'Azur, avant de se partager entre le manoir morbihannais et l'immense villa grecque. Tina « adorait » Christobal et pouffait de rire dès qu'il ouvrait la bouche, même s'il proférait les pires insanités. Elle trouvait ses sculptures sublimes et comiques. Et raffolait du mode de vie délicieusement rustique de Ti-Kroaz… pourvu que son séjour n'excède pas une semaine. Mais elle était ouvertement ravie et secrètement soulagée de rentrer chez son père pour y injurier les femmes de chambre.

C'est sur une île grecque que fut célébré le mariage. Après une cérémonie religieuse rapidement expédiée – mais présidée par un cardinal vénitien, Ronan y tenait beaucoup – la fête fut fastueuse et décadente à souhait. Solange n'étant pas conviée, Christobal passa la nuit avec une jeune baronne qu'il escalada comme au bon vieux temps, ce qui lui valut une terrible sciatique qui le fit ronchonner pendant les onze heures que dura la route du retour.

Ivre mort dès le cocktail, Paul s'endormit dans un canapé et ne participa pas au dîner. Invitée *in extremis*, sa fiancée, Gwenaëlle, se retrouva donc seule face à une tablée d'Athéniens bruyants qui la draguèrent tout le long du repas. Elle ne trouva pas cela drôle du tout. Archibald tomba amoureux d'une starlette locale qui accueillit ses compliments avec nonchalance avant de s'éloigner dignement, ivre elle aussi, le talon aiguille de ses escarpins traînant une longue feuille de papier toilette.

Trois ans après le mariage, Tina accoucha de deux gros bébés : l'aîné fut baptisé Odin Christobal, le cadet fut appelé Thor Christobal. Ronan, qui voulait un héritier, était servi. La troisième case était cochée.

À quarante-cinq ans passés, Ronan était directeur financier de la filiale française d'un fonds de pension américain spécialisé dans la reprise de sociétés en difficultés. En tant que membre du directoire, il faisait partie du cercle étroit de ceux dont le travail consiste, pour l'essentiel, à éviter les pièges et les complots des satrapes en costard-cravate quand ils ne les fomentent pas eux-mêmes. Il envisageait sa vie professionnelle comme un grand jeu de stratégie.

Sa vie sociale reposait sur les mêmes bases, même si dans ce domaine, une fois sorti des dîners d'anciens élèves, c'était clairement Tina qui avait la main. Ils étaient tous deux membres de plusieurs cercles et recevaient, tous les mardis soir, une faune cosmopolite d'ambitieux blasés, de jeunes arrogants et de pétasses peinturlurées dans des soirées où l'on rendait des hommages ampoulés à des célébrités fatiguées et des mandarins pusillanimes.

Ronan arborait la même crinière blonde que son père. Ses yeux clairs étaient légèrement enfoncés dans leurs orbites, son nez busqué trahissait ses origines aristocratiques et ses lèvres, fines et parfaitement dessinées, s'agitaient parfois en d'invisibles spasmes. Il n'avait jamais arrêté de faire du sport, ce qui lui avait permis de conserver un corps d'athlète dont il n'était pas peu fier.

Il allait souvent à Ti-Kroaz, la plupart du temps seul. Il s'entendait bien avec Christobal. Tous deux passaient de longues soirées à pérorer, à se lisser le plumage, à s'écouter parler. C'était un vrai combat de coqs, une lutte de vanité à vanité. Comme disait l'adage, « *asinus asinum fricat* » (l'âne frotte l'âne).

3

Le parcours de Paul fut moins exemplaire. Non qu'il fût moins doué ou moins intelligent. Mais le deuxième fils de Christobal décida d'épater son père en atteignant l'excellence dans un ou deux domaines bien spécifiques. Mal lui en prit. Au début, Christobal fit mine de comprendre sa passion pour la chimie organique, à défaut de la partager. Mais pour cet éternel touche-à-tout, le simple fait de se cantonner à un seul domaine caractérisait un esprit borné. Il n'était pas loin de penser cela de son fils.

Pourtant, l'excellence de Paul dans cette matière faisait l'admiration de ses professeurs. Sa capacité à appréhender des systèmes complexes lui permettait d'envisager une belle carrière d'ingénieur. Pendant sa scolarité, il noua avec M. Lerat, un professeur de physique-chimie aussi charismatique que son enseignement était aride, une relation si fusionnelle qu'elle dépassait celle de maître à élève.

Malgré tous ses efforts pour exister par lui-même, on lui resservait systématiquement la comparaison avec son frère. Et Ronan par-ci, et Ronan par-là… Chaque rentrée scolaire ressemblait à un interminable calvaire.

Fatalement, à force de souffrir de la comparaison avec son frère, Paul en vint à être convaincu qu'il était la risée de tout le monde.

La seconde passion de Paul fut la cause bretonne. Mais avant d'aimer une terre, une culture, des légendes, il tomba amoureux d'une femme, Gwenaëlle Le Roux, une brunette aux yeux clairs et changeants comme les deux morbihannais, aux colères aussi violentes qu'une tempête de suroît. Il la rencontra par un après-midi pluvieux du mois d'août, quatre mois jour pour jour après la mort de sa mère. Pour l'adolescent, c'était tout sauf une coïncidence. Gwen s'était réfugiée avec sa meilleure amie sous une prame pour laisser passer un grain. Paul, qui n'aimait pas la pluie, s'était faufilé à l'intérieur. Il avait été obligé de se contorsionner pour enchâsser sa grande carcasse dans le petit abri. Les cheveux de Gwenaëlle ruisselaient sur ses épaules, ce qui la faisait rire et frissonner en même temps. Elle s'était gentiment moquée de lui, de ses longues jambes velues qui sortaient de l'étroit habitacle, fredonnant : « *Maman, les petits bateaux ont-ils des jambes...* » Il s'était vu tomber amoureux.

Tout au long de ses années de pensionnat, Paul aima Gwenaëlle avec la fougue de l'adolescent incompris et solitaire. Chaque soir, il lui écrivait des poèmes alambiqués et des lettres capitales. La nuit, il s'agitait dans son lit, inventant d'improbables scénarios où il défendait sa belle contre une bande d'agresseurs imaginaires. Emporté par la passion, il lui arrivait parfois de bondir hors du lit pour mimer une bagarre.

C'est à cette époque qu'il commença à fréquenter, lors de ses week-ends parisiens, une librairie bretonnante du quatorzième arrondissement. Son gérant, un colosse chevelu à la voix de crécelle, poète à ses heures perdues – et Dieu sait si elles l'étaient, à en juger par la qualité de ses vers –, lui présenta une cohorte d'adeptes de hard rock, de comics américains et de politique. À leur contact, Paul devint un militant convaincu de la Brigade internationale pour une Bretagne indépendante (BIBI), qui fustigeait devant les siens le jacobinisme parisien et vomissait l'Église, cette marâtre complice de l'oppression du peuple celte.

Tout à sa passion, il passait ses vacances dans la salle de lecture des Archives départementales de Vannes à retracer l'histoire de sa famille. Gwenaëlle, qui avait entrepris des études d'histoire à l'université de Nantes, l'accompagnait dans ses recherches, arborant constamment un air courroucé. C'est ainsi qu'elle pensait incarner la Bretagne martyrisée.

Pendant quelques années, l'absence de sport et l'excès de bière avaient façonné le corps de Paul en quelque chose de gras et de mou. Jusqu'au jour où il découvrit la musculation. Il s'y adonna quotidiennement, sans retenue, compulsivement, tant était grande sa volonté d'être plus baraqué que son frère. Et puis au moins, au gymnase, il n'était pas obligé de se confronter aux autres physiquement. La compétition y durait le temps d'un clin d'œil.

Gwenaëlle, qui avait aimé tendrement son gros nounours, avait fini par apprécier ce nouveau corps d'éphèbe. Elle veillait scrupuleusement sur leur alimentation, pesait les aliments au trébuchet, mesurait les calories et respectait à la lettre les commandements hygiénistes de l'époque.

Entre-temps, Paul avait obtenu son baccalauréat de justesse (ses résultats catastrophiques dans certaines matières l'avaient plombé) avant de s'inscrire à l'université où il perdit son temps pendant trois années pour finalement intégrer une école d'ingénieurs en informatique.

Ce fut une révélation, un second coup de foudre. Paul était fait pour l'informatique, l'informatique avait été inventée pour lui. Sorti dans les dix premiers de sa promotion, il intégra une multinationale fondée par un self-made-man breton, convaincu que ses compétences seraient reconnues par ses compatriotes et persuadé d'y rester toute sa vie.

Ce ne fut pas exactement le cas. Certes, le groupe Harvouët Père et Fils offrait une relative sécurité de l'emploi et proposait de nombreuses offres de formation interne à ses employés. Si l'on n'était pas trop bête, on était pratiquement sûr d'y effectuer toute sa carrière dans un anonymat paisible. En contrepartie, cette compagnie payait mal ses cadres à qui elle distribuait des postes de directeurs et chefs de service comme autant de hochets. Paul, qui croyait arriver en terrain conquis, dut batailler ferme pour obtenir un poste de chef de département auquel il tenait particulièrement, non tant pour les 136 euros d'augmentation qu'il percevrait que pour approcher du statut de Ronan.

Nanti de ce titre, il pensait être heureux. C'était sans compter sur l'arrivée de Monique Wieler, sa nouvelle supérieure hiérarchique. Monique avait quarante-cinq ans, un appartement qu'elle avait acheté en viager, un aquarium et surtout pas d'enfants. Du reste, elle ne comprenait pas ceux qui sacrifiaient leur carrière pour le bien-être de moutards morveux et pleurnichards. Elle terrorisait ses équipes, leur infligeant au gré de ses humeurs des punitions infantilisantes et grotesques.

Pour Paul c'était trop tard, le mal était fait. Dès qu'il apprit que sa belle-sœur était enceinte, Paul fit l'amour chaque soir avec sa femme, espérant rattraper au plus vite son retard. Six mois après la naissance d'Odin et Thor, Gwenaëlle accoucha en serrant les dents d'une jolie petite Mirabelle replète et violacée.

Ses beaux-parents voulurent absolument assister à la naissance de leur petite fille, mais se disputèrent si violemment dans la salle d'accouchement que la sage-femme finit par leur demander d'aller régler leurs comptes ailleurs. Sa belle-mère, Annick Le Roux, née Atherme, gérait un dépôt-vente de vêtements de créateurs à Saint-Germain-des-Prés et rêvait d'avoir une boutique à son nom avenue Montaigne. Son beau-père, Jean-Luc, avait fait les Beaux-Arts sans être parvenu à vivre de ses œuvres. À défaut, il vendait de la peinture en pots de cinq litres dans un centre commercial des environs de Redon. Les parents de Gwenaëlle étaient séparés mais faisaient tout pour se haïr encore.

Quelques années auparavant, lorsque Paul avait annoncé ses fiançailles avec sa Bretonne aux yeux azuréens, Ronan avait essayé de s'opposer à cette mésalliance, allant jusqu'à convaincre leur père de refuser d'assister à la cérémonie.

Au bout de cinq ans, de guerre lasse, on avait fini par accepter qu'ils se marient. Finalement, une sorte de paix des braves s'était établie entre Christobal et Gwenaëlle. Avec le temps, il avait fini par se faire à cette bru incongrue. Il n'y avait qu'une seule chose qu'il ne comprenait pas, c'était cette manie de son fils, malgré ses nombreux encouragements, de refuser de tromper sa femme. Être fidèle une vie entière ? Quelle idée sinistre !

4

Contrairement à ses frères qui avaient tant bien que mal mis un mouchoir sur leur tristesse, Archibald souffrit démesurément de la mort de sa mère. Il était attaché à elle par chaque pore de sa peau, comme le lierre s'accroche à un mur. Inévitablement, quand celui-ci s'effondra, le cadet des Kerniguet manqua de sombrer. Vingt ans plus tard, il en souffrait toujours autant et ne parvenait pas, au grand dam de ses frères, à contrôler son émotivité quand on évoquait le souvenir de sa mère.

Bien sûr, il eut sa période de révolte adolescente. Pendant quelque temps, il se complut dans une haine stérile de la religion et une vaine vindicte à l'égard du genre humain. C'était l'époque où il lisait Lautréamont, ne se lavait pas les cheveux et s'entourait de filles à la peau diaphane avec qui il échangeait des considérations désabusées à prendre au troisième degré. Il était ravi de se dire malheureux. Mais cela n'émouvait en rien son père, ni ses frères, ni personne.

Puis Archibald découvrit la drogue. Pendant ses années tourangelles, le pensionnat fit office d'inépuisable réservoir de came en tout genre, de vaste supermarché des produits illicites, avec ses promotions du mois et ses offres spéciales. De fait, il garda lui aussi un excellent souvenir de sa scolarité.

À dix-huit ans, on disait de lui que c'était un gentil garçon. Parents, si on dit de votre adolescent qu'il est gentil, ne vous réjouissez pas trop vite.

Archibald était gentil. Très gentil et très drogué. Très gentil parce que très drogué. Il avait douze ans quand Ronan, qui se flattait d'avoir arrêté de fumer sans aucune difficulté, lui fit découvrir la cigarette. Il blêmit, frémit, verdit, vomit et promit de ne plus jamais y retoucher : le piège se refermait sur lui. À quatorze ans, il goûta son premier joint. Même blêmissement, frémissement, verdissement, vomissement et promesse. Année après année, drogue après drogue, le schéma se reproduisait sans qu'aucun de ses familiers ne semble s'en inquiéter.

Alors Archibald doublait les doses. Puisque personne ne s'offusquait de le voir débouler à table les yeux rouges et la démarche hésitante, pourquoi se priver ? Nul ne lui reprochait ses airs hébétés, ses études en pointillé et sa conduite désordonnée. Archibald continuait à être si gentil, si serviable et si aimable. Alors, gentiment, il fumait une douzaine de joints chaque jour. Affable, il goûta (mais seulement parce qu'on les lui avait proposés) les champignons hallucinogènes, l'acide et le peyotl. Il fit des trips mémorables et eut peur de ne pas redescendre. Quel charmant enfant ! Il s'empiffra ensuite de cocaïne et d'amphétamines. L'adolescent délicieux ! Puis vint l'opium, dont il eut du mal à se départir tant l'addiction physique était forte.

Ce n'est qu'à ce moment-là que ses frères, inquiets, alertèrent Christobal. Leur sollicitude fut aussi vaine que tardive. Pendant près d'une année, on trimballa Archibald de médecins généralistes en rebouteux, de psychiatres en guérisseuses. Rien n'y fit. Archibald était toujours aussi gentil, toujours aussi charmant, mais toujours aussi drogué.

Un beau jour, il arrêta. Sa décision fut brutale, irrévocable et incompréhensible pour ses proches. Il avait tout simplement bouclé la boucle. Archibald faisait partie de ces gens pour qui la drogue n'est rien d'autre qu'un vaste champ d'investigation et de découvertes hallucinées. Une fois qu'il eut fini son périple, le plus jeune des Kerniguet revint chez lui, tranquillement, comme si de rien n'était. Il en profita pour retrouver la foi de son enfance, celle qu'il avait reçue de sa mère, cette spiritualité naïve et joyeuse qui l'enchantait jadis.

Ronan et Paul, qui l'avaient abreuvé de conseils pendant ces armées de rémission, se disputèrent la paternité de sa guérison tout en continuant à s'inquiéter pour leur cadet. En attendant, Archibald était heureux.

Est-ce à dire qu'il sortit indemne de cette expérience ? Évidemment non. Il en garda des séquelles durables. La première était une irrésolution chronique. Commander un repas au restaurant était pour lui, et surtout pour ceux qui dînaient avec lui, un long calvaire. Le temps de la commande, Archibald devenait pratiquement autiste, se renfermant sur lui-même jusqu'au moment où la décision s'imposait à lui. Le moindre acte de la vie quotidienne, la décision la plus insignifiante le plongeaient dans des abîmes de perplexité.

La seconde séquelle n'était pas moins gênante. Parfois, l'envie lui prenait de prononcer des paroles choquantes et aberrantes ou de commettre un acte irréparable et insensé. C'était le syndrome du Milou rouge. Il se sentait alors tiraillé entre le bien et le mal, entre le convenable et le scandaleux, comme le chien de Tintin lorsqu'il est confronté à la tentation de boire le whisky qui s'égoutte du sac du capitaine Haddock. Quinze ans après avoir arrêté de se droguer, il avait encore peur de succomber à d'invraisemblables tentations.

À cela s'ajoutait le sentiment de ne jamais être à sa place nulle part, dans aucun groupe, dans aucune circonstance. Archibald était Breton aux yeux des Parisiens, Parisien d'après les Bretons, aumônier parmi les incroyants et dévergondé du point de vue des catholiques pratiquants. Il était partout et nulle part, étranger à toute coterie, seul mais pas solitaire, îlien.

Une fois qu'il fut sorti de l'enfer de la drogue (Gwenaëlle reprenait cette expression banale en fronçant les sourcils), son entourage, qui avait gardé l'habitude de se faire du mouron pour le gentil Archibald, s'inquiéta pour son avenir. Puisqu'il avait – miraculeusement – obtenu son baccalauréat et parce qu'il n'avait aucune idée de ce qu'il voulait faire plus tard, on lui conseilla vivement de s'inscrire à la faculté. Il obtempéra, trop content de pouvoir repousser de quelques années encore le choix d'une carrière professionnelle, une perspective qu'il envisageait comme un trou noir.

Après avoir butiné une grande variété de drogues pendant près de cinq ans, Archibald papillonna d'une spécialité à l'autre pendant cinq nouvelles années. Il s'intéressa successivement à l'histoire, au cinéma et aux lettres modernes, avant de jeter son dévolu sur la sociologie, tout en gardant un œil sur l'histoire de l'art (le fait que 90 % des étudiants soient des étudiantes n'y était pas étranger). Il sortit à contrecœur de l'université, nanti d'un master dont il ignorait la spécialité et parfaitement incapable de chercher un emploi.

Archibald décida d'aller demander son avis à Christobal. Lorsqu'il lui posa la question, son père, qui était en train de mouler une boule, posa ses lunettes, le regarda avec gravité et lui dit :

— Mon fils, l'essentiel, c'est que tu sois heureux. Sois toi-même. N'écoute pas les autres et trace ta propre route. Car tu le comprendras bien assez tôt, le chemin se prouve en avançant. Du reste, l'essentiel, ce n'est pas de réussir, mais c'est d'essayer. Tiens, au fait, est-ce que tu connais l'histoire du maître archer japonais et de son disciple ?

— Oui, papa. Tu me l'as déjà racontée cinq fois.

— Ah bon…

Archibald resta encore quelques heures avec son père. Une fois que ce dernier eut fini de lui débiter sa litanie de maximes, il tourna le dos à son fils. Le testicule qu'il était en train de sculpter ne pouvait pas attendre. Sans provoquer d'esclandre, son fils repartit pour Paris, convaincu une fois pour toutes que ce n'était pas du côté de Ti-Kroaz que lui viendrait de l'aide.

Alors il partit. Ou plutôt il suivit une ravissante Argentine, Rafaela, sur les traces de sa grand-mère paternelle. Considérant qu'il était tiré d'affaire, ses frères se persuadèrent que c'était une bonne chose. Au moins, ils avaient le champ libre pour se disputer tranquillement.

Quand il apprit la nouvelle, Christobal leva les yeux de son œuvre (il était en train d'enrober un corps de femme nue avec des bons d'achat pour une grande marque de charcuterie), pensa à Maria del Carmen Flor del Quilombo y Joquésé, pleura un bon coup, engloutit d'une traite le reste d'une bouteille d'armagnac et soupira d'aise. Quel bon fiston ! Il prit le temps de lui écrire une longue lettre pleine d'amour et de lieux communs, convaincu que son fils ne reviendrait jamais de son périple.

Mais Archibald revint, après avoir vécu cinq années de bohème heureuse en Argentine, où il enchaîna les petits boulots sans jamais se plaindre. La première année, il fut successivement dog-sitter dans le quartier de la Recoleta, à Buenos Aires, gardien de musée dans le microcentro, serveur dans un bar branché à Belgrano et veilleur de nuit dans un hôtel miteux à Bernal. Il suivit une jolie Christina à Mendoza et vécut avec elle pendant trois ans, s'initiant à la viticulture auprès de son père, producteur de malbec.

Un jour elle le quitta. Il pleura un peu et reprit sa route. Il gravit l'Aconcagua avec une cordée d'Autrichiens, navigua dans le canal de Beagle avec un pêcheur de crustacés, se lia d'amitié avec Juan Pablo, docker le jour et stripteaseur la nuit… Bref, il bourlingua toute une année sans se soucier du lendemain jusqu'au jour où son portefeuille fut désespérément vide. Il racla alors ses fonds de tiroir pour appeler ses frères qui lui intimèrent l'ordre de rappliquer fissa. N'ayant rien de mieux à faire, il accepta sans barguigner. Là encore, il avait bouclé la boucle.

Lorsqu'il revint en France, Archibald trouva, avec une rapidité qui en surprit plus d'un, un poste de journaliste multicarte dans un hebdomadaire spécialisé sur les programmes télévisés. Il obtint ce poste par relations. Sexuelles, cela s'entend. Constance, sa rédactrice en chef, était chaleureuse et impulsive, faussement blonde mais vraiment clitoridienne, explosive et fragile. Malgré leur rupture, elle défendait son journaliste comme une louve protège son enfant. C'était souvent nécessaire, car le directeur de la rédaction réussissait le tour de force d'être à la fois brutal et incommensurablement lâche. Cette double tutelle était parfois pesante et presque toujours contradictoire. Mais le journal payait bien, son travail jusqu'à présent n'était pas trop difficile et cette façon de jongler d'un sujet à l'autre plaisait beaucoup à cet homme inclassable.

Il en allait de même pour ses conquêtes féminines, qu'il accueillait dans son studio de la rue des Mauvais-Garçons. Quel que soit le côté de l'Atlantique, Archibald tombait toujours aussi rapidement amoureux avant de réaliser tout aussi vite que la putative femme de sa vie présentait un défaut rédhibitoire. Mais la plupart du temps, c'étaient elles qui partaient, effarées par son enthousiasme débordant, préférant jouer le traditionnel jeu du chat et de la souris plutôt que celui du romantisme absolu.

Alors il les laissait partir. De toute façon, Archibald n'avait pas les moyens de les brutaliser. Fermement décidé à ne pratiquer aucune activité sportive et tout aussi convaincu de l'inanité des interdits alimentaires, le jeune trentenaire ressemblait fort peu à ses aînés musculeux. Ronan et Paul étaient deux armoires à glace ? Lui ressemblait plutôt à l'un de ces valets sur lesquels on range les vêtements le soir. Ses frères étaient blonds aux yeux clairs comme leur père ? Il avait hérité des longs cheveux bruns de sa mère et de ses pupilles ambrées. Leurs mains calleuses se terminaient par des gros doigts boudinés ? Il possédait les longs doigts du pianiste.

On avait fini par voir en lui un personnage sympathique mais effacé, charmant mais pas très sérieux, romantique et placide. « On lui donnerait le bon Dieu sans confession », répétait Ronan, ce qui était faux. Archibald adorait se confesser.

≈

Un matin de février, on diagnostiqua un cancer du poumon chez Christobal. La tumeur était inopérable, métastasée et galopante. Il n'y avait aucun espoir. Très rapidement, la santé du patriarche se détériora. En dépit des encouragements angoissés de Solange, Christobal ne luttait pas.

Il perdit plus de la moitié de son poids en l'espace de quelques semaines. Rapatrié dans un institut de soins palliatifs, Christobal de Kerniguet, qui n'était plus que l'ombre de lui-même, se préparait à mourir mais refusait avec l'énergie du désespoir de s'en rendre compte.

5

Christobal de Kerniguet vivait ses derniers instants, entouré de ses trois fils.

Comme d'habitude, Ronan était arrivé le premier.

Déjà, la veille, il était resté jusqu'à minuit au chevet de son père, après avoir obtenu d'un revers de la main exaspéré le départ de ses frères, tant il lui semblait évident que c'était à lui, l'aîné, que revenait le droit de veiller le moribond. Il avait fallu toute la douceur et toute la diplomatie d'Archibald, ainsi que la promesse d'un dîner arrosé aux frais de Christobal, pour que Paul consente enfin à partir.

≈

Pendant de longues minutes, Ronan était resté prostré et silencieux. Puis il était rentré chez lui, dans le grand appartement que lui louait sa société, rue Guynemer, à deux pas du jardin du Luxembourg. Il enleva délicatement ses souliers sur le palier, ouvrit la porte sans faire de bruit, caressa Garm, son foxhound (baptisé ainsi en référence à la mythologie nordique) qui l'accompagnait à la chasse tous les week-ends. Puis il traversa le long couloir qui menait aux chambres des garçons, avant de revenir sur ses pas et jeter un coup d'œil en direction de ses appartements. Tout le monde dormait : il pouvait tranquillement aller boire un verre au salon avant d'aller se coucher.

Mais, auparavant, il fit son traditionnel tour de l'appartement, déplaçant un livre ici, refermant un tiroir entrouvert là, ramassant une chaussette solitaire là-bas. Car Ronan, qui était d'une maniaquerie compulsive, ne pouvait se coucher si son territoire n'était pas parfaitement ordonné. « Le désordre intérieur conduit à la faillite morale », aimait-il à répéter. Cela ne risquait pas de lui arriver.

Une fois qu'il eut fini son inspection, l'aîné des Kerniguet se servit un grand verre de whisky qu'il mouilla avec une larme de Perrier. Ce fut la seule larme de Ronan ce jour-là.

Il s'installa dans le fauteuil qui lui était réservé, près de la fenêtre, pour boire son verre et fumer un cigare. Mais avant cela, il prit dans la bibliothèque un vieux recueil d'Upanishad en cuir relié. Ronan aimait ces textes ésotériques réservés à la caste supérieure des brahmanes, à laquelle il se plaisait à s'identifier. Souvent, il s'était demandé : comment dit-on « baron » en hindou ?

Il ouvrit l'ouvrage et lut un passage au hasard. C'était une citation de Shankara, un grand maître du huitième siècle : « La connaissance doit être dite seulement par celui qui sait, à celui qui s'est présenté comme il convient et qui est habilité à entendre. » Ah, quel régal ! Quel délice ! À défaut d'être exactement ce qu'il pensait, c'était exactement ce qu'il voulait entendre à cet instant précis. Tout ce qui était synonyme d'exclusivité, de domaine réservé, de caste d'initiés, de droits d'entrée et d'happy few l'enchantait. N'était-ce pas pour ça, pour sa haine viscérale de la ploucaille, qu'il avait fait des pieds et des mains pour être accepté dans l'un de ces clubs très chics dont le siège donnait sur la place de la Concorde ?

Tout en feuilletant l'ouvrage, il alluma son cigare qu'il fuma lentement, savourant chaque bouffée, admirant les volutes qui dessinaient des ombres absurdes dans la pénombre du salon. S'agissait-il des voitures qui filaient à toute vitesse le long du Luxembourg ou du reflet de la lune sur sa précieuse collection d'armes, d'uniformes et de casques à pointe datés de la Première Guerre mondiale qu'il conservait dans une armoire fortifiée et qu'il aimait exhiber à ses invités ?

Il reprit sa lecture, parcourut quelques lignes mais ne parvint pas à se concentrer. Il essaya d'écrire quelques lignes sur un petit calepin qu'il avait toujours à portée de main, mais ne trouva rien d'intelligent à écrire. Alors il resta ainsi, immobile et silencieux dans la nuit glacée, assis sur son fauteuil à regarder les ombres changeantes, sans penser ni agir, l'esprit creux et la tête lourde, jusqu'au moment où une douce torpeur commença à s'emparer de lui.

Il regarda sa montre, qui indiquait 2 heures 17. S'il se dépêchait, il pourrait être au lit à 2 heures 22, l'une de ses nombreuses heures préférées de la journée, car il aimait les chiffres symétriques. Il se leva, rangea son mégot dans une feuille qu'il plia soigneusement et partit se laver les dents tout en gardant les yeux rivés sur sa montre. Était-il fatigué ou ému pour perdre autant de temps alors qu'il connaissait si bien ce parcours ? Quoi qu'il en soit, il était trop tard quand il sortit de la salle de bains. Sa montre indiquait 2 heures 23. Il avait loupé le coche.

Il ne lui restait plus qu'à attendre onze minutes avant de se coucher, jusqu'à ce que sa montre indique 2 heures 34. Un autre bon moment. Ronan ne trouva rien de mieux à faire que d'aller s'asseoir sur un tabouret dans la cuisine pour regarder le temps défiler sur l'horloge murale.

Bientôt il fut l'heure d'aller se coucher. Il prit soin,

avant d'entrer dans sa chambre, de glisser la boucle de sa ceinture dans la poche de son costume. C'était un vieux souvenir de cuite que lui avait enseigné un ami militaire quelques années plus tôt. Allongé dans le lit, non loin de la douce chaleur de sa femme, Ronan soupira. Il aurait aimé prendre son épouse dans les bras, mais une certaine forme de pudeur le retenait.

Ronan ne tergiversa pas longtemps, car le sommeil le rattrapa bien vite. Son réveil sonna quelques heures plus tard, à 6 heures 42. La tête lourde, il se faufila hors du lit où Tina dormait, les poings serrés entre les cuisses, l'air hargneux. Mieux valait ne pas lui adresser la parole. De toute façon, qu'allait-il lui dire ? Qu'il la laissait se débrouiller seule ce matin-là ? Qu'il n'accompagnerait pas les garçons au collège et qu'elle devrait donc se lever pour veiller à ce qu'ils soient habillés correctement puis qu'ils prennent un bon petit déjeuner avant de prendre leur bus ? Non, cela ne servait à rien. Il savait que Tina détestait assumer ces obligations familiales. Ce jour-là, elle n'aurait pas le choix. Pas la peine de remuer le couteau dans la plaie.

En passant, il ne manqua pas de jeter un coup d'œil à ses jumeaux avant d'aller prendre sa douche. Tout semblait aller bien : ils ronflotaient paisiblement, chacun dans sa chambre, la bouche ouverte et la jambe pendant hors de leur couette. Encore une fois identiques, même dans leur sommeil. Tout du moins, c'est ainsi que Ronan voyait ses fils.

Vite, Ronan prit une douche. Vite, il s'habilla. Vite, il avala un yaourt puis réveilla son chien qui s'étira longuement avant de suivre son maître. Cinq minutes plus tard, ils étaient de retour dans l'appartement. Garm se recoucha dans l'entrée, laissant Ronan se précipiter dans le parking sécurisé de son immeuble. Et si Paul s'était levé avant lui ?

Il s'assit dans sa voiture, alluma son téléphone portable et consulta ses mails de la veille. Quatre de sa secrétaire, Marie-Dominique, deux de Jean-Claude, son chef, dont l'un envoyé à 23 heures 46 par David, un jeune ambitieux qui rêvait de prendre sa place et fayotait, en montrant qu'il travaillait encore un quart d'heure avant minuit. Qu'il crève lentement et dans d'atroces souffrances, cette petite ordure.

Sa montre indiquait 7 heures 07. Tout comme son téléphone portable, l'ordinateur de bord ainsi que les cinq horloges murales qui trônaient dans chaque pièce de son appartement. Ronan ne supportait pas les horloges asynchrones et veillait scrupuleusement à ce qu'elles soient toutes à la même heure. Chaque premier lundi du mois, il procédait à une vérification complète en composant le numéro de l'horloge parlante. Ce travail lui prenait pratiquement une demi-heure à chaque fois.

Ronan fit vrombir le moteur cinq fois (autant de fois qu'il avait de lettres dans son prénom) et démarra en bloquant sa respiration jusqu'à ce qu'il soit sorti du parking, un vieux pari qui était devenu une habitude au fil du temps. Il roula vite le long du boulevard Saint-Germain, s'arrêta au premier feu et regarda sa montre une nouvelle fois. 7 heures 11.

A priori, Paul ne risquait pas d'être arrivé avant lui, surtout s'il s'était arsouillé avec Archibald. Il songea à l'appeler mais se ravisa : il n'avait aucune envie de l'entendre pleurnicher. Il accéléra à nouveau, au cas où. Il roula ainsi jusqu'à l'institut de soins palliatifs où son père était en train de mourir, jetant un œil inquiet à sa montre à chaque feu tricolore. Son père vivait-il encore ? Paul était-il arrivé ?

La Maison Léonce Dorée était un mouroir ultramoderne fondé par la veuve d'un richissime industriel. C'était un endroit charmant autant qu'on puisse employer ce qualificatif pour ce genre de lieu, propret et admirablement bien tenu. Régulièrement classé dans les cinq meilleurs établissements de France par un hebdomadaire parisien, il venait de gagner sa troisième tombe dans le guide des « Best Places to Die » décernée par le leader mondial des pompes funèbres. Jusqu'à présent, aucun patient n'avait songé à s'en plaindre. Ce qui n'était guère surprenant : ils étaient tous morts.

Le personnel soignant s'était habitué à classer les malades en trois catégories : trois mois, trois semaines et trois jours. Christobal, que l'on avait inscrit deux semaines plus tôt, avait changé de catégorie en l'espace de vingt-quatre heures. C'était un bon moribond.

Dans l'ascenseur qui le menait au troisième étage, Ronan regarda sa montre : elle indiquait 7 heures 27. Avant que les portes ne s'ouvrent, il entendit une voix d'homme. Son cœur s'arrêta de battre : et si c'était Paul ? Mais il fut vite rassuré en voyant deux infirmiers s'éloigner dans le couloir. Son frère n'était pas encore arrivé.

Il poussa la porte, entra furtivement dans la chambre, vint s'asseoir sur le fauteuil qu'il avait quitté quelques heures plus tôt et attendit l'arrivée de ses frères.

≈

Paul s'était réveillé en sursaut peu après 7 heures. Il se redressa d'un coup, étouffa trois rots caverneux avant de s'effondrer, l'air hagard. Quelques secondes plus tard, il s'assit à nouveau : impossible de rester allongé, l'envie de vomir était trop forte. Il rota à nouveau trois fois, aussi silencieusement que possible. Quelle cuite, bon sang, quelle cuite ! Puis il s'allongea une fois encore, prit sa tête entre les mains et tenta de reprendre ses esprits. Comment était-il rentré, il n'en avait aucune idée. Ses souvenirs de la veille s'arrêtaient à la cinquième caipirinha et à la couleur du taxi qui l'avait raccompagné chez lui, rouge.

— Tu sens l'alcool.

Une voix nasillarde, reconnaissable entre toutes, sortit de sous les draps. C'était celle de Gwenaëlle.

— Broff… Désolé.

— Quel besoin as-tu de te mettre dans des états pareils ?

— Grzzbld.

— Et pourquoi est-ce que tu as fait sonner le réveil trois fois, à 6 heures, 6 heures 30 et 6 heures 45 ? J'ai été obligée de me lever trois fois pour l'éteindre.

— Pardon.

— Allez, va prendre ta douche. Je ne veux pas que

Mirabelle te voie dans cet état. Je ne veux pas qu'elle soit traumatisée.

Ses vêtements épars traînaient autour du lit, traçant un chemin presque logique. Sa chemise était roulée en boule non loin de la porte, son jean tire-bouchonné pendait au radiateur et ses chaussettes étaient accrochées à l'angle de sa table de nuit.

Sa tête pesait dix tonnes. C'était comme si une armée de gnomes s'amusait à planter des clous acérés dans son cuir chevelu. Il n'avait aucun souvenir de la fin de la soirée, si ce n'est qu'il avait effectivement programmé son réveil pour arriver le premier à Léonce Dorée. Son père était sur le point de mourir et cet imbécile de Ronan devait déjà être en route. Et Gwen allait probablement bouder une bonne partie de la journée.

Face à cette avalanche de pensées déprimantes, une seule issue s'imposait à lui : la fuite. Il s'extirpa du lit, tituba jusqu'à la salle de bains et regarda sa montre, qu'il avait soigneusement rangée dans son verre à dents. 7 heures 29. Ronan était probablement déjà au chevet de son père. Quelle misère ! Il péta longuement, comme à chaque fois qu'il était stressé ou contrarié.

Afin de gagner du temps, Paul décida de se laver les dents en même temps qu'il urinait. C'était une très mauvaise idée. Il perdit trois minutes à nettoyer les éclaboussures autour de la cuvette en grommelant des injures. Puis il se doucha longuement.

Son téléphone sonna. Il sortit de la salle de bains à toute vitesse, courut dans sa chambre récupérer son portable et décrocha en chuchotant. C'était Archibald.

— Salut, c'est moi.
— Ouais.
— Ça va ?
— Moyen. Comment est-ce que je suis rentré ? À quelle heure ?
— En taxi. À 3 heures. Complètement bourré.
— Merci de m'avoir raccompagné.
— Ce n'était pas moi, mais de rien. Tu vas mieux ?
— Pourquoi ?
— Tu as beaucoup pleuré hier soir.
— Ah.
— Oui. Remarque, je ne te juge pas. Moi aussi, j'ai pleuré.
— Je n'ai pas pleuré.
— Si.
— Non.
— Mais puisque je te le dis.
— C'était pour rire.
— Je ne te crois pas.
— …
— Tu vas voir papa ?
— Oui, j'allais partir.
— Moi aussi. Tu m'appelles quand tu arrives ?
— D'accord.

Paul raccrocha. Il était 7 heures 50. Puisqu'il fallait y aller, autant se dépêcher. Il mangea sa pomme quotidienne, avala un yaourt bio infect et but un café noir dans lequel il mit deux aspirines puis sauta dans les vêtements de la veille et chercha un taxi.

Il arriva à la Maison Léonce Dorée peu après

8 heures 30. Ronan était là, bien sûr. Paul s'assit en face de lui, de l'autre côté du lit.

— Tu pues l'alcool, chuchota Ronan.

— Oh, ça va ! murmura Paul.

— Tu aurais quand même pu éviter pour sa dernière nuit.

— …

— Isabelle n'aurait pas aimé ça.

— Qui ça ?

— Maman.

— Tu l'appelles Isabelle maintenant ?

— …

— Il vit encore ?

— Oui.

— Archibald ne devrait pas tarder.

— Ah.

— Je vais l'appeler.

— Si tu veux.

≈

Archibald n'était pas rentré se coucher directement après avoir accompagné son frère à un taxi. Il avait erré pendant quelques heures dans les rues de Paris, croisant quelques noctambules avinés, des clochards vindicatifs et un elfe, ou plus exactement une adolescente toute de vert vêtue, avec des chaussures en daim pointues, des cheveux en épis et des yeux en amande. Elle lui avait demandé du feu. Archibald avait hésité à l'allumer, mais il n'avait pas su trouver les mots. Comme d'habitude.

Ses pas le conduisirent à la Maison Léonce Dorée. Le cerbère endormi qui en gardait l'entrée avait l'habitude de ce genre de visites nocturnes, souvent tristes et avinées. Il accepta de lui ouvrir les portes. Sans faire de bruit, Archibald monta au troisième étage et entra dans la chambre 308. Il voulait se recueillir et prier une dernière fois au chevet de son père.

Ses yeux mirent quelques minutes à s'habituer à la pénombre. Christobal était écartelé par l'agonie, le buste en avant et la tête en arrière. Sa bouche grande ouverte cherchait désespérément de l'air. Ses yeux étaient entrouverts, mais voyaient-ils encore ?

Les médecins avaient prévenu Archibald. Dans les derniers instants de leur vie, les moribonds adoptent souvent ce genre de position. Cela ne veut pas nécessairement dire qu'ils souffrent, ni même qu'ils sont angoissés. On lui avait également expliqué que les mourants s'allongent parfois dans la position du fœtus, les mains entre les cuisses. Cette proximité entre le nouveau-né et le quasi-défunt l'avait touché. D'autant qu'il avait appris que si les bébés ont toujours le poing fermé, comme un signe de leur détermination à vivre, les moribonds ont souvent les mains ouvertes, comme un symbole d'ultime abandon.

Archibald s'approcha de son père et lui toucha le front, qui était froid et humide. Christobal tressaillit. Il était encore en vie. Mais pour combien de temps encore ? Ses épaules, ses bras, ses cuisses, naguère si larges et si puissants, étaient décharnés. On aurait dit un immense poulet écartelé. C'en était presque ridicule.

Brusquement, l'agonisant releva une jambe. Le drap glissa entre ses cuisses. Et c'est alors qu'il le vit. Le sexe de son père. Énorme. Colossal. Impressionnant. Gêné, Archibald songea un instant à recouvrir d'un voile pudique la virilité paternelle. Mais plutôt que de faire cela, il cligna des yeux et l'observa une seconde fois. Merde. C'était énorme. Une véritable saucisse de Morteau. Ainsi donc, son père aurait perdu du poids de partout, sauf de là ?

Puis, tout aussi soudainement qu'il l'avait levé, Christobal baissa la jambe. Archibald récupéra le drap qui était tombé par terre et recouvrit doucement le corps de son père. Il resta quelques instants encore auprès de lui, récita un Notre-Père confus et s'éclipsa sans faire de bruit.

Il était 5 heures du matin. Le jour n'allait pas tarder à se lever. Il était plus que temps d'aller se coucher. Dans l'escalier, Archibald toucha son entrejambe. Son sexe était toujours là, tranquille, mollasson, impavide. Merde ! Dire qu'il serait sans doute le dernier à avoir vu la quéquette de Kerniguet ! Devait-il s'en réjouir pour autant ?

Cette nuit-là, Archibald dormit à peine, d'un sommeil lourd et agité. À son réveil, sa garçonnière de la rue des Mauvais-Garçons était dans un bordel noir. Ce n'était pas grave : il serait toujours temps de la ranger plus tard, pour la visite de Sylvie.

Il arriva à la Maison Léonce Dorée vingt minutes après Paul. Ses frères étaient assis de part et d'autre du lit de leur père, avec des regards torves. Il regarda

Christobal, troublé. Et eut l'impression confuse que son père lui souriait, l'air narquois.

6

À quoi pense-t-on quand on assiste aux derniers instants d'un proche ? Il y a ceux qui pleurent, terrassés par la tristesse. Il y a ceux qui prient tant qu'il est encore temps, comme si leur supplique pouvait sauver ou accompagner le mourant dans ses derniers instants. Il y a aussi ceux qui aimeraient régler leurs comptes une bonne fois pour toutes mais qui, la plupart du temps, n'osent pas, par crainte d'une ultime malédiction. Il y a enfin ceux qui déclament des adieux grandiloquents préparés de longue date.

Face à leur père, aucun des frères Kerniguet ne se livrait à ce genre d'occupation. Ronan, qui n'avait pas bougé depuis son arrivée dans la chambre 308, remuait imperceptiblement les lèvres. Était-ce une prière ? Non, une litanie : « *Ronan III, baron de Kerniguet du Bois Fleuri ; Ronan III, baron de Kerniguet du Bois Fleuri ; Ronan III, baron de Kerniguet...* » Cela sonnait bien. Cette mélopée l'apaisait, le comblait, le grandissait : il ne se lassait pas de la répéter.

Assis en face de lui, Paul observait, crispé, la psalmodie de son aîné. Épuisé par la courte nuit, il se balançait d'une fesse à l'autre et luttait contre les effets de la gueule de bois. Quoi ? Il ne tenait pas si mal l'alcool d'habitude. Qu'avait-il pu boire pour avoir autant mal à la tête, pour avoir une telle envie de plonger dans une bassine d'eau gazeuse ?

Et puis que disait son frère qui le faisait sourire ainsi ? Une prière ? Impossible, ce n'était pas son genre. Et lui, Paul, est-ce qu'il ne pourrait pas réciter une prière, au cas où ? Non, c'était impossible. Pas avec cette Église abominable, perverse et oppressante qu'il détestait de toutes ses forces. Puis d'autres idées lui vinrent à l'esprit. C'était bientôt la fin. Il allait se retrouver seul, sans son papa. Mais comment allait-il se débrouiller ? Paul se sentait bien démuni.

La fatigue avait fini par rattraper Archibald, qui s'était endormi recroquevillé sur le petit tabouret de salle de bains qu'on avait bien voulu lui passer. Ses bras étaient abandonnés sur la barre métallique du bout du lit. Il ronflotait paisiblement. Avant de s'endormir, il s'était lui aussi posé un certain nombre de questions : pourquoi doit-on absolument chuchoter dans la chambre d'un moribond ? Pour ne pas déranger ? Mais qui ? Était-ce normal d'être orphelin à trente-sept ans ?

Mais c'était surtout cette saucisse nocturne qui revenait sans cesse à son esprit. Ce qu'il avait vu la veille dépassait l'entendement. À moins qu'il ne se soit agi d'une illusion d'optique provoquée par un mélange de pénombre et d'alcool. En tout cas, il ne parvenait pas à comprendre que le bras armé de son père soit resté aussi proéminent à cette heure tragique. S'agissait-il d'un simple réflexe ou est-ce que son père pensait à quelque chose d'obscène ? Il n'y avait donc pas que les pendus qui mouraient en bandant ? D'ailleurs, est-ce qu'il était encore en train de bander à cet instant précis ?

Incapable de répondre à une seule de ces questions, Archibald s'était endormi d'un sommeil lourd, peuplé d'infirmières grivoises et de saucisses de Morteau.

Il fut extirpé de sa rêverie par un cri, celui de Paul. En un effort ultime et insensé, Christobal s'était redressé. Il était assis là, face à Archibald, les muscles tendus, les yeux exorbités, sa bouche grande ouverte hurlant un cri silencieux. Les trois frères eurent à peine le temps de se demander à qui ce regard était destiné que leur père s'affaissa brutalement, comme un pantin que l'on jette à terre. Il tomba comme une masse, le dos d'abord puis les jambes, avant que les épaules ne rebondissent, et les talons. On aurait dit un caillou qui effectue quelques ricochets dans l'eau avant de couler. Dans un ultime soubresaut, tout le corps de Christobal de Kerniguet fut secoué par un pet tonitruant avant de se taire définitivement. Il était mort.

Ronan, Paul et Archibald se regardèrent sans prononcer une parole. Droit d'aînesse oblige, ce fut Ronan qui brisa le silence.

— Bon.

— …

— Je crois qu'il est mort.

— Oui.

— Ben là…

— On n'est pas obligés de raconter à tout le monde que papa a expiré ainsi.

— Non.

— C'est sûr.

— Que son dernier souffle est sorti par le bas.
— Évidemment.
— Bien entendu.
— Alors c'est d'accord, cela reste entre nous.
— Oui.
— Promis.
— Promis.
— Bon sang, ça pue !
— C'est intenable.
— C'est vache.
— Quelqu'un peut ouvrir la fenêtre ?
— Non, elle est bloquée !
— Merde ! Le salaud. Euh, pardon, papa.

Archibald oscillait entre la tristesse et la nausée. Il était tétanisé. Combien de temps pourrait-il tenir ? Est-ce que cela serait vraiment très inconvenant de sortir de la pièce quelques minutes à peine après la mort du dernier baron du Bois Fleuri ?

Au final, ce fut Paul qui se décida le premier. D'un bond, il se leva, verdâtre, s'approcha de la porte de la chambre 308 et se cramponna à la poignée avant de faufiler son large corps à l'extérieur. Son petit frère n'hésita pas longtemps avant de le suivre. Il s'élança vers la porte et tomba nez à nez avec Tante Isadora. Comment avait-elle pu savoir si vite ? Qui l'avait prévenue ?

— Je viens voir Christobal.
— Il vient de mourir, souffla Archibald.
— Je le sais.
— Comment ça ? s'enquit Paul.
— Je viens l'aider.

— L'aider à quoi ? s'enquit Archibald.

— À décoller de son enveloppe corporelle.

— Ah.

— Venez avec moi.

— Si tu veux, soupira Paul.

Isadora pénétra dans la chambre de son frère défunt sans lui décocher un regard. Déjà, Christobal avait commencé à arborer le teint cireux des macchabées. Son front devenait dur et glacial. Son sourire s'était figé pour l'éternité, comme s'il était content de cette ultime blague. Bravant l'odeur pestilentielle, Ronan n'avait pas bougé de son fauteuil. Il était juste un peu plus blême qu'auparavant.

L'aîné des Kerniguet avait observé le visage de son père avec attention, guettant le moment où il verrait l'âme s'envoler. À son grand regret, il n'avait rien vu. Au lieu de quoi, il avait pu constater qu'il suffit de quelques minutes pour que la vie s'efface d'un visage, comme la marée se retire de la plage au jusant, laissant çà et là des traces de coquillages et quelques ridules.

Isadora de Kerniguet était une vieille dame très distinguée, très maigre et un petit peu alcoolique. Elle avait des mains fines, des jambes longues et un buste court duquel dépassaient deux seins énormes qui ballottaient quand elle marchait. On aurait dit deux bouées accrochées à la lisse d'un bateau. Isadora avait une bouche étroite, de grands yeux verts surmontés d'un trait de sourcil et des joues toutes en longueur, aux pommettes saillantes. Isadora avait été une belle femme. Elle ne l'était plus mais n'y prêtait pas grande attention.

La sœur de Christobal avait fait toute sa carrière dans la haute couture. Elle s'était mariée trois fois, avec un prince allemand, avec un marchand d'art vénitien et pour finir avec un avocat d'affaires parisien. Si aucun ne lui avait donné d'enfant (« Ce n'est pas faute d'avoir essayé », minaudait-elle), chacun lui avait laissé un magot conséquent.

Déçue par les hommes, Isadora s'était prise de passion pour les chats, dont elle appréciait l'élégante indifférence. Et puis, contrairement aux hommes, ils avaient sept vies.

La vieille dame s'approcha du lit de Christobal, déposa à ses pieds une vieille besace en cuir et jeta son imperméable en direction du portemanteau. Elle était vêtue d'une longue tunique violette en soie brute, d'un pantalon d'un blanc éclatant et portait à son cou une multitude de colliers composés de breloques et de coquillages.

La sœur de Christobal commença par ânonner un air ancien avec une voix gutturale, que ni Ronan, ni Paul, ni même Archibald n'avaient entendu. Elle leur apprit plus tard qu'il s'agissait d'une mélopée apache pour saluer le départ des âmes vers la terre de leurs ancêtres. C'était presque beau, entre le chant tibétain et le rap. Puis elle se mit à danser autour du lit de Christobal, ou plutôt à sautiller d'un pied sur l'autre en balançant des pétales de roses multicolores comme si elle célébrait un heureux événement. Les trois frères étaient de plus en plus interloqués. D'un signe de tête, Ronan avait intimé à Paul l'ordre de bloquer la porte pour empêcher toute intrusion dans ce cérémonial baroque.

— Salut, mon Cricri, c'est Isa. Je suis venue t'aider à faire ton dernier voyage, ta grande traversée, s'exclama Isadora, l'air enjoué. Tu as de la chance, de là où tu seras, tu verras tout.

Elle partit alors d'un rire sonore qui fit sursauter Archibald.

— Tu vois, mon Cricri, je te l'avais bien dit : tu as été si jaloux de moi que ton corps a du mal à décoller. Ça ne m'étonne pas, lalalalalère.

Ronan blêmit.

— Mais tu sais (je sais que tu nous entends, que tu n'es pas loin et que tu nous regardes), je ne suis pas seule. Tes fils sont là. Tu as envie de leur dire un dernier quelque chose avant que je ne te catapulte ? Les garçons, dites coucou à votre père avant qu'il ne s'en aille.

Les trois frères se tenaient interdits et immobiles. Archibald lança un « adieu, papa » hésitant. Ronan marmonna un « au revoir » sans conviction et Paul fit un petit geste de la main, gêné.

— Bon, mon petit père, maintenant que tu es mort, je peux te le dire, tu n'as pas de bile à te faire pour ta prochaine réincarnation. Attention, je ne suis pas en train de te dire que tu vas t'en sortir sans encombres. Tu pourrais être responsable du recyclage des déchets humains dans un centre de chirurgie esthétique à Miami ou chargé du contrôle qualité dans une entreprise bulgare qui fabrique des allumettes. Ça, mon vieux, je ne te garantis rien…

Archibald frémit. Qui d'autre que sa tante pouvait imaginer des métiers aussi improbables, des destinées aussi extravagantes ? Car Isadora croyait dur comme fer aux réincarnations. Très tôt, elle avait pris ses distances d'avec le dogme catholique pour se lancer dans une pérégrination spirituelle qui l'avait amenée du bouddhisme au chamanisme, en passant par le New Age et la kabbale. Elle avait eu toutes sortes de gourous, des petits et des gros, des durs et des mous, des poilus et des glabres, des nerveux et des calmes. La dernière en date était une Malgache maligne à l'allure pataude mais au portefeuille boursier bien garni.

Parmi les seules choses qui lui restaient de ses années bouddhiques figurait cette assurance que l'humanité vivait une perpétuelle réincarnation. Ses proches ne s'en étaient jamais offusqués, jusqu'au jour où Isadora avait commencé à décrypter leurs personnalités sous ce prisme après les avoir jugés à l'aune de leurs signes astrologique, solaire, lunaire, chinois et aztèque. Si Christobal était coureur, c'était parce qu'il avait été une jeune courtisane florentine apparentée aux Médicis et que ses turpitudes l'avaient amenée à être pourchassée par Savonarole à l'orée du seizième siècle. Cinq siècles plus tard, il rattrapait le temps perdu. Si Ronan réussissait à l'école, si Paul n'aimait pas les épinards... Pire, elle les avait tous reliés au sein d'une seule et même famille d'empereurs romains au début de l'ère chrétienne.

Christobal s'en agaçait régulièrement. « Elle m'énerve à faire son intéressante avec ces conneries, répétait-il souvent. Je n'ai aucune envie d'être une prostituée, fût-elle florentine, pas plus qu'un empereur dépravé. Ces théories sur la réincarnation me font bien marrer. Bizarrement, on est toujours la réincarnation d'un aristocrate ou d'un roi ayant vécu dans une civilisation ancienne et prestigieuse. J'attends le jour où l'on me dira que je suis la réincarnation de Norbert Trébuchet, charcutier à Annemasse ! »

Mais ce jour-là, Christobal n'était plus en état de répondre à sa sœur. Isadora avait le champ libre. Elle comptait bien en profiter.

— Maintenant, il faut que ton esprit quitte ton corps pour rejoindre l'Âme Universelle. Prépare-toi, car je vais te détacher de ton enveloppe terrestre avec mon sabre de cristal. Tu n'as pas le choix : il faut couper le lien karmique qui t'unit à toutes tes vies antérieures et à cette misérable vie pour te relier au Grand Tout. On m'a assurée que cela ne faisait pas mal. Si c'est le cas, dis-le moi. Surtout, n'hésite pas.

Sur ce, Isadora s'était penchée pour attraper dans sa besace une dague incrustée de pierres précieuses et ornée de signes cabalistiques. Elle la saisit à deux mains, la leva très haut au-dessus de sa tête en marmonnant une prière… et la posa délicatement sur le sternum de son frère qu'elle regarda pour la première fois.

— Dis donc, t'as maigri ces derniers temps, mon Cricri. Elle ne te donnait rien à manger ou quoi, ta grosse Solange ? gloussa-t-elle.

La cérémonie continua. Paul attendait le moment propice pour s'éclipser. Il crut le voir arriver quand sa tante se baissa une seconde fois pour farfouiller dans les nombreuses poches de son sac. Malheureusement, il n'eut pas le temps d'ouvrir la porte. Isadora se promenait à grands pas autour du lit, une poignée de cristaux multicolores à la main. Elle commença à les disposer autour du corps de son frère, tout en poussant quelques glapissements.

Soudain, elle entra en transe.

— Oh, bon sang de bonsoir, les voilà ! Les voilà, les anges… Ronan ne voyait personne pointer le bout de son nez.

— Ils arrivent, ils arrivent. Vous les voyez ?

Paul n'apercevait rien. Il avait mal à la tête et un petit peu envie d'aller aux toilettes. Mais il n'osait pas sortir de la pièce, sentant que le moment était peut-être important.

— Je vois, je vois… J'entends une douce mélodie venue d'ailleurs, venue de très loin, de la fin des temps. Ils sont venus te chercher, Christobal… Les voilà, ils arrivent… Aaaaaah !

En guise d'arrivée, c'était plutôt un médecin bedonnant qui s'approchait de la chambre 308. Soucieux d'éviter le scandale, Paul fit barrage de son corps pour l'empêcher de passer.

— Mais vous allez me laisser entrer, monsieur ?

— Non.

— Qui êtes-vous pour me dire ça ?

— C'est son fils, docteur, coupa Ronan.

— Juste une petite minute, docteur, bafouilla Archibald. Voyez-vous, notre tante, sa sœur, est en train de lui rendre un dernier hommage.

— Il est mort ? Il faut que je constate le décès.

— Oui, dit Archibald.

— Non ! s'exclama Paul.

— Enfin, je voulais dire non, s'empressa de dire Archibald.

— Comment ça, il est mort, oui ou non ? Laissez-moi passer !

— Mais non. Au secours, au viol ! hurla Paul.

Devant cette phrase incongrue, le médecin battit en retraite tout en promettant de repasser dans le quart d'heure à la tête d'une escouade d'infirmières. Les Kerniguet avaient remporté une bataille. Ils ne gagneraient pas la guerre.

— Qu'est-ce qui t'a pris de gueuler au viol ? gronda Ronan.

— Je ne sais pas. En tout cas, ça a marché.

— Ouais. Tu es cinglé, mon pauvre Paul, siffla son aîné.

— Ta gueule.

Isadora n'avait pas été perturbée par cette tentative d'irruption. Maintenant, elle avait terminé ses adieux. Elle avait rangé ses cristaux, sa dague et ses gris-gris dans sa besace, d'où elle avait sorti une fiole de calva qu'elle sirotait tranquillement. La cérémonie était terminée.

Leur tante s'enfila une bonne rasade, se leva dignement, s'empara de son imperméable et dit d'une voix sonore, comme si elle sortait d'un troquet :

— Bon, ben, vous me tenez au courant pour les obsèques, d'accord ? Allez, mon Cricri, à la revoyure !

Et Isadora partit en rigolant. Éberlués, les frères Kerniguet ne surent que répondre à cette cérémonie baroque, et encore moins à sa conclusion familière.

Christobal, leur père, était mort depuis moins d'une demi-heure et ils allaient devoir faire face sans lui.

C'était le début des emmerdes. Ils n'allaient pas tarder à s'en rendre compte.

7

Paul était sorti le premier de la Maison Léonce Dorée, laissant à Ronan et Archibald le soin de régler les premières formalités administratives et les questionnaires de satisfaction. Sa montre indiquait 10 heures 37. Il lui restait un peu plus de cinq heures avant de retrouver ses frères chez l'entrepreneur de pompes funèbres. Largement de quoi faire une bonne sieste et appeler Gwenaëlle, ce qu'il n'avait pas eu le courage de faire jusqu'alors.

Dans le hall d'entrée, Paul aperçut un étrange trio composé d'un père et de ses deux filles. L'homme, un septuagénaire élégant à la barbe poivre et sel, se mordait la lèvre et jetait de brefs coups d'œil à droite et à gauche. On aurait dit qu'il cherchait à savoir d'où viendrait la flèche fatale qui emporterait son épouse. Ses deux filles se tenaient de chaque côté de lui comme des drisses autour d'un mât, pour le soutenir, pour se soutenir elles aussi et s'empêcher de tomber. Ils vivaient ces heures terribles où la mort s'approche à pas de loup, où on l'espère autant qu'on la craint, pour mettre un terme à une agonie déjà trop longue, quand le corps dégradé, dévasté de l'être aimé, inspire plus de dégoût que de compassion. Paul pressa le pas. L'une des jeunes femmes le fixa avec intensité quand il la croisa, comme pour lui demander de l'aide ou à tout le moins du réconfort. Il détourna le regard, faisant mine de s'intéresser au panneau où étaient affichés les noms des employés du mois.

Il sortit dans la rue, chancelant, ne sachant trop où aller mais y allant quand même. Il était comme ivre, infiniment triste et pourtant incapable de pleurer. Christobal, son père, était mort. Il fallait l'enterrer. Il fallait faire avec. Ou plutôt sans.

Un taxi passa. Machinalement, Paul leva le bras. La voiture s'arrêta. Comme un automate, il grimpa à bord de la Mercedes grise et indiqua son adresse.

— Ah, mais je connais très bien cette rue, lui répondit le chauffeur d'une voix enjouée où perçait un fort accent portugais. Elle donne dans la rue de la Convention, c'est bien ça ? J'aime bien ce quartier, j'y vais très souvent.

— …

— Il y a un très bon restaurant. À chaque fois que je suis dans le coin, je m'y arrête pour déjeuner. Ils ont un excellent menu entrée-plat ou plat-dessert à 15 euros. Vous y êtes déjà allé ?

— Non.

— En tout cas, j'aime bien ce quartier. C'est vivant, c'est animé. Ça change d'ici. C'est un peu mort par ici, non ?

Quel imbécile ! C'était bien sa veine : Paul était tombé sur un chauffeur de taxi causant. Pire, c'était un jovial, un de ceux qui au bistrot vous donnent des grandes tapes dans le dos et partent d'un rire sonore, un frémissant de la moustache, un entonneur de refrains, un con quoi. En d'autres occasions, cela ne l'aurait pas dérangé.

Au contraire, Paul aimait bien les chauffeurs de taxis. Il les trouvait utiles. D'après lui ces hommes et ces femmes servaient de réceptacles où se déversaient toutes les tristesses, tous les chagrins, toutes les révoltes de leurs éphémères clients. Combien de chagrins d'amour consolés, combien de tentatives de suicide évitées, combien de brouilles annulées grâce à eux ? Un soir, bourré, Paul trompeta qu'il faudrait ériger une statue à ces héros anonymes qui servaient si souvent d'amortisseur sentimental et social.

Mais là c'était différent. Son père était mort. Il n'y avait pas lieu d'être gai et le moustachu lusitanien commettait un grave impair en ne s'en rendant pas compte. Paul était triste. Il fallait que cela se sache ou au moins que cela se remarque. Il prit son téléphone et appela Gwenaëlle. Occupé. Il aurait pu laisser un message, rien que pour faire taire l'indélicat et sa radio stupide où alternaient les comiques. Mais il n'osa pas. Ce n'était pas le genre de choses que l'on pouvait annoncer comme ça. Il lui écrivit un message : mon père est mort. Si elle avait du cœur, sa femme verrait tout le tragique contenu dans chaque lettre, dans ce ton lapidaire et froid.

Un sketch hilarant passait à la radio. Le chauffeur pouffait. Au moins, pendant ce temps-là, il s'était arrêté de parler. Paul se mordait la lèvre pour s'empêcher de rire lui aussi. Impossible, indécent en un jour pareil. Pourtant, que c'était drôle ! Heureusement, le comique finit par s'arrêter, immédiatement suivi par la reprise d'un tube des années 1980. Paul avait les lèvres en sang.

— Vous avez vu la victoire de Paris hier soir ? trompeta le conducteur d'une voix guillerette.

— Non.

— Ah, ce but à la 89e minute, c'était inespéré, non ? Il nous donne la victoire quand même !

— Sais pas.

— Et ça nous positionne bien dans le classement, hein ?

Paul explosa.

— Écoutez, je n'ai vraiment pas envie de parler de football ce matin. D'abord, ce n'est pas mon club, moi c'est Nantes que je soutiens. Ensuite, c'est une équipe de branquignols dirigée par des financiers qui n'ont rien compris au foot puisqu'ils considèrent leur participation comme un investissement, alors que c'est le jeu, le beau jeu qui compte avant tout. Et ça, le beau jeu, c'est à Nantes qu'il a été inventé. D'ailleurs, regardez notre maillot, il est jaune comme celui des Brésiliens. Enfin, mon père vient de mourir il y a moins d'une heure, alors j'ai vraiment pas envie de parler de foot.

— Désolé.

— Merci.

— …

— …

— Enfin, moi, je trouve quand même que c'est bien

que Paris joue le titre après tant d'années passées dans les profondeurs du classement.

— …

— Enfin, j' dis ça, j' dis rien.

— Oui, eh bien, ne dites rien. S'il vous plaît, pourriez-vous me laisser tranquille. Je n'ai vraiment pas envie de parler aujourd'hui.

— …

Cela avait été dur, mais Paul était parvenu à briser l'humeur joviale du chauffeur de taxi. De toute façon, il l'avait bien cherché : quelle idée d'être supporter de club d'affreux jacobins ! Quelques minutes plus tard, dans un silence pesant, le taxi s'engouffra dans la rue Maublanc. Paul était chez lui. Arrivé devant sa porte, il fut bousculé par un petit garçon qui essayait de rattraper son ballon. L'imbécile !

≈

Après avoir rempli les premiers papiers, Ronan était allé disputer une partie de squash avec un ancien camarade de promotion pour évacuer le stress accumulé pendant les dernières vingt-quatre heures. De toute façon, il fallait impérativement qu'il pratique une activité sportive quelle qu'elle soit tous les trois jours, faute de quoi une certaine forme de nervosité prenait le dessus, le rendant particulièrement irritable.

De ce point de vue-là, le squash était un délassement épatant. Pratiqué habituellement par des cadres surmenés habitués à vivre constamment sous pression, ce sport était l'un de ceux que Ronan préférait. En règle générale, il arrivait au gymnase essoufflé et à bout de nerfs, à cause d'une réunion qui s'était mal passée ou parce qu'il avait perdu du temps dans les embouteillages. Souvent il était en retard, ce qu'il détestait. Alors il bâclait l'échauffement, se contentant de faire quelques allers-retours agacés avant de s'élancer sur le terrain pour suivre frénétiquement la petite balle bondissante.

S'il avait jusqu'à présent échappé aux entorses, fractures et autres claquages, son cœur en tout cas en prenait un sacré coup. Archibald s'en était inquiété, convaincu que le squash était en fait une préparation à la crise cardiaque. Ronan lui avait répondu par un éclat de rire sonore. De toute façon, son petit frère ne savait pas ce que le mot « compétition » voulait dire.

En attendant, ce matin-là, Ronan avait perdu sa partie. Pire, le casier 22 où il rangeait habituellement ses affaires était occupé. Pour ne rien arranger, il avait cassé son lacet au moment d'entrer sur le terrain. Cette journée, qui n'avait pas très bien commencés se poursuivait sur le même mauvais registre.

Il arriva de fort méchante humeur au rendez-vous qu'il avait fixé à ses frères, devant les bureaux du croque-mort, situés entre une agence immobilière spécialisée dans le viager et une agence de voyages. Archibald était déjà là.

— Tu es arrivé il y a longtemps ?

— Non, cinq minutes à peine. Je suis passé à la maison pour ranger deux ou trois bricoles et, comme je tournais en rond, je suis venu. Cette boutique est bien située, tu as vu ?

— Quoi ?

— Eh bien, d'un côté, tu as une agence immobilière pour ceux qui parient sur la mort des vieux et, de l'autre, une agence de voyages pour les vieux qui refusent qu'on les enterre trop vite. Pas mal, non ?

— Ah oui. Je n'avais pas remarqué.

— Et toi, qu'est-ce que tu as fait ?

— J'ai joué au squash. J'ai perdu. Je déteste perdre.

— Contre qui ?

— Maxime. Maxime Kodarshian. Celui qui bosse dans l'immobilier. Le salaud vient de dégotter une prime de 40 000 euros pour un appartement qu'il a vendu récemment. Il va falloir que je me dépêche de le rattraper. Heureusement, j'ai mon bonus.

— Maxime… Celui avec qui tu voulais que je travaille ?

— Oui. D'ailleurs, si tu cherches un boulot où tu seras payé correctement…

— Non, merci. J'ai gardé un tel souvenir de lui…

— Qu'est-ce que tu veux dire par là ?

— C'est la seule personne qui m'ait donné envie de recompter mes doigts après lui avoir serré la main.

— Oh, tu exagères.

— À peine.

— Et Paul ? Il n'est pas là ? Qu'est-ce qu'il fabrique encore ?

— Il m'a appelé il y a cinq minutes pour me dire qu'il serait un peu en retard.

— Merde, mais c'est dingue, ça ! Il est toujours en retard ! C'est exaspérant.

— …

— Moi, je ne suis jamais en retard, tu sais ?

— Oui, je le sais.

— Jamais. J'en ai fait un point d'honneur depuis le jour où Christobal m'a forcé à assister à un dîner dans le salon parce que j'avais cinq minutes de retard. Ça m'a marqué. C'était une bonne leçon.

— Oui, mais est-ce que tu crois vraiment que l'humiliation est une façon d'éduquer…

— La ponctualité, c'est la politesse des rois. Et je te rappelle que nous avons du sang noble dans les veines.

— Oh…

— Si, si.

— …

— …

— Bon, et dis-moi, Ronan, à part ça, comment est-ce que tu te sens ?

— Très bien. Pourquoi est-ce que cela n'irait pas ?

— Non, ce n'est pas ce que je veux dire. Pour papa…

— Eh bien, papa est mort, c'est tout. C'est bien triste mais voilà, il faut qu'on avance. On ne va quand même pas mettre le genou à terre. On est des Kerniguet quand même.

Paul arriva enfin. Il s'était changé.

— Tu as vu l'heure ? aboya Ronan. Tu as une demi-heure de retard !

— Oh, c'est bon, ça va ! C'est pas comme si on avait un train à prendre ! répliqua Paul en se tournant vers Archibald. Tu ne vas quand même pas m'emmerder avec ça, surtout aujourd'hui.

— Eh bien si, justement. Je ne vois pas en quoi la mort de Christobal devrait t'autoriser à être en retard.

— Ah, parce que tu l'appelles Christobal maintenant ?

— En tout cas, ce n'est pas en arrivant systématiquement en retard que tu y arriveras, mon pauvre vieux.

— D'abord, je ne suis pas ton pauvre vieux. Ensuite, ma vie professionnelle ne regarde que moi. Enfin, si tu continues, je vais t'aplatir le nez, siffla Paul.

— Ne soyez pas ridicules, intervint Archibald. On va s'occuper de l'enterrement de papa, là. Vous n'allez quand même pas vous battre devant les pompes funèbres…

— Oui, tu as raison, grogna Paul.

— D'accord, éructa Ronan.

— Bon. C'est mieux comme ça. Vous avez prévenu vos femmes ? Comment ont-elles réagi ?

— Je n'ai pas pu joindre Gwen. Elle était sur messagerie.

— Tina est effondrée. En larmes.

— Ah bon ? glissa Paul, sceptique.

— Pourquoi, ça te dérange ?

— Euh… non…

— En tout cas, c'est pas ta femme qui va regretter Christobal, siffla Ronan.

— Quoi !

— Eh ! Vous n'allez pas recommencer !

— …

— …

Avant de rentrer dans l'agence, les trois frères firent le point sur le déroulement des opérations. C'est ainsi que Paul découvrit que la cérémonie avait été avancée d'un jour. Il s'en offusqua.

— Mais qu'est-ce que cela veut dire ?

— Tina doit signer une promesse de vente à Miami. Elle part vendredi. Elle n'a pas le choix, c'est un des meilleurs amis de son père qui vient d'acheter un appartement place Vendôme.

— On ne va pas avancer l'enterrement juste pour faire plaisir à ta femme, quand même ! glapit Paul.

— Tu n'es vraiment pas sympa de prendre les choses comme ça, s'énerva Ronan. Bon, je vais l'appeler et lui dire d'annuler son voyage. Mais si sa boîte coule à cause de ça, tu auras affaire à moi, siffla-t-il.

— M'en fous, grinça Paul entre ses dents. Aucune envie de lui faire plaisir à celle-là…

— Qu'est-ce que tu as dit ?

— Rien, rien… Et toi, Archibald, qu'est-ce que tu décides ? Jeudi ou vendredi ?

— Eh bien, je ne sais pas…

— Jeudi !

— Non, vendredi !

— Écoutez, je ne sais pas. Je n'ai pas envie de causer du tort à Tina, mais en même temps, je comprends la position de Paul…

Comme d'habitude, Archibald se noyait dans ses hésitations. Sentant qu'il n'arriverait pas à prendre position, ses aînés décidèrent de jouer l'enterrement de leur père à pile ou face. C'était depuis des années le seul moyen qu'ils avaient trouvé pour se départager dans ce genre de circonstances. Ronan l'emporta.

— Bon, je vais voir ce que je peux faire. Mais c'est pas facile pour nous car Gwen trouve que Mirabelle est trop jeune pour rester seule à la maison.

— Elle a quatorze ans ! rétorqua Ronan. Nous, cela fait trois ans qu'on les laisse seuls quand on part en week-end et il n'y a jamais de problème. Et puis, au pire, tu n'as qu'à lui dire d'aller dormir chez sa mémé…

— C'est ça, moque-toi… Enfin bon, je vais voir…

— Vous voyez, tout s'arrange, lança Archibald. Moi je vais finir le livret de messe ce soir. Vous voudrez le lire ?

— Non.

— Sans façon, coupa Ronan.

— Et pour l'annonce, je vous propose…

— C'est déjà fait, l'interrompit son grand frère.

— Comment ?

— Oui, j'ai demandé à Tina de l'écrire. Elle connaît bien les formules de politesse et…

— Mais on était convenus que ce serait moi…

— Eh bien, non. Tu ne vas pas nous en chier une pendule quand même !

— Ouais, on s'en fout pas mal, intervint Paul, qui, pour une fois, prenait le parti de son aîné.

— …

— Allez, rentrons : on est déjà assez en retard comme ça, avança Ronan.

8

Les trois frères entrèrent en file indienne dans l'agence de pompes funèbres. Ils furent accueillis par une grosse fraise. La cinquantaine plantureuse, Mylène Martinet, un mètre soixante et quatre-vingt-sept kilos, arborait un tailleur-pantalon rouge vif orné d'une multitude de boutons dorés. Elle avait le cheveu court, un petit nez en trompette et une grande bouche peinturlurée. Elle les accueillit d'un bonjour sonore qui resta sans réponse.

La semaine précédente, Mylène Martinet avait été formée aux techniques du marketing agressif par la direction des ventes de son entreprise, le groupe PFUIT (Pompes funèbres Urtin-Iller-Trabord et associés), une entreprise familiale qui subissait de plein fouet la concurrence d'entrepreneurs low-cost aux méthodes musclées. Le nouveau directeur général de l'entreprise était un jeune godelureau qui cachait ses oreilles décollées en les plaquant sous une tignasse qu'il arrosait chaque matin d'une grande couche de gomina.

Fort de trois ans d'expérience chez un vendeur d'imprimantes et de cinq ans au sein d'une grande marque de rasoirs jetables, Sylvain Martin était arrivé chez PFUIT six mois plus tôt, bien décidé à « casser la baraque ». Trois semaines après son arrivée, il avait lancé un vaste plan pour changer toutes les procédures de l'entreprise. Remplacer des méthodes éprouvées par d'autres façons de faire, plus complexes, plus contraignantes et moins humaines était sa façon d'imprimer sa marque. En moins d'un mois, Sylvain Martin était parvenu à se faire détester par les quatre cinquièmes de l'entreprise.

Il s'en fichait éperdument car il était convaincu

d'agir pour le bien de PFUIT. Dans la foulée de ces premiers exploits, il avait cherché à injecter les recettes qui avaient fait le succès de sa précédente entreprise. Tous les deux ans, ces compagnies sortaient un rasoir révolutionnaire dont l'unique particularité était de posséder une lame de plus que le précédent. On allait faire de même avec les cercueils : il suffisait juste de rajouter une couche supplémentaire pour apporter plus de confort à l'usager. En dépit de promotions alléchantes sur le coton et de rabais sur le satin (trois épaisseurs pour le prix de deux), cette initiative n'avait pas été couronnée de succès.

Il avait ensuite cherché à dépasser la concurrence en matière de développement durable. Malheureusement, son idée « géniale » de nécro-dégradable n'avait pas eu le succès escompté auprès des consommateurs. Les ingrats ! Pourtant l'idée était simple et révolutionnaire : la chaleur dégagée par la décomposition du corps du défunt serait convertie en géothermie. Il en avait même parlé avec un ancien collègue de bureau. Cette fois-ci, c'était son patron qui avait dit non, dans un soupir lassé.

Mais Sylvain Martin avait de la ressource. Il ne serait pas dit qu'il baisserait les bras avant d'avoir rapporté des parts de marché à PFUIT. Le directeur général misait beaucoup sur sa dernière invention, le concept de soldes funéraires, avec en particulier le slogan de « *Tout à moins vingt à la Toussaint...* »

S'il était honni par la plupart des salariés de PFUIT, Sylvain Martin était adulé par certaines employées.

Mylène Martinet était de celles-ci. Lors d'un séminaire, il l'avait prise à part et lui avait glissé dans l'oreille :

— Martin-Martinet, on va bien s'entendre tous les deux, n'est-ce pas ?

— Oh ouiiiii… avait répliqué la quinquagénaire en pâmoison.

Mylène Martinet était un peu amoureuse. Ça lui picotait les jambes quand elle pensait à lui, ça lui grattouillait le ventre, ça lui faisait monter la chaleur au front. Et elle pensait souvent à son directeur général, rêvant d'une belle histoire d'amour. Et quoi, pourquoi n'y aurait-elle pas droit, elle aussi ?

Chaque soir, dans le métro, elle relisait les fiches où elle notait méthodiquement les slogans dont il émaillait ses discours. « *Mettre le paquet sur l'incinération, plus rapide et plus rentable : brûlez, brûlez, il nous en restera quelque chose* » ou encore « *Fidéliser la clientèle : les veuves d'aujourd'hui sont les mortes de demain* ».

Les frères Kerniguet étaient ses premiers clients depuis son retour de stage. Ils allaient voir ce qu'ils allaient voir. Mylène, qui était devenue une « winneuse », allait les bichonner.

≈

— Bonjour, messieurs, c'est pour un enterrement ou une crémation ?

— Non, c'est pour réserver une table de six couverts, grinça Paul, d'un ton dédaigneux.

— Vous disiez ?

— Il ne disait rien, coupa Ronan. C'est pour un enterrement. Il aura lieu dans quatre jours. Nous voudrions ce qu'il y a de meilleur.

— Oui, mais pas forcément de plus cher, s'empressa d'ajouter Paul.

— Vous êtes sûrs que vous ne voulez pas tenter la crémation ? souffla Mylène, qui voulait absolument placer sa fiche numéro 1. Je sais que ce n'est pas très courant encore, mais c'est beaucoup plus écologique. Et puisque vous aimez la qualité, je vous suggère d'opter pour un cercueil en chêne. C'est vrai que c'est plus cher que le sapin, mais ça brûle moins vite.

Archibald acquiesça, intéressé.

— Le problème avec le sapin, c'est que ça se consume trop vite. Parce que le corps de l'usager, voyez-vous, est encore majoritairement composé d'eau.

— Ah oui, sourit Archibald.

— Alors il faut encore et encore rajouter du sapin. Au final, ce n'est pas si économique que ça.

— Mais bien sûr ! s'exclama Archibald.

— Alors, ça vous intéresse ? Justement, on fait une promo sur le chêne. Bien sûr, vous pourrez aussi bénéficier de la garantie « satisfait ou remboursé »...

— C'est le défunt qui est satisfait ou remboursé ? grinça Paul.

— C'est la famille, répondit la vendeuse, sans se départir de son sourire.

— Non, trancha Ronan. Nous voulons un enterrement.

Et l'aîné des Kerniguet s'empara du catalogue qu'il ouvrit à la dernière page, pour voir les articles les plus chers. Paul essaya bien de le consulter aussi, mais son frère l'agrippait fermement, bien décidé à faire jouer son droit d'aînesse en choisissant seul le cercueil de son père.

— Je vous rappelle que notre promotion sur le chêne s'applique également aux enterrements, glissa timidement Mylène Martinet. D'ailleurs, je peux vous proposer le pack Plénitude qui comprend cette offre sur le chêne et un tarif préférentiel sur le satin.

— C'est moins cher ? hasarda Paul.

— Moins cher, moins cher, c'est tout ce que tu as en tête, mon pauvre vieux, persifla Ronan.

— Bien sûr, vous êtes libres de préférer le coton, avança Mylène, qui sentait que la situation lui échappait. Mais le satin, c'est plus doux et plus confortable.

— C'est vrai que dans l'état où il est, c'est superimportant pour papa, siffla Paul entre ses dents. Et puis, arrête de m'appeler « mon pauvre vieux », tu veux.

— Comment ?

— Non, rien.

— Et si on optait pour une solution intermédiaire ? risqua Archibald.

— Une quoi ? glapit Ronan.

— Un compromis. Parce que je sens que cela ne va pas être facile…

— Mais si, mais si, tu vas voir, lança son aîné.

— Oui, je sais ce qu'il nous faut. Tiens, Ronan, passe-moi le catalogue.

Mais Ronan refusa de le lâcher. Les deux frères se disputèrent pendant de longues minutes devant la vendeuse, refusant de céder un pouce de terrain sur le [illegible] cueil, bataillant pied à pied sur la couleur [illegible] argumentant avec passion sur les cou[illegible]rtuaires.

[illegible]e temps à autre, la vendeuse essayait d'en placer une, en vain. Archibald, qui avait renoncé depuis longtemps à entrer dans ces polémiques, la regardait avec gourmandise. Et s'il se levait d'un bond pour déchirer sa blouse et faire sortir ses énormes mamelles ? Et s'il lui sautait dessus pour la besogner là, sur la table, au milieu des catalogues de cercueils et des dépliants ? Il n'hésita qu'un seul instant : cette fraise était trop volumineuse pour lui.

Les deux aînés finirent par se mettre d'accord sur une solution de compromis qui ne satisfaisait personne. Tous deux étaient d'une humeur exécrable lorsqu'ils sortirent du magasin. Et Mylène Martinet était toute déçue de ne pas avoir pu montrer combien elle avait bien appris les leçons transmises par son idole. Elle avait à peine réussi à obtenir que le plus discret des logos de PFUIT soit placé sur le côté du cercueil. « *PFUIT, la mort en un clin d'œil.* »

Lorsque les frères Kerniguet se levèrent pour prendre congé d'elle, elle leur tendit une main molle en leur souhaitant une excellente journée d'une voix lasse. Ils ne le relevèrent pas.

9

— Oh, mon doudou ! Mon pauvre doudou ! Viens par ici, chéri, viens que je te prenne dans mes bras.

Gwenaëlle était sortie tôt du bureau pour accueillir son homme, laissant quelques dossiers en plan et promettant de revenir tôt le lendemain matin. Terrassée par l'angoisse, elle avait grillé un feu rouge et refusé la priorité à un bus sur la route du retour. Évidemment, ça n'aurait pas été une très bonne idée d'avoir un accident ce jour-là. Elle était arrivée à la maison tremblante et avait aussitôt avalé un calmant avant de s'installer dans le canapé du salon, attentive au moindre bruit.

Gwenaëlle avait été une très jolie femme. À dix-sept ans, avec ses traits fins et ses yeux bleus, ses petits seins et ses hanches voluptueuses, ses longs cheveux blonds et sa moue enfantine, elle avait fait fantasmer une bonne partie de la jeunesse morbihannaise.

Elle n'avait jamais prêté grande attention à ces soupirants qu'elle éconduisait brutalement, persuadée qu'ils ne pensaient qu'à lui faire subir les pires outrages, insensible à toute forme de libertinage parce que sérieusement en quête d'un mari. Gwenaëlle faisait partie de cette catégorie de femmes qui ne vieillissent jamais, pour la simple et bonne raison qu'elles le sont déjà depuis bien longtemps.

Très tôt, elle avait décidé que Paul serait son chevalier servant, au grand dam des estivants qui rêvaient chaque année de lui mettre le grappin dessus. Quinze ans plus tard, plus un seul d'entre eux ne regrettait d'avoir raté cette proie. Au contraire, ils regardaient Paul avec tendresse, parfois avec compassion.

≈

Le bruit de la clé de Paul dans la serrure la fit tant

sursauter qu'elle manqua de se retrouver par terre. Elle se précipita dans l'entrée pour accueillir son mari en larmes.

Paul avait franchi la porte en sanglotant comme un bébé, reniflant fort et se mouchant dans sa manche. Ce n'était pas grave, elle mettrait sa veste au pressing le lendemain. Mais, quand même, il savait combien cette dégoûtante manie l'horripilait.

— Viens, mon doudou, viens dans mes bras ! Mon pauvre amour, mon chéri, viens que je te réconforte.

Gwenaëlle aussi pleurait. Elle pleurait parce qu'elle était triste pour son homme. Elle pleurait parce que ce décès lui rappelait son grand-père, mort quand elle avait douze ans et dont elle ne gardait que des bribes de souvenir, des mains dans les cheveux et des promenades à la côte. Elle pleurait parce qu'elle se sentait coupable d'avoir été si méchante depuis quelques jours, notamment trois heures plus tôt, quand Paul lui avait annoncé que Christobal était mort. En tout cas, elle ne pleurait pas sa mort à lui, ce vieux satyre, ce salaud qui leur en avait tant fait baver. Gwenaëlle avait la rancune tenace et une mémoire d'éléphante.

— Voilà, mon doudou, voilà. Je suis là. Je ne vais pas te quitter. C'est fini maintenant, c'est terminé. Maintenant, ce sera toi, moi et Mirabelle. Nous allons t'entourer de tout notre amour, nous, tes deux petites pépettes.

— Mon papa est mort, mon papa est mort, sanglotait Paul, en lâchant quelques petits pets entrecoupés de quintes de toux.

— Oui, nous allons être tous les trois maintenant. Tout va bien.

— Il me manque.

— …

— Tu comprends, il me manque tellement !

— Oui, je comprends, mon Paul, je comprends.

En fait elle n'y comprenait rien et ne voulait surtout pas y comprendre quoi que ce soit. Cela faisait quinze ans qu'elle connaissait Paul, quinze ans qu'il se plaignait de la présence étouffante de Christobal et, maintenant qu'il n'était plus, il le regrettait ! Elle décida de mettre cela sur le compte de l'émotion et se renfrogna.

Du reste, Gwenaëlle avait une vraie propension à se renfrogner. Son métier d'attachée de presse l'obligeait à être joviale, avenante, voire guillerette sept heures par jour, soit trente-cinq heures par semaine, sans compter les heures supplémentaires, les inaugurations, les cocktails et les dîners. Alors, le reste du temps, sa vraie nature resurgissait comme un diable sorti de sa boîte. À peine avait-elle fermé la porte du bureau qu'elle commençait à ronchonner. Mais c'est chez elle qu'elle donnait la pleine mesure de ses capacités. Quand elle entrait dans sa tanière, pour ne plus en sortir ou le moins possible, elle devenait une formidable mégère, acariâtre, désagréable, tatillonne. À force, Paul avait fini par en prendre son parti.

— Comment cela s'est passé aux pompes funèbres ?

— Bien… En fait non, ça s'est mal passé…

— À cause de Ronan ?

— Pas seulement. Nous sommes tombés sur une

bonne femme extravagante, une hystérique qui nous a conseillés comme si nous étions sur le point d'acheter une machine à laver ou un aspirateur. Elle était habillée en rouge de la tête aux pieds : je te jure que je me serais cru chez Disney !

— Quelle horreur ! Et Ronan, il n'a pas été trop désagréable ?

— Non, enfin, oui, comme d'habitude. Mais ce n'est pas grave. En ce moment, il faut se serrer les coudes.

— Oui, enfin, tu sais ce que j'en pense. Avec Ronan, il faut toujours se serrer les coudes pour lui laisser plus de place. C'est un peu facile… Enfin, bref, qu'est-ce que vous avez choisi ?

— C'est Ronan qui a choisi, fit Paul, d'une voix fermée.

— Ne me dis rien. Je te parie qu'il a commandé ce qu'il y a de plus cher, de plus clinquant. Est-ce que je me trompe, oui ou non ?

— Non, pas exactement…

— Comment ça, pas exactement ? Est-ce que je me trompe, oui ou non ? Tu dois bien avoir le devis, non ?

— Euh… oui.

— Alors, montre-le moi.

Gwenaëlle lui arracha la photocopie des mains, poussa un petit cri et jeta un regard plein de reproches à son époux.

— Mais enfin, doudou, tu crois qu'on roule sur l'or ?

— Non, non…

— Alors pourquoi est-ce que tu te laisses faire, comme ça ?

— Mais je ne me laisse pas faire…

— Si. Et Archibald ?

— Quoi, Archibald ?

— Il n'a rien dit ?

— Mais qu'est-ce que tu veux qu'il dise ?

— Eh bien, je ne sais pas, il a quand même son mot à dire…

— Oh, Archibald, tu le connais, dès qu'il s'agit de choisir il n'y a plus personne… On dirait qu'il vit sur une autre planète. Déjà hier soir, il a commencé à me parler de nouveau départ, de fraternité, de famille unie. C'est bien gentil mais il est un peu à l'ouest, tu sais. Il n'a pas vraiment le sens des réalités. Souviens-toi qu'il était super-drogué, quand même. Et là, quand on est sorti, il a commencé à pleurer en disant que ce n'était pas normal d'être orphelin à trente-sept ans…

— Oui, je sais, mais pour le cercueil, qu'est-ce qu'il a dit ?

— Je ne sais pas… Ah si, je crois qu'à un moment, il a commencé à parler de solution intermédiaire.

— Et vous ne l'avez pas écouté ?

— Eh bien, non. Il faut dire qu'on était en train de s'engueuler avec Ronan.

— Ah oui. Et qu'est-ce qu'il voulait, l'autre con ?

— Gwen ! Je t'en prie, c'est ton beau-frère.

— Il n'y a pas de raison. Qu'est-ce qu'il voulait ?

— Le plus cher.

— Ben voyons…

Pendant plusieurs minutes, Gwenaëlle éplucha le

devis ligne par ligne, ponctuant sa lecture de petits glapissements entrecoupés de moues désapprobatrices. Puis, pendant pratiquement un quart d'heure, elle asséna à son mari l'habituelle litanie de reproches qui provoquait chez Paul un mélange de colère, d'humiliation et d'ennui. Décidément, cette mauvaise journée n'en finissait pas.

D'autant qu'au fil de la conversation, Gwenaëlle apprit que Tina avait rédigé l'annonce (« Pourquoi elle, cette greluche grecque qui ne sait pas écrire trois mots sans faire une faute d'orthographe ? »), qu'Archibald avait rédigé le livret de messe (« Je veux bien que ton père ait été baptisé, mais de là à être complice de l'Église… ça m'énerve ! ») et que la cérémonie aurait finalement lieu le jeudi et non le vendredi, comme prévu initialement. Cette dernière nouvelle la fit rugir :

— Mais ça ne va pas du tout ! Comment as-tu pu accepter ça ? Je te rappelle que si la messe est prévue à Paris, l'enterrement aura lieu à Ti-Kroaz. Tu crois vraiment qu'on va se farcir dix heures de route en une journée ? Moi, je ne peux pas prendre deux journées de congé comme ça ! D'ailleurs, toi non plus… Et tout ça pour quoi, pour qui ? Parce que Madame Tina veut parader à la plage ? Mais où va-t-on ? J'hallucine…

— Mais, bébé…

— Il n'y a pas de bébé qui tienne ! Et, à propos, qui va garder Mirabelle ? Moi, je m'en fous. C'est toi qui t'en occupes.

Sur ce, Gwenaëlle partit en claquant la porte. Bizarrement, Paul eut envie de retourner dans la boutique de pompes funèbres. Non pas pour organiser les choses différemment, mais pour s'allonger dans un cercueil et s'endormir. Tranquille.

10

Prétextant une importante réunion téléphonique et constatant qu'Archibald était sur le point de s'abandonner à son habituelle sensiblerie, Ronan avait abandonné ses frères sans même leur proposer de les raccompagner. Il était parti à grandes enjambées pour retrouver le confort douillet et rassurant de son automobile.

Une fois à l'intérieur de l'habitacle, Ronan avait attendu qu'il soit 5 heures pile pour démarrer le moteur et le faire vrombir cinq fois, tout doucement, comme d'habitude. En chemin, il avait scruté toutes les jeunes femmes qu'il avait croisées. Il s'était amusé à les compter : combien étaient plus jolies que sa femme ? Deux, voire trois sur trente-sept, soit moins de dix pour cent. C'était bien, d'autant qu'il était passé par des quartiers réputés pour leur forte proportion de jolies filles, la Concorde d'abord, Saint-Germain-des-Prés ensuite.

À chaque fois qu'il se livrait à cet exercice, Tina faisait partie des dix pour cent de femmes les plus belles. Il était rassuré. Il repensa un instant aux trois beautés, deux grandes blondes et une métisse. Peu lui importait qu'elles aient ou non des enfants, qu'elles soient douces ou cruelles, angéliques ou vénales. Non, ce qui comptait pour lui, c'était leur mari. Est-ce qu'il gagnait mieux sa vie que lui ?

Et là, le doute n'avait plus sa place : aucune femme ne pouvait rivaliser avec sa Tina, qui était donc la plus belle, la plus riche et, probablement, la mieux habillée sinon de Paris, en tout cas de cette partie du sixième arrondissement. Elle était à lui, et toutes ces qualités rejaillissaient sur lui, l'éclaboussant de prestige et de gloire. Finalement, cette journée n'était pas si mauvaise que cela. Tout rentrait dans l'ordre. C'était quand même mieux ainsi.

Il s'engouffra dans son parking en bloquant sa respiration. Deux étages plus bas, son box était libre. Sa montre indiquait 17 heures 23. S'il se dépêchait de traverser la place Saint-Sulpice, il serait chez lui à la demie.

Sa secrétaire lui avait laissé un long message pour lui annoncer qu'en son absence, elle avait expédié les affaires courantes et que tout le monde au bureau était très triste pour lui. Il n'en crut pas un mot. Le petit David avait sèchement été rappelé à l'ordre par Jean-Claude, le directeur général. Ronan en rosit de plaisir.

≈

Lorsqu'il ouvrit la porte de son appartement, il eut la surprise de voir ses fils qui l'attendaient dans l'entrée. Un instant, il eut peur qu'ils ne se mettent à pleurnicher comme des mauviettes. Mais non, heureusement, ils étaient dignes, droits et insensibles comme il l'espérait.

Ne leur avait-il pas répété pendant des années qu'il était important qu'un homme se fasse du cal au cœur comme les marins se font du cal aux mains ?

— Père, c'est vous ? lança Thor.

— Oui, Thor, mon fils, c'est moi, répondit Ronan qui avait exigé que ses enfants le voussoient, comme dans l'ancien temps.

Il trouvait cela tellement élégant.

— Père, nous sommes bien tristes de la disparition de Gran'pa, ajouta Odin.

— Merci, mes enfants.

— Il n'a pas trop souffert ?

— Non, Odin. Christobal n'a pas souffert. Il est avec Granny maintenant.

— Alors, on ne le verra plus jamais.

— Non, plus jamais.

Odin et Thor avaient quatorze ans, une carrure imposante pour leur âge, une tignasse noirâtre en guise de cheveux, des yeux très verts légèrement enfoncés dans leurs orbites, une bouche fine et une fourberie à toute épreuve. Ils étaient parfaitement ressemblants, à une seule différence près : une tache de naissance située à la base du cou d'Odin, que Thor n'avait pas. Cela ne les avait pas empêchés de s'en fabriquer une postiche, que Thor collait sous son menton, quand les deux frères décidaient de jouer un mauvais tour à quelqu'un.

Et ça leur arrivait souvent. Naguère pour tromper un professeur naïf et échapper à une punition, aujourd'hui pour surprendre et séduire des jeunes filles impubères. C'était leur jeu favori, le seul qui les tirait de l'ennui profond où ils se morfondaient dans cette école privée où les catalogues des grandes marques de vêtements que portaient les uns et les autres constituaient les nouveaux évangiles auxquels il était impératif de communier.

Leur mère, qui avait été tout juste passable tout au long de sa scolarité, ne s'inquiétait pas de leurs médiocres résultats : elle idolâtrait ses petits mâles, leur passait tout, et les couvrait de cadeaux. À ses yeux, cela remplaçait bien la tendresse et l'affection que l'on devait soi-disant attendre d'une mère. De toute façon, comme disait son mari, il fallait que ces garçons s'endurcissent pour affronter le monde moderne. Et Ronan ne se privait pas, dans ses rares échanges avec eux, de leur répéter l'impitoyable rengaine, quand il ne les humiliait pas en public, une autre bonne façon de couper court à cette susceptibilité imbécile qui caractérisait les faibles.

Parfois ils se disputaient. Leurs bagarres étaient brèves, inattendues et extrêmement violentes. Un jour, Thor – qui était le cadet, parce que né cinq minutes après son frère – poursuivit son aîné dans tout l'appartement, armé d'une tringle à rideaux en hurlant : « Vengeance ! » Il n'embrocha pas Odin, qui l'échappa de justesse, mais la porte des toilettes, qui gardait encore les stigmates de cette joute homérique.

La plupart du temps ils s'entendaient bien et ricanaient à chaque nouvelle bêtise. Estimant qu'il fallait bien que jeunesse se passe, Ronan leur passait tout. De toute façon, il avait d'autres chats à fouetter. Odin et Thor ne pleurnichaient pas. Ils s'habillaient correctement et serraient les dents quand on les insultait.

C'était pas mal. Il serait bientôt temps d'emmener ses deux brigands à la chasse.

— Alors, on n'ira plus à Ti-Kroaz ? demanda Thor.

— Mais si, bien sûr, glapit Odin. De toute façon, maman a dit que ce serait notre maison plus tard.

— Quand ?

— Quand Gran'pa serait mort. N'est-ce pas, père ?

Ronan ne répondit pas. Il avait acquis une formidable capacité à se figer dans un mutisme absolu quand une question l'importunait. Sentant que son père ne répondrait sous aucun prétexte, Odin changea son fusil d'épaule.

— Dites, père, qu'est-ce qu'on mange ce soir ?

— Je ne sais pas. Imelda a sans doute fait les courses, non ?

— Non, il n'y a rien à bouffer, lança Thor. On va au restaurant ?

— Pas ce soir. Nous sortons avec votre mère.

— Encore ! glapit Odin.

— Cela fait plus d'une semaine que nous n'avons pas dîné en famille, gémit Thor.

— Mais vous travaillez tout le temps ! Vous n'êtes jamais avec nous ! couina Odin.

— Bon sang ! Mais c'est pour vous que nous faisons cela ! C'est pour votre bonheur que nous travaillons ainsi. Un jour vous me remercierez. Et puis, notre vie mondaine ne te regarde pas, Odin. Est-ce que c'est bien clair ?

Ronan et Tina avaient donné à leurs fils des noms d'hommes illustres qu'ils étaient allés piocher, comme le nom de leur chien, dans la mythologie nordique. Ils voyaient cela comme l'heureux présage d'une destinée glorieuse. Contrairement à ce qu'ils espéraient, leurs deux petits dieux étaient assez veules et indisciplinés.

Qu'importe. L'essentiel n'était-il pas d'avoir un prénom original qui leur permette de se distinguer des autres élèves ? Ainsi, s'il y avait eu un Attila quelques années auparavant, et même un Gengis Khan, aucun condisciple d'Odin et Thor ne portait le même prénom. Il y avait en revanche un Clovis, deux Chilpéric – qui se détestaient – et même un Dagobert, qui était le fils adoptif malgache d'un couturier homosexuel.

La concurrence de ces petits monarques n'inquiétait pas les jeunes Kerniguet, qui profitaient pleinement des changements d'alliance, pour prendre l'ennemi de revers et lui donner des coups de poing dans le nez, prouvant par là même l'évidente supériorité du panthéon nordique sur les dynasties médiévales. À ce compte-là, Odin était passablement doué.

— Tiens, Thor, voici 100 euros. Tu n'auras qu'à te commander quelque chose à dîner.

— Et moi ? gémit Odin.

— Franchement, tu ne crois pas que vous aurez assez avec 100 euros ? Bon, allez, tiens, en voilà 100 autres. Mais ne faites pas de bêtises. La gardienne est encore venue me voir ce matin pour se plaindre du bruit.

— D'accord, papa, nous ferons attention, susurra Odin qui s'enhardit et déposa un baiser sur la joue de son père.

Thor fit de même.

— Euh… mais qu'est-ce que… Ah, c'est gentil.

Oui, c'est vraiment gentil, les garçons. Merci. Ça me touche.

— De rien, papa, firent-ils avant de s'éclipser.

≈

Une demi-heure plus tard, lorsque Tina rentra dans sa chambre, elle trouva son mari ahanant, allongé sur le ventre. Elle ne s'en étonna pas car elle savait que Ronan avait besoin, avant de sortir dîner, de faire des séries de pompes et d'abdominaux pour se sentir fort et bien dans sa peau. Elle s'approcha, tendit sa bouche vers Ronan et lui envoya un baiser du bout des doigts. Tina avait horreur des sécrétions masculines en général et de la sueur en particulier.

— Bonsoir, ma chérie.

— Bonsoir, mon chéri. Tu as bientôt fini ? Il faut que j'aille prendre mon bain.

— Une dernière série de cinquante et je prends ma douche, d'accord ?

— D'accord. Et dis-moi, tu n'as pas l'intention de mettre cette chemise ce soir, n'est-ce pas ?

— Euh… si.

— Impossible. Je te rappelle que nous dînons chez Pavel et Miguel. Tu vas me faire le plaisir de changer de chemise.

— Oui, mais moi je l'aime bien cette chemise !

— Tss, pas d'histoires. Tu mets ta chemise jaune et… Laisse-moi faire, je vais choisir tes vêtements.

— Bon, d'accord. Mais laisse-moi seulement mettre

mon pantalon orange en velours côtelé. As-tu rédigé l'annonce ?

— Quelle annonce ?

— Celle pour papa, voyons !

— Ah oui. Tu veux que je te la lise ? Écoute : « *M. et Mme le baron de Kerniguet, M. et Mme Paul de Kerniguet, M. Archibald de Kerniguet, Mme Isadora de Kerniguet ont la douleur de vous faire part du rappel à Dieu de Christobal...* » Bla, bla, bla...

Ronan marqua un temps d'hésitation.

— La formulation est parfaite. Mais tu n'as pas mentionné la famille lyonnaise de maman, ni ta famille ou celle de Gwenaëlle...

— De qui ? Écoute, ta famille lyonnaise, on s'en fout. Ils n'ont plus d'argent depuis belle lurette. C'est une branche morte. Ma famille se fiche de tout cela. Et celle de Gwen machin, on s'en bat les couilles. D'accord ? De toute façon, c'est trop tard, le coup est déjà parti.

— Bon, bon. Ça ira alors.

— Oui, ça ira. Maintenant, grouille-toi, on a un dîner ce soir.

Pressé par sa femme, Ronan entra dans la douche. Le crépitement de l'eau chaude sur ses épaules était une sensation délicieuse, presque réconfortante. Il mit la radio en marche : c'était un vieil air de jazz des années 1950. Christobal l'écoutait en boucle, trois fois, quatre fois de suite à plein volume et s'exclamait, enthousiaste : « C'est beau, hein ! »

Et puis Ronan se souvint qu'il était triste. Alors il

pleura. Cela commença par quelques larmes qui glissèrent le long de ses joues et se confondirent avec la pluie de la douche. Mais, rapidement, elles se transformèrent en une cascade. À la radio, un blues entraînant des années 1960 passait. Assis par terre, Ronan sanglotait en cadence. C'est à ce moment-là que Tina entra dans la salle de bains.

— Dépêche-toi, Ronan, on va être en retard... Mais qu'est-ce qui t'arrive ?

— Papa, oh papa, oh mon papa qui est mort ce matin, gémissait Ronan, recroquevillé par terre.

— Ronan !

— Mon petit papa !

— ...

— Je suis si triste ! Et j'ai peur de ne pas y arriver.

— Mais si, tu vas y arriver. Tu le sais, Ronan. Nous en avons déjà assez parlé, hein ? Allons, ne pleure pas. Cela ne sert à rien. Il faut que tu sois fort. Il faut que tu sois fort pour moi, pour les enfants. Fort comme tu l'as toujours été. Allez, reprends-toi, lève-toi ! Debout, les morts !

— Pardon ?

— Euh... désolée, ça m'a échappé. Allons, lève-toi, mon taureau du Pirée. Je reviens prendre mon bain dans cinq minutes. Tu me le fais couler, d'accord ?

Tina sortit de la salle de bain, en soupirant. Elle avait sincèrement de la peine pour Ronan, mais il n'y avait rien qu'elle détestait autant que de devoir réconforter quelqu'un, fût-il son mari. Tina n'aimait pas les faibles, les fragiles, les émotifs. Elle se savait douée dans beaucoup de domaines, mais pas dans celui de la compassion.

Ronan finit par sortir de la salle de bains. Malgré tout, les paroles bien peu réconfortantes de son épouse l'avaient ragaillardi. Oui, il allait être fort. Non, il n'allait pas flancher. Après tout, ce n'était pas son genre. Et puis ce n'était pas correct pour un futur baron de Kerniguet.

Il regarda sur son lit les vêtements que Tina avait préparés : une chemise à jabot grise, son pantalon orange et des baskets rouges. Des baskets rouges ? Le soir de la mort de son père ? Est-ce que c'était convenable ? Une vague d'émotion s'empara de lui. Il la stoppa net en faisant cinquante pompes : impitoyable, il devait être impitoyable.

Ronan prit son pantalon. Le pli était parfaitement repassé, comme il l'exigeait. Il se souvint de son enfance, de l'habitude qu'il avait de le glisser entre le matelas et le sommier pour qu'ils soient impeccables. Il sourit et regarda son réveil. 19 heures 19. Ronan soupira d'aise, s'habilla puis attendit patiemment que sa belle Tina soit prête pour aller dîner.

11

— Archibald ! Qu'est-ce que tu fais ? Viens… J'ai encore envie de toi.

La voix qui appelait Archibald était celle de Sylvie,

sa dentiste, une ravissante brunette de trente-trois ans, souriante et cultivée. Cela faisait trois mois qu'ils se fréquentaient, quatre en comptant les soins dentaires. La première fois qu'il l'avait rencontrée, Archibald avait été intimidé par sa beauté et par son sourire rayonnant. Il ne s'attendait vraiment pas à cela. Pour lui, un orthodontiste ne pouvait être qu'un sale bonhomme ou une sorcière acariâtre. Sylvie n'avait pas la gueule de l'emploi. Et en plus elle était sympathique !

Ils ne sortaient pas vraiment ensemble. Dès le premier soir, Archibald lui avait fait promettre qu'elle ne tomberait pas amoureuse. Il ne fallait pas qu'une histoire d'amour vienne perturber leur activité professionnelle. Ce ne devait être qu'une relation sexuelle, rien de plus. Sylvie avait accepté ce contrat sans rechigner.

À chaque fois qu'il l'appelait, elle accourait, non pas parce qu'elle était folle de lui mais parce qu'elle adorait faire l'amour et qu'il le faisait bien. Archibald aussi prenait un grand plaisir à leurs parties de jambes en l'air. Sylvie était une grande sportive. Elle avait le mollet galbé, le ventre plat et un tout petit derrière dans lequel il adorait venir buter.

— Archibald, viens ! Viens, je n'en peux plus ! J'ai besoin de sentir encore tes caresses. Je me languis de toi. Ne me fais pas attendre, sinon je vais devoir me venger…

Archibald n'avait aucune envie de venir. Assis à sa table de travail, il planchait sur le livret de messe. Il l'avait laissée pantelante quelques minutes plus tôt et elle en redemandait encore. Elle était si insatiable que cela en devenait exaspérant.

Il griffonna quelques lignes sur son cahier puis les ratura aussitôt. Non, l'inspiration ne viendrait pas ce soir. Archibald repensa à Sylvie. Elle était tendre et attentionnée, drôle et spirituelle. Mais quelque chose lui disait que cette histoire était sur le point de s'achever. Il allait bientôt être obligé de trouver un nouveau dentiste. Il prendrait soin d'en choisir une bien atrabilaire cette fois-ci.

Loin de la réputation de joli cœur qu'on lui prêtait, Archibald était un romantique qui ne cherchait qu'à se caser. Il ne papillonnait pas pour papillonner, pour butiner et lutiner ses fleurs sensuelles en sifflotant des douces mélopées. Depuis le début, il cherchait la femme de sa vie. Et assurément, ce ne serait pas Sylvie. Mais pourquoi donc ?

Ce n'était pas vraiment sa façon de jouir, très démonstrative, qui le choquait. Certes, la première fois, il avait été surpris. Il aurait presque voulu sortir pour l'observer tant les orgasmes sylvestres étaient impressionnants. Au commencement, lorsque la jeune trentenaire sentait que tout son corps était avalé par le plaisir, elle commençait par hululer. C'était un peu gênant, mais ce n'était qu'un début.

Fort heureusement, elle s'arrêtait assez vite et se taisait complètement. Alors, son regard devenait fixe, presque hagard. C'est à ce moment-là qu'elle implosait vraiment. Tout d'un coup, elle commençait à hocher la tête de haut en bas, en criant de plus en plus fort : « Tu es mon dieu ! Tu es mon dieu ! Tu es mon dieu ! »

La première fois, Archibald ne sut que répondre à cet accès de spiritualité. La deuxième, il essaya vainement de la faire taire. La troisième, il pensa mettre la musique très fort au moment crucial. Maintenant, il s'en accommodait. Il avait croisé Marc, son voisin homosexuel, à plusieurs reprises et celui-ci avait eu l'élégance de ne pas lui faire de remarques, et encore moins de signes de croix pleins de sous-entendus.

— Archibald, viens ! Sinon, je vais t'inventer une carie.

— Tu n'oseras pas faire ça !

— Non seulement j'oserais, mais en plus, je sens que je me tromperais dans l'anesthésie.

— C'est du chantage dentaire.

— Non, sexuel.

Finalement, les orgasmes de Sylvie ne le gênaient pas. Au contraire, c'était plutôt valorisant. Ce n'était pas pour cela qu'il sentait qu'il allait la quitter. Non, le grand problème de Sylvie était sa passion pour le sport, et, pire que tout, son insupportable prosélytisme de personne saine et bien portante.

Archibald détestait la vie saine en général et le sport en particulier. S'il aimait citer Churchill, ce n'était pas tant pour son célèbre adage (« *No sport!* ») que pour une repartie moins connue. À un ami qui lui demandait ce qu'il pensait de l'affirmation « *An apple a day keeps the doctor away* » (une pomme par jour éloigne le médecin), le Premier Ministre de Sa Gracieuse Majesté avait répondu : oui, à condition de bien viser…

Archibald avait accepté de ne presque plus se droguer mais il n'était pas question pour autant de mener une vie saine. Il fumait plus d'un paquet de cigarettes par jour, buvait à chaque repas, dormait peu et oubliait parfois de se laver.

À trente-sept ans passés, il continuait à mener une vie de patachon, bien décidé à ne pas suivre le mauvais exemple de ses amis d'enfance. La plupart d'entre eux s'étaient mariés et avaient des enfants. Ces anciens noctambules se levaient à l'heure où ils se couchaient naguère pour changer la couche du petit dernier. Et ils prétendaient qu'ils étaient heureux !

Ils s'étaient assagis. Nombre d'entre eux avaient intégré des multinationales à des postes intermédiaires. Quelques-uns avaient même acheté leur appartement. Ils ne sortaient plus en semaine, ne buvaient plus une goutte d'alcool fort et refusaient énergiquement d'ouvrir une troisième bouteille quand un dîner se prolongeait. Bien malgré eux, ils étaient presque tous rentrés dans le système. Archibald les surnommait les hommes en gris.

L'une des premières étapes de ce funeste destin était d'enfiler un caleçon rose fuchsia pour aller faire du vélo dans le bois de Boulogne. Justement, pour complaire à sa copine, il avait essayé. On lui avait donné rendez-vous un samedi matin, à une heure indécente pour un noctambule comme lui. Il était arrivé embrumé, en short et d'humeur maussade, à un carrefour pollué du seizième arrondissement.

Il y avait retrouvé une quinzaine d'hommes plus sérieux les uns que les autres et ce, en dépit de leurs culottes bariolées et fluorescentes qui épousaient de près la forme de leurs testicules et les replis de leurs fesses. Certains avaient une petite vingtaine d'années, d'autres bien plus. Il y avait des blonds et des bruns, des Noirs et des Blancs et même un Chinois. Il ne sut rien d'autre d'eux car ils ne se présentèrent que par leurs prénoms et n'échangèrent pas un mot avant d'enfourcher leurs montures.

À 8 heures 30 précises, les quinze gaillards se mirent à pédaler en cadence. Archibald les suivit sans peine. À 8 heures 35, un peloton de tête se forma, constitué des plus jeunes et des plus expérimentés. Archibald eut un peu de mal à tenir la cadence. À 8 heures 45, un écart s'était formé entre le groupe de tête et le peloton. Lesquels, agacés, se mirent à farfouiller frénétiquement dans leurs poches pour en extraire des petites pilules vitaminées. En clair, ils se dopaient. Cinq minutes plus tard, le *gruppetto* retrouva une seconde jeunesse. Cette fois-ci, Archibald était lâché.

Il les retrouva trois quarts d'heure plus tard au carrefour où ils s'étaient initialement donné rendez-vous. Les plus âgés avaient le front moite d'une sueur glacée, le souffle court, le teint rouge et les yeux légèrement exorbités. Ils le regardèrent arriver avec une condescendance amusée. Archibald se promit de ne plus jamais les revoir, ni sur un vélo ni dans la vie réelle.

Exit donc le bois de Boulogne. Malgré tout, Sylvie, qui l'avait si chaleureusement encouragé, ne perdait pas espoir de le convertir à une vie saine et rangée.

— Dis, Archibald, qu'est-ce que tu écris là ?

— Le livret de messe de mon père. Il est mort ce matin.

— Tu plaisantes ?

— Oui.

— Ah, je préfère. Je peux lire ?

— Non.

— Oh, s'il te plaît, minauda-t-elle.

— Non. Tu ne devrais pas être en train de dormir ?

— Je n'arrive pas à dormir sans toi.

— J'arrive.

— Tu t'es lavé les dents ? Je ne dis pas cela pour t'embêter, mais il faut que tu prennes soin de ton capital dentaire. Au pire, tu n'as qu'à te faire un bain de bouche…

Ah non, pas ça ! Pas le capital dentaire. Pas cette insupportable façon d'instiller du capitalisme partout, d'avoir de la finance, du placement et de la rentabilité jusque dans les gencives. C'en était trop.

D'un seul coup, Archibald eut envie de prendre Sylvie dans ses bras. Et de la jeter par la fenêtre de son appartement du cinquième étage. Le bruit de son corps sur la chaussée ferait un « zwof » mat, puis rien. Il la regarda. Elle lui sourit. La pauvre, elle ne savait pas que son temps était compté.

Mais avant cela, un peu d'alpinisme sur le mont-de-vénus ne lui ferait pas de mal.

12

Archibald finit par boucler son livret de messe. Non sans mal et juste au dernier moment, comme la grande majorité des articles qu'il écrivait. Il en imprima une quarantaine d'exemplaires dans la nuit, chez son ami Adama, un sociologue burkinabé qui habitait dans sa rue. Le cadet des Kerniguet rencontra brièvement, la veille de la cérémonie, le prêtre qui devait célébrer les obsèques de son père. L'homme lui laissa une impression mitigée, un mélange de compassion pour son grand âge et de terreur causée par ses yeux bleu turquoise enfoncés dans leurs orbites.

La messe d'enterrement fut célébrée en l'église Saint-Sulpice le jeudi 10 octobre à 11 heures du matin. Jusqu'au bout, Ronan batailla contre son frère et sa tante pour obtenir qu'elle soit avancée d'une heure. Le 10 du 10e mois à 10 heures, ça, c'était un horaire qui lui plaisait. Mais pour une fois, il ne parvint pas à ses fins. Et, chose plus surprenante, Paul (qui ne voulait pas céder un pouce de terrain à son frère) et Isadora (qui détestait se lever avant 9 heures) trouvèrent une alliée de poids en Tina.

Celle-ci considérait en effet que c'était l'occasion d'aller faire un peu de shopping à l'ouverture des magasins. Ronan accepta de bonne grâce, trop content de pouvoir exhiber sa femme en cette occasion mais étonné qu'elle ait accepté de venir sans rechigner. Je serai habillée en noir, lui avait-elle répondu. Ça affine la silhouette. Seulement, il n'avait pas prévu qu'il serait obligé de débourser près de 400 euros pour acheter un tee-shirt délavé d'un gris verdâtre assez moche et un haut de survêtement en fourrure.

Ils arrivèrent sur le parvis de l'église cinq minutes avant le début de la messe. Paul et Gwenaëlle étaient déjà là. Son frère arborait un air renfrogné de circonstance : non seulement sa femme l'avait houspillé toute la matinée pour qu'il se dépêche, mais en plus elle avait énergiquement refusé que Mirabelle assiste à la cérémonie. Elle n'a que quatorze ans, avait-elle prétexté. Marguerite Le Baron, la psychologue scolaire, considère que cela risque de la traumatiser. Et je suis bien d'accord avec elle, avait ajouté Gwenaëlle. En attendants Odin et Thor, eux, étaient bien présents... grâce à un billet de 200 euros glissé par leur mère dans la poche de leur veste.

En réalité, Gwenaëlle ne voulait pas cautionner la vie dissolue de son beau-père en invitant sa famille. Sa mère n'était pas venue. De toute façon, Annick Le Roux (qui détestait Tina dont elle jalousait le goût pour les vêtements de créateurs et les sacs à main hors de prix) n'avait pas manifesté une grande envie de venir. Mais Gwenaëlle, qui avait gardé de ses années de cavalière une certaine propension à monter sur ses grands chevaux, refusait catégoriquement d'être complice d'une quelconque action qui irait à l'encontre de ses principes.

Isadora et Archibald les rejoignirent peu de temps après. Paul et Gwenaëlle se tenaient à distance l'un de l'autre et se faisaient ostensiblement la gueule. Le second fils de Christobal aurait aimé que sa tante le remarque et le réconforte, voire qu'Archibald se soucie de son chagrin. Mais tous deux étaient plongés dans leur désarroi, de sorte qu'ils ne se rendaient compte de rien.

Un très grand monsieur passa devant eux, l'air

affairé. Cette longue tige de près de deux mètres de haut, extrêmement maigre et coiffée d'une épaisse tignasse blanche qui entourait des oreilles rougeaudes et décollées, était le prêtre. Archibald essaya de l'alpaguer.

— Mon père, mon père, nous sommes la famille du défunt…

— Oui, oui, félicitations, marmonna-t-il, manifestement préoccupé par tout autre chose.

— Du défunt, monsieur !

Paul éleva la voix.

— Oh, pardon, veuillez m'excuser, j'avais la tête ailleurs…

— Euh, mon père, j'aurais voulu vous parler un peu de… mon père, souffla Paul.

— Trop tard. Il fallait vous réveiller plus tôt. Nous en avons déjà assez causé hier. Merci. Excusez-moi, mais il faut vraiment que j'aille me préparer.

Et le vieux curé partit à grandes enjambées pour s'engouffrer à toute vitesse dans l'église. Manifestement, il faisait partie de ces hommes d'Église qui considèrent qu'il vaut mieux que les familles ne s'occupent pas trop des questions religieuses, en particulier lors d'un décès.

— Tu es sûr que tout va bien se passer, Archibald ? glissa Gwenaëlle.

— Oui. C'est un prêtre breton qui m'a été recommandé par une amie, expliqua le petit frère.

— Ah, il est breton, fit Paul. Cela me rassure…

— Je lui ai parlé de papa, et il m'a eu l'air très intéressé parce qu'il a pris beaucoup de notes. C'est vrai qu'il a l'air un peu abrupt comme ça, mais il paraît qu'il est très bien. Faites-moi confiance.

Paul n'eut pas le temps de répondre. Un grand métis s'approcha de lui à grandes enjambées. Il le prit par les épaules, serra très fort et l'étreignit en sanglotant. Puis il le regarda fixement pendant quelques secondes. Ses yeux étaient rouges d'avoir abondamment pleuré. L'homme renouvela l'expérience avec Archibald, qu'il souleva de terre, puis Gwenaëlle, qui rougit. L'homme s'éloigna presque tout aussi brusquement qu'il était arrivé.

— C'était qui celui-là ?

— Je ne sais pas. Mais il m'a fait mal, le con !

— Tais-toi, il pourrait t'entendre et revenir.

Ronan, Tina, Odin et Thor rejoignirent leur famille en haut des marches. Les cloches de l'église se mirent à sonner. Paul se tourna vers sa femme.

— Ils sont venus avec leurs enfants.

— Oui. Et alors ? murmura Gwenaëlle.

— Et alors nous non, chuchota Paul.

— Je n'ai pas envie d'en faire une détraquée, souffla la femme attaquée.

— Ce n'est pas une messe qui va rendre Mirabelle folle, répliqua le mari blessé.

— C'est vrai. Tina n'a pas attendu cette messe pour rendre ses enfants cinglés. Regarde leur dégaine : on dirait des clochards. C'est bien la peine de les avoir traînés à l'enterrement de ce grand-père dont ils se fichaient éperdument.

— Gwenaëlle !

— Ose dire le contraire !

— Chut. Pas en public. Bonjour Ronan, bonjour Tina, bonjour les enfants.

— Ah, vous êtes là, vous ? On est pressé. On rentre ?

Les fils de Christobal de Kerniguet s'approchèrent de l'autel en une lente procession dont le tempo était dicté par le pas de Ronan. Lequel avait invité quelques-unes de ses connaissances les plus illustres pour transformer cette cérémonie en un acte mondain. À la septième travée, il fit un petit geste de la main à l'attention du PDG de sa société. Trois rangées plus loin, il leva le menton et lança un clin d'œil à un acteur à la mode qui se piquait de jouer au disc-jockey et sortait justement de boîte de nuit, entouré de trois mannequins bringuebalants. Enfin, assis au premier rang à côté d'Isadora, se tenait le secrétaire d'État délégué aux Affaires européennes. Ronan s'empressa de le saluer, discrètement pour ne choquer personne, mais assez ostensiblement pour que toute l'assistance comprenne que le ministre était son invité. En guise de remerciement, l'homme politique se mouchait déjà.

Paul avait invité quelques-uns de ses proches lui aussi : son professeur de sciences physiques, maintenant à la retraite, était venu de sa lointaine banlieue pour réconforter son ancien élève. Tous ses amis militants parisiens de la Brigade internationale pour une Bretagne indépendante avaient bravé leur haine de l'Église pour soutenir leur ami. Soucieux de ne pas tout cautionner, ils arboraient un badge druidique au revers de leur veste. Tout au long de la cérémonie, ils refusèrent énergiquement de se lever en même temps que tout le monde. Mais au moins ils étaient là, à la différence des collègues de bureau de Paul qui n'avaient même pas pris la peine de lui adresser un mot ou d'offrir un bouquet de fleurs. Le seul représentant d'Harvouët était Modeste, le gardien de nuit, qui avait pris le jeune cadre en amitié et aimait passer de longues heures avec lui à discuter de football.

Archibald fut le dernier à s'asseoir. Il n'avait même pas songé à inviter sa rédactrice en chef, et encore moins le directeur de la rédaction. Aucune de ses petites amies n'avait voulu se rendre à cette messe et du reste il ne le leur avait pas demandé, considérant qu'elles pourraient le prendre comme un désir d'engagement. Après tout, les obsèques étaient elles aussi un des sacrements majeurs de l'Église. Comme le mariage… Les seuls amis d'Archibald étaient donc Adama, qui avait tant planché sur le livret de messe qu'il s'était dit que ce serait trop bête de ne pas voir la réaction des lecteurs, Marc, son voisin homosexuel, et Zélie, la sœur de Baptiste, son meilleur ami, avec qui il était sorti une bonne dizaine de fois en une quinzaine d'années.

À part cela, il y avait quand même une petite cinquantaine de personnes dans l'église, dont une majorité de femmes d'âge mûr peinturlurées et chapeautées, des messieurs rabougris dans des costumes étriqués, un grand personnage avec une cape violette et une longue barbe qui fit un signe de la main à Isadora et le fameux métis. La messe pouvait commencer.

≈

La veille au soir, les trois frères s'étaient mis d'accord sur l'ordre des lectures. Archibald lirait le premier passage, tiré de l'Ecclésiaste, puis Paul réciterait le psaume et enfin, à la fin de la messe, Ronan, en sa qualité d'aîné de la fratrie, aurait l'insigne honneur de déclamer l'éloge funèbre.

Juste après le Kyrie, le prêtre fit un signe impatient à Archibald qui se leva et marcha lentement vers l'ambon. Les idées se bousculaient dans sa tête. Que se passerait-il s'il bousculait le cercueil de son père et le faisait tomber par terre, pour voir ? Et s'il se déshabillait là, maintenant, devant tout le monde, pour faire ensuite le tour de l'église nu comme un ver ? Il pourrait aussi faire le tour de l'autel en beuglant une chanson paillarde. Ce serait original à défaut d'être amusant.

Il ne fit rien de tout cela. Une fois devant l'ambon, Archibald sortit de sa poche une feuille soigneusement pliée en quatre, s'éclaircit la voix et lut :

— Lecture du Livre de l'Ecclésiaste. La crainte du Seigneur est gloire et fierté, gaieté et couronne d'allégresse.

L'acteur ricana, imité aussitôt par sa cohorte anorexique. Les militants bretons de la BIBI haussèrent les épaules. Zélie versa une première larme. Archibald poursuivit sa lecture.

— La crainte du Seigneur réjouit le cœur, donne

gaieté, joie et longue vie. Pour qui craint le Seigneur, tout finira bien, au jour de sa mort, il sera béni. Le principe de la sagesse, c'est de craindre le Seigneur ; créée avec les fidèles, elle les accompagne dès le sein maternel. Parmi les hommes, elle s'est fait un nid, fondation éternelle, et à leur race elle s'attachera fidèlement.

L'homme politique bâillait. Gwenaëlle regardait Paul, qui regardait le cercueil de son père avec un air douloureux. Tina regrettait d'être au premier rang et de ne pouvoir ainsi observer les accoutrements de l'assistance. Déjà, en s'asseyant à sa place, elle s'était moquée de sa belle-sœur, toujours aussi mal attifée avec sa robe longue, en décalage complet avec la mode cette année-là. Paul n'avait pas été épargné par ses critiques : son costume était moche et sa cravate ne ressemblait à rien. Comme lui d'ailleurs. Ronan avait ricané. Si les autres n'avaient pas eu droit à des réflexions, c'était tout simplement parce que Tina ne les avait pas remarqués. De toute façon, elle n'avait pas pour habitude de voir les gens qu'elle trouvait moches. Archibald continua sa lecture.

— La consommation de la sagesse, c'est de craindre le Seigneur, elle les enivre de ses fruits ; elle remplit toute leur maison de trésors et de ses produits leurs greniers. C'est le couronnement de la sagesse que la crainte du Seigneur, elle fait fleurir bien-être et santé (...) La racine de la sagesse, c'est de craindre le Seigneur, et sa frondaison, c'est une longue vie.

Archibald regarda l'assistance d'un air inquiet. Seule Zélie lui rendit son regard, baigné de larmes. Il se tourna vers le prêtre, lui adressa un petit sourire comme une demande d'approbation (mais l'homme d'Église ne le vit pas) et retourna tristement s'asseoir à sa place.

Après un temps d'hésitation, Paul comprit que c'était son tour. Déjà, l'officiant s'impatientait. Il se leva, manqua de faire tomber le prie-Dieu de sa femme et s'approcha de l'ambon d'un pas lourd et hésitant. Puis il sortit de sa poche le texte que lui avait donné Archibald quelques minutes plus tôt sans qu'il ait réellement pris le temps de le lire. Il toussa, regarda sa femme dans l'espoir d'y trouver du réconfort, mais n'y vit que de l'inquiétude. Alors, il scruta l'assistance en quête d'un regard amical et finit par tomber sur le métis qui l'avait pris dans ses bras. Le colosse pleurait comme un petit enfant.

Gêné par cette émotion qui ne lui était pas plus familière que familiale, Paul toussa une seconde fois pour s'éclaircir la voix et s'attaqua à la lecture du Psaume 18.

— Dans ma détresse, j'invoquai Yahvé, et je criai vers mon Dieu ; de son temple il entendit ma voix, et mon cri devant lui parvint à ses oreilles. La terre fut ébranlée et trembla, les fondements des montagnes s'agitèrent, et ils furent ébranlés, parce qu'il était courroucé ; une fumée montait de ses narines, et un feu dévorant sortait de sa bouche ; il en jaillissait des charbons embrasés. Il abaissa les cieux, et descendit ; une sombre nuée était sous ses pieds. Il monta sur un Chérubin, et il volait ; il planait sur les ailes du vent. Il fit des ténèbres sa retraite, sa tente autour de lui c'étaient des eaux obscures et de sombres nuages. De l'éclat qui le précédait s'élancèrent ses nuées, portant la grêle et les charbons ardents. Yahvé tonna dans les cieux, le Très-Haut fit retentir sa voix : grêle et charbons ardents ! Il lança ses flèches et les dispersa ; il multiplia ses foudres et il les confondit. Alors le lit des eaux apparut, les fondements de la terre furent mis à nu, à ta menace, Yahvé, au souffle du vent de tes narines. Il étendit sa main d'en haut et me saisit, il me retira des grandes eaux. Il me délivra de mon ennemi puissant, de ceux qui me haïssaient, alors qu'ils étaient plus forts que moi. Ils m'avaient surpris au jour de mon malheur ; mais Yahvé fut mon appui. Il m'a mis au large, il m'a sauvé, parce qu'il s'est complu en moi. Yahvé m'a récompensé selon ma justice, il m'a rendu selon la pureté de mes mains. Car j'ai gardé les voies de Yahvé, et je n'ai pas péché, pour m'éloigner de mon Dieu.

Paul buta sur son texte à plusieurs reprises, achoppant sur un mot, avalant un Yahvé pour le transformer en « ravi », transformant un « ébranlé » en « branlette », ce qui déclencha des fous rires dans l'assistance et une moue réprobatrice de Ronan. Tremblant et suant, il retourna s'asseoir auprès de sa femme. Archibald lui tapa affectueusement sur l'épaule mais il n'osa pas le regarder.

Enfin, ce fut au tour du prêtre d'entrer en scène. Lentement, très lentement, il étira sa grande carcasse et s'approcha de l'autel à pas comptés. Il étendit alors les bras comme un albatros sur le point de prendre son envol puis les baissa tout doucement, regarda l'assistance recueillie d'un air satisfait, fit un signe de croix (aussitôt imité par une bonne partie du public), se racla la gorge et récita l'Évangile qu'il avait choisi.

Il s'agissait du passage où l'on vient chercher le Christ pour le prévenir que sa mère le cherche. Ce à quoi Jésus répond par une question : « Qui est ma mère, qui sont mes frères ? » Puis, tendant les mains vers ses disciples, il ajoute : « Voici ma mère et mes frères. Celui qui fait la volonté de mon Père qui est aux cieux, celui-là est pour moi un frère, une sœur et une mère. »

Sitôt la lecture terminée, tout le monde s'assit dans un brouhaha de chaises déplacées, de reniflements et de raclements de gorge. Depuis la lecture de l'Évangile, l'homme de foi n'avait pas bougé. Il regardait l'assistance avec un œil goguenard, attendant que le silence se fasse. Puis il éleva lentement les bras une seconde fois avant de les abattre brutalement et de tendre un doigt accusateur vers ses ouailles du jour :

— Craignez Dieu ! hurla-t-il d'une voix rauque où perçait la colère. Craignez Dieu ! Craignez Dieu !

Une vieille dame chapeautée tomba à la renverse, entraînant dans sa chute son tout petit mari qui avait essayé de la retenir. L'une des mannequins se mit à pleurer, aussitôt imitée par ses voisines. Paul se recroquevilla sur sa chaise. Ronan bomba le torse. Isadora sourit.

— Craignez Dieu, car s'il est lent à la colère, son châtiment est éternel, reprit le prêtre. Craignez Dieu, car ceux qui n'ont pas obéi à ses commandements s'en repentiront pour l'éternité. Craignez Dieu si vous êtes volage ! Craignez Dieu si vous êtes menteur ! Craignez Dieu si vous êtes orgueilleux ! Craignez Dieu si vous êtes gourmand !

— Qu'est-ce qu'il dit ? demanda une vieille dame qui s'était assise derrière Archibald.

— Il dit que papa est dans la merde.

— Craignez Dieu, pauvres pécheurs. Comme le peuple infidèle de l'Ancien Testament, comme la brebis égarée de l'Évangile, comme le riche insensé, vous ne cessez de le provoquer, de mettre sa patience à l'épreuve. Et pourtant Dieu vous aime tous. Infiniment. Individuellement. Allez-vous attendre d'être au bord du précipice pour mettre un terme à votre inconduite ? Ou bien est-ce que vous demanderez à vos proches d'y songer pour vous une fois que vous serez défunts comme c'est le cas du pauvre Christobal qui gît devant vous ?

Recroquevillé sur sa chaise, l'homme politique se mordillait les lèvres, ne sachant quelle attitude adopter. Après avoir levé un sourcil, le PDG avait pris le parti de ne surtout rien entendre : il consultait les cours de la Bourse sur son téléphone portable. Le métis ne pleurait plus. Zélie s'accrochait au bras d'un Archibald perplexe.

— Allons, mes chers enfants, changez, faites un effort. Écoutez mon ardente recommandation : la piété et la crainte de Dieu sont salutaires. Seul Dieu est en mesure de vous remettre dans le droit chemin. Ne vous perdez pas en route. Songez à ce que dit Jésus-Christ, Notre Seigneur : « Je suis le Chemin, la Vérité et la

Vie. » Il n'y a pas d'alternative. Toutes les autres pistes que l'on vous propose à l'heure actuelle sont vaines et sans issue.

La voix du prêtre s'était faite plus douce, presque tendre. Le président avait levé un sourcil. L'acteur avait péché une crotte de nez. Odin reniflait bruyamment. Tina, sa mère, lui tapotait la main et jetait des regards incendiaires au prêtre. La vieille dame en profita pour se pencher à nouveau vers Archibald.

— Qu'est-ce qu'il a dit, maintenant ?

— Il a dit que papa n'était pas tant dans la merde que ça, mais que nous, on risquait de l'être.

— Ah.

Le prêtre continua son sermon pendant une dizaine de minutes. La foule, atterrée, l'écoutait dans un silence pesant. Jusqu'à la fin de la cérémonie, plus personne n'osa bouger, renifler ni même chanter. Tous avaient la tête baissée et le regard coupable. Lorsque vint le temps de bénir le corps, c'est très sagement que chacun se plaça dans la file pour aller rendre un dernier hommage à Christobal. Gênés et mal à l'aise, les amis de Christobal se refilaient le goupillon à toute vitesse, sans un regard, comme on se passe le relais dans une course d'athlétisme.

13

La bénédiction finale fut accueillie avec un soupir de soulagement, à une exception notable, celle de Ronan qui triturait nerveusement l'hommage qu'il avait préparé. Manifestement, le prêtre l'avait oublié. Une foule compacte se précipita dehors, confuse et mal à l'aise.

Décontenancée, la famille du défunt mit quelques instants à reprendre ses esprits avant de se diriger vers la travée centrale. Ronan bondit sur son petit frère, qui était en train de récupérer quelques livrets de messe.

— Tu aurais quand même pu nous dire qu'il était cinglé, ton prêtre !

— …

— Odin et Thor sont traumatisés. Ils ont passé la messe à renifler.

— Ils sont peut-être tristes.

— M'étonnerait. Tiens, d'ailleurs, où sont-ils passés ?

— Je ne sais pas.

— Et puis qu'est-ce qui lui a pris de nous menacer comme ça ? Ça va pas, non ? rugit Tina.

— Mais il ne nous a pas menacés…

— Ce con de curé ne m'a pas donné la parole. À moi : Ronan de Kerniguet ! Je n'ai pas pu prononcer mon hommage !

— Oui, je suis désolé. Pourtant, tu as vu, c'était bien marqué sur le livret.

— Moi, je l'ai bien aimé, son sermon, glissa Isadora.

— Quoi ?

Ronan fusilla sa tante du regard. Isadora souriait. Tina donna un coup de pied dans le tibia de son mari, qui baissa les yeux. Sa tante souriait de plus belle.

— Oui, enfin, je n'ai pas pu lire mon texte. Il est

trop vieux ce curé. Il est gâteux, c'est sûr… En tout cas, la prochaine fois, Archibald, tu ne t'occuperas pas de la messe, ni des chants, ni de rien. C'est clair ? Et puis essuie tes yeux. Tu ne vas pas me dire que tu as pleuré ?

— Ben si. On est en train d'enterrer notre père, au cas où tu l'ignores.

— Oui, eh bien, ce n'est pas une raison pour pleurnicher. S'il te plaît, reprends-toi. Pas de larmes en public, c'est compris ? Un Kerniguet doit savoir faire face. Bon sang, mais où sont passés Odin et Thor ?

— Bon, on y va, fit Paul, qui s'impatientait.

— Oui, allons-y. Je passe d'abord, avança Ronan qui observa son frère. Mais au fait, tu as chialé, toi aussi ?

— Non, non.

— Si, si. En tout cas, merci, Paul, d'avoir saccagé le psaume. Tout le monde s'est foutu de ta gueule !

— Oh, ça va ! Si Archibald n'avait pas choisi des textes aussi merdiques…

Les trois frères sortirent furieux de l'église. Paul maudissait Ronan, qui s'était emparé au passage du carnet de condoléances. Archibald en voulait à ses frères de l'avoir critiqué alors qu'ils l'avaient laissé seul préparer ce livret de messe. Et Ronan ruminait son dépit de ne pas avoir pu lire son discours devant son patron et son ami ministre alors qu'il se faisait une joie de déclamer un si beau texte à quelques pas de la statue de Bossuet.

En attendant, il s'agissait d'aller saluer la petite

troupe qui était venue rendre un hommage parisien à Christobal le Breton.

L'arrivée des trois frères sur le parvis de l'église fut saluée par un murmure approbateur. Une nuée poudrée vint immédiatement s'agglutiner autour d'eux. Ronan les esquiva pour aller saluer ses invités. C'était un peu comme dans un cocktail lorsqu'arrive un nouveau plat de petits fours : des vieilles dames sophistiquées et hautaines se bousculent, jouent des coudes et se marchent sur les pieds afin d'être la première servie. Sauf que là, il s'agissait juste d'échanger quelques banalités avec les fils inconnus d'un sculpteur reconnu.

Paul fut alpagué par un couple de critiques d'art, habillés à l'identique, coiffés de la même façon et équipés des mêmes lunettes rectangulaires à montants épais. Il ne sut que leur répondre. Il ne comprenait rien à l'art contemporain et n'entendait rien du discours abscons que lui infligèrent les deux hommes.

Pendant ce temps, Archibald dut se coltiner une amie de Christobal qu'il avait vue de dos, au moment de la communion. Plus exactement, il avait reluqué son petit derrière provocant, sa silhouette décharnée, sa démarche un peu bancale, ses vêtements à la mode. Il l'avait cherchée du regard à la fin de la cérémonie, espérant la trouver dans la foule réunie sur le parvis. Qu'est-ce qu'une femme si désirable venait faire à l'enterrement d'un vieil aristocrate breton ? Tout au long de la messe, il avait lutté contre cette maudite envie de séduire qui ne le laissait jamais en paix, même à l'église, à deux pas du cercueil de son père.

Zélie, qui l'avait vu se retourner à plusieurs reprises,

fit semblant de ne pas l'avoir remarqué. Après tout, leur histoire d'amour était censée être terminée depuis belle lurette. Mais elle eut quand même envie de partir à plusieurs reprises. Si Archibald en désirait une autre, eh bien, qu'il y aille. Elle n'avait aucune envie de se battre contre les multiples tentatrices de son ami. Plutôt que de la stimuler, l'adversité avait tendance à décourager Zélie.

La poupée sexy en question était une amie de jeunesse de Christobal. Chantal Dumont avait soixante-huit ans, une longue carrière de journaliste-beauté derrière elle et une cohorte d'ennemies dans la profession. Sa méchanceté avait marqué son visage en une multitude de rides, chacune étant liée à une vacherie, une trahison ou un ragot ignoble. Année après année, elle les avait gommées à grands coups de lifting, Botox et autres cures. Paradoxalement, Chantal, qui ressemblait à une chouette hulotte et qui ne baisait plus depuis vingt ans, s'était vu décerner le titre de femme la plus tirée de Paris.

Cela ne l'empêchait pas de s'habiller comme une minette vulgaire et aguicheuse. Ce jour-là, Chantal Dumont portait des chaussures orthopédiques à brides, un fuseau en cuir brillant qui lui galbait les fesses, un tee-shirt avec une tête de mort et un petit blouson en cuir clouté. En ces années où il n'était pas anormal qu'une fille s'habille comme sa mère et qu'une mère emprunte les habits de son enfant, Chantal Dumont revendiquait avec un certain courage le droit des grands-mères à s'habiller et se comporter comme des nymphettes.

Son mari n'était pas moins détesté qu'elle. Jean-Marc Dumont était un critique gastronomique à tête de fouine qui bataillait quotidiennement pour continuer à passer çà et là quelques chroniques fatiguées, mettant en avant, auprès de directeurs de journaux libidineux, des souvenirs de partouzes compromettants pour obtenir quelques piges.

Après avoir défendu les bienfaits des produits laitiers, les vertus des tripes et les qualités de l'agneau, en fonction des industriels qui l'avaient successivement débauché, Jean-Marc Dumont était devenu un membre éminent du lobby des hygiénistes qui jugeaient une cuisine à la propreté de ses installations. Régulièrement invité sur les plateaux de télévision, il attisait les craintes morbides d'une époque décadente en brandissant à tout-va le principe de précaution qui permettait irrémédiablement de faire taire les bons vivants. Parmi ses alliés, on comptait le président sectaire d'une ligue de vertu pudibonde et un médecin fou qui prétendait le plus sérieusement du monde qu'il convenait de porter des gants chirurgicaux dès que l'on sortait de chez soi pour éviter d'être contaminé par la prolifération de germes qui pullulaient partout. Lorsqu'ils rentraient chez eux, ces hurluberlus croyaient vraiment se comporter comme de modernes philanthropes.

Archibald eut toutes les peines du monde à se débarrasser de ce maudit couple. Il regrettait amèrement son excitation passée. Et l'antique oiselle ne semblait pas décidée à prendre son envol. Au contraire, elle lui racontait d'une voix émue les aimables soirées qu'elle passait avec Christobal lorsque celui-ci lui faisait la grâce de passer par Paris.

« Bref, vous êtes en train de me dire qu'au moment où maman me langeait, vous couchiez avec mon père ? Et il faudrait que je vous console ? Traînée ! » Archibald avait furieusement envie d'enfoncer le petit bibi qui servait de couvre-chef à cette chouette ou de boxer son petit nez pointu, mais il n'osa pas et lui sourit poliment.

Puis Solange s'approcha de Ronan. Elle était venue discrètement, la veille au soir, ne sachant pas si elle était la bienvenue, n'ayant pas été tenue informée du déroulement de la cérémonie. Elle avait été tenue à l'écart de l'agonie de son cher Christobal et, depuis sa mort, aucun des frères ne l'avait appelée. Ce silence l'avait troublée mais elle le mettait sur le compte de la douleur. Bref, elle leur cherchait des circonstances atténuantes.

Ronan était le seul qui l'ait appelée, ce qui là encore lui semblait normal : depuis quelque temps, celui qui venait le plus à Ti-Kroaz, c'était lui. Quand elle lui avait demandé l'autorisation de venir, il avait répondu d'un laconique « Viens si tu en éprouves le besoin » qu'elle avait interprété comme une invitation. À la messe, elle s'était assise derrière lui, consciente que sa présence au premier rang serait peut-être mal interprétée.

Elle s'approcha de Ronan à petits pas. Il présentait l'acteur au ministre et ne prêtait pas attention à elle. Quelques instants auparavant, l'élu des Côtes d'Armor s'était retrouvé dos à dos avec le militant de la BIBI, celui-là même qu'il avait humilié lors d'une récente élection cantonale. Les deux hommes firent trois pas en avant, se retournèrent une seconde fois et décidèrent de remettre à plus tard le second round. Pendant ce temps, Solange s'était avancée. Elle finit par taper discrètement sur le coude de Ronan pour signaler sa présence. Il se retourna brusquement.

— Ah, vous êtes là ! fit-il, dédaigneux.

— Bonjour, Ronan. Oui, je suis venue. C'est bien triste.

— …

— Je suis arrivée hier soir.

— Ah.

— J'ai dormi à l'hôtel. Je n'ai pas osé t'appeler.

— Vous avez eu raison.

— C'était une belle messe. Même si le sermon était un peu étrange. Tu ne crois pas ?

— Vous voulez rire, j'espère ? Écoutez, je vous remercie pour votre témoignage de sympathie. Merci.

Ce merci cinglant, prononcé en même temps qu'il se retournait vers son interlocuteur ministériel (qui lorgnait le décolleté osseux d'une des assistantes du comédien), sonnait comme une façon de la congédier. Atterrée, Solange s'approcha d'Archibald qui s'était enfin débarrassé de sa harpie.

— Solange ! Comme c'est gentil d'être venu.

— Cela me fait plaisir que tu me dises cela…

La dernière compagne de Christobal tomba dans les bras d'Archibald en pleurant. Il accueillit cet élan du cœur avec patience et la laissa longuement s'épancher sur son épaule, Zélie, qui ne quittait pas son ancien amant, s'était remise à pleurer.

— Vous ne m'aimiez pas trop, je le sais, pleurnichait Solange.

— Peut-être pas au début, mais à la fin, heureusement que tu étais là pour t'occuper de papa car il était devenu impossible. Mais pourquoi t'enfuyais-tu à chaque fois que l'on arrivait ?

— Ton père disait que cela valait mieux. Et Ronan et Paul me faisaient bien comprendre que ma présence n'était pas bienvenue.

— Tu ne me dérangeais pas, pleurait Archibald.

À quelques pas de là, Ronan observait la scène avec un sourire dédaigneux. Au moins, cette grosse infirmière ne serait bientôt plus dans ses pattes. Isadora s'était postée derrière Solange. Elle lui imposait les mains entre les omoplates en murmurant une incantation. Gwenaëlle s'était approchée. Elle arborait son traditionnel air pincé.

— Mais pas du tout. Qu'est-ce qui vous fait dire ça, Solange ? s'indigna Gwenaëlle. Nous étions toujours ravis de vous voir…

— Pour tout vous dire, c'est Tina qui…

— Tina. Ah, la salope !

— Et maintenant, qu'allez-vous faire ? s'enquit Paul, qui n'était pas mécontent d'être débarrassé de celle qu'il avait surnommée l'intruse.

— J'ai une vieille tante souffrante en Haute-Normandie. Je crois que je vais aller lui tenir compagnie, glissa Solange, qui ne vivait que par et pour les soins gériatriques. Mais auparavant, je vais aller rendre un dernier hommage à Kribal à Ti-Kroaz et j'y resterai quelque temps si cela ne vous dérange pas.

Solange prit congé de la famille Kerniguet avec un sourire triste. Isadora avait terminé ses incantations. Il était midi et quart : la foule d'invités était beaucoup plus clairsemée.

— Il nous reste quelques heures avant la mise en terre. Nous ne sommes pas encore trop pressés. Et si nous allions boire un verre dans le quartier pour nous remettre de nos émotions ? lança Isadora.

— Excellente idée, dit Archibald, qui ne reculait jamais devant un petit remontant. Tu viens avec nous, Zélie ?

— Non, je préfère vous laisser en famille.

— Tu es sûre ?

— Non.

— On dîne ensemble quand je rentre à Paris ?

— Tu es sûr ?

— Non.

— Bon, allons-y, fit Ronan qui, ayant terminé ses mondanités, reprit l'idée de pot à son compte.

Et c'est ainsi qu'un petit groupe se forma pour aller boire une bouteille ou deux au Café des Quatre-Évêques.

14

Les nouveaux existentialistes n'étaient pas très rebelles. Déjà, au dix-septième siècle, les chanoines de

Saint-Germain-des-Prés restaient prudemment à l'écart des controverses agitées par ces messieurs de Port-Royal. Plus tard, les curés de Saint-Sulpice faisaient mine de s'insurger mais ne mouftaient pas quand les laïcards votaient la loi de 1905. Au reste, ils n'avaient pas tort. L'« abominable » loi de séparation de l'Église et de l'État n'allait pas avoir les conséquences escomptées. Les républicains les plus acharnés avaient-ils prévu que cette mesure se retournerait contre eux ? En voulant ruiner l'épiscopat par la nationalisation de ses biens, les ennemis de l'Église ne faisaient que la renforcer. Désormais, la restauration des basiliques, églises et cathédrales serait à la charge de l'État. Le petit père Combes pourrait s'en mordre les doigts. L'Église est un vieux singe qui n'a pas fini de grimacer.

Plus récemment, les fils de bourgeois s'étaient encanaillés, mais pas trop, en franchissant momentanément la barrière géographique et sociale que constituait le boulevard Saint-Michel avant de revenir bien vite à la maison pour souper avec papa et maman. C'était le temps de Mai 1968, une révolution imaginaire, une révolte ludique dont on n'arrivait pas à solder les comptes quarante ans plus tard. Les contempteurs de l'héritage libertaire avaient repris la main, mais les gardiens du temple ne s'avouaient pas vaincus. Tout cela provoquait d'inutiles et oiseuses controverses, sauf pour les polémistes qui trouvaient là le moyen de gloser sur les mérites respectifs de l'ordre et de la vertu.

Ces polémiques étaient d'autant plus vaines que Saint-Germain-des-Prés n'était plus. Le drugstore où Isadora venait rôder ? Remplacé par une grande enseigne italienne. Tandis qu'au rez-de-chaussée des mannequins lugubres défilaient sur écran géant, à l'étage, des vieilles dames atrabilaires venaient picorer des pâtes hors de prix en compagnie de Lulu leur caniche et de Lulu leur mari, et crachoter leur venin sur leur entourage.

Les boîtes de jazz qu'aimait tant Christobal ? Remplacées par des cafés à la mode où des serveurs sinistres servaient avec arrogance des cocktails multicolores à des adolescentes blafardes et dépressives, à force de ne manger qu'une branche de céleri par jour.

Les librairies religieuses et autres commerces de bondieuseries ? Reléguées dans les ruelles et remplacées par des magasins de vêtements et des boutiques de bottes où des vendeuses désabusées s'ennuyaient ferme de 10 heures du matin à 7 heures du soir.

Oui, le quartier avait bien changé depuis que Christobal était rentré de son périple africain. Assurément, cela ne dérangeait pas Tina et Ronan, qui naviguaient avec aisance dans ce triangle de pétasses (délimité par les stations de métro Saint-Sulpice, Odéon et Saint-Germain-des-Prés), convaincus qu'ils étaient de faire partie de la caste des « *rich and famous* » enviée et imitée par les badauds.

Tel n'était pas le cas de Paul et Gwenaëlle. Le frère de Ronan ne venait pas souvent dans ce quartier, mais à chaque fois il enrageait. Du reste, même quand il n'y venait pas, il y pensait, il en parlait, ne serait-ce que parce que son frère et sa belle-sœur s'y épanouissaient et qu'il n'aimait pas ça.

— Ce quartier, c'est tout ce que je déteste, maugréa-t-il en chemin, agrippant son épouse par le bras.

— Je te comprends, mon doudou, disait Gwenaëlle, qui se radoucissait à mesure qu'elle s'éloignait du cercueil de son beau-père. Je te comprends, mais ne t'en fais pas, nous ne vivrons jamais ici.

— Il n'y a pas intérêt. De toute façon, si tu savais le prix des loyers par ici. C'est indécent ! Et stupide : on pourrait louer une maison dans la vallée de Chevreuse pour le prix d'un quatre pièces ici.

— Oui, c'est scandaleux, approuva-t-elle.

— Comment ? Qu'est-ce qui est scandaleux ?

Isadora s'était approchée d'eux en trottinant. Elle semblait fatiguée.

— Rien, tante Isadora… Enfin si, cette messe était scandaleuse, souffla Gwen.

— Ouais, c'est pas en nous culpabilisant que l'Église va nous faire revenir vers la foi, grogna Paul.

— Ce n'est pas exactement comme ça qu'il faut voir les choses, avança Archibald. Même s'il est vrai qu'une partie du clergé est tentée par le repli sur soi. Ils trouvent un écho chez certains fidèles qui se voient comme les derniers des Mohicans dans le pire des cas ou sinon comme les chrétiens des catacombes. C'est un réflexe identitaire normal pour une Église attaquée de toutes parts.

— Oh toi, tu es toujours d'accord avec tout le monde, conclut Paul.

— Je crois surtout que toi, Paul, tu es toujours en révolte contre quelque chose. Dis-moi, Isadora, que penses-tu de ces chrétiens à l'ancienne, toi qui les as bien connus ?

Sa question resta sans réponse, La famille Kerniguet avait traversé la place Saint-Sulpice et se retrouvait maintenant face au Café des Quatre-Évêques.

≈

Le Café des Quatre-Évêques était le rendez-vous dominical des familles bourgeoises du sixième arrondissement. Chaque semaine, des sexagénaires vêtus de pantalons en velours coloré y reluquaient les amies de leurs filles tout en sirotant des cafés infects ou des mauvais vins rosés, tandis que leurs adolescentes soupiraient d'ennui à leurs côtés. Au même moment, leurs épouses allaient acheter un rôti de bœuf dans le filet, un kilo de bonnottes de Noirmoutier, une batavia et un camembert coulant-mais-pas-trop au marché voisin. Les hommes s'asseyaient à la même table que d'habitude, les femmes achetaient toujours la même chose. C'est ainsi que leurs parents vivaient avant eux et il n'y avait aucune raison que cela change. Jamais ils ne se seraient aventurés à commander autre chose que leur habituel breuvage, si mauvais soit-il. Jamais elles n'auraient osé demander un populaire museau vinaigrette ou un boudin rustique.

Le reste de la semaine, le Café des Quatre-Évêques était fréquenté par une faune où se croisaient des jeunes hommes pressés qui survolaient le journal d'un œil inquiet tout en surveillant de l'autre l'arrivée du bus, des trentenaires esseulées espérant qu'ils les regardent, des ivrognes désabusés, des chanteurs ratés et des vendeurs de minijupes. À cette clientèle bigarrée venaient s'ajouter les rejetons des bonnes familles du quartier. Les filles étaient dépressives, angoissées et alcooliques comme leurs mères. Les garçons avaient suivi l'exemple de leurs pères ou beaux-pères. Croyant nouer un lien avec leur descendance, acquise ou innée, ces derniers avaient cru bon de leur raconter par le menu leurs turpitudes passées, les pétards qu'ils fumaient dans les toilettes des discothèques au milieu des années 1980, les cuites mal terminées, les filles qu'ils avaient fait avorter.

Alors, puisque chaque génération doit dépasser celle qui l'a devancée, ces adolescents avalaient toutes sortes de cachets et sniffaient bruyamment d'énormes rails de cocaïne dans des soirées décadentes et nihilistes. Leurs pères croyaient être complices ? Ils n'étaient que coupables.

Puisqu'il fallait que rien ne change, le Café des Quatre-Évêques avait été rénové en moche. Les serveurs étaient toujours aussi hargneux, le linoléum était atroce et les banquettes n'avaient pas perdu de leur dureté d'antan. Cela n'empêchait pas la génération molle de s'y affaler des heures durant.

Ronan entra le premier. Rien que de très normal. De ces années de lycée, il avait conservé quelques expressions latines qu'il avait cuisinées à sa propre sauce. Ainsi, « Primus inter pares » devenait « Le premier des parents ». Il entra d'un pas lent, solennel, digne, de circonstance. Toute sa parentèle le suivait en file indienne : Isadora d'abord, privilège de l'âge, puis

Tina, Odin et Thor qui reniflaient la poudre blanche qu'ils avaient consommée dans une petite chapelle pendant que leurs parents discutaillaient, Paul, Archibald et Gwenaëlle.

Ils s'installèrent à une grande table dans l'arrière-salle. Quelques instants plus tard un serveur chauve, dont l'immense nez mettait en valeur la calvitie comme s'il s'agissait là d'un plongeoir, s'approcha d'eux.

— Qu'est-ce que je vous sers ?

— Bonjour, mon brave, lui répondit Ronan d'une voix tonitruante. Il est plus que probable que vous nous servirez à quelque chose, mais auriez-vous l'obligeance de bien vouloir revenir dans quelques minutes. Cela nous permettrait de finaliser notre choix.

Ronan adoptait systématiquement un ton hautain quand il s'adressait à un serveur. Lorsqu'il avait vingt ans, il avait été très impressionné par la morgue d'un cousin lyonnais. Il l'avait trouvé très distingué, très drôle et cherchait depuis lors à se montrer le plus odieusement courtois en de telles occasions.

— Bon, je vais repasser…

— Il suffit ! Contentez-vous de prendre notre commande… Je pense qu'ils sont prêts maintenant. En tout cas, pour ce qui me concerne, je voudrais une orangeade.

— Un jus d'orange ?

— Fi donc ! Non, je voudrais une double orange pressée. Ou plutôt, une orange et un pamplemousse pressés. Est-ce que cela fait partie des tâches que vous êtes en mesure d'accomplir ?

— Je peux vous faire une orange et un pamplemousse pressés.

— Eh bien, soit. Vous aurez l'obligeance de les mettre ensemble dans un grand verre. Merci, mon brave.

Ronan plissa des yeux, content de sa petite saynète. Le serveur, qui était habitué à ce genre de discours, ne moufta pas. Les familiers de Ronan soupiraient de tristesse et d'ennui.

— Et pour Madame ?

— Qu'est-ce que vous avez comme thé ? Et comme tisane ? demanda Tina.

— Ceylan, Earl Grey, thé vert à la menthe, verveine-menthe, tilleul…

— Non, je crois que ça va pas le faire. Vous m'apporterez une tasse d'eau très chaude et un demi-citron. Et vous, les enfants ?

— Un Coca light, maugréa Odin.

— Un Coca normal, grommela Thor.

— Un whisky Coca, trompeta Isadora,

Tout le monde se tourna vers la vieille dame, l'air interloqué. Gwenaëlle lui lança un regard où se mélangeaient l'inquiétude et la désapprobation.

— Quoi ? Cela vous dérange, glapit l'aînée. Dans ce cas, un whisky sec. Tu me suis, Archibald ?

— Non, merci, tante Isadora. Je vais prendre un verre de rosé. Ou plutôt une bière ? Euh non, un verre de rouge. À moins qu'un déca… Non, finalement, je vais prendre un verre de rosé…

— Il est dégueulasse mais bon, c'est comme tu

veux. Au moins je ne serai pas seule à boire un coup. Et toi, Paul ?

— Je vais t'accompagner aussi, tante Isadora. Un Picon bière pour moi, monsieur.

— Un Picon bière ? l'interrompit Ronan. La boisson préférée de papa ? Mais tu n'en bois jamais d'habitude ? C'est pour faire comme ton papounet, mon gros bébé ? Hein ? C'est ça ?

— …

Paul ne sut que répondre. Indigné par cette attaque humiliante, mortifié par cette remarque d'autant plus blessante qu'elle était relativement vraie, il fut tenté de renverser la table pour sauter au visage de son frère et le rouer de coups mais n'osa pas. Il ne put que rougir, comme un aveu de faiblesse. Odin et sa mère ricanaient. Gwenaëlle était partagée entre la colère et l'abattement. Thor triturait quelque chose entre ses doigts. L'ambiance, qui n'était déjà pas spécialement légère, devint encore plus pesante.

Soucieux de détendre l'atmosphère, Archibald changea de sujet de conversation.

— Je ne sais pas ce que vous en pensez, mais pour moi, réciter le Notre-Père ce matin, devant le cercueil de papa, cela m'a semblé assez bizarre. Comme s'il s'agissait d'une forme de transmission.

— Mouais, fit Ronan.

— Déjà, les derniers jours précédant sa mort, je trouvais cela bizarre de demander à Dieu le Père de veiller sur mon père et de le protéger.

— Bon, quand tu auras fini avec tes bondieuseries… grinça Paul, qui ne perdait pas une occasion de dégoiser sur l'Église.

Archibald le regarda, interloqué. Il essayait de prendre la défense de son frère et celui-ci ne trouvait rien de mieux que de le rembarrer. Ronan observait la scène avec un sourire narquois.

— Comment vas-tu à Ti-Kroaz ? glissa Ronan d'une voix doucereuse.

— En train avec Isadora. On prend le TGV de 13 heures 05.

— Au fait, nous y allons en voiture, intervint Gwenaëlle.

Le serveur arriva avec les boissons. Personne n'entendit Tina qui avait sifflé entre ses dents : « Au fait, on s'en fout. » Odin ricanait de plus belle. Ronan sirotait son orangeade d'un air rogue. Paul buvait son Picon bière à grandes lampées, en jetant des regards furibards à son aîné. Archibald trempa ses lèvres dans son verre de vin. Infect. Ce rosé avait le goût et l'odeur de détergent, et presque la consistance sirupeuse.

Tout le monde avait rallumé son téléphone portable. Lesquels se mirent à sonner en même temps. Celui d'Odin vibrait frénétiquement. L'adolescent consulta ses messages, se leva brusquement et sortit du bar l'air soucieux.

— Où vas-tu ? l'interrogea sa mère.

— Je reviens.

Puis ce fut au tour de Paul, qui avait reçu un message. Il l'écouta, blêmit et sortit du bistrot lui aussi. On le voyait tourner en rond dans la rue, faisant de grands gestes de bras. Quelques minutes plus tard, il était de retour à la grande tablée. Il avait l'air ulcéré.

— Ça ne va pas, mon doudou ? s'inquiéta sa femme.

— Non, ils me font vraiment chier au bureau, grogna Paul. C'était Komodia, mon boss. Il m'a hurlé dessus parce que je n'étais pas là ce matin pour recevoir une délégation indienne. Il savait pourtant que j'enterrais papa : j'ai envoyé un mail collectif il y a trois jours.

— Il aura sans doute oublié. Ce n'est pas grave. T'en fais pas, compléta Archibald.

— Si, je m'en fais, car ils doivent annoncer une vague de promotions dans quelques semaines et j'espère bien en être… d'autant qu'il y a une belle augmentation à la clé.

— On ne peut même plus enterrer son père tranquillement dans ce monde de merde ! s'insurgea Isadora.

— Et cela ne risque pas de s'arranger, ajouta Archibald. J'ai bien peur que les cadres subissent de plus en plus de pression dans les années à venir.

— Ceux qui subissent sont nés pour ça, glissa Ronan. Moi, cela ne m'arrive jamais.

Odin était revenu. Il était livide. Il s'assit maladroitement à sa place.

— Dis-moi, Odin, où sont passés les 20 euros que je t'ai passés à la fin de la messe ? demanda sa mère.

— Les quoi ? bredouilla-t-il.

— Les 20 euros que tu m'as demandés. Tu me disais que tu voulais mettre une bougie pour Gran'pa.

— Un cierge, corrigea Archibald.

— Ouais, enfin, c'est pareil toutes ces conneries-là… Alors Odin, ces 20 euros ?

— Euh… Je les ai mis dans le distributeur, mais il ne rendait pas la monnaie, bafouilla l'adolescent.

— Le distributeur ? Quel distributeur ?

Tina n'eut pas de réponse à sa question. Odin s'était levé brusquement, faisant tomber sa chaise par terre et s'était précipité aux toilettes. Celles-ci étant situées à quelques mètres à peine de la table où la famille Kerniguet était réunie, tous purent profiter pleinement du concert de râles et de hoquets qui ponctuèrent les vomissements du jeune homme. Mélangée à la cocaïne qu'il avait prise à la messe, l'héroïne qu'il venait de sniffer eut un effet aussi brutal qu'immédiat. Il revint quelques minutes plus tard, soulagé, dans un silence pesant.

— Ça ne va pas ? Tu es malade ? demanda Paul.

— Euh… si, non…

— Odin a une gastro qu'il traîne depuis quelques jours. C'est tout ! asséna Ronan d'un ton péremptoire. Cela ne sert à rien de s'inquiéter. D'accord ?

— …

— Allons, il est 12 heures 27. Il faut y aller si on ne veut pas être en retard. Il y a quand même cinq heures de route pour arriver à Ti-Kroaz. Dépêchons-nous.

Mais avant de partir, il fallut d'abord payer. Comme d'habitude, Paul n'avait pas de monnaie sur lui. Gwenaëlle fut obligée de lui avancer de l'argent, ce qu'elle fit en lui lançant un regard noir. Ronan sortit un billet de 100 euros et s'empara de la note pour faire les comptes. Mais Isadora avait été plus rapide que lui : elle avait déjà tendu un billet de 50 euros au serveur qui s'était éloigné en grommelant.

Ils sortirent du café comme ils étaient rentrés, en file indienne. Ronan ouvrait la marche avec le pas altier du nouveau baron de Kerniguet. Tina et Thor trottinaient derrière lui, entourant de leur sollicitude un Odin chancelant. Puis venaient Paul, Gwenaëlle, Isadora et Archibald.

15

Laissant Isadora et Archibald à l'arrêt de bus, les deux couples d'aînés se ruèrent vers le parking pour récupérer leurs voitures.

— Vous êtes garés à quel étage ? demanda Paul.

— Au second, rétorqua Tina.

— On s'attend ? proposa Gwenaëlle en forçant son sourire.

— T'as qu'à croire, siffla Ronan entre ses dents.

Chacun descendit à son étage sans se soucier de ce que faisait l'autre. Ronan opta pour les escaliers, qu'il dévala à toute vitesse. Paul choisit l'ascenseur, qui resta bloqué un long moment entre deux étages. Il eut beau pester, son aîné fut effectivement le premier à rejoindre son véhicule.

Comme à son habitude, Ronan attendit qu'il fut 12 heures 45 pile pour faire vrombir cinq fois le moteur de son Audi. De son côté, Gwenaëlle vérifia méticuleusement que tout était bien en place dans sa Citroën avant de tourner la clé de contact.

C'était elle qui conduisait. De toute façon, Paul n'avait pas le permis de conduire. Ce n'était pas faute d'avoir essayé. Il s'y était même repris à trois fois mais ce furent trois échecs piteux en dépit de soixante ruineuses heures de conduite. Il savait quand même conduire un petit peu, suffisamment pour aller de Ti-Kroaz à Sarzeau, voire à La Baule, mais son épouse était à chaque fois si stressée qu'il était préférable qu'il ne conduise pas. Et elle refusait catégoriquement qu'il roule sur l'autoroute.

La sortie de Paris se passa relativement bien. Ayant choisi deux itinéraires différents, les deux véhicules ne se croisèrent pas avant d'entrer sur le périphérique.

— Tu as vu comme il t'a parlé ? s'indigna Gwenaëlle.

— Oui, j'espère que cela ne remettra pas en cause la promotion que l'on m'a promise.

— Je ne te parlais pas de Komodia, mais de Ronan.

— Quoi, Ronan ?

— Quand il s'est moqué de toi avec le Picon bière. Tu ne dois pas te laisser faire.

— Je n'ai pas su quoi répondre.

— Tu n'avais qu'à lui dire d'aller se faire foutre…

— Non. On ne va pas commencer à s'insulter alors qu'on vient d'enterrer papa.

— Il ne s'est pas privé de le faire, lui.

— …

— Et tu as vu Tina ? Elle ne pouvait pas enlever ses lunettes de soleil au bistrot ? Comme si un paparazzi allait lui sauter dessus pour la photographier !

— Ça, je suis bien d'accord avec toi. Ce n'est pas

parce qu'elle croise quelques célébrités dans les cocktails qu'elle en est une elle-même. Après tout, même si cette agence immobilière appartient à son père, elle n'est que commerciale.

— Ouais. En plus, je suis sûre que ce sont les autres qui font tout le boulot. Elle m'énerve !

— Moi aussi, mon doudou.

≈

À peine entrée dans la voiture de son mari, Tina avait farfouillé dans son sac à main pour retrouver son baladeur numérique et le brancher sur l'allume-cigare. Comme toute une génération, elle ne pouvait concevoir de vivre sans musique. Rester seule, immobile et silencieuse était la pire des tortures qu'on puisse lui infliger. Elle passait des heures à télécharger les derniers albums des groupes à la mode ou les compositions éclectiques de ses amis.

— Tu crois qu'on a bien fait de laisser les enfants à Paris ? demanda Ronan.

— Oui. Ça ne les intéressait pas plus que ça d'aller passer une soirée à Ti-Kroaz. De toute façon ils ont cours demain. Tu leur as donné de l'argent ?

— Oui, 200 euros chacun pour le week-end. Cela devrait suffire. Tu rentres demain ?

— Oui, mon avion décolle à 18 heures.

— Moi je vais rester deux ou trois jours en Bretagne. J'ai une partie de chasse dimanche avec le sénateur des Côtes d'Armor.

— D’accord. Mais, dis-moi, tu n’as pas pris un peu de poids ces derniers jours ?

— Qui ? Moi ? Tu crois ?

— J’en ai bien l’impression. Est-ce que tu ne te serais pas laissé aller récemment ? J’ai remarqué que tu t’es servi deux fois du dessert l’autre soir.

Anorexique par conviction personnelle autant que par obligation professionnelle, Tina avait converti son mari aux vertus du régime perpétuel. Quel plaisir de sentir son corps, ses os, sa peau ! Quel bonheur de trouver dans ces bribes d’alimentation une énergie décuplée par le manque ! Quelle joie de se savoir sous contrôle !

— Tu as bien mouché Paul tout à l’heure, gloussa-t-elle.

— Il est vraiment nul de se prendre pour papa. Tu vas voir, ce n’est qu’un début…

— C’est-à-dire ?

— Tu verras bien, mais je pense qu’il va tout faire pour lui ressembler.

— C’est nul.

— Oui.

— Tu ne feras pas pareil.

— Non, bien entendu.

— Bien entendu.

— …

— Qu’est-ce qu’il prend au travail ! Tu as vu : il était obligé d’écarter le téléphone de son oreille tellement son boss lui hurlait dessus.

— C’est le management par la terreur. Je sais faire.

— Oui… Ah, tiens, est-ce que ça ne serait pas sa voiture là ?

— On dirait.

— Accélère. Dépasse-les.

— Tu as raison. Ils ne vont quand même pas arriver à Ti-Kroaz avant nous.

C'était effectivement la voiture de Gwenaëlle. Paul, qui s'était endormi, ne vit pas son frère le dépasser, pas plus qu'il ne remarqua le grand sourire de Tina au moment où les voitures se croisèrent. Gwenaëlle si, qui accéléra brusquement, folle de rage. Le frère et la belle-sœur se lancèrent pendant quelques minutes dans une course-poursuite insensée. Paul se réveilla en sursaut.

— Qui ? Quoi ? Que se passe-t-il ? Mais ça va pas, Gwenaëlle, t'es folle ou quoi ? Tu roules à 150 !

— Tais-toi, doudou. J'ai dépassé Ronan il y a trois minutes et cet enfoiré vient de me faire une queue de poisson.

— Quoi ! L'enculé ! Vas-y, accélère, bébé !

— C'est ce que je fais.

— Ne le laisse pas faire, bébé, je t'en supplie !

Du côté de Ronan, l'ambiance était tout aussi tendue.

— Mais qu'est-ce que tu fous, bordel ! Tu les dépasses, oui ou merde ! s'exclamait Tina, qui avait tendance à devenir grossière quand elle s'énervait.

— Laisse-moi faire, chérie, laisse-moi faire. Elle ne va pas s'en tirer à si bon compte.

— Allez ! Bouffe-les !

Pour un peu, Tina aurait agité un fanion aux couleurs

de son mari dans l'habitacle de l'Audi. Elle retrouvait là l'angoisse, la tension et l'agitation des soirées passées en compagnie de son père, à regarder les derbys athéniens. Lorsque Ronan finit par dépasser Gwenaëlle, elle laissa éclater un hurlement de joie. Mais ce cri fut immédiatement suivi par un juron.

— Merde ! beugla Ronan en donnant un grand coup de poing sur son volant.

— Merde ! cria Gwenaëlle en se tassant sur le siège avant de sa Citroën.

— Quoi ? s'écrièrent Tina et Paul.

— Je viens de me faire flasher !

— Non !

— Si !

— Merde !

— Tu l'as dit.

— Tu roulais à combien ? s'enquirent les deux passagers.

— 160.

— Merde. Trois points en moins.

— …

— Tu l'as dépassé au moins ? demanda Tina.

— Oui.

— Bon. C'est déjà ça de pris.

Pendant quelques dizaines de kilomètres, la situation en resta là. Ni les uns ni les autres n'osaient se lancer dans une nouvelle poursuite. La bataille était terminée, non pas faute de combattants, mais à cause de l'intervention impromptue d'un troisième protagoniste, aussi obtus que rigoureux : le code de la route.

Ils en profitèrent pour reprendre leur conversation.

Ronan exposa à sa femme sa stratégie pour obtenir la Légion d'honneur ou à tout le moins l'Ordre national du mérite dans les cinq ans à venir. Ce jour-là, il inviterait Paul à assister à la remise de la décoration, ne serait-ce que pour voir sa mine contrite. Le fils aîné de Christobal éclata de rire.

Dans l'autre voiture, Gwenaëlle se moqua de l'inculture d'Odin, qui avait confondu le tronc avec un distributeur automatique et brocarda le comportement et les valeurs de Tina, assurant qu'elle menait sa famille à sa perte. Puis elle commença à se plaindre. Paul aurait bien aimé qu'elle parle moins et qu'elle conduise plus vite, pour essayer, peut-être, de dépasser une dernière fois l'Audi honnie. Mais elle n'en fit rien, alors il se contenta d'approuver mollement ses diatribes.

En tout cas, cette équipée sauvage eut au moins le mérite de leur permettre de rattraper le corbillard, parti une demi-heure avant eux du parvis de Saint-Sulpice. Ni Ronan, qui échafaudait des stratagèmes complexes pour prendre le pouvoir dans son entreprise, ni Tina, occupée à téléphoner à ses amies parisiennes, ne le remarquèrent. Ce ne fut pas le cas de Paul.

— Freine, Gwen !

— Comment ça ?

— Parce qu'il y a le cercueil de papa. On ne va pas le doubler.

— Et pourquoi donc ?

— Euh… Parce que, de toute façon, cela ne sert à rien d'arriver avant eux, si c'est pour les attendre une demi-heure là-bas.

— J'espère que tu n'es pas sérieux, Paul. Il reste encore soixante kilomètres. On ne va pas rouler à 110 kilomètres-heure juste pour ne pas dépasser ton père ?

— Si.

— Non.

— S'il te plaît.

— Pas question.

Et Gwenaëlle accéléra, furax. Lorsqu'ils passèrent devant le carrosse du croque-mort, Paul étouffa un sanglot : « Papa ! » Son clapet anal s'ouvrit et se referma trois fois pour marquer sa réprobation. En dépit de cela, Gwenaëlle de Kerniguet n'eut pas un regard pour le convoi funèbre et n'adressa plus la parole à son mari jusqu'à ce qu'ils soient arrivés à Vannes, où il était prévu qu'ils récupèrent Isadora et Archibald.

≈

— Vous avez fait bon voyage ?

— Oui, soupira Archibald.

En fait, il n'était pas mécontent de retrouver son frère et sa belle-sœur après avoir passé quatre heures en tête à tête avec sa tante. Le voyage avait été long. Sitôt assise à sa place, Isadora avait commencé à lui expliquer qu'elle se faisait un sang d'encre pour sa famille. Archibald avait tendu l'oreille. Elle lui avait annoncé qu'elle ferait tout ce qui était en son pouvoir pour éviter que la situation ne dégénère. Son neveu s'était rapproché. Après avoir siroté une gorgée de calva et s'être bruyamment raclé la gorge, elle avait annoncé que c'était invraisemblable parce qu'elle les aimait tous, les uns autant que les autres. Qui ? Ses chats.

Pendant plus d'une heure, soit toute la durée du trajet Paris-Le Mans, Isadora s'était plainte du comportement inadmissible de ses félins qui se chamaillaient pour un rien, au point qu'elle avait été obligée de les séparer en organisant des chambrées pour les uns et les autres et des heures de repas distinctes. Ces dernières semaines, sans doute à cause de l'agonie de Christobal, ses matous s'étaient montrés particulièrement insupportables. Au point qu'elle avait songé un instant à s'en séparer. Bien sûr, elle n'irait pas jusqu'à mettre sa menace à exécution. Mais que c'était dur d'être responsable d'une famille recomposée, fût-elle constituée de félins.

Après avoir étourdi Archibald de psychologie animale, Isadora avait décrété qu'elle avait faim et soif. Son neveu s'était empressé de filer au wagon-bar acheter deux bières et deux sandwichs au saucisson. La serveuse l'avait gentiment dragué tout en feignant d'ignorer une maman qui lui tendait un plat cuisiné à réchauffer pour son bébé. Il n'avait pas donné suite à ses avances, préférant se concentrer sur une petite rouquine qui lui faisait les yeux doux.

Malheureusement, comme à chaque fois qu'il se trouvait beau et élégant, Archibald n'avait aucun succès auprès des femmes. Au contraire, il n'était jamais aussi séduisant que lorsqu'il sortait de chez lui sans s'être lavé pendant deux jours, habillé d'un pull informe et d'un jean sale. C'était bien la peine de faire des efforts, se disait-il parfois.

De retour dans son wagon, il avait trouvé Isadora endormie, un gros livre à la couverture en cuir ouvert sur sa poitrine. C'était un vieux manuel pour apprendre à déchiffrer les hiéroglyphes. Archibald avait essayé de se glisser en face d'elle sans la réveiller mais une canette s'échappa de son sac en papier pour rouler au ralenti sur les genoux de sa tante, ce qui la fit sortir aussitôt de sa torpeur. C'était raté.

À peine réveillée, Isadora lui expliqua, tout en mastiquant son sandwich au saucisson, les raisons qui l'avaient poussée à s'éloigner du catholicisme pour se tourner vers d'autres formes de spiritualité. Il en ressortait que la version contemporaine de cette « sympathique philosophie » ne lui convenait pas, mais que le christianisme des origines lui convenait bien davantage.

— À l'époque, les prêtres et les diacres avaient le droit de se marier.

— Oui, mais le contexte n'était pas le même, rétorqua Archibald.

— Peut-être, mais ils croyaient en la réincarnation, eux.

Ah, la réincarnation, c'était son dada ! À l'instar de la plupart de ses amis, Isadora, qui n'avait jamais travaillé à l'école ni après, multipliait les stages et les cours comme une élève consciencieuse. C'est au cours d'un de ces séminaires qu'elle avait pu retracer son parcours karmique. Dans un premier temps, son être éternel s'était montré relativement casanier, passant de

Babylone à Thèbes, de Jérusalem à Sidon au gré d'une demi-douzaine de vies, occupant tour à tour des fonctions honorifiques, politiques et religieuses, souffrant çà et là de morts plus ou moins violentes. Puis son parcours s'était brutalement accéléré en même temps qu'elle traversait les océans : sacrifié sur un autel aztèque, Isadora avait cavalcadé dans les Rocheuses dans la peau d'un grand chef sioux avant de revenir en Europe dans le dernier tiers du dix-neuvième siècle pour jouer le rôle de la véhémente Rosa Luxemburg. Enfin, *last but not least,* elle avait été pope, assassiné par les Soviets dans les plaines ukrainiennes, un pope éphémère, de transition.

La vieille dame en était convaincue : il ne lui restait plus beaucoup de temps à vivre. Archibald s'en inquiéta et lui suggéra de moins boire et fumer. Elle s'emporta :

— Ça va pas, non ? Je ne vais pas commencer, à soixante-quinze ans passés, à mener une vie saine, sage et plan-plan. Je n'ai pas d'enfants, mis à part mes chats qui sont somme toute presque autonomes, et je n'ai besoin de personne pour faire mes courses et m'emmener à mes stages de méditation.

— Ce n'est pas ce que je voulais dire…

— Peut-être. En tout cas, il n'est pas question que je devienne comme ces affreux seniors en bonne santé, qui courent tous les matins, bouffent macrobiotique, font des UV… bref, se démènent pour mourir en bonne santé. Et peser le plus longtemps possible sur les comptes de la Sécu. Comme s'ils ne vous avaient pas assez emmerdés comme ça en vous bloquant toute possibilité d'évolution à l'époque où ils étaient, fringants quinquagénaires ou sexagénaires angoissés, cadres dirigeants des entreprises où vous trimiez pour vous faire une place. Ils me dégoûtent. Non, franchement, je préfère encore nos vieux « tamalous » d'antan, qui se plaignaient sans cesse de leurs éternels bobos mais ne faisaient pas chier le monde à donner des leçons de morale et de bien-être à tout bout de champ. Je hais les vieux quand ils font jeunes.

— …

— Et puis, de toute façon, quand je te dis que je vais bientôt mourir, c'est parce que j'arrive au terme de mes vies terrestres. C'est un peu comme dans un immeuble : je suis en train d'arriver aux combles. Après, zou, je décolle vers le ciel.

En attendant de décoller, Isadora et Archibald étaient arrivés en gare de Vannes.

16

— Et vous, vous avez fait bonne route ?

— Euh… non, rétorqua Paul. Figure-toi que l'on a croisé… Gwenaëlle donna un coup de coude à son mari, qui encaissa le coup en grimaçant et comprit qu'il ne fallait pas aborder ce sujet.

— On a croisé le camion… euh… la voiture… enfin le corbillard de papa.

— Ah bon ? C'était il y a combien de temps ?

— Il y a une demi-heure, coupa Gwenaëlle. Quelle heure est-il au fait ?

— 17 heures 35. Il nous reste vingt-cinq minutes avant d'aller au cimetière.

— On passe à la maison, affirma Paul.

— Non, on va au cimetière, gronda sa femme. On va encore être en retard.

— Non, on va à la maison. On va chez moi ! glapit Paul.

Tous les quatre grimpèrent dans la petite voiture de Gwenaëlle. Isadora s'était confortablement installée à l'avant, Paul s'était plié en trois derrière elle. Il se pencha entre les deux sièges et demanda :

— Dis-moi, Isadora, quel effet est-ce que cela te fait de revenir à Ti-Kroaz ? Pour moi, c'est à chaque fois la même émotion, la même joie de retrouver ma Bretagne, cette lande que j'aime tant, balayée par le vent et les embruns…

— Ça pue un peu la vieille algue, rétorqua la vieille dame.

— Cela fait longtemps que tu n'es pas venue ? demanda Archibald.

— Ben, tu sais, ces derniers temps, Christobal l'occupait de façon un peu… sculpturale. Je n'avais pas très envie d'y retourner. Je ne me sentais plus trop chez moi.

— Alors que moi, tu vois, c'est vraiment chez moi ici, l'interrompit Paul. C'est ici que j'ai mes racines. La Bretagne est ma sève, ma force, mon idéal…

Il s'enflammait. Mais l'arrivée à Ti-Kroaz ne tarda

pas à doucher son enthousiasme. Debout sur le perron de la maison, adossé à la rambarde métallique de l'escalier principal, Ronan les observait avec l'œil du châtelain médiéval contemplant la piétaille venue lui rendre hommage. Tina était à ses côtés, cachée derrière ses immenses lunettes de soleil.

— C'est à cette heure-ci que vous arrivez ? Qu'est-ce que vous avez fait pour arriver avec tant de retard ? Vous vous êtes arrêtés en route pour déjeuner ou quoi ?

— On ne s'est pas arrêtés et tu le sais bien, grinça Paul. Laisse-moi passer maintenant.

— Il est 6 heures moins 5. Tu n'as pas le temps de prendre un bain.

— Je n'ai pas l'intention de prendre un bain mais je veux juste poser mes affaires dans ma chambre…

— Écoute, Paul, je crois qu'on est effectivement un peu à la bourre, glissa Archibald, qui voulait à tout prix éviter une nouvelle fâcherie. Viens, on pose les sacs dans l'entrée et on file au cimetière. Tu veux bien ?

— Bon, d'accord, ronchonna Paul.

Chacun remonta dans sa voiture avant de rouler à vive allure vers le cimetière. Bon prince, Ronan laissa Gwenaëlle ouvrir la route. Après tout, elle était un peu chez elle ici aussi : ses parents n'étaient-ils pas originaires du coin ? Tina en profita pour se remaquiller tout en hurlant sur son assistante qui n'organisait pas assez bien son voyage à Miami.

Arrivé au cimetière, l'aîné des Kerniguet prit ses frères à part.

— Alors, c'est bien compris, on ne flanche pas, on

ne s'effondre pas, on ne se donne pas en spectacle. D'accord ?

— Oui.

— Cela vaut notamment pour toi, Paul. Il y aura un peu de monde, des amis de papa, des amis d'enfance… Je ne veux pas voir une seule larme couler. Nous connaissons par avance le moment où l'émotion viendra s'insinuer : c'est celui où il faudra dire un dernier adieu à Christobal, face au caveau. C'est à ce moment-là qu'il faudra lutter pour ne pas être faibles et la laisser nous submerger. Nous ne sommes pas là pour larmoyer. C'est bien compris ?

— Oui mais…

Archibald essaya d'expliquer que l'émotion n'était pas un vice, mais son frère le coupa net.

— Christobal n'aurait pas aimé, trancha Ronan.

≈

Les trois frères se dirigèrent vers l'assistance avec une lenteur cérémonieuse. Une petite quinzaine de personnes les attendait devant le trou. Archibald se pencha pour voir si l'on apercevait encore le cercueil de sa mère. Il eut envie de se jeter dans le caveau avec des outils pour voir dans quel état de décomposition sa mère se trouvait mais songea que ce n'était pas le moment approprié pour faire cela, ce qui était regrettable, car il y avait peu de chance que l'occasion se représente.

Tina s'était éloignée pour téléphoner. Elle parlait en anglais avec son épouvantable accent grec et riait fort.

Archibald aurait bien aimé la jeter dans le trou pour la faire taire. Paul reniflait bruyamment. Son épouse le regardait, inquiète.

Le recteur prit la parole.

— Cher amis, nous sommes réunis pour dire un dernier adieu à Christobal de Kerniguet. Je vous propose de chanter un *Ave Maria*... Je vous salue Marie, pleine de grâce, le Seigneur est avec vous…

— *Yes, baby, we'll have a great time in Miami…*

— Vous êtes bénie entre toutes les femmes et Jésus, le fruit de vos entrailles est béni.

L'homme d'Église avait élevé la voix.

— *Sure, my plane arrives at ten. We'll have supper with Tim and the gang at Porno's. I love this club!*

— Sainte Marie, mère de Dieu, priez pour nous, pauvres pécheurs…

Le prêtre criait presque, mais cela ne couvrait pas complètement la voix stridente de Tina.

— *It's gonna be awesome. OK, by, by then. I gotta go…*

— Maintenant et à l'heure de notre mort, s'époumona le recteur devant une assistance médusée.

Tina avait raccroché.

— Amen.

— Amen, fit l'assistance en craignant un esclandre. Mais il n'eut pas lieu. Le duel du prêtre et de la mécréante avait tourné court. Il fit signe aux croque-morts de s'approcher. Après avoir craché dans leurs mains, ces derniers s'emparèrent des cordages et les firent passer sous la boîte en bois. Paul reniflait de plus belle.

La descente du cercueil dans le tombeau fut périlleuse, presque acrobatique. Les employés des pompes funèbres durent s'y reprendre à trois fois pour faire glisser la grande boîte en bois dans l'anfractuosité trop étroite. Ils pestaient et grimaçaient. L'un d'entre eux étouffa même un « nom de… » sous le regard courroucé du recteur. Paul reniflait comme un forcené. Gwenaëlle le regardait, de plus en plus inquiète.

Puis vint le moment de jeter une poignée de terre dans la fosse. Ronan passa le premier. Il s'approcha du trou avec une infinie lenteur comme s'il s'agissait d'une scène filmée au ralenti. Il se baissa tout aussi doucement, prit dans ses mains une poignée de terre et se releva sans se précipiter, le tout sans prononcer une parole. Un étranger passant par là aurait eu l'impression qu'il faisait du taï-chi. Il resta là un long moment, immobile. Puis, d'une voix forte, il s'écria : « Adieu, père ! » et jeta sa poignée dans le trou avant de s'éloigner à grands pas. Sa montre indiquait 18 heures 13. Il avait fait le job.

Tina passa après lui. Son adieu fut beaucoup plus rapide, sans chichi. Elle s'approcha du caveau des Kerniguet, attrapa une pincée de terre du bout des doigts et la lança bien vite sur le cercueil de Christobal, le tout sans un regard pour l'assistance. En s'éloignant, elle s'épousseta ostensiblement les doigts sur sa jupe. Non loin de là, Paul reniflait à grandes lampées.

Isadora la suivit de près. Elle s'était enveloppée dans un grand châle violet. La couleur du septième chakra, qui nous relie au ciel, avait-elle confié à Gwenaëlle en sortant de voiture. Arrivée devant la tombe de son frère, elle leva les bras au ciel, poussa un petit cri rauque et ferma les yeux un instant. Puis elle farfouilla dans les poches de son manteau, sortit de celle de gauche un petit objet qui fit « clong » en tombant sur le cercueil, avant d'extirper difficilement son poing de la poche droite, lequel contenait une petite poudre dorée qu'elle déversa précautionneusement dans le trou. Le recteur la regardait sans piper mot.

Puis vint Archibald, qui serrait dans sa main droite un bouquet d'immortelles. Il pleurait doucement, sans discontinuer. Il leva les yeux au ciel, serra ses petites fleurs jaunes au parfum de curry contre son cœur et lança le petit essaim sur le cercueil de son père avant de s'éloigner, les yeux embués de larmes, sans se retourner. N'en déplaise à son frère, il s'était laissé avoir par l'émotion.

Enfin, ce fut le tour de Paul. Chacun craignait le pire. À raison. Lorsqu'il arriva devant le caveau, ses genoux se mirent à trembler avec une telle force et un rythme tellement saccadé qu'il fut obligé de s'agenouiller face au cercueil. Progressivement, avec une lenteur inexorable, le sanglot remonta son corps. Arrivé dans le gosier de Paul, il se transforma en grondement, en orage, en mugissement. Son clapet s'agitait en un concert de pets sonores et silencieux, où se mêlaient le largo, l'adagio et l'allegretto.

— Papa ! pleurnicha Paul.

— Ah, non ! siffla Ronan.

— Le pauvre, couina Gwenaëlle en regardant son mari.

— La pauvre, soupira Archibald en regardant Gwenaëlle.

— Les pauvres, se dirent le prêtre et Isadora en observant la scène.

Paul finit par se relever. Au grand soulagement de tous. Avant de s'éloigner, il glissa sa main dans la poche de sa veste et tenta d'en extraire quelque chose. C'était un talisman, un porte-bonheur ramené une dizaine d'années auparavant d'un pèlerinage en Afrique sur les traces de son père et accueilli par Christobal avec une indifférence polie. Mais quelque chose empêchait l'objet de passer. C'était le portefeuille de Paul qui effectua un vol gracieux dans les airs avant de s'écrouler lourdement sur le cercueil de Christobal. Le porte-bonheur était toujours dans la main de son fils.

— Merde ! s'exclama-t-il.

— Bon sang, mais qu'est-ce qu'il est con ! pesta Ronan.

— L'imbécile, siffla Tina, en se détournant de la scène.

— Mon portefeuille ! glapit Paul.

— Dieu du ciel ! gémit le recteur.

— Je ne vous le fais pas dire, souffla Isadora.

Paul s'agenouilla une seconde fois, puis s'allongea de tout son long pour essayer d'attraper son portefeuille. En même temps que ses bras faisaient de grands mouvements de balancier dans le caveau, ses fesses s'agitaient en sens inverse. Sans qu'il s'en rende compte, Paul avançait vers le trou, comme un énorme ver de terre attiré par un gouffre. Finalement, son centre de gravité finit par dépasser le point fatidique :

il glissa et s'effondra lourdement sur le cercueil de son père.

— Papa !

Paul s'était remis à sangloter. C'en était trop pour Ronan qui s'approcha exaspéré du tombeau de son père et lui intima l'ordre de sortir au plus vite. Mais la tombe avait été bien creusée : il n'y avait aucune prise pour les pieds de Paul. À contrecœur, Ronan fut obligé de lui tendre la main pour l'aider à se sortir du pétrin dans lequel il s'était mis.

La cérémonie s'acheva rapidement. Gwenaëlle et la douzaine de proches et d'amis de Christobal eurent à peine le temps de rendre un dernier hommage au défunt. Il était grand temps d'aller boire un verre à Ti-Kroaz. D'ailleurs, les premières gouttes d'un violent orage commençaient à tomber.

C'en était fini de Christobal. Ronan pouvait lui succéder. Cela tombait bien, il était 18 heures 18.

17

Les proches de Christobal sortirent du cimetière dans un silence lugubre. Prétextant l'orage, qui risquait d'abîmer la coiffure de Tina, Ronan fila à toute vitesse, sans attendre personne. Isadora et Archibald les suivirent, conduits par Jean-Yves Le Hyaric, l'ami fidèle de Christobal.

Jean-Yves était un Breton trapu et taiseux aux yeux

très clairs et au crâne rasé qui n'avait jamais quitté la Bretagne en soixante-dix ans, sauf pour faire ses classes à Cherbourg au milieu des années 1950. Quelques semaines plus tard, il était parti défendre la patrie dans un pays d'Afrique du Nord qu'il ne connaissait pas et dont il se ficherait comme d'une guigne sitôt rentré au bercail. De toute façon, la politique ne l'intéressait pas : il avait été gaulliste par patriotisme, pompidolien parce que son père l'était, giscardien parce que cela faisait moderne. Poussé par Adèle, sa femme, Jean-Yves avait même voté Mitterrand en 1988, sans même s'en repentir.

Du reste, le regret et le remords étaient des sentiments qui lui étaient étrangers. Il tenait de son père, né avant la Première Guerre mondiale, une impressionnante capacité à tourner la page, une grande faculté à oublier les querelles et les mauvais souvenirs pour se projeter vers l'avant. C'est ce qui lui avait permis de maintenir à flot son amitié avec Christobal.

Sa complicité avec le « fils Kerniguet » comme on l'appelait au pays était née dès l'enfance, à l'heure des bagarres sur la plage, des concours de celui qui pisse le plus haut, des tortures de lézards et des premières amourettes. Elle avait perduré en dépit de leurs différences. Jean-Yves était fidèle, casanier et calme quand son ami était coureur, globe-trotter et agité. Une fois passé son certificat d'études, Jean-Yves avait embrassé la carrière de charpentier de marine pour ne plus jamais faire autre chose, répugnant par amour pour le bois plus que par principe à travailler avec des matériaux modernes. Son ami s'en moquait régulièrement et le traitait d'archaïque. Ce à quoi Jean-Yves répondait que les seuls êtres qu'il avait vus suivre le courant étaient les cadavres.

Jean-Yves s'était marié tôt mais n'avait pas eu d'enfants. Il habitait toujours la maison familiale, avec sa femme et sa belle-mère nonagénaire. Pendant plusieurs années, il avait endossé le rôle de père de substitution pour Archibald, son filleul, qui s'était lassé d'entendre Christobal l'éduquer à coups de maximes et de proverbes.

Jean-Yves avait assisté de loin aux funérailles de Christobal. Pudique, il était resté à l'écart pour pleurer son meilleur ami sans que personne s'en aperçoive. Sitôt la cérémonie terminée, il s'était approché pour jeter discrètement une poignée de sable dans le caveau avant d'aller réconforter son filleul et Isadora, qu'il n'avait pas vue depuis une dizaine d'années et leur proposer de les raccompagner à Ti-Kroaz. Sitôt rentrée dans la voiture de Jean-Yves, qui sentait un mélange d'algues et de vieux chien, Isadora se tourna vers le conducteur.

— C'est étrange de se retrouver dans ce genre de circonstances, tu ne trouves pas ?

— Oui. Cela fait combien de temps que l'on ne s'est pas vus ? répondit Jean-Yves.

— Probablement douze ans.

— Autant que ça ?

— Oui. Cela fait douze ans que je ne suis pas venue à Ti-Kroaz. Et toi, tu n'as pas dû venir souvent à Paris… sourit la sœur cadette de Christobal.

— Non, jamais.

— C'est pour ça que tu n'es pas venu à la messe.
— Entre autres.
— En tout cas, tu vas voir comme ils vont être gentils avec moi désormais, sourit Isadora.
— Que veux-tu dire par là ? De qui parles-tu ? s'enquit Archibald.
— Tu verras bien…
Après un temps de silence, Isadora se tourna vers Jean-Yves.
— Il était bizarre cet enterrement.
— En effet.
— Pauvre Paul. Je ne sais pas ce qui lui a pris.
— Il a craqué. Il faut le comprendre, lança Archibald.
— Oui, c'est cette fichue vie antérieure.
— Cette quoi ? fit Jean-Yves.
— Sa vie antérieure.
— Ah, oui. Bien sûr.
Christobal s'était souvent agacé devant son ami du tropisme réincarnationnel de sa sœur.
— Déjà que la messe était surprenante…
— Oui, je suis désolé, Isadora. Je ne sais pas ce qui est passé par la tête du curé… Je ne comprends pas.
— Ce n'est pas grave. Comme je te l'ai dit, je l'ai bien aimé son sermon, moi.
— Tina était furieuse.
— Qui, ben ça, tu sais, cela ne m'étonne pas. Tu sais combien elle déteste l'Église et les curés depuis qu'elle fait partie du AAH.
— Du quoi ? demanda Jean-Yves.
— Du AAH. L'Amicale des anticléricaux hargneux.

— Ah !

— Non, Aah !

— Oui, oui, j'avais compris.

Ils étaient arrivés à Ti-Kroaz. Ronan semblait les attendre sur le perron. En sortant de la voiture, Archibald vit le gros postérieur de sa tante se dandiner devant lui. Il eut envie de le mordiller, mais réprima les élans carnassiers de sa mâchoire. Encore ce satané Milou rouge… Lorsqu'ils s'approchèrent de la maison, ils constatèrent que Ronan était en pleine conversation avec Solange.

— Écoutez, Solange, nous vous remercions beaucoup pour tout ce que vous avez fait pour papa.

— Mais…

— C'était vraiment très bon de votre part.

— Mais, Ronan, tu…

— Vous nous avez bien aidés et nous vous en sommes très reconnaissants.

— Merci, tu sais que j'aimais beaucoup ton…

— Cependant, vous comprendrez que la situation ayant changé, nous n'aurons plus autant besoin de vos services. Je pense que si vous pouvez venir trois heures par semaine pour vous occuper de la maison ce serait bien.

— Comment ?

— Oui, trois heures me paraissent suffisantes. Bien sûr, je préférerais que cela soit en semaine. Si nous venons le week-end, il vaudrait mieux que vous ne soyez pas là. Vous comprenez, on pourrait vous déranger dans votre travail.

— Quoi ? Mais enfin, Ronan, je vis ici !

— Eh bien, vous allez déménager vos affaires rapidement. N'est-ce pas ?

En moins de trois minutes, l'aîné des Kerniguet avait donné son congé à Solange comme s'il s'agissait d'une vulgaire femme de ménage.

≈

C'est un Paul crotté et humilié qui fut exfiltré promptement vers le manoir familial. Il arriva à Ti-Kroaz avec un quart d'heure de retard. N'ayant pas emporté d'affaires de rechange, le second fils de Christobal fut obligé d'emprunter un vieux costume de son père avant de redescendre au salon.

Déjà, Tina régnait en maîtresse de maison, virevoltant d'un invité à l'autre, slalomant avec aisance entre les statues pornographiques signées Kribal, tout en accordant une attention spéciale à Isadora.

— Alors, ma chérie, pas trop triste d'avoir laissé vos chats à Paris ? ronronnait la femme de Ronan qui avait pris l'habitude de chérir tous ceux qu'elle croisait.

Ce qui ne voulait pas forcément dire, bien sûr, qu'elle les appréciait :

— Vous savez que j'adore les animaux. D'ailleurs, ils ont quelque chose avec moi. Ils m'aiment tout particulièrement.

— Je ne suis pas vraiment triste mais un peu préoccupée : Montaigne et La Boétie passent leur temps à se foutre sur la gueule…

Sur un coup de tête, Isadora avait décrété que ses

matous étaient les réincarnations d'écrivains et de poètes des seizième et dix-septième siècles. Elle avait décidé alors de tous les rebaptiser du nom de ces auteurs classiques qu'elle avait tant aimés pendant ses années d'études.

— Ah bon. J'espère que ce n'est pas trop grave.

— Malheureusement si. On ne peut pas lutter contre le poids des vies antérieures, surtout pour les chats qui en ont sept…

Là, Tina, en dépit de toute sa bonne volonté, devait s'avouer vaincue. Elle éprouvait déjà les pires difficultés à nier toute forme de transcendance. Si en plus on en venait à lui parler de vies antérieures, là, cela dépassait de très loin ses capacités. Elle se contenta de hocher la tête l'air entendu.

L'irruption de Paul dans le grand salon de Ti-Kroaz fit une heureuse diversion. Tina aurait presque pu s'en étonner : c'était si rare que l'arrivée de son beau-frère déclenchât chez elle une quelconque bouffée de joie.

À peine arrivé, Paul chercha Prosper du regard. Comme chaque été, lorsqu'il venait passer ses vacances dans le Morbihan. Prosper était la star du coin, doté d'un charisme évident et d'une mémoire hors du commun qui lui permettait de se souvenir de toutes les touristes qu'il avait croisées les étés passés.

Prosper était le beau gosse de la plage, toujours bronzé, toujours souriants toujours en forme, même après les plus courtes nuits et les plus longues beuveries. C'était le caïd de la salle de bal où les jeunes se réunissaient trois fois par semaine pour boire des bières chaudes et draguer des minettes tout aussi timides qu'eux, fiers-à-bras de quatorze ans. Pendant que son ami multipliait les conquêtes, Paul se contentait d'être amoureux de Gwenaëlle et de succomber à ses caprices.

Prosper avait été le premier de la bande à fumer des cigarettes, le premier à coucher avec une fille, le premier à avoir un accident de voiture. De toute la bande et dans tous les domaines, Paul avait toujours été le dernier, même s'il faisait tout pour imiter son idole, singeant sa démarche, copiant ses mimiques, employant les mêmes expressions.

Vingt-cinq ans après leur première rencontre, Paul espérait toujours être son seul et unique ami. En vain. Prosper faisait mine de s'intéresser à la cause bretonne pour venir passer de longues soirées d'été à Ti-Kroaz, le beau manoir de son ami qui impressionnait les campeuses et facilitait les conquêtes. Paul était heureux de trouver là une façon de se rendre utile. Cela ne le dérangeait pas que l'antique demeure des Kerniguet se transformât en baisodrome.

Mais le temps avait passé. Prosper était abîmé par les années d'excès : son front dégarni, sa toux rauque et ses dents jaunes le prouvaient, bien qu'il ait conservé ce regard vif qui enchantait les adolescentes naguère. Il ne s'était jamais marié, ni n'avait eu d'enfants, bien décidé à ne pas tomber dans le piège où avaient basculé tant d'amis. Pourtant l'hiver, quand il s'endormait seul dans son grand lit, Prosper ne faisait pas le malin. Paul, comme les autres estivants, ignorait tout de cette solitude.

Prosper avait repris le restaurant de son père, celui-là même où la bande d'amis avinés allait se bâfrer en rentrant de boîte de nuit, mais qui servait toujours la même cuisine depuis vingt-cinq ans. Chaque fois qu'il venait à Ti-Kroaz, Paul allait dîner à la Daisy Rade. Il y restait jusqu'à la fin du service, abreuvant son hôte du souvenir de ces aurores alcooliques (« santé et Prosper-ité ! »).

Ce soir-là, Prosper parlait avec Ronan. Voyant cela, Paul blêmit. Non, il n'avait pas le droit de lui faire ça. C'était son ami. Ronan n'avait pas le droit de lui chiper son meilleur ami. Il s'approcha.

— Bonsoir, Prosper, mon grand ami.

— Ah, salut, Paul. Ça va mieux ? Ton frère me racontait…

— Oui, oui, tout va bien, s'empressa-t-il de répondre, soucieux d'éviter de revenir sur sa mésaventure et mortifié à l'idée de ce que Ronan avait pu raconter.

Il changea de sujet :

— Au fait, j'ai réussi à télécharger toutes les chansons de Ionic, tu sais, celles que l'on écoutait autrefois. J'en ai fait un CD. Si tu veux, je pourrai te le faire écouter tout à l'heure.

— Euh… oui.

— Dis donc, Paul, tu te rends compte qu'on était en pleine conversation ?

— Ah ?

— Oui, comme je te le disais, Prosper, ajouta Ronan, la boîte va me payer la dernière Audi, une berline avec toutes les options. Ils voulaient m'offrir une Jaguar, mais tu sais, moi ce sont les Audi que je préfère

— Ah oui, et elle roule bien ?

— Tu peux pas savoir le plaisir que c'est à conduire ! Dès que je l'ai, je viens à Ti-Kroaz. On ira faire un tour si tu veux.

— Ah oui, j'adorerais…

— Dites-le tout de suite si je vous dérange, grimaça Paul.

— …

— …

— Au fait, jolie chemise, ricana Ronan.

— Oh ! je t'en prie…

— Ah, mais je n'avais pas vu le pantalon ! Pas mal, pas mal… Tu es toujours aussi élégant quand tu vas au bureau chez Merdouët ?

Prosper pouffa. Paul blêmit.

— T'es vraiment un gros…

— Oh, c'est bon, ne t'énerve pas. Je disais juste cela pour rire. Qu'est-ce que tu es susceptible, mon vieux…

— Alors, ces championnats de France de karaté, tu y participes ? demandait Prosper à Ronan.

Paul s'était déjà éloigné, vexé.

Non loin de là, Jean-Yves était en pleine conversation avec Baptiste, le meilleur ami d'Archibald, qui était venu voir ses parents, à Nantes, et en avait profité pour rendre un dernier hommage au père de son ami.

Baptiste était né provocateur. À peine sorti du ventre de sa mère, il l'avait regardée les poings serrés, avec un air de défi ironique avant de pousser, au grand soulagement de tous, son cri primal, premier d'une longue série.

Une fois assimilée l'efficacité du cri, Baptiste

n'avait quasiment pas cessé de brailler tout au long de ses quatre premières années. Par la suite, il avait méticuleusement cassé tous ses jouets les uns après les autres avant de piailler de tristesse car il ne pouvait naturellement plus jouer avec. Son enfance fut un calvaire, non pas pour lui, mais pour ses parents, qui mirent plusieurs années avant de se résoudre à avoir un autre enfant, par crainte de reproduire la funeste expérience.

Pour la plus grande joie de son père, qui n'avait pas eu la possibilité d'aller au-delà du certificat d'études, Baptiste avait été un excellent élève qui amusait ses condisciples et horripilait ses professeurs par sa capacité à avoir réponse à tout, en faisant mine de ne jamais travailler. Sa mère envisageait déjà une belle carrière pour son rejeton, qu'elle aimait malgré tout ce qu'il lui avait fait subir. La pauvre.

Baptiste était caissier dans une piscine municipale. Il passait ses journées plusieurs mètres sous terre, sans jamais voir la lumière du jour. Son travail ne présentait aucun intérêt, le niveau culturel de ses collègues était affligeant et la paye était misérable. Baptiste était ravi. Il n'aurait pas pu espérer mieux.

Il ne cherchait même pas à enjoliver la situation, en se présentant par exemple comme maître nageur. D'ailleurs il n'aurait pas pu faire illusion bien longtemps. Baptiste était relativement mince sans être fluet, grand sans être imposant, costaud sans être fort. Il était atteint de moyennite : tout dans son apparence était banal, moyen, dans la norme. Dans la rue, dans le métro, dans les soirées, personne ne le remarquait. Il se sentait obligé d'utiliser d'autres arguments pour faire apparaître sa différence et son originalité.

En tout cas, les longues heures passées dans sa cabine lui laissaient tout le temps de plancher sur sa thèse de philosophie et de lire deux à trois romans par semaine. Bien à l'abri dans son petit réduit, tranquille derrière son tiroir-caisse, Baptiste bachotait en observant les petites manies et les grandes urgences de sa clientèle. Il y avait les mamies de 7 heures 30 qui nageaient en ligne, occupant à elles seules près de la moitié de la largeur du bassin, tout en se racontant leur dernière pièce de théâtre ou le vernissage auquel elles avaient assisté la veille. Les autres nageurs matutinaux, concentrés sur leurs trente longueurs quotidiennes, ronchonnaient entre deux brasses coulées.

Il y avait les anorexiques, chaque année plus nombreuses, chaque année plus jeunes, qui déambulaient avec des gestes saccadés et nerveux, puaient de la gueule à force de ne rien manger et entretenaient ce culte morbide du corps décharné. Il y avait aussi quelques obèses, tout aussi empreintes de culpabilités alimentaircs, qui auraicnt aimé qu'on ne fasse pas attention à elles.

Puis venaient les éternels retardataires qui arrivaient pressés, un quart d'heure avant la fermeture, bien décidés à nager un demi-kilomètre en moins de dix minutes. S'il osait leur dire qu'il était trop tard, ces derniers partaient en claquant la porte, maudissant la fonction publique et cette lamentable façon de respecter les horaires.

Il y avait enfin les scolaires, les élèves dissipés, les

premières amourettes, les maîtresses fatiguées, les Noirs, les Jaunes, les jeunes, les vieux. Il y avait tant de passage. Parfois, Jean-Baptiste sortait de sa cahute quand l'un d'entre eux lui semblait sympathique. Il lançait quelques phrases, espérant à chaque fois une bribe de conversation. La plupart du temps, le résultat était décevant. Cela ne le dérangeait plus. Il s'accommodait d'autant mieux de ces longues journées silencieuses que ses soirées étaient agitées de joutes verbales.

— Drôle de mise en terre. Qu'en as-tu pensé, Jean-Yves ?

— Sans doute la même chose que toi, Baptiste.

— Que Paul a craqué au pire moment.

— C'est ça.

— Je ne savais pas qu'il avait envie de rejoindre son père aussi vite.

— …

— Il a toujours eu envie de lui plaire.

— Oui.

— Mais Christobal ne l'a jamais compris.

— Christobal n'a jamais compris le sens du mot paternité. C'était un homme merveilleux, un ami fidèle, un véritable artiste (mais ne me demande pas ce que je pense de ses œuvres), mais c'était un père déplorable. Même pour Ronan.

Tina passa devant eux. Son parfum vaniteux se répandit dans l'atmosphère, provoquant une quinte de toux chez Jean-Yves. Elle s'était changée en rentrant du cimetière. Juchée sur des talons de dix centimètres, elle portait un pantalon de survêtement gris perle et une redingote militaire kaki. N'importe qui aurait pu croire que ces fripes provenaient d'un quelconque marché aux puces ou que, à l'instar de son beau-frère, tombée dans une mare de boue en arrivant à Ti-Kroaz, elle avait attrapé dans un placard ce qui lui tombait sous la main. Il n'en était rien : le survêtement avait été acheté plusieurs centaines d'euros dans une boutique avenue Montaigne, et la redingote, acquise non loin de là, en valait plus de mille.

Depuis quelques années, le basculement avait eu lieu : comme toutes les autres enseignes, cette grande marque qui habillait naguère les élégantes puis faisait rêver les classes populaires, s'inspirait dorénavant du « street-wear », des rappers américains et des caïds de banlieue. C'était le monde à l'envers. Ce n'était pas une démocratisation, c'était une vulgarisation.

— Voilà sa Discourtoise Indifférence, grinça Baptiste.

— Qui ?

— Tina. Tu l'as entendue téléphoner pendant la prière ?

— Oui. Elle a tout fait pour perturber la cérémonie. Ronan m'a expliqué que c'était sa façon d'alléger l'atmosphère.

— Conneries. Tu trouves qu'elle est rigolote et légère, Tina ? Moi non. Tu l'as souvent vue rire ou même sourire ? Moi jamais. Elle ne fait qu'imiter cette chanteuse analphabète qui ne se déride jamais. Son comportement au cimetière, ce n'est pas de la dérision, c'est de la provocation.

— Tu devrais l'apprécier alors. Parce que tu y connais un rayon, toi, en matière de provocation.

— On ne boxe pas dans la même catégorie. Pour elle, comme pour ses amis, être provocant, c'est parler de cul. La belle affaire ! Cela fait vingt ans qu'ils prétendent lever des tabous en parlant de leur kiki. Hier c'était l'échangisme, aujourd'hui ce sont les sex-toys. On est passé de la pornographie sinistre à plusieurs à la pornographie glauque mais tout seul. Elle est où la révolution ? Il est où l'amour ?

— En fait, tu es un grand romantique.

— Absolument. Et après, tu les vois se pavaner dans les émissions de télévision, pouffant et gloussant, effarés par leur audace. Mais ils n'ont rien inventé ! Il suffit de lire le marquis de Sade pour s'en rendre compte. C'est autrement plus révolutionnaire que leur soi-disant révolution sexuelle ! Ce n'est pas de la libération, c'est du marketing.

— C'est quelque chose de très parisien. Tu sais, nous ici, cela ne nous regarde pas…

— Détrompe-toi. Tu regardes la télévision ? Tu achètes les magazines ? Vois leurs publicités où des jeunes femmes prennent la pose, les jambes écartées, les yeux mi-clos et la bouche ouverte pour recevoir je ne sais quelle giclée. Tout ça pour énerver le bourgeois et exciter le quidam. Non, définitivement, nous ne boxons pas dans la même catégorie. Pour moi, la provocation, c'est un idéal, un art de vivre.

Isadora vint à leur rencontre. Elle avait fait le tour de la maison, escortée par un Paul plein de sollicitude.

Le petit groupe assista alors à une altercation aussi brève que violente entre Tina et Gwenaëlle. La dispute portait sur la répartition des chambres. La femme de Paul avait constaté, ulcérée, que son beau-frère s'était emparé de la chambre de Christobal. Pire, Tina avait profité de leur retard pour entreposer les bagages de Paul dans les communs. Le message était on ne peut plus clair. Gwenaëlle Le Roux, qui était bien décidée à ne pas se laisser faire, faillit en venir aux mains.

Archibald s'interposa entre les belligérantes et proposa qu'Isadora dorme dans la chambre de Christobal puis que chaque frère retrouve sa chambre d'enfance. Les belles-sœurs acceptèrent cette solution toute diplomatique en grognant.

≈

L'après-midi touchait à sa fin. Pour les invités, il était l'heure de regagner leurs pénates. Pour les autres, une soirée familiale à Ti-Kroaz s'annonçait. C'était la première fois depuis des années que les trois frères s'y retrouveraient ensemble. Mais auparavant, tous ceux qui le voulaient étaient invités à venir dîner chez Prosper, qui avait exceptionnellement ouvert son restaurant pour l'occasion. Ces derniers temps, Christobal venait y dîner chaque soir d'une demi-douzaine d'huîtres et d'un bar au beurre, blanc, le tout arrosé d'une demi-bouteille de Chablis. Désireux de lui rendre un dernier hommage, Prosper avait décidé que ce serait le menu du jour, au grand soulagement d'Archibald qui n'aurait pas à choisir son plat.

18

La Daisy Rade était une petite maison de pêcheur qui avait appartenu aux arrière-grands-parents paternels de Prosper. Située à une centaine de mètres du petit port du Logeo, à Sarzeau, c'était une bâtisse sombre aux volets jaunes, aux murs épais en pierre apparente. Celle-ci, usée par le temps et par les intempéries, tendait à s'effriter sur les tables et dans les assiettes des clients. Lesquels, des habitués pour la plupart, ne s'en offusquaient même plus.

Le restaurant avait été baptisé ainsi en l'honneur de Daisy, la première épouse d'Hervé Le Skouët, partie vingt-cinq ans auparavant après quelques années d'un mariage houleux. Passionné par la Guadeloupe, où il allait passer trois semaines de vacances chaque hiver, Hervé s'était senti obligé de faire un mauvais jeu de mots avec cette île des Antilles. Effarés par la saleté de l'établissement, les cousins lyonnais de Ronan – qui en voulaient encore à Christobal d'avoir kidnappé leur tante et haïssaient le désordre – l'avaient rebaptisé « La Daisy Crade ».

Prosper avait beau être à la tête du restaurant depuis près de dix ans, rien n'avait vraiment changé. En cuisine, Bernadette, la compagne officielle d'Hervé, passait ses journées à ronchonner derrière ses fourneaux. Mais c'était la reine de la sauce au beurre blanc, la spécialiste du homard à l'armoricaine, la pro des huîtres chaudes. En salle, Amélie, l'amante officieuse d'Hervé, chaloupait son embonpoint entre les tables, toujours souriante et affable, toujours à l'affût du moindre ragot.

Les deux femmes faisaient mine de se détester. En réalité, elles ne pouvaient envisager un seul instant que la situation change. Les trois acteurs de ce vaudeville morbihannais s'affrontaient pour un rien, entretenant quotidiennement une âpre lutte d'influence mais se servaient de ces incessantes querelles pour pimenter une existence qui aurait été bien morne sans cela et éviter d'être assaillis par leurs nombreuses angoisses.

Les invités arrivèrent au restaurant peu après 20 heures. Ils étaient huit : Ronan et Tina, Paul et Gwenaëlle, Archibald et Isadora, Jean-Yves et Prosper qui avait accepté de dîner avec eux. À peine installé, Paul s'enquit de la place qu'occupait Christobal d'habitude.

— Pourquoi tu voudrais que l'on y mette une plaque ? lança Prosper, moqueur.

— Ou une statue ? grinça Ronan.

— On y viendrait en pèlerinage, coassa Tina.

— Une statue de deux mètres de haut. Il faudrait juste voir en quel matériau on la fait. Et ce qu'elle représente.

— Christobal avec une bouteille de gnôle, un burin ou une longue-vue ? ajouta Ronan.

— À moins que cela ne soit une culotte de femme,

en hommage à toutes celles qu'il a culbutées ! s'exclama Isadora.

— On pourrait mettre un tronc pour que les gens laissent de l'argent ! ricana le frère aîné, qui n'allait pas rater une si bonne occasion de ridiculiser son cadet. Et faire un parc d'attraction. Ce que tu peux être con, parfois.

L'intervention malheureuse de Paul avait fait rire tout le monde. Et il restait là, debout, mortifié, incapable de bouger, perdu. Seul Jean-Yves ne rigolait pas.

— Tu sais, mon petit père, il faudrait vraiment que tu arrêtes de vivre dans le souvenir de papa, ajouta Ronan. Depuis quelque temps, tu emploies les mêmes expressions que lui, tu chausses les mêmes souliers, tu t'habilles comme il le faisait. Regarde, tu as mis un de ses vieux costumes ce soir. C'est ridicule... Ce n'est pas comme ça que tu vas le ressusciter, tu sais ?

Paul avait les larmes aux yeux. Quelle accusation injuste ! Il fallait bien qu'il trouve un nouveau costume puisque le sien était souillé. Et il ne lui serait jamais venu à l'esprit d'emporter un costard à Ti-Kroaz.

— Allez, laisse tomber, lui dit son petit frère.

— Vous êtes vraiment trop...

— De toute façon, il ne t'aimait pas, trancha Ronan.

Son regard, glacial, dénotait le plus grand mépris. Face à la violence de l'attaque, Paul tituba. Tous s'étaient arrêtés de rire. Jean-Yves intervint.

— C'est bête ce que tu viens de dire, Ronan. Bête et méchant.

— C'était une blague. Vous n'avez pas de notion du second degré ou quoi...

— Cesse d'être cruel avec lui, soupira Archibald.

Malgré son sourire carnassier, le regard de Ronan ne laissait transparaître aucune émotion, aucun repentir. Paul se rassit, tremblant. Il était au bord des larmes. Gwenaëlle lui prit la main et la caressa, en jetant des regards furibards à son beau-frère. Isadora, assise de l'autre côté, fut prise d'un élan de compassion. Elle agrippa son neveu par le cou et plaqua sa tête contre son opulente poitrine. C'était plutôt agréable. Gwenaëlle était un peu jalouse, mais n'osait rien dire.

Amélie, qui avait assisté à la scène, se précipita vers la grande tablée et posa les assiettes d'huîtres à toute vitesse devant chaque convive.

— Allez, allez, les enfants, prenez des forces, régalez-vous. La journée a dû être éprouvante.

— Ah ça oui, tu peux le dire, grogna Isadora qui avait rejeté la tête de Paul en arrière. Y a pas un coup à boire ?

— Si, j'apporte du vin blanc.

— Et un scotch pour moi !

— Un scotch avec les huîtres ? Vous êtes sûre que ça va bien ensemble ?

— Bon, si ça te dérange tant que ça, Amélie, tu n'as qu'à m'enlever les huîtres.

— Non, non, ce n'est pas ce que je voulais dire…

Tenaillés par la faim, les neuf convives commencèrent à manger sans attendre que la serveuse revienne. Déjà, Paul s'était jeté sur le pain. Lentement, consciencieusement, il avait beurré deux tartines qu'il avait tranquillement posées sur le bord de son assiette. Il jeta un regard en coin à son aîné, assis à quelques mètres de lui et soupira. Ronan était trop loin pour les lui chiper. Pendant toute leur enfance, à chaque fois que Paul se préparait méticuleusement une tartine, à chaque fois qu'il organisait son assiette de façon à garder le meilleur pour la fin, Ronan en profitait pour tendre un bras leste et s'emparer en un éclair du trésor de son cadet. À chaque fois, Christobal éclatait de rire.

Ce ne serait pas le cas cette fois-ci. Paul pourrait donc alterner une bouchée de pain, une d'huître et une gorgée de vin sans crainte de se voir dépossédé de son bien.

Avant de commencer, Gwenaëlle avait lancé un « bon appétit » sonore auquel Tina avait répondu par un soupir exaspéré (elle haïssait cette politesse des ploucs. Pourquoi ne pas dire « bon tube digestif » pendant qu'on y était ?)

Ils mangèrent en silence. Paul avalait ses coquillages avec avidité et grattait nerveusement le petit nerf pour qu'il n'en reste rien. Ronan engloutissait les siennes, en jetant des coups d'œil gourmands sur l'assiette de sa femme. Celle-ci ne touchait pas à ses huîtres, qui la dégoûtaient. Maintenant que Christobal était mort, il n'était plus nécessaire de faire croire qu'elle aimait ça. Après les avoir soigneusement posées sur le côté de son assiette, elle avait versé quelques gouttes d'un petit flacon dans l'eau de mer et elle sirotait le mélange doucement, avec une volupté feinte.

Le vin avait fini par arriver. Ayant bu son scotch en deux lampées, Isadora tendit son verre pour qu'on lui serve du vin blanc. Elle boulottait ses huîtres tout doucement, entrecoupant chaque bouchée de signes cabalistiques qu'elle dessinait du bout du doigt sur la nappe.

— Vous avez déjà réfléchi à ce que vous allez faire de Ti-Kroaz ? lança Prosper.

— Un parc d'attraction, grimaça Ronan.

— Non, sérieusement.

— Déjà, nous allons pouvoir y retourner beaucoup plus souvent qu'avant, avança Archibald, ragaillardi par ces quelques huîtres.

— Il va d'abord falloir commencer par faire un bon coup de ménage, estima Gwenaëlle. Ce n'est pas que cette perspective m'enchante, mais on va devoir faire de la place.

— Peut-être, mais il n'est pas question de tout transformer, trancha Paul.

— On ne va quand même pas en faire un musée, aboya Ronan.

— Et pourquoi pas ?

— On va faire quelques travaux.

— Pas question de toucher à l'âme de cette maison, glapit Paul.

— On trouvera toujours le moyen de s'arranger, lança Archibald.

— Pas sûr, marmonna Jean-Yves.

À en juger par l'échange de regards entre Paul, qui conservait précieusement plusieurs cartons d'archives sur l'histoire du manoir familial, et Tina, qui avait dans son sac à main une copie du plan de rénovation commandé quelques mois auparavant à un ami architecte, la confiance d'Archibald relevait du vœu pieux. Prosper, qui vivait quotidiennement ce genre de situation, relança la conversation.

— Et les statues. Qu'allez-vous en faire ?

— Pas question de les vendre, fit Paul.

— C'est bien ce que je disais, il veut en faire un musée ! s'exclama Ronan.

— On va peut-être en vendre une partie et se partager le reste… suggéra Archibald. Isadora, qu'en penses-tu ?

— Pas question d'avoir une de ces merdes chez moi ! beugla Isadora, qui commençait à être passablement ivre. N'y a-t-il donc personne pour me resservir un verre ?

— Si tu veux… Et toi, Ronan, qu'est-ce que tu penses de ces sculptures ?

Ronan ne répondit pas. Amélie s'approcha pour apporter le plat, du bar au beurre blanc, ainsi que deux nouvelles bouteilles de Chablis et un second scotch pour Isadora, sous l'œil inquiet de Gwenaëlle. Tout en dépiautant son poisson, Prosper interpella Archibald.

— Alors, Archibald, toujours esclave ?

— Tu veux dire, est-ce que je suis toujours journaliste ?

— Tiens, à propos de journalisme, vous savez ce que j'ai lu dans le journal ? lança Ronan à la cantonade.

— …

— C'était l'interview d'un écrivain britannique. Il racontait qu'il passait tant de temps à surfer sur la Toile qu'il avait rendu son manuscrit avec six mois de retard. Il expliquait que, certains jours, il était tellement à court d'inspiration qu'il allait voir n'importe quel site. Il en venait parfois à vérifier plusieurs fois par jour le nombre de fois qu'il était référencé sur les moteurs de recherche. Plusieurs dizaines de milliers, je crois…

— C'est intéressant, fit Tina. Tu as vérifié, toi, combien de fois tu apparais, Archibald ?

— Oui, j'ai bien dû perdre du temps à faire cela quand je peinais sur un article. Environ quarante-trois mille, dont une bonne partie dont j'ai honte. Des articles minables, une campagne de presse à laquelle j'ai participé, des conneries quoi…

— Moi, dit fièrement Ronan, je suis référencé deux cent trente-sept mille fois. Et Tina trois cent douze mille… Et toi, Paul ? fit-il, goguenard.

Ce dernier n'eut pas le temps de répondre. Isadora avait levé son verre en s'écriant :

— De toute façon, vous pouvez penser ce que vous pensez, imaginer tout et n'importe quoi pour Ti-Kroaz, mais moi, j'ai mon mot à dire, et je compte bien le dire !

— …

— Ah, mais je vous vois bien tous autant que vous êtes. Vous êtes nombreux, mais je ne suis pas encore morte, hein !

— Mais personne n'a envie de ça, tante Isadora, souffla Tina.

— Ah non ! Bien sûr que non ! renchérit Gwenaëlle, bien décidée à marquer sa belle-sœur à la culotte.

— Parce qu'autant que vous le sachiez, Ti-Kroaz m'appartient à cinquante pour cent. Je n'ai pas pu venir pendant douze ans à cause de ce connard de Christobal, de ces statues de merde et des greluches qu'il ramenait…

— Oh ! tante Isadora, protesta Paul,

— Il n'y a pas de tante Isadora qui tienne ! Ça fait douze ans que je ne suis pas venue. Eh ben, je peux vous dire que je vais rattraper mon retard, ah, ça oui ! Et puis je ne vais pas venir seule, autant que vous le sachiez !

— Mais tu auras tout à fait raison… murmura Ronan.

— Oui, oui, bien sûr, glissa Archibald, qui craignait le pire. Mais calme-toi…

— Comment ça, me calmer ! Ah ben ça, c'est la meilleure ! Cela fait trop longtemps que je me calme. Eh bien, non ! Zut ! Moi, je vais venir et je ne serai pas seule puisque je viendrai avec Montaigne et La Boétie, Racine et Corneille, Vauvenargues et Boileau et tous les autres. Et je compte bien installer une aile de la maison pour moi et mes chats. Compris ?

— Oui, oui, nous avons bien compris, tante Isadora, susurra Tina.

— C'est pas fini ! s'exclama Isadora avant de s'effondrer dans son assiette, ivre morte.

Pendant un long moment, personne n'osa bouger. Tous se regardaient, interloqués. Il fallait bien faire quelque chose, mais quoi ? On n'allait quand même pas la laisser là, en train de ronfler dans son assiette. Jean-Yves fut le premier à se lever. D'un geste, il intima l'ordre aux trois frères de venir lui prêter main forte.

— Allez, venez, aidez-moi, on va l'allonger sur une des banquettes dans l'arrière-salle. Ronan et Paul, vous prenez les bras, et toi, Archibald, tu viens m'aider, on va prendre les jambes. Comme ça, voilà… Eh, Paul, qu'est-ce que tu fais ? Mais tu as de la colle dans les bras ou quoi ? Attention, tu vas la faire tomber ! Merde !

Paul avait trop bu lui aussi. Il tirait à hue et à dia, cherchant à prouver à toute la tablée qu'il était plus costaud que Ronan. Manquant de trébucher, il agrippa une desserte sur laquelle reposaient quelques assiettes vides, la corbeille à pain et un beurrier qui, inévitablement, glissa par terre. Comme au ralenti, Jean-Yves et Archibald virent la petite motte de beurre dégouliner de l'assiette et se faufiler perfidement sous les semelles de Paul. Qui tomba, entraînant tout le monde dans sa chute.

Quelques instants plus tard, Paul était allongé par terre, la corbeille à pain dans une main, le sein de sa tante dans l'autre. Isadora reposait de tout son long en travers de son corps. Jean-Yves et Archibald s'étaient levés rapidement. Ronan époussetait son pantalon en ronchonnant.

— Allez, Paul, lève-toi ! C'est quand même pas possible d'être aussi con. Et puis lâche ce sein !

— Je ne peux pas, gémit Paul, qui avait posé les mains par terre et gigotait des hanches pour se faufiler hors du corps inerte et alcoolisé de sa tante.

— Les gars, aidez-moi à récupérer Isadora en douceur, reprit Jean-Yves. Toi, Paul, laisse faire, va juste t'asseoir. Tu peux l'aider, Gwen ?

— Je ne peux pas me lever…

— Mais qu'est-ce que tu as ? Tu t'es cassé le coccyx ?

Paul ne s'était rien cassé. Mais il bandait. Ce n'était

pas tant le fait d'avoir tenu cette grosse mamelle à pleine main que les mouvements de son bassin, le frottement de son sexe contre les hanches de sa tante qui l'avait excité. C'était une excitation purement mécanique, semblable à celle qu'il ressentait enfant quand il grimpait à la corde à nœuds et se frottait longuement l'entrejambe le long de l'agrès. Parce que, après tout, Isadora ne l'excitait pas. C'était quand même sa tante.

Il se releva, rougissant, espérant que personne ne ferait attention à la barre horizontale qui déformait son pantalon. Gwenaëlle lui adressa un regard où se mêlaient la consternation et l'étonnement. Qu'avait-elle remarqué ?

Pendant ce temps, on avait installé Isadora dans la salle d'à côté. Chacun était revenu s'asseoir à sa place. Jean-Yves et Ronan dévoraient leurs poissons tièdes avec gourmandise. Tina avait écarté son assiette après avoir soigneusement avalé un tout petit morceau de joue, trois rondelles de carotte et une demi-tranche de fenouil, le tout arrosé d'un demi-verre de vin blanc et de quelques comprimés de la même couleur.

— Tu n'en veux plus, ma chérie ? demanda Ronan.

— Non, répliqua-t-elle froidement. Toi non plus, n'est-ce pas ?

— C'est-à-dire…

— Bon, eh bien, dans ce cas, nous, on va y aller.

— Déjà ! s'exclama Prosper.

— Oui, nous avons une grande journée demain. N'est-ce pas, Ronan ?

Ronan avait plutôt envie de rester. Il était 22 heures 14. La soirée était loin d'être terminée, sauf pour Tina qui entrevoyait le moment où les uns et les autres se vautreraient dans la sensiblerie et le souvenir mièvre. Elle n'avait aucune envie d'assister à cela. Et puis c'était vrai, elle avait une grande journée le lendemain. Il lui fallait bien ses neuf heures de sommeil pour aller faire la fête à Miami. Cela faisait déjà trois fois qu'elle bâillait ostensiblement. Son mari connaissait le code : trois bâillements, cela voulait dire qu'il était l'heure de partir. Elle se pencha vers son mari et lui dit quelques mots à l'oreille. Un instant plus tard, Ronan se leva et donna quelques billets de 50 euros à Prosper.

— Oui, on va y aller. Amusez-vous bien et ne faites pas d'excès. C'est compris, Archibald ?

— Comment ?

— Ne fais pas comme si tu n'avais rien entendu. Ce n'est pas parce que papa n'est plus là que tu dois te permettre de faire n'importe quoi.

Archibald suffoqua ! Quoi ! C'était Ronan, qui avait pris les plus colossales cuites à Ti-Kroaz, qui lui enjoignait de bien se comporter ! Il aurait voulu lui balancer une réponse cynique mais ne trouva pas les mots. Et s'il lui vomissait dessus ? Rien ne sortit de sa gorge, si ce n'est une réponse complaisante.

— Oui, je ferai gaffe. Ne t'inquiète pas…

— Bon. Et toi, Paul, est-ce que tu pourrais me rendre un service ?

— Cela dépend.

— Eh bien, pourrais-tu ramener Tina à Paris demain ? Malheureusement, j'ai des obligations ici.

— Mais…

— Allez, sois sympa…

— Mais tu ne rentres pas demain ? demanda Archibald.

— Non, fit Ronan, énigmatique.

— Et pourquoi donc ? s'inquiéta Paul.

— Écoute, j'ai des choses à faire, reprit l'aîné, sur un ton exaspéré. Je vais ranger deux trois trucs dans la maison et j'ai une chasse dans les environs dimanche. Mais ne flippe pas, je ne vais pas changer les serrures !

— Non, non, mais je voulais juste savoir.

— Eh bien, maintenant, tu sais.

— Et pour Ti-Kroaz, qu'est-ce qu'on va faire ?

— Tu crois vraiment que c'est le lieu et le moment de parler de ça ? Tu as l'intention de vendre la maison ? Non ? Alors, tais-toi ! En tout cas, tu me feras le plaisir de raccompagner Tina à Paris. D'accord ?

— Bon, bon, si cela peut te rendre service… soupira Paul.

Trois minutes plus tard, sans même avoir pris le temps de saluer tout le monde et en prenant bien soin de ne pas évoquer Isadora, Ronan et Tina étaient partis se coucher.

≈

À peine avaient-ils franchi le pas de la porte que Gwenaëlle s'était tournée vers son mari. Furieuse, elle lui hurlait dessus en chuchotant :

— Comment as-tu pu accepter de la ramener ?

— Mais je n'avais pas le choix…

— Bien sûr que tu avais le choix. Elle ne peut pas prendre le train, cette grognasse ?

— Enfin, bébé…

— Il n'y a pas de bébé qui tienne ! Dire qu'on va se la taper tout le voyage. En tout cas, je te préviens : ne compte pas sur moi pour lui faire la conversation !

— Ah ben, ça va être gai comme retour à Paris…

— Et puis, bien sûr, ça va être à nous de ramener Isadora à Ti-Kroaz et de la coucher…

— De toute façon elle dort.

— Ça, pour dormir, elle dort. On l'entend ronfler. Mais ils auraient quand même pu rentrer avec elle.

— Tu vois Tina porter Isadora ? Elle n'est pas assez forte.

— Et puis ça la dégoûte. Tout ce qui est vieux la dégoûte, de toute façon…

Leur conversation fut interrompue par l'arrivée de Stanislas, un de leurs amis d'enfance. Stanislas était un gardien inflexible de la loi, frénétiquement attaché au respect du règlement. Huissier de justice à Laval, il menait avec sa femme, contractuelle, et ses deux enfants une vie ordonnée à l'extrême, minutée dans ses moindres activités. Ses parents, qui habitaient le même immeuble, rue des Clapiers, vivaient au diapason. Ils ne s'accordaient aucune folie, aucun écart de conduite, aucune exception au sacro-saint règlement qui rythmait leur quotidien.

Dès qu'ils le pouvaient, ils venaient dans le Morbihan. Ils y passaient toutes les vacances scolaires et s'y précipitaient pendant les ponts du mois de mai. Ce n'était pas vraiment par souci d'économie, même s'ils avaient mis un certain temps à rembourser le crédit de leur maison.

C'était parce qu'à chaque fois qu'ils descendaient du train en gare de Vannes, une étrange transformation s'opérait en eux, une métamorphose qui ne gênait pas Stanislas et son père, bien au contraire. Tout d'un coup, leurs épaules s'affaissaient, leur démarche devenait chaloupée, leur voix rocailleuse, leur pas traînant. En une fraction de seconde, ils devenaient plus bretons que les Bretons, farouchement attachés à la moindre tradition, passionnés par l'histoire de cette terre et parfois même un peu sensibles à ses velléités d'indépendance (au point de militer un temps à la BIBI).

Et dire qu'une cinquantaine d'années auparavant, leurs parents méprisaient ces êtres frustes, enfermés dans un catholicisme obtus, qui débarquaient gare Montparnasse ! La Bretagne n'était pas bégueule : elle acceptait volontiers de naturaliser l'espace de quelques semaines ces vacanciers enthousiastes.

Dans le même temps, Stanislas et son père troquaient l'uniforme d'officier ministériel contre celui de marin pêcheur. À peine arrivés chez eux, ils se précipitaient sur leurs cannes à pêche, sautaient dans leurs bottes, enfilaient une vareuse délavée, couleur brique pour l'un, bleu roi pour l'autre, et fonçaient à la côte titiller le bar.

Ils en revenaient épuisés et bredouilles quelques heures plus tard, saoulés par l'air marin et le vent frais, mais heureux. Avant de regagner leur domicile, ils faisaient escale dans chaque bistrot, prenant consciencieusement leur cuite quotidienne, tout en regardant l'assistance avec des sourires lassés.

C'était sans doute ce qui était arrivé à Stanislas, qui tanguait un peu en entrant dans la pièce.

— Bonsoir, la compagnie ! J'ai vu de la lumière en passant, alors je me suis permis d'entrer. Je vous dérange ?

— Non, pas du tout, répondit Paul. Mais que fais-tu là un jeudi soir ?

— Je suis allé inventorier le mobilier d'un débiteur, ou plutôt d'une débitrice dans le pays, et j'en ai profité pour rester…

— Tu as pêché ? demanda Olivier.

— Je suis allé à la côte mais je n'ai rien eu.

— En tout cas, tu étais en bordée, on dirait, sourit Paul.

— Ah, sacrée bordée, moussaillon ! fit-il en s'asseyant à la place laissée libre par Ronan. Personne n'a une guitare ? Je me sens d'humeur à chanter !

— Euh… non, tu sais, on vient d'enterrer papa, glissa Archibald. On n'était pas trop dans l'ambiance, tu vois…

— Oh ! je suis désolé ! Vous préférez peut-être que je vous laisse en famille ?

— Non, non, reste, cela nous fait plaisir, répondit Archibald. N'est-ce pas ?

Tout le monde acquiesça. Stanislas, qui avait un bel organe, proposa d'entonner des chansons de marins en l'honneur de Christobal. Il commença par sa préférée, celle qui lui était réservée quand dans les bars on se mettait à chanter, *Le Forban.*

À moi Forban que m'importe la gloire
Les lois du monde et qu'importe la mort
Sur l'océan j'ai planté ma victoire
Et bois mon vin dans une coupe d'or
Vivre d'orgie est ma seule espérance
Le seul bonheur que j'ai pu conquérir

C'est sur les flots que j'ai passé mon enfance
C'est sur les flots qu'un forban doit mourir

Oscillant de tout le haut du corps, Stanislas entonna le refrain qui correspondait si peu à sa vie lavalloise.

Vin qui pétille, femme gentille
Sous tes baisers, brûlants d'amour
Plaisir bataille, vive la canaille !
Je bois, je chante et je tue tour à tour,

Ils allaient reprendre le refrain en chœur quand une voix caverneuse se fit entendre depuis l'arrière-salle. Isadora venait de se réveiller et elle essayait de reprendre le refrain. Elle arriva quelques minutes plus tard, droite comme un I, se racla la gorge et vint se rasseoir à sa place comme s'il ne s'était rien passé.

Nullement troublée par cet impromptu, la famille Kerniguet beugla pendant de longues heures encore des chants de marins. Leurs voix avinées se firent entendre dans tout le village jusqu'à 2 heures du matin. Ils finirent par aller se coucher en ricanant comme des gamins à l'idée de déranger Ronan, le nouveau maître de Ti-Kroaz.

19

Le réveil des forbans ne fut pas très glorieux. Ronan, qui avait déambulé dans les pièces vides du manoir jusqu'à 1 heure du matin, était en pleine forme : il invectivait tout le monde, pressant les uns, s'énervant contre les autres. Si leurs obligations professionnelles respectives ne les avaient pas obligés de se dépêcher, ses frères auraient de toute façon tout fait pour s'éloigner le plus vite possible des vociférations de leur aîné.

Paul, Gwenaëlle et Tina partirent les premiers. L'épouse de Ronan était descendue au dernier moment. Elle s'était engouffrée dans la voiture de sa belle-sœur sans dire un mot, habillée comme la veille et équipée de ses habituelles lunettes noires. Gwenaëlle l'avait regardée arriver avec un dédain mêlé de gueule de bois. Elle aussi avait repris ses bonnes habitudes : elle faisait la tête. Paul aurait voulu faire ses adieux à la maison, mais on ne lui avait pas laissé le temps. Il s'assit à la place du passager, renfrogné et encore un peu saoul. La voiture démarra.

Comme prévu, le voyage fut particulièrement long. Paul et Gwenaëlle auraient bien aimé parler de ce qui s'était passé la veille, mais ils ne voulaient surtout pas que Tina soit au courant de quoi que ce soit. Gwenaëlle n'osait même pas aborder des sujets plus anodins, refusant catégoriquement que la femme de Ronan entre dans leur intimité.

Derrière, Tina avait troqué ses lunettes noires contre un masque blanc qui couvrait ses yeux et une grande partie de son visage. Quelques kilomètres avant Rennes, elle bâilla une première fois, sortit un baladeur numérique de son sac à main et mit les écouteurs dans ses oreilles.

— Ça y est, je crois qu'on peut parler maintenant. Elle écoute de la musique, chuchota Paul.

— Mais tu es fou ou quoi ? Qu'est-ce qui te dit qu'elle ne fait pas ça pour nous espionner, murmura Gwenaëlle.

— Tu crois vraiment ?

— Elle en est bien capable. Tu entends quelque chose, toi ?

— Non.

— Moi non plus, alors je ne parle pas.

— Tu as peut-être raison.

Paul somnola pendant une centaine de kilomètres jusqu'au moment où il se retourna pour regarder sa belle-sœur. Tina avait la tête en arrière. Sa bouche était grande ouverte. Un filet de bave dégoulinait depuis la commissure de ses lèvres. Son masque blanc, en revanche, n'avait pas bougé.

— Gwen, passe-moi ton téléphone ! Vite !

— Pourquoi faire ?

— Tina dort.

— Et alors ?

— Et alors regarde-la, elle a l'air tellement ridicule ! Passe-moi ton appareil, je vais faire une photo. On pourra se moquer d'elle…

— D'accord, mais profites-en pour mesurer la taille de sa cuisse.

— La taille de sa cuisse. Mais pourquoi ? Et comment ?

— Je te parle de la largeur de sa cuisse juste au niveau du genou, pas de la longueur… Voilà, comme ça. Alors ?

— Sept centimètres.

— Ah, la salope ! Moi j'en suis encore à huit et demi. Bon demain, je recommence à courir.

— Si tu veux, bébé. Mais de toute façon, tu sais bien que tu es la plus belle.

— Redis-le moi.

— Tu es bien plus belle qu'elle.

— Ah ! Merci. Tu peux prendre les photos maintenant.

Paul farfouilla dans le sac, prit le téléphone et fit trois clichés de sa belle-sœur en gloussant. Était-ce le bruit de l'appareil ou celui d'un camion qui les doubla à cet instant-là ? Tina sursauta, sembla se relever et poussa un grognement. Gwenaëlle étouffa un petit cri, Paul jeta le téléphone devant lui avant de se caler dans son fauteuil. Pendant plusieurs minutes, ils ne bougèrent pas, allant même jusqu'à bloquer leur respiration. Fausse alerte. Convaincus qu'elle dormait, ils se mirent enfin à parler.

— Dis-moi, doudou, comment est-ce que cela va se passer avec Ti-Kroaz ?

— Tu as entendu ce que Ronan a dit hier soir : on ne va pas vendre la maison et chacun pourra y aller quand il voudra. C'est déjà ça. Avec papa, on ne pouvait jamais venir. Ou plutôt, tu ne voulais jamais venir.

— Pas question d'habiter dans la maison de ce vieil obsédé…

— Oui, mais même quand il s'absentait, tu ne voulais pas y aller.

— On ne va pas revenir là-dessus.

— À ton avis, qu'est-ce qu'il est en train de faire, Ronan ?

— Je ne sais pas. Peut-être un peu de ménage.

— Mais non, je suis sûr qu'il fait autre chose que ça. Tu ne peux pas savoir à quel point ses cachotteries m'énervent.

Sur ce, Paul dégaina son téléphone portable et s'abîma pendant plus d'une heure et demie dans la contemplation de son petit écran. Régulièrement, sa femme l'interpellait, espérant une bribe de conversation, un échange, même anodin. Qu'est-ce que tu fais ? lui disait-elle. Je consulte mes mails, répondait Paul. Tu ne veux pas me parler ? demandait-elle. Attends, j'envoie un SMS, rétorquait-il. Et là ? Une minute, une minute, je suis en plein milieu d'une partie. Alors qu'ils venaient de passer Le Mans, Gwenaëlle parvint quand même à capter l'attention de son mari.

— Tu vas au bureau cet après-midi, mon doudou ?

— Je ne devais pas y aller, mais finalement avec cette affaire des Indiens d'hier, il vaut peut-être mieux que j'aille y faire un tour. En ce moment, c'est un peu tendu. Et puis il faut que j'aie cette promotion.

— Pourquoi ? Cela fait trois mois que tu m'en parles.

— Il le faut.

— Pour les 157 euros d'augmentation ? Pour le titre de directeur général adjoint ?

— Parce que Ronan n'est pas encore directeur général. S'il apprend que je le suis avant lui, il en fera une maladie.

Ils finirent par arriver aux abords de Paris. Comme tous les vendredis à cette heure-là, le boulevard périphérique était embouteillé. Gwenaëlle ronchonna : il fallait qu'elle soit au bureau trois quarts d'heure plus tard. Elle aurait à peine le temps d'avaler un sandwich avant de se mettre au travail. Depuis quelques minutes, Paul triturait un petit papier entre ses doigts.

— Qu'est-ce que c'est ? fit Gwenaëlle.

— Rien, rien.

— Allez, dis-moi. Ne fais pas ton cachottier !

— Non.

— Montre-moi ça alors. Tu sais très bien que tu ne peux pas garder un secret. Allez ! Passe-moi ça... Quoi ? Des cours de sculpture ? Qu'est-ce que cela veut dire ?

— Je crois que je vais m'y remettre.

— Comment ?

— Je crois que je vais me remettre à la sculpture. Tu te souviens que j'en avais fait il y a une douzaine d'années.

— Oui, mais je croyais que cela t'était passé.

— Eh bien, non. Tu vois, en revoyant les œuvres de papa, je me suis dit que ce serait dommage que personne ne reprenne le flambeau.

— Tu ne vas quand même pas faire des obscénités comme lui !

— Non, non, rassure-toi. Mais je crois que j'ai hérité de son talent. J'en suis même certain. Tu verras, je vais te surprendre...

— Ouais, en attendant, tu vas saloper l'appartement en ramenant de la terre glaise partout. Je te préviens : je n'ai pas du tout l'intention de passer mon temps à nettoyer tes merdes derrière toi.

Paul se rembrunit. Même mort, son père continuait à

empoisonner ses relations avec sa femme. Et Gwen ne comprenait pas qu'il avait besoin d'être enfin reconnu et considéré. Sentant qu'elle était allée un peu trop loin, Gwenaëlle mit sa main sur le genou de son homme et lui pressa la cuisse. C'était un de leurs signaux habituels de réconciliation. Ces derniers temps, ils l'activaient régulièrement.

— Pardon, mon doudou. Je comprends que c'est important pour toi.

— Tu n'aurais pas dû dire « tes merdes ».

— C'est vrai, je le regrette. Je te demande pardon. Changeons de sujet. Je trouve que Prosper a été un peu dur avec toi hier soir.

— Non. Je n'ai pas cette impression. Tu sais, c'est un jeu entre nous. Il ne faut pas y prêter attention.

— Et Ronan ?

— Ronan n'a rien à voir là-dedans. C'est compris ? Rien ! Prosper est mon ami. C'est tout. D'accord ?

— Fais attention à Prosper.

— Mais puisque je te dis que c'est mon ami ! s'exclama Paul.

— Justement.

— Ah, si je savais ce que Ronan est en train de faire !

— Sans doute du ménage, lança Gwenaëlle, d'un ton évasif. Tu connais sa maniaquerie. En tout cas, je suis bien contente que tu aies fait ces photos de Tina.

Ils entrèrent à Paris par la porte d'Orléans, empruntèrent l'avenue du général Leclerc et se dirigèrent vers Denfert-Rochereau.

— Et puis tu as remarqué : elle n'a même pas proposé de payer l'essence ou les péages, susurra Paul. Ce n'est pas comme si elle ne gagnait pas assez d'argent…

— Oui, enfin, tu ne m'as pas proposé de les payer, toi non plus…

— Euh… oui… bafouilla Paul, qui esquiva prudemment ce sujet sensible. Tu as vu comme elle est montée dans la voiture, en nous disant à peine bonjour. Et je te parie que ça va être la même histoire à l'arrivée. Pas un au revoir, pas un merci.

— Et puis tu as vu, elle n'a même pas mis sa ceinture de sécurité. Elle sait très bien que cela m'énerve. Moi, je m'en fous, si elle se fait arrêter, c'est elle qui paiera. En tout cas, fais gaffe, on ne sait pas si elle nous entend… Tu crois qu'Isadora était sérieuse hier soir ?

— On ne sait jamais avec elle.

— C'est vrai que la maison lui appartient pour moitié ?

— Eh bien, je l'avais un peu oublié, pensant qu'à la mort de grand-père, elle avait reçu le boulevard Raspail et papa la maison en Bretagne. Il faut croire que non. Tu sais, il a fait tant de mauvaises affaires qu'il a peut-être été obligé de lui revendre une partie de la maison…

— Hein ? Qu'est-ce qu'il y a encore ! beugla Tina.

Paul et Gwenaëlle sursautèrent. Ils se regardèrent interdits. Depuis quand leur belle-sœur ne dormait-elle plus ? Qu'avait-elle entendu de leur conversation ? Pendant les minutes qui suivirent, ils l'écoutèrent insulter copieusement l'une de ses commerciales.

— Comment ça, il n'a pas signé la promesse ? Mais

c'est quoi, ces conneries ! Tu es complètement débile ou quoi ? Au prix où je te paye… Comment ça, tu n'es payée qu'au SMIC ? Ouais, eh bien, c'est largement suffisant, vu le peu d'affaires que tu as conclues ces derniers mois. Alors, écoute-moi bien, espèce de smicarde : tu vas me faire le plaisir de lui répéter ce que je t'ai appris. Il a intérêt à signer parce qu'il y a plusieurs personnes qui attendent derrière… Mais on s'en fout si c'est faux ! Tu sais bien qu'on ne vit que par le mensonge dans ce métier ! Idiote ! Tu vas lui dire qu'il y a plusieurs étrangers derrière qui sont prêts à mettre 20 % de plus. Tu vas lui expliquer que les prix vont de toute façon augmenter parce que c'est la loi de l'offre et de la demande. Et tu me conclus cette affaire aujourd'hui parce que je pars à Miami ce soir et j'ai bien l'intention de faire des courses là-bas. Alors je veux ma commission ! Compris ?

Tina, qui avait troqué son masque blanc contre ses grosses lunettes de soleil, finit par raccrocher. Quelques instants plus tard, son téléphone se mit à sonner : c'était son assistante. Elle était parvenue à obtenir que sa patronne soit surclassée dans le vol pour Miami et gardait les billets à sa disposition, au bureau. La jeune femme se fit agonir d'injures. Comment ça, au bureau ! Mais il fallait qu'ils soient chez elle dans les vingt minutes parce qu'elle était en train de rentrer d'un enterrement très éprouvant. Quand son stock d'insultes fut épuisé, elle raccrocha et se tourna vers Paul et Gwenaëlle.

— Vous voudrez bien me déposer à l'angle, s'il vous plaît ?

Tout à leurs préoccupations, ils la posèrent à l'angle de la rue de Seine et du boulevard Saint-Germain sans même être choqués qu'elle se soit adressée à eux comme à un chauffeur de taxi. D'ailleurs, au moment de sortir, Tina avait esquissé un geste en direction de son sac à main, avant de se raviser.

Quelques minutes plus tard, Gwenaëlle déposa son mari à l'arrêt du RER. Paul n'avait pas une tenue de bureau très conventionnelle : il avait échangé sa tenue de la veille contre un pantalon de pêcheur rouge délavé, une chemise de son père trop grande pour lui et la veste qu'il portait à l'enterrement maculée de boue. Ce n'était pas grave, se disait-il, nous sommes vendredi. On a bien le droit d'être habillé de façon un peu plus relax de temps à autre.

— Tu as eu l'air contrarié tout à l'heure, mon doudou. C'était quoi ?

— Oh, rien de bien important. Je consultais mes mails. Brigitte, la secrétaire du patron, nous a envoyé un mail sur les procédures à suivre pour les notes de frais. Le troisième en un mois. Je veux bien qu'ils cherchent à réduire les coûts, mais là, cela devient vraiment ridicule. Et toi, tu crois que cela va bien se passer au bureau ?

— Pas de souci. Tu sais que je suis la meilleure attachée de presse de Paris, n'est-ce pas ? Tu pourras récupérer Mirabelle chez maman avant de rentrer ?

— Bien sûr, bébé.

— D'accord.

— Tu crois qu'elle nous a entendus ?

— J'espère que non.

— On n'a rien dit de mal.

— Oh, non.

Cela faisait cinq minutes que la voiture était garée en double file. Paul, qui avait consulté les horaires des trains de banlieue sur son téléphone portable, n'était pas en retard. Il regardait les passants traverser. Sa tête lui faisait encore un peu mal.

Gwen rêvassait elle aussi. Son regard s'attarda sur une affiche qui vantait les mérites d'une centrifugeuse. Il fallait qu'elle l'achète, même si elle n'aimait pas trop la glace et les sorbets. Elle lui trouverait bien une place entre la machine à pain, les mixers, les deux grille-pain et la yaourtière. Les produits étaient tellement meilleurs quand ils étaient fabriqués à la maison. Et moins chers, aurait rajouté Paul.

Elle fut la première à rompre le silence.

— Après tout, on s'en fout de cette greluche.

— Oui, c'est ça. On s'en fout de cette greluche.

— N'oublie pas de manger ta pomme.

— Oui, bébé, répondit Paul.

— À propos, tu as remarqué que Tina n'a rien mangé ? Elle n'est même pas venue s'acheter un sandwich avec nous quand on s'est arrêté sur l'aire d'autoroute.

— Mais qu'est-ce qu'elle a passé comme temps aux toilettes !

— Elle est bizarre quand même, ajouta-t-elle.

— Ça m'a enragé de la voir se comporter comme une maîtresse de maison dans mon Ti-Kroaz. Merci de nous avoir défendus.

— Oui, c'est pour cela que je te dis qu'il faut se méfier d'elle. Elle est tellement vénale.

— Je t'aime.

— Moi aussi.

— Tu sais, je suis triste pour papa.

— Ah.

Laissant là son mari, Gwenaëlle fonça au bureau. Cette dernière remarque l'avait mise de mauvaise humeur. Sentant une aigreur d'estomac, elle prit un cachet dans sa boîte à gants, soupira et appuya sur la pédale d'accélérateur.

20

Archibald et Isadora avaient dû courir pour attraper le train de 9 heures 31 à Vannes. Pourtant, ils n'avaient aucune raison d'être en retard : Jean-Yves, qui avait une course à faire à Rennes, était passé les chercher à Ti-Kroaz. Mais Ronan avait tellement étiré les adieux qu'ils étaient partis avec une dizaine de minutes de retard.

Sur le perron de Ti-Kroaz, le fils aîné de Christobal avait embrassé sa tante avec effusion, lui disant trois fois qu'il faudrait qu'ils se voient plus souvent parce que, après tout, il n'y avait que quelques centaines de mètres entre le boulevard Raspail et la rue Guynemer, que Tina avait été très heureuse de la voir, qu'il fallait qu'elle voie les garçons, que c'était vraiment trop dommage de ne pas se revoir quand on habitait si près.

Une fois montée dans le wagon, Isadora s'affala à sa place avec la ferme intention de ne plus en bouger jusqu'à la fin du voyage. Archibald s'assit en face d'elle et Jean-Yves s'installa à quelques mètres d'eux.

— Ouf, j'ai bien cru qu'on ne l'aurait pas, ce train !

— Oui… Oh, dis-moi, Archibald, cela ne te dérangerait pas que l'on change de place ?

— Bien sûr, Isadora, mais pourquoi ?

— Parce que la personne en face de moi propage de mauvaises ondes. Je ne sais pas si j'aurais la force de lutter contre celles-ci tout le voyage. Il ne m'a pas encore remarqué, mais s'il le fait, ce golem pourrait s'attaquer à nous. Alors que, si je lui tourne le dos, je serai plus tranquille.

L'inquiétante entité en question était un homme d'une cinquantaine d'années, le teint rubicond et le poil gris, qui pianotait sur son ordinateur portable avec un air soucieux.

— Tu es sûre ?

— Oui, oui, allez, changeons de place. Là… Voilà ! Ah non ! C'est pire que tout !

Cette fois-ci, il s'agissait d'une vieille dame assez forte, avec de grosses lunettes cerclées d'écailles et un menton en galoche. Elle avait replié son quotidien local devant elle et faisait du point de croix. Mais pour Isadora, sous ces dehors inoffensifs, c'était la réincarnation de Staline. Elle se sentait trop mal à l'aise en face d'elle et pria instamment son neveu de revenir à la situation antérieure.

Archibald obtempéra complaisamment. Il aurait pu lui dire qu'avec tout ce traficotage, tous les démons présents dans le wagon étaient désormais bien au courant qu'Isadora de Kerniguet était là auprès d'eux et pas très en forme de surcroît. Mais il ne voulut pas lui faire de peine. Jean-Yves avait observé tout ce remue-ménage avec un sourire en coin.

— Bon, je vais faire contre mauvaise fortune bon cœur. Cela va au moins me donner l'occasion de réviser les cours de désenvoûtement que j'ai appris il y a cinq ans. Allez, au boulot !

Quand Isadora luttait contre les forces obscures, son visage se crispait d'un coup puis se mettait à trembler avant de se relâcher au bout de quelques instants. Elle reproduisait l'expérience deux fois, trois fois, jusqu'au moment où elle avait l'impression d'avoir atteint une certaine forme de plénitude. À ce moment-là, elle affichait un air détaché, un peu hagard, et regardait le monde avec une forme de compassion désabusée.

Pendant que sa tante bataillait, Archibald consultait ses mails sur son téléphone portable. Sylvie lui avait écrit deux fois, des messages apparemment anodins qui criaient l'envie de le revoir. Mais c'était décidé : il ne pourrait plus la revoir tant qu'elle mènerait une vie saine. Cette façon de considérer la souffrance comme un marchepied vers le bonheur était tout bonnement insupportable. Finalement, ce n'était pas si surprenant que cela qu'elle soit dentiste.

Sa rédactrice en chef lui avait envoyé un mail la veille au soir. Elle l'avait réécrit une seconde fois, quelques heures plus tard, puis une troisième fois ce matin-là. Il était attendu lundi matin à 9 heures au domicile d'un entrepreneur de téléphonie mobile, à Rueil-Malmaison. Archibald devait confirmer le rendez-vous le plus vite possible.

— Allô, Constance, c'est Archibald.

— Ah, Archibald, si tu savais combien j'ai pensé à toi hier ! Comment est-ce que cela s'est passé ? Mon petit chat, j'aurais bien aimé être là pour te réconforter. Mais je ne pouvais pas, j'étais en réunion avec l'autre abruti. Tu rentres quand ?

— Je suis en train de rentrer. J'ai reçu ton mail.

— Ah, très bien. Tu as pris rendez-vous ?

— Non, pas encore.

— Quoi ! Mais tu es fou ? Puisque je te disais qu'il faut l'appeler tout de suite !

— Mais j'aimerais bien en savoir un peu plus sur le personnage. Tu m'as quand même commandé dix feuillets.

— Tu ne connais pas Salomon Gaude ?

— Vaguement. Mais en quoi est-il intéressant ?

— En rien. Édouard s'en fout, d'ailleurs. Il nous a acheté une double page de pub, alors tu ne vas pas me compliquer la vie, elle l'est déjà assez comme ça, en ce moment. Tu me rédiges un bel article sur ce gaillard et notre cher directeur de la rédaction sera content.

— Il faut que je fasse un article sur lui seulement parce qu'il a acheté une page de pub sur sa boîte ?

— Pas une page mais deux. Et pas sur sa boîte. Sur lui.

— Quoi ?

— Sur lui, dix feuillets, dont une photo pleine page avec sa famille et ses collections.

— Tu rigoles, j'espère.

— Pas du tout. Maintenant, il faut que je te laisse, j'ai une réunion. À lundi. Tiens-moi au courant.

— Mais…

C'était la meilleure. Désormais, n'importe qui pouvait afficher son portrait dans un magazine pourvu qu'il paye sa célébrité. Au moins, Archibald savait à quoi s'attendre.

Il regarda sa tante. Fatiguée par la soirée de la veille, Isadora s'était assoupie. Sa tête reposait mollement sur la vitre du train. Ses mains étaient encore en position de fleur de lotus. Ses jambes traînaient sous elle, inertes.

Il s'interrogea : était-elle sérieuse quand elle avait promis de venir avec ses chats en résidence à Ti-Kroaz ? Où s'installerait-elle ? Dans l'aile gauche de la maison, là où Christobal avait installé sa salle d'exposition permanente ? Comment ferait-elle pour voyager avec ses matous ? Impossible en train, mais alors en taxi ? Ou alors peut-être viendrait-elle avec certains d'entre eux mais pas tous à la fois. Peut-être avait-elle prévu d'organiser des roulements. Comment procéderait-elle, par ordre alphabétique, par genre littéraire, par affinités ? Dans ce cas, Montaigne et La Boétie viendraient ensemble, mais certainement pas Boileau et Perrault qui passaient leur temps à se chamailler. Jean-Yves le tira de sa rêverie en lui proposant d'aller boire un café au wagon-bar.

Une fois arrivé sur place, Archibald posa à son parrain une question qui lui brûlait les lèvres depuis plusieurs semaines.

— Dis-moi, Jean-Yves, est-ce que je peux te poser une question ?

— Dis toujours.

— Angèle, ta femme, tu lui as toujours été fidèle ?

— Oui. Tu veux que je te dise pourquoi ?

— J'aimerais bien.

— Eh bien, parce que, contrairement à ce que prétendent certains, le mariage rend libre. Tu vois cette blonde, là, au comptoir ? Oui ? Eh bien, regarde : il y a trois mecs dans le wagon-bar qui rêvent de coucher avec elle, et je ne te compte même pas dans le lot.

— C'est gentil.

— Je t'en prie. Moi, je peux t'affirmer que ces trois hommes sont malheureux. Et tu sais pourquoi ? Parce qu'ils n'ont pas fermé la porte à la tentation. Croyant se sentir jeunes, ils trompent leurs femmes ou rêvent de le faire. Mais ils ne se rendent pas compte qu'ils mettent le doigt dans un engrenage fatal. Moi, tu vois, à partir du moment où je suis fidèle, je sais que, de toute façon, je ne vais rien espérer de cette jeune femme, si ravissante soit-elle. Et c'est ainsi que je suis libre. Dès lors qu'il n'y a pas d'infidélité possible, je peux regarder une jolie femme aussi longtemps que je le veux car mon regard est pur. J'ajoute que, si je devais procéder autrement, là, oui, je serais piégé. Car à partir du moment où je l'aurais trompée une fois, toutes les femmes, je dis bien toutes les femmes, deviendraient des proies.

Archibald ne savait quoi dire. C'était peut-être une solution pour lui, qui avait tant de mal à résister à la tentation et se montrait, comme son père, d'une infidélité chronique. Mais c'était trop simple pour être réalisable. Son café terminé, il raccompagna Jean-Yves à sa place. Bientôt, le train s'arrêta en gare de Rennes. Jean-Yves embrassa son filleul, puis la sœur de son meilleur ami et s'en alla d'un pas léger.

Archibald s'assit à sa place, essaya de réfléchir deux minutes à son interview mais s'endormit rapidement. Il fut réveillé une heure plus tard par sa tante.

— Est-ce que tu sais pourquoi j'aime les chats, Archibald ?

— Non, dis-moi.

— J'aime les chats parce qu'ils sont plus purs, plus vrais que les êtres humains. Tu vois, quand on a un chat, et à plus forte raison quand on en a douze, comme moi…

— Tu as douze chats ?

— Oui.

— C'est beaucoup.

— Quand on aime, on ne compte pas. Et puis Jésus avait bien douze apôtres… Bref, je te disais, ce que j'aime avec les chats, c'est qu'il y a toujours un moment où l'on est ridicule avec eux, où on gazouille bêtement en les prenant dans les bras. Ils vous regardent alors avec un air indifférent et, une fois qu'on les a posés par terre, s'éloignent lentement sans même vous regarder en dandinant de l'anus.

— En effet.

— En revanche, quand ils ont faim, ils viennent

vous coller en ronronnant, ils se frottent contre votre jambe, miaulant de plaisir dès qu'on les effleure. Tout ça pour que leur gamelle soit remplie. Au moins, on sait où ils veulent en venir. On n'est pas dans le mensonge. Ils font la pute parce qu'ils veulent à bouffer, c'est tout. Tu vois, c'est pour cela que je les aime. Ils ne sont pas hypocrites comme les humains.

Cette dernière phrase laissa Archibald songeur. À qui faisait-elle référence ? Isadora le regardait en souriant, les yeux mi-clos. Devait-il se sentir visé ? Le train passa dans un tunnel. Une fraction de seconde, il eut l'impression que, dans le noir, elle le voyait encore, que ses yeux étaient ceux d'un félin.

— Toute cette conversation m'a donné faim. Tu veux bien aller me chercher un croque-monsieur, Archibald ?

— Et une bière ?

— Non. Je crois que j'ai assez bu hier soir. Prends ce que tu veux. Quelque chose de bon en tout cas. Tiens, voilà 10 euros. Ah, et n'oublie pas de prendre de la moutarde.

Le bar était pratiquement vide. Affalé dans sa casemate, le serveur attendait le client et ne faisait même pas mine de ne pas s'embêter. Voyant Archibald arriver, il se leva, ajusta sa chemise et son sourire et lui demanda d'une voix mielleuse ce qui pourrait lui faire plaisir.

Archibald hésita une bonne dizaine de minutes avant de commander. Il fut obligé de laisser passer une mère de famille exaspérée et un couple d'Anglais et finit par commander un croque-monsieur, une eau gazeuse et un fondant au chocolat pour sa tante, un sandwich et un soda pour lui. Il était en train de retourner à son wagon quand il réalisa qu'il avait oublié la moutarde. Il revint sur ses pas.

— Excusez-moi, j'ai oublié de vous demander de la moutarde pour le croque-monsieur.

— Je n'en ai pas.

— Vous voulez dire que vous n'en avez plus. C'est dommage.

— Non, nous ne donnons plus de moutarde. La direction générale de l'entreprise a estimé que cela représentait une dépense inutile.

— Mais c'est nul ! Un croque-monsieur sans moutarde, cela n'a aucun intérêt !

— Peut-être, mais il fallait réduire les coûts.

— Et le plaisir du consommateur, il faut le réduire aussi ?

Archibald était indigné. Encore une fois, l'impératif économique prenait le pas sur le bon sens. Tout cela pour complaire à l'actionnaire !

— Bon, ce n'est pas grave. Je vais essayer de convaincre ma tante de manger son croque-monsieur sans moutarde. En espérant qu'au moins, il ne sera pas froid quand j'arriverai à ma place.

— Au fait, je crois que vous avez pris deux couverts.

— Oui, j'ai l'intention de partager mon repas avec ma tante. Cela vous pose un problème ?

— Non. Mais vous n'avez pas le droit de prendre deux jeux de couverts.

— Ah bon ? Et pourquoi ?

— Réduction des coûts.

— Vous voulez rire, j'espère ?

— Pas du tout.

Le serveur se faisait menaçant. Archibald n'aurait jamais dû retourner au bar.

— Et puis, vous avez pris trois serviettes, fit le serveur zélé.

— Et alors ?

— Vous n'avez droit qu'à deux. Une pour le croque-monsieur et une autre pour le sandwich. Veuillez me rendre la troisième, s'il vous plaît.

Une petite fille de trois ans s'était accrochée à sa jambe pour ne pas tomber. Sa mère se tenait derrière Archibald et regardait la scène avec un air consterné. Subitement, il eut envie de prendre la petite fille par les bras et de tout faire voler dans la boutique avant de partir en courant, non sans avoir planté toutes les fourchettes dans la tête du serveur, comme autant de banderilles. Toujours ce Milou rouge… Il retourna à son wagon en soupirant.

Isadora l'y attendait, impatiente. Archibald eut du mai à la convaincre de ne pas se ruer au wagon-bar pour y jeter anathèmes et malédictions. Elle mâchonna son repas en ronchonnant et ne se dérida qu'au moment de boulotter son dessert chocolaté.

— Tu as vu comme il m'a dit au revoir gentiment, Ronan ?

— Oui, je l'ai remarqué.

— Hum ! Comme si j'étais dupe. Ce n'est pas à un vieux singe que l'on apprend à faire la grimace.

— Tu n'iras pas dîner chez lui ?

— Bien sûr que oui. J'adore le rôti de bœuf et les patates sautées…

— Moi aussi. Tu sais, Ronan a raison, il faut qu'on se voie plus souvent.

— Peut-être. Tu viendras avec moi ?

— Chez Ronan ? Je veux bien.

Lorsqu'ils arrivèrent à Paris, Archibald accompagna sa tante à la station de taxis, avant de s'engouffrer dans le métro. Cette escapade morbihannaise l'avait épuisé : il était grand temps de faire une sieste avant de ne pas aller dîner avec Zélie, qui l'avait appelé deux fois sans laisser de message.

21

Tina était passée récupérer quelques affaires avant d'aller à l'aéroport. Son avion décollait à 18 heures. Il lui restait un peu moins de deux heures pour faire son sac et prendre son sacro-saint bain quotidien. Mais avant cela, il lui fallut régler quelques petits problèmes domestiques.

Elle n'eut pas le temps de faire plus de trois pas dans la cour de l'immeuble : la gardienne, Mme Lopez, fonça à sa rencontre.

— Madame Kerniguec !

— Kerniguet, madame Lopez, Kerniguet.

— Oui, pardon. Madame Kernadette, il faut que je vous parle.

— Vous êtes en train de le faire.

— Oui, oui. Écoutez, cela ne peut pas durer comme ça. Vos fils sont rentrés hier soir à 4 heures du matin avec dix personnes. Ils ont fait du bruit dans tout l'immeuble et…

— Madame Lopez, combien de fois faudra-t-il vous dire que ces problèmes-là sont à voir avec mon mari.

— Écoutez, madame Kernugget. Quand mon mari est intervenu, ils étaient en train de boire de l'alcool dans la cage d'escalier et de fumer de la drogue. Il leur a dit qu'il allait appeler la police, mais l'un d'entre eux lui a ri au nez, en lui disant que, de toute façon, son père travaillait à la préfecture. Ils sont partis à 5 heures 30 du matin. J'ai eu des plaintes dans le voisinage et j'ai dû passer trois heures à tout laver ce matin. Cela ne peut pas durer.

— Vous devez vous tromper de personne. Ni Odin ni Thor ne sont capables de cela. Ce n'est pas leur genre. C'est certainement le petit Fabre.

— Si si, madame Kernuguet, je vous assure que c'était votre fils.

— Impossible.

— Mais si, madame Kerboulette.

— Kerniguet, madame Lopez. Maintenant je suis pressée. Je rentre d'un voyage éreintant et j'ai un avion à prendre. Voyez cela avec mon mari quand il rentrera. Au revoir.

Et Tina partit fâchée en claquant la porte de l'immeuble. Cela ne pouvait pas être son Odin, qui l'avait gentiment appelée peu avant 21 heures pour lui demander si cela ne la dérangeait pas que deux amis, des garçons de bonne famille bien entendu, viennent manger des pizzas à la maison. Elle avait accepté sans hésiter.

Pourtant, à peine avait-elle franchi le pas de sa porte qu'une forte odeur d'alcool vint lui chatouiller les narines. Elle tomba nez à nez avec Imelda, qui était en train de récurer une trace marronnasse sur le mur de l'entrée.

— Bonjour, madame baronne. Madame baronne a fait bon voyage ?

— Ça allait, Imelda. Qu'est-ce que vous êtes en train de faire ?

— Je fais un peu ménage, madame baronne. Oh ! Vous avez nouvelles chaussures ! Très jolies, madame baronne, très jolies !

Imelda était folle de chaussures. Elle les aimait toutes, de toutes les couleurs et dans toutes les matières, les bottines et les escarpins, les bottes et les sandales. De fait, travailler chez les Kerniguet était une bénédiction : elle faisait la même pointure que sa patronne qui acceptait, de temps en temps, de lui donner une de ses vieilles paires de groles. Folle de joie et de reconnaissance, Imelda acceptait tout. Cela ne la dérangeait pas de travailler parfois jusqu'à 22 heures en attendant que Monsieur ou Madame rentre, ni de venir le dimanche soir quand les enfants étaient plus petits ou, comme ce matin-là, de passer deux heures à récurer les taches de vomi sur les murs.

— Les enfants sont à l'école ?

— Monsieur Odin oui, mais monsieur Thor est resté au lit car lui un peu malade.

— Ah bon ?

Inquiète, Tina frappa à la porte de la chambre de son fils.

— Thor, mon chéri, tu dors ?

Pas un bruit.

— Mon poussin, c'est maman. Est-ce que je peux entrer ?

— Mmmmh…

Elle entra. La tanière de son fils était dans un désordre indescriptible. Dire qu'elle sentait le fauve serait un doux euphémisme. Les effluves qui s'y mélangeaient étaient de sperme, d'alcool, de haschich et de sueur. Tina eut un haut-le-cœur.

— Mais qu'est-ce que ça sent ici ? Ça ne va pas, Thor ? Qu'as-tu fait hier soir ?

Thor était incapable de répondre à sa mère : sa langue occupait toute la place dans sa bouche, elle investissait toute sa boîte crânienne, laissant à peine de la place à son cerveau. Qu'est-ce qu'elle venait l'emmerder aux aurores, celle-là ?

— Thor, tu m'entends ?

Il ne l'entendait qu'à moitié. Mme Lopez avait raison. C'était bien lui, et non le petit Fabre qui était rentré ivre mort à 5 heures du matin. Comme il l'avait annoncé à sa mère, Julien et Romuald étaient effectivement passés la veille manger des pizzas avec lui et son frère. Mais ils ne s'étaient pas contentés de manger sagement leurs pizzas en regardant un film.

Julien, qui était le fils du duc de F., avait chipé une

caisse de Château Lafite-Rothschild dans la cave de son père. Romuald, dont le père était préfet de police, avait ramené un échantillon assez large de toutes les drogues que l'on pouvait trouver à Paris. Rapidement rejoints par deux autres fils à papa du seizième arrondissement, ils avaient bu cinq bouteilles de ce nectar et consommé les trois quarts de la mallette de produits illicites. Le quintet halluciné, dont l'âge cumulé n'atteignait pas quatre-vingts ans, s'en était ensuite allé s'abrutir de bruit, de drogue et d'alcool dans une discothèque située à trois cents mètres de la place de l'Étoile.

Ils étaient revenus à 5 heures du matin en compagnie de quelques nymphettes gloussantes pour finir la dernière bouteille du Premier cru classé et baiser.

Ce dernier chapitre était un peu flou. Thor se souvenait vaguement qu'ils avaient forniqué à plusieurs, mais avec qui ? Une vision lui hantait l'esprit : celui du visage ricanant des deux jumelles, deux jolies blondes de dix-sept ans, complètement nues sous l'uniforme de la Première Guerre mondiale qu'elles avaient chipé dans l'armoire de Ronan, un concombre à la main…

— Thor, tu vas me répondre ou est-ce qu'il faut que j'appelle le médecin ?

— Non, maman, ce n'est pas la peine.

— Qu'est-ce qu'il se passe ici ? Qu'est-ce qu'il s'est passé ?

— Je crois que les pizzas étaient pourries, m'man. Ou bien, c'était les sushis.

— Vraiment ?

— Vraiment. J'ai passé la nuit à vomir. C'est pour cela que je ne suis pas allé à l'école ce matin.

— Mon pauvre chaton ! Je vais appeler un médecin. Mais d'abord, il faut que j'ouvre cette fenêtre.

— Laisse, maman, je vais le faire. Et n'appelle pas le docteur. Ça va aller. J'ai tout vomi, tu sais ?

Tina glissa sur quelque chose. Elle l'écarta du pied négligemment et ne remarqua pas qu'il s'agissait d'un préservatif.

— Tu es sûre que ça va aller ?

— Oui, maman. Certain.

— Bon, parce que mon avion décolle dans deux heures et je ne voudrais pas...

— Tu pars encore ?

— Je suis obligée, mon poussin. Je vais te manquer ?

— Oui. Enfin, surtout, je n'ai plus un rond.

— Mais comment ça ? Tu as déjà tout dépensé ?

— Oui. Allez, s'il te plaît. Dis « bon d'accord », ma mamoune... Tina, qui culpabilisait d'être si souvent en voyage, céda rapidement.

— Bon d'accord. Tu veux combien ?

— 500.

— Quoi !

— Papa ne sera pas là du week-end lui non plus...

— Bon d'accord.

— Tu peux me faire un chèque ? J'irai l'encaisser tout à l'heure.

— Bon d'accord. Mais si ça ne va pas mieux, tu me promets que tu vas voir un docteur.

— Promis, maman. Je t'aime.

— Moi aussi je t'aime, mon poussin.

Elle s'éloigna doucement. Il était plus que temps d'aller faire couler son bain.

— Ah ! maman…

— Oui, mon chaton ?

— Tu pourras demander à Imelda de faire ma chambre ?

— Si tu veux.

— Tu n'auras qu'à lui donner une vieille paire d'escarpins pour ses heures supplémentaires.

— Bonne idée.

— Je t'aime, maman.

— Moi aussi, mon chat. Tu veux que je ferme la porte ?

— Oui, s'il te plaît.

Tina passa devant la chambre d'Odin avant d'aller faire couler son bain. La porte étant entrouverte, elle entra et vit qu'elle était parfaitement rangée. La maman soupira d'aise. Quel bon garçon, sérieux et ordonné comme son père. D'ailleurs lui aussi collectionnait les montres, en particulier les plus chères et les plus clinquantes. Ronan lui en offrait à chaque bon résultat, c'est-à-dire assez rarement. Quoi qu'il en soit, Odin avait promis à ses parents qu'il se coucherait tôt et manifestement, c'est ce qu'il avait fait. Tout cela mériterait bien une belle récompense à son retour de Miami.

Et Thor ? Bah, lui aussi méritait bien un cadeau. Tiens, il aurait le même que son frère, ça éviterait à Tina de chercher.

En réalité, si la chambre d'Odin était si bien rangée, c'était tout simplement parce que le fils aîné de Ronan n'y était pas rentré depuis le départ de ses parents. Après l'orgie de la veille, sur les coups de 5 heures du matin, Odin et le petit duc avaient fait le tour du quartier, arrachant une douzaine de rétroviseurs sur leur passage, pissant et chiant sur le pas de la porte d'une voisine et mettant le feu au matelas d'un clochard aviné. Juste pour s'amuser.

Ils étaient arrivés chez le petit duc à l'heure du laitier. La duchesse dormait encore. Très sages et très dignes, ils avaient posé quelques croissants sur la table de la cuisine avec un petit mot mielleux écrit avec application et quelques fautes d'orthographe. Puis ils étaient montés tous les deux dans la chambre de service qui lui servait d'appartement, où ils s'étaient caressés en regardant des films pornographiques et en prenant quelques rails d'une mauvaise héroïne achetée à Barbès la veille. À 14 heures passées, les bons garçons ronflaient comme des sonneurs. Odin s'était pissé dessus, mais il ne s'en rendait pas compte.

Tina, qui n'avait pas idée de ces turpitudes enfantines, se prélassa longuement dans son bain chaud, passa quelques coups de téléphone, colportant quelques ragots et susurrant deux ou trois médisances avant de prendre son avion.

22

Paul arriva au bureau à 15 heures. Il s'était endormi dans le RER, ratant sa correspondance de peu. Brutalement réveillé, il avait dévisagé avec hargne les passagers qui l'entouraient. Comme d'habitude en ce genre de circonstances, il les avait trouvés tous plus moches les uns que les autres.

Ce n'était pas toujours le cas. Parfois, quand il était d'excellente humeur ou lorsqu'il venait d'apprendre une bonne nouvelle, il contemplait avec bonhomie la foule anonyme qui faisait le même trajet que lui, presque avec tendresse. Mais, ce jour-là, ils étaient moches. Et bêtes. Bêtes et méchants.

Ayant raté son train, Paul fut obligé de prendre un bus pour se rendre au bureau, puis de marcher en maugréant près d'un demi-kilomètre dans une zone pavillonnaire qu'il connaissait mal.

L'immeuble d'Harvouët lui apparut enfin. Il s'agissait d'un gros cube de six étages bâti sur un terrain ayant appartenu à l'arrière-grand-père de l'actuel PDG, Antonin Harvouët. Le père de ce dernier, Antoine, légèrement mégalomaniaque, avait fait peindre le contour de certaines fenêtres dans un marron très à la mode au milieu des années 1970, dessinant ainsi un H gigantesque visible de loin.

Arrivé à deux cents mètres de l'entrée principale, il vit sa chef, Monique Wieler, et Komodia en train de sortir du bar-tabac où les rares fumeurs de l'entreprise allaient se ravitailler. Paul bondit entre deux voitures et se tapit dans l'ombre. Il ne fallait surtout pas qu'ils le voient : il leur avait promis qu'il serait là en début d'après-midi et il avait déjà une heure de retard. Ah, s'il n'avait pas raté cette maudite correspondance… il serait certainement arrivé bien avant eux.

— Tiens, mais qui voilà ? Que fais-tu là, Paul ? Tu pisses entre deux voitures !

Malédiction ! C'était Arnaud, le rouquin du contrôle de gestion, celui qui le détestait parce qu'il le soupçonnait d'être monarchiste. Paul ne l'était évidemment pas, mais il avait eu la bêtise de laisser la rumeur se propager dans l'entreprise, croyant que cela lui assurerait un certain prestige.

Pire, Arnaud était en compagnie de Raoul Ragondamonda, le petit stagiaire malgache que Paul avait toujours regardé de haut. Mais pourquoi n'avait-il pas fait attention à ne pas être suivi ? Maintenant il était grillé, carbonisé.

— Euh… non… Ah ! Ah, très drôle, Arnaud. Non, en fait, je jouais avec une pièce de 2 euros. Elle est tombée entre ces deux voitures et je la cherchais. Ah, ah, ça m'apprendra !

— Oui, ça t'apprendra, rétorqua Arnaud de sa voix flûtée.

— Vous voulez que je vous aide à la retrouver, monsieur Paul ?

— Non, non, ne te donne pas ce mal, fit Paul. Tiens, la voilà !

Paul se redressa d'un coup, épousseta sa veste et essaya de reprendre un peu de contenance.

— Vous étiez allés déjeuner ?

— Oui, oui. Et toi, où étais-tu ?

— En Bretagne. Je suis allé enterrer mon père.

— Ah, je suis vraiment désolé pour vous, monsieur Paul.

Mais qu'est-ce qu'il avait, l'autre, à ramener sa fraise ? Et puis cette façon de le vouvoyer respectueusement commençait vraiment à l'exaspérer. Trop poli pour être honnête, ce maudit Malgache.

— Ah, oui, je comprends mieux le pantalon maintenant.

— Ouais, je n'avais que cela à me mettre. Friday wear, tu comprends…

Mais Arnaud ne répondit pas. Le trio était arrivé dans les locaux d'Harvouët. Paul essaya de se faufiler le plus discrètement possible vers son bureau, situé au troisième étage, l'étage intermédiaire qui correspondait à la barre horizontale du *H* d'Harvouët. Mais ses collègues firent tant de bruit que son arrivée ne passa pas inaperçue. Fort heureusement, Monique était au téléphone. Il put atteindre son poste de travail pratiquement sans encombre. Son ordinateur était allumé. Bizarre.

Paul consulta ses mails. Personne n'avait ouvert son courrier, en tout cas pas sans qu'il le sache. Il consulta son compte secret. Inviolé lui aussi. Alors qui avait allumé son ordinateur et pourquoi ? Il ne tarda pas à avoir la réponse, car Monique et Komodia s'approchaient.

Claude Komodia était le directeur général adjoint d'Harvouët. Il s'était offert, pour son soixante-quatrième anniversaire, une cure de jouvence chirurgicale qui lui avait fait perdre dix centimètres de tour de taille et une myriade de rides. Son visage ressemblait à celui de tous ceux qui subissaient ce genre de traitement : avec ses yeux exorbités, ses pommettes saillantes et ses bajoues taillées au cordeau, Komodia ressemblait à un lémurien. Quoi qu'il en soit, depuis son traitement, le directeur général d'Harvouët se trouvait très jeune, très beau. Mais cela ne l'empêchait pas d'être à quelques mois de la retraite.

Monique, elle, avait suivi, scrupuleuse, un régime protéiné vanté par les magazines féminins cette année-là. Depuis l'âge de quinze ans, Monique était au régime. La faute à sa mère, une très belle femme qui ne supportait pas l'idée que sa fille puisse lui faire de l'ombre et qui, en conséquence, l'avait vêtue de haillons toute son enfance et l'avait nourrie de glaces et de barres chocolatées pour qu'elle soit obèse avant la puberté.

Après s'être privée du moindre plaisir pendant cinq semaines pour obtenir des cuisses aussi fuselées que ses mollets, Monique Wieler mangeait soixante-cinq grammes d'escalope de poulet au citron et autant de haricots verts sans beurre à chaque repas. Consciencieuse à l'extrême, elle voyait comme un réel accomplissement cette maîtrise millimétrée de son alimentation.

À l'instar de la pieuvre qui dégage un nuage d'encre quand elle se sent menacée, Paul péta un bon coup quand il vit ses supérieurs s'approcher. La tactique n'eut que peu d'effet car le duo brava l'éphémère écran de fumée. Contre toute attente, Monique le prit dans ses bras.

— Paul, mon cher Paul, comme je suis triste pour vous !

— Ah… Merci, Monique.

L'étreinte de Monique était bizarre, maladroite, masculine. Komodia s'approcha lui aussi et serra vigoureusement la main de son chef de département, en se mordillant la lèvre pour contenir son semblant d'émotion. Une fois de plus, Paul ne comprit pas comment cet homme qui s'était montré si abominablement injurieux la veille pouvait lui parler comme s'il ne s'était rien passé. Pour sa part, ces cris qui lacéraient son orgueil lui avaient laissé une marque indélébile.

— Mon cher Paul, je sais qu'il y a dans la vie des épreuves. Mais il faut avoir le courage de les dépasser.

— Bien sûr, Komo… Claude.

— Si vous avez besoin de quoi que ce soit, n'hésitez pas à venir me voir. Vous savez qu'ici, chez Harvouët, nous sommes tous les membres d'une grande famille. Notre richesse, c'est le capital humain, n'est-ce pas ?

— Je le sais, Claude. Merci.

Puis ils s'éloignèrent aussi vite qu'ils étaient arrivés. À croire que la nauséabonde protection avait finalement été efficace.

Paul reprit ses esprits et regarda autour de lui. Quelques années auparavant, le troisième étage avait été transformé en un vaste open space, avec deux vastes bureaux fermés à chaque extrémité, non loin des ascenseurs. D'un côté, il y avait celui de Komodia, directeur général en charge de toute la partie administrative, et de l'autre, celui de Marc van Rutemperg, qui avait la haute main sur toutes les affaires commerciales. Bien évidemment, les deux hommes se détestaient. Chacun avait sa sphère d'influence, sa coterie, ses petites victoires et ses douloureuses défaites.

Depuis le début, malgré les cris, les injures et les humiliations, Paul était un fidèle soutien de Claude

Komodia, qui avait un tel ascendant sur son subordonné que celui-ci l'avait plusieurs fois appelé papa. Progressivement, son poste de travail s'était rapproché de celui de son supérieur au point qu'il ne lui restait plus que quelques mètres avant d'atteindre le Graal, l'escalier qui menait aux quatrième et cinquième étages. La rumeur prétendait que ceux qui atteignaient ces hautes sphères avaient le droit de rendre visite à la famille Harvouët qui avait préempté le sixième palier, surnommé le nirvana, dont on ne connaissait que certaines pièces de réception.

Étant le plus ancien dans le grade le plus élevé, Paul attendait patiemment le jour où Komodia partirait à la retraite. Il avait même gravé des encoches dans un tiroir de son bureau. Ce jour-là, il sabrerait le Champagne avec William, son meilleur ami dans l'entreprise. Ce jour-là, il deviendrait directeur général adjoint à la place de Monique (qui deviendrait directrice générale) et William prendrait sa place de chef de département. Ce jour-là, il aurait sur sa carte de visite un titre plus ronflant que Ronan. Plus que quelques semaines à tenir…

Paul regarda autour de lui. Terrifiés par la moindre apparition de leur hiérarchie, ses collègues n'avaient pas osé s'approcher. Ils restaient sagement assis à leur place, les yeux rivés au rectangle gris de leur écran d'ordinateur. Seul William eut le courage de s'avancer vers son ami.

— Salut, Paul, comment ça va ?

— On fait aller. Et toi, Acinator ?

Acinator était le nom de guerre de William. Passionné par les jeux de stratégie depuis son adolescence, William-Acinator avait un visage poupon qu'il virilisait en arborant un bouc dont il prenait grand soin. Il était presque aussi grand que Paul, mais légèrement grassouillet.

— Comment s'est passée la réunion avec les Indiens ?

— Pas si mal que ça. Komodia a poussé une de ses habituelles gueulantes… Tes oreilles ont dû siffler. Est-ce qu'ils t'ont filé un averto ?

— Heureusement non. Je sortais de la messe d'enterrement de papa. Autant te dire que je n'avais vraiment pas besoin de ça.

— Oui, à ce propos, ce n'était pas trop dur ?

— Si. Je t'en parlerai à un autre moment. Et donc, la réunion ?

— Heureusement que Raoul était là parce qu'il a tout pris en charge. D'ailleurs, tu remarqueras que, depuis ce matin, il a pris le bureau de Catherine, tu sais, celle qui est en arrêt maladie.

— Celui qui est juste à côté du tien ? chuchota Paul, abasourdi.

Mais son collègue n'eut pas le temps de répondre. Monique approchait d'un pas martial. Flairant l'imminence d'un danger, Acinator battit prudemment en retraite.

— Paul. Tu sais qu'on a été au bord de la catastrophe hier.

— Oui, Monique, mais tu sais aussi que j'avais

envoyé un mail collectif pour prévenir de mon absence. D'ailleurs, tu y avais répondu…

— Ne m'interromps pas. Je déteste ça. En tout cas, Raoul t'a parfaitement remplacé.

— C'est…

— Mais malheureusement, le serveur qu'il devait surveiller a planté et nous ne savons pas trop à quel niveau. Il faudrait que tu vérifies cela cet après-midi. C'est urgent.

— Mais… !

— Ne m'interromps pas. C'est urgent, je te dis. Tiens-moi au courant avant la fin de l'après-midi. Mais je te préviens : cela risque d'être un peu long. J'imagine que tu n'as aucune obligation aujourd'hui, vu l'heure à laquelle tu es arrivé. Tu ne veux pas que je mette un avertissement sur ton bulletin trimestriel, n'est-ce pas ?

Et Monique s'en alla sans même lui laisser le temps de répondre. Paul suffoquait de rage. Quoi ! Il allait devoir débusquer une erreur dans la programmation du serveur sans aucune précision sur la nature de celle-ci ? Autant chercher une aiguille dans une botte de foin en étant équipé d'une paire de moufles. Et puis, ce n'était pas un travail pour lui. Il était cadre, bon sang ! C'était un boulot ingrat de stagiaire ! Quelle sanction humiliante et infantilisante !

Il envoya un message à Gwenaëlle : « Coincé au bureau tout l'après-midi. Énorme galère. Inutile de m'appeler. Peux pas récupérer Mirabelle chez ta mère. » Sa femme l'appela aussitôt, mais il préféra ne pas décrocher pour ne pas se faire engueuler une seconde fois. Et ce mal de crâne qui recommençait !

≈

Paul passa six heures à chercher l'erreur de programmation. Il finit par la débusquer à 21 heures 47. Tous les employés du troisième étage étaient partis depuis longtemps. Certains avaient esquissé un petit geste de sympathie en passant devant lui, la plupart s'étaient éclipsés sans un geste, de peur d'être considérés comme de dangereux factieux et punis eux aussi.

Il profita d'un bref instant de répit pour pianoter fiévreusement sur Internet. Ronan avait raison : il était bel et bien référencé deux cent trente-sept mille fois sur Internet. Ah, le cochon ! Et Tina trois cent seize mille, soit quelques milliers de plus que la veille au soir. Et Gwen ? À peine quatre-vingt mille fois, dont une bonne partie datant de l'époque où elle assurait les relations presse d'une grande marque de chaussettes.

Paul finit par entrer son nom. Le résultat tomba en une fraction de seconde : huit mille trois cent dix-sept fois. Il essaya d'orthographier son nom différemment, mais le résultat était toujours aussi lamentable. Pire, les trois premières pages de résultat n'évoquaient que le pseudonyme qu'il employait pour jouer à des jeux de stratégie en ligne…

— Paul, quand tu auras fini de glandouiller sur Internet, tu me préviendras ?

Monique était encore là. Elle mettait un point d'honneur à quitter le bureau après tout le monde, considérant que cette preuve de pugnacité lui vaudrait un jour ou l'autre la promotion dont elle rêvait. Ses poissons pourraient bien attendre. De toute façon, ils ne risquaient pas de déranger ses voisins en réclamant de la nourriture.

Komodia était parti depuis longtemps. Avant de s'en aller, il s'était approché de son chef de service et lui avait dit, d'un ton patelin : « Vous êtes cerné, Paul. » Ce dernier, qui n'avait pas vu son directeur général arriver, tomba de sa chaise à la renverse avant de comprendre que Claude Komodia parlait de ses yeux.

— Ça y est, Monique, je l'ai trouvé le bug ! trompeta Paul en s'approchant du bureau de sa chef. J'ai tout réparé et j'en ai profité pour mettre à jour les applications de sauvegarde automatique. Cela n'avait pas été fait depuis des semaines. Heureusement que j'ai mis mon nez dedans.

Après avoir passé près de six heures assis sans lever le nez de son écran, Paul espérait un minimum de reconnaissance, voire un échange un tant soit peu humain avec cette femme qu'il côtoyait depuis plusieurs années. Après tout, ne venait-il pas de perdre son père ? Il n'obtint rien de ce qu'il espérait.

— De quoi est-ce que tu me parles ?

— Eh bien, de l'erreur dans le serveur que tu m'as demandé de vérifier.

— Ah oui ? Bon. Tant mieux. De toute façon, on est passé sur le serveur annexe en fin d'après-midi.

— Mais personne ne m'a prévenu !

— Ah oui ? C'est vrai. En tout cas, je suis crevée. On verra ça lundi.

En somme, Paul venait de travailler comme un

forçat pour réparer un équipement de toute façon obsolète. Pire, tous ses collègues de bureau l'avaient laissé plancher sans rien lui dire. L'espace d'un instant, il eut envie d'étrangler Monique. Elle l'attendait à la porte.

— Bon, Paul, tu te dépêches ? On ne va pas passer la nuit ici,

— Oui, j'arrive. Tu rentres sur Paris ? Tu peux me déposer ?

— Euh non, j'ai un dîner dans les parages. Mais si tu veux, je peux te déposer au RER.

— Bon, d'accord, soupira-t-il.

Dans le train qui le ramenait à Paris, Paul reçut un message de son frère : il s'agissait d'une photo où Ronan se mettait en scène, rigolard, assis en terrasse à côté de Prosper, au Café de la plage. Assis à sa place habituelle ! Avec son meilleur ami ! Le court texte qui l'accompagnait était presque anodin : « Une bonne bière blanche avant une nuit du même coloris. » Ils allaient faire la fête toute la nuit ! Paul regarda les voyageurs autour de lui. Plusieurs souriaient : assurément ils se moquaient de lui.

≈

Il était 11 heures 15 quand Paul arriva à la maison. Bien entendu, Mirabelle dormait à poings fermés. Gwenaëlle eut beau lui interdire d'aller voir sa fille, il n'en tint pas compte et s'approcha du lit où elle sommeillait. Il la prit dans les bras et la serra contre son cœur en pleurant doucement. Sa femme, qui s'était approchée, lui caressa doucement l'épaule. Elle pleurait elle aussi.

— Tu crois qu'ils vont tout nous prendre ? chuchota Paul.

— Qui ça ?

— Ronan et Tina.

— On ne les laissera pas faire, murmura sa femme.

Quelques minutes plus tard, il était lové contre le corps de sa femme. Gwen exigeait qu'il s'endorme dans cette position. Ainsi collé à elle, Paul n'arrivait pas à trouver le sommeil. Mais il n'avait pas davantage envie de se faire gronder par sa femme. Il rumina de sombres pensées pendant de longues minutes, essayant de dégager son bras que Gwen avait coincé entre ses seins.

Elle finit par se retourner vers lui, l'embrassa à pleine bouche, faisant courir sa langue sur son visage puis le long de son corps. Il frissonna de plaisir et soupira longuement, serrant les fesses de toutes ses forces pour se retenir d'exploser.

Gwenaëlle releva la tête, sourit d'un air satisfait puis grimpa à califourchon sur son mari et l'escalada jusqu'à ce que toutes ses tensions s'apaisent. Elle l'embrassa et s'allongea sur le dos. Assurément, c'était bien elle la meilleure des amantes. Certainement bien meilleure que cette pouffiasse frigide de Tina.

23

Archibald était passé au bureau récupérer de la documentation sur Salomon Gaude. Il n'y avait pas grand monde dans les locaux d'ED Média cet après-midi-là. Le groupe de presse qui employait le cadet des Kerniguet depuis quatre ans éditait des magazines aussi divers que *Passion Angora, Miaou Ouaf Ouaf, La Revue des Vieilles Guimbardes, Occasion Jet Ski, Trisomique Mag* et donc *Télé Hebdo Pratique,* dont il était presque l'unique rédacteur, sous différents pseudos.

Tout juste croisa-t-il Géraldine, la documentaliste dépressive qui avait répertorié tous les articles parus sur l'entrepreneur avec qui il avait rendez-vous le lundi suivant.

— Tu as pu récupérer quelques éléments sur lui ?

— Pas grand-chose d'intéressant et en tout cas rien qui puisse le rendre sympathique. Constance t'a commandé combien de feuillets ?

— Dix.

— C'est vache. Tu vas avoir du mal.

Avant de se plonger dans l'étude de la vie trépidante du fondateur de Zob Télécom, Archibald s'arrêta dans le bureau de Moussa, le rédacteur en chef de *Miaou Ouaf Ouaf* et *Passion Angora.* Moussa Bonaventure était originaire du Burkina Faso. Après des études de gestion à l'université de Villetaneuse et une succession de stages sans lendemain, il avait échoué chez ED Média sans rien connaître des animaux domestiques. Du reste, il était allergique aux poils de chat. Qu'importe, on lui demandait surtout d'écrire des articles : sa plume dithyrambique et tendre était très appréciée du lectorat.

— Salut, Mouss, qu'est-ce que tu fabriques ?

— Je m'ennuie à périr comme tu peux le remarquer. Tu veux faire une partie de billard avec moi ? On m'a refilé un échantillon de boulettes pour chat colorées et je n'ai rien trouvé de mieux à faire avec.

— OK, mais une partie seulement, parce que je dois filer consulter la documentation sur Salomon Gaude.

— C'est donc à toi qu'on a refilé ce sujet ?

— Oui, pourquoi ?

— Je te plains. C'est une véritable ordure, mais comme il achète plein de pub…

Moussa menait trois à un quand Édouard de La Billevesée, le directeur de la publication de ces magazines disparates dont la vocation n'était pas tant de capter quelques lecteurs avides d'informations sur leurs centres d'intérêt confidentiels que de gratter quelques pages de publicité çà et là afin d'assurer un semblant de rentabilité à l'ensemble, pointa le bout de son nez pointu.

Il tendit une main molle, froide et moite à ses deux journalistes et les salua sans les regarder, comme il en avait l'habitude.

— Ah, Moussa, vous voilà. Je vous cherchais.

— Bonjour, Édouard. C'est à quel sujet ?

— Écoutez, je crois que nous allons racheter un nouveau titre : *Basket de rue dans le 9-3*. C'est un bimestriel. Je ne vois que vous pour vous occuper de la coordination éditoriale. C'est d'accord ?

— Eh bien, laissez-moi réfléchir.

— Pas trop longtemps alors. Vous savez que la fortune sourit aux audacieux. Alors, c'est d'accord pour une réponse ce soir ? Oui ? Merci. Ah, bonjour, Archibald, c'était bien vos vacances ? Vous me le bichonnez le Gaude, c'est compris ? Il a acheté cinq doubles pages de pub dans nos différents titres. Ne l'oubliez pas.

Archibald ne l'avait pas du tout oublié. Mais le mélange de gueule de bois momentanée et de sa tendance naturelle à la procrastination lui donnait une furieuse envie de lambiner. Derrière lui, Moussa rangeait rageusement ses boulettes colorées.

— Comme de bien entendu…

— Qu'est-ce qu'il y a, Mouss ?

— Tu n'as pas entendu ce qu'il a dit : « Je ne vois que vous pour vous occuper de ce magazine. » Ben voyons ! Évidemment, je suis noir, alors c'est sûr, le basket, c'est ma passion. De toute façon, si j'ai bien compris, c'est le seul avenir que l'on nous réserve à nous, les singes de banlieue. Tu es noir, tu habites dans une cité, donc on va te construire des terrains de basket et tu vas la fermer. C'est tout ce que tu sais faire, hein, courir et sauter !

— C'est d'un racisme confondant.

— Et puis pour les guenons, qu'est-ce qu'on va construire ? Des salles insonorisées pour qu'elles se tortillent le cul en écoutant de la musique en rêvant d'un avenir meilleur.

— Ou qu'elles chantent.

— Ouais. Et si on se plante, sachant que l'on n'a qu'une chance sur dix mille de percer dans ce genre de métier, qu'est-ce que l'on fait ? Vigile dans un supermarché.

— Ou rédacteur en chef d'un magazine animalier.

— Ta gueule !

— Je rigolais.

En trois pas, Moussa rattrapa Archibald, qui s'était éloigné pour rejoindre son bureau. Il posa une main ferme sur son épaule. Le journaliste de *Télé Hebdo Pratique* se retourna.

— Qu'est-ce que… ?

— Je voulais te dire… J'ai appris pour ton père. Je suis désolé pour toi.

Moussa le prit dans ses bras et l'étreignit. L'accolade était virile, sincère et amicale. Archibald dut se retenir pour ne pas pleurer.

— Merci.

— Ne me remercie pas. J'ai perdu mon père il y a trois mois. Je commence à peine à m'en remettre.

— C'est dur.

— Tu peux compter sur moi.

— Merci.

Archibald finit quand même par se plonger dans sa documentation. Le personnage avait l'air si détestablement imbu de lui-même qu'il remit à plus tard la préparation de son interview.

≈

Après avoir passé le week-end à tergiverser, Archibald se retrouva à la station Châtelet-Les Halles le lundi matin à 8 heures 15.

Il avait appelé Zélie la veille pour se lamenter :

quelle infortune de devoir aller interviewer un tel énergumène. Elle lui avait enjoint de ne pas y aller, non pas pour éviter de croiser Salomon Gaude, mais pour ne pas avoir à prendre le RER. Tu ne t'en remettras pas, lui avait-elle dit. Archibald avait souri. Qu'allait-elle chercher là ? Zélie avait insisté : n'y va pas, c'est mal ce qui se passe là-bas. Promets-moi que tu ne seras pas complice. Archibald avait promis, sans trop savoir pourquoi, ni de quoi il s'agissait.

Il mit cela sur le compte de sa fantaisie. Zélie semblait être née plusieurs siècles trop tard, à une époque qui ne lui correspondait pas. Elle n'avait pas Internet ni de téléphone portable et s'en accommodait d'autant plus aisément que son métier de luthière ne lui imposait pas d'être technologiquement correcte. La petite sœur de Baptiste affirmait que les nouvelles technologies lui donnaient des migraines insupportables et que les médicaments ne la soulageaient pas, bien au contraire. Car elle ne supportait pas le moindre traitement chimique : la moindre aspirine, la plus anodine des vitamines la faisaient s'évanouir.

Zélie avait refusé des missions prestigieuses pour le compte de musées ou de fondations, invoquant des raisons invraisemblables. Pour certains, elle était capricieuse et caractérielle. D'autres, plus indulgents, la jugeaient fantaisiste et peu fiable. Pour Archibald, elle était tout simplement charmante.

À peine avait-il franchi le tourniquet qu'il commença à comprendre les craintes de son amie. Archibald fut immédiatement emporté par un flot humain dans une direction qu'il ne voulait pas. Il eut beau se débattre, jouer des coudes, souffler et soupirer, rien n'y fit : il se retrouva sur le quai d'un train qui desservait l'est de l'agglomération parisienne.

À grand-peine, il arriva jusqu'aux escalators. En panne. Il les gravit péniblement puis entreprit de traverser l'immense salle souterraine en sens inverse. Mais la marée humaine revenait sans cesse. Archibald fut d'abord emporté par une horde de congressistes enjoués, puis ballotté par un essaim de cadres asiatiques avant d'être percuté par un banc d'employés modèles. Il finit par arriver sur son quai, suant et suffoquant. Le pire restait à venir.

En un grondement sinistre, le train arriva en gare. Quand les portes s'ouvrirent, la foule s'approcha en un lent mugissement. Face à elle, une petite cohorte de passagers essayait de s'extraire du wagon, pomponnée, parfumée et hargneuse. Il se cramponna à un banc pour ne pas être emporté. Les uns et les autres se croisèrent, sans un mot ni un regard. Archibald résistait de toutes ses forces.

Soudain, une sonnerie stridente retentit. L'espace d'un instant, la pression se fit plus forte. Puis tout se relâcha. Le train démarra enfin, laissant un Archibald exsangue, les muscles endoloris. Mais c'était celui qu'il devait prendre. S'il ne voulait pas être en retard, le journaliste devait impérativement prendre le prochain train qui s'arrêterait dans sa gare.

Deux autres trains passèrent avant que ce fût le bon. À chaque fois, la même scène se reproduisait. Tout, le train, la vague, la violence, la foule était identique. Silencieux, terrible et implacable. Enfin, le convoi d'Archibald fut annoncé. Il avait un nom de femme mais le journaliste savait bien qu'il ne pourrait pas en attendre une once de douceur.

Alors il se mit à devenir comme eux. Pour se frayer un chemin dans la foule compacte, Archibald joua des coudes, marcha sur des pieds inconnus sans se soucier de la douleur que cela pouvait provoquer, bouscula plusieurs personnes sur son passage sans les regarder, ni même s'excuser. Il traversa le quai ainsi, insensible et brutal, presque méchant.

Arrivé devant la porte de son wagon, il donna un grand coup d'épaule à un vieux monsieur qui chancela, lui laissant la place pour se faufiler. Puis un grand coup de fesse à un jeune homme frêle, sans doute un étudiant. Il y était presque quand la sonnerie retentit. Paniqué, il poussa de toutes ses forces pour forcer le passage. Derrière lui, une quinquagénaire inquiète plaqua ses deux paluches contre les fesses d'Archibald pour le faire avancer.

Les portes se refermèrent sur eux. Archibald avait le cou tordu au-dessus du crâne du jeune homme. Les mains de l'employée de bureau étaient toujours aplaties sur les fesses du journaliste.

Il regarda autour de lui la masse suffocante. Les gens avaient beau être collés les uns aux autres, personne ne semblait se regarder. Qui étaient-ils ? Quels étaient leurs peines, leurs enthousiasmes, leurs rêves et leurs envies en cet instant précis, il ne le savait pas et ne voulait pas le savoir. Il ne les aimait pas trop. Il les trouvait moches.

Soudain, Archibald se rendit compte qu'il était en

train de devenir inhumain. Fais un pas de côté, lui disait Isadora quand il allait la voir pour lui parler de sa mère, et tu verras la réalité d'un tout autre œil. Presque immédiatement, la réponse lui parvint. Oui, il était semblable à eux, absolument semblable. Il n'était ni meilleur, ni pire. Que cela lui plaise ou non, il était comme eux. Tous ces hommes, toutes ces femmes qui l'entouraient souffraient eux aussi. Il n'y avait pas de raison de croire qu'ils appréciaient ce qui leur arrivait. Tous pestaient et maugréaient contre un coude, un bras, une jambe, un parfum, un regard. Tous auraient voulu être à l'aise, tranquilles, ailleurs. Mais tous étaient obligés d'emprunter ce train.

Et celui-là, qui le regardait fixement depuis quelques instants, peut-être était-il tendre ? Et celle-là, que savait-il de sa vie ? Peut-être se dévouait-elle aux autres, à une belle et noble cause ? Et celui-ci, dont il sentait la sueur et l'haleine aillée, comment être sûr que ce n'était pas quelqu'un de bien ?

Mais enfin, comment pouvait-on faire subir une telle épreuve physique, psychologique et morale à des êtres humains ? Après avoir moulu, déchiqueté et piétiné ainsi leur humanité, on pouvait en faire n'importe quoi, les violenter avec professionnalisme tout au long de la journée et abuser, le soir venu, de leur temps de cerveau disponible à coups d'émissions racoleuses. C'était odieux, injuste et cruel. En fin de compte, Zélie avait raison.

Coincé les bras le long du corps au milieu de la foule, Archibald pleurait. Le jeune étudiant, qui avait reçu une larme sur le haut du crâne se retourna, indigné, puis baissa la tête, comme s'il ne s'était rien passé. Gênés, les gens autour de lui évitaient de le regarder, à l'exception d'un jeune en survêtement qui estimait que c'était un grand déshonneur de ne pas soutenir le regard des autres. Perturbée, la quinquagénaire avait retiré ses mains du fessier d'Archibald.

Le train finit par s'arrêter à La Défense. Le wagon se vida en moins d'une minute. Il ne restait plus qu'Archibald, le jeune en survêtement, qui passa tout le trajet à chercher autour de lui quelqu'un à défier du regard, pour bien montrer qu'on lui devait le respect, et une petite dizaine de personnes.

Arrivé à Rueil-Malmaison, Archibald sécha ses larmes et fila interviewer Salomon Gaude. En chemin, il priait pour que son interview se passe bien et se remémorait les paroles de sa tante : fais un pas de côté, et tu verras la réalité différemment.

≈

L'hôtel particulier de Salomon Gaude était une ancienne maison de maître du dix-neuvième siècle situé à quelques minutes de la gare. Archibald eut d'autant moins de mal à le trouver que l'entrepreneur avait obtenu de la municipalité le droit de placarder quelques panneaux de signalisation à proximité de sa demeure.

Salomon Gaude avait fait fortune dans la pornographie. Le cul, comme il aimait à le répéter, c'était son fondement de commerce. Il avait commencé tout en bas de l'échelle, comme acteur pornographique dans des films sans queue ni tête, ou presque. Son entrejambe musclé lui avait servi d'entregent : de la sorte, l'acteur avait rapidement gravi les échelons, au point de devenir une célébrité. On avait fait de lui le héros de plusieurs superproductions internationales comme *Les minettes du roi Salomon, Le sceptre en or du roi Salomon* ou *Salomon et ses 700 femmes.*

Puis il était passé derrière la caméra. Désireux d'être à chaque fois un petit peu plus outrancier, les autres réalisateurs avaient pratiquement épuisé tout le bestiaire des partenaires invraisemblables. Ils avaient visité tous les orifices du corps humain, à deux, à trois, à dix. Ils avaient inventé des positions périlleuses et des cascades extravagantes. Alors, Salomon Gaude, qui avait de la jugeote, avait imaginé des scénarios volontairement choquants, des partouzes avec des femmes en niqab, des rabbins zoophiles, des évêques pédérastes… Il avait même inventé le concept de trisolime, à savoir des parties fines entre handicapés mentaux.

Bien sûr, tout cela avait choqué le bourgeois. Le fondateur de Zob Télécom, qui placardait ses publicités à proximité des lieux de culte, en était ravi. Qu'importe les affiches (où l'on lisait son slogan « *I believe in Gaude* ») arrachées, les autodafés de films, les polémiques. Ses films lui rapportaient énormément d'argent et il en était fier.

Il en était d'autant plus fier qu'il était parvenu à enrôler toute sa famille dans son entreprise. C'est la raison pour laquelle il insistait pour que chaque visiteur traverse son petit musée personnel avant de rentrer chez lui. Archibald, bien sûr, n'y avait pas échappé.

— Alors, vous voyez, là, c'est moi à vingt ans.

— Ah oui ?

— Oui, oui. Pas mal, non ? Vous pouvez toucher, si vous voulez.

— Euh… non merci, sans façon.

— Et puis là, c'est moi après ma première opération. Une vraie réussite : deux tailles de plus !

— Effectivement.

— Venez voir par ici… Là, c'est mon fils. Et là, ma femme. Pas mal, non ?

— Euh… oui.

Ce n'était pas des photos ou des dessins que montrait Salomon, mais des moulages de son sexe et de ceux de ses proches. Archibald en avait la nausée. Salomon Gaude était ravi.

Il lui fit ensuite visiter les quatorze pièces de sa maison, réparties sur trois étages. Dans chaque chambre, il ouvrit tous les placards, s'attardant sur son dressing et sur la salle de bains de sa femme, exhibant ses robinets dorés, ses costumes de marque, ses gadgets électroniques et sa réussite sociale.

Car Salomon Gaude avait bien réussi dans la vie. C'est d'ailleurs pour cela qu'il avait acheté une double page de publicité dans *Télé Hebdo Pratique*. Alors il fallait que le journaliste soit bien au courant de toutes les étapes de sa vie pour les retranscrire fidèlement. « Il faut qu'ils en aient pour leur argent », ne cessait-il de répéter.

L'homme d'affaires s'était diversifié. Il avait

commencé par lancer une gamme de godemichés dans toutes les tailles et toutes les couleurs appelée Salomon Strong. Ensuite, il s'était servi du moule de sa femme pour lancer une gamme de vagins en plastique, équipés comme il se doit de valves et de capteurs pour reproduire le plus fidèlement possible les sensations que l'on pouvait ressentir en faisant l'amour.

S'il avait naturellement un site marchand pour commander tous ses articles, en revanche, Salomon Gaude ne s'était pas véritablement lancé sur Internet, préférant travailler sur une application mobile pour téléphone portable. Son nom : « Métro Trique ».

Sa fortune faite, l'entrepreneur songeait désormais à une carrière publique. Cela passait par cette campagne de publicité mais aussi par des passages fréquents dans les émissions de télévision où il donnait son avis autorisé sur des sujets de société. Bientôt, il se présenterait aux élections municipales. En attendant mieux.

Pendant toute la durée de l'entretien, Ophélie, l'épouse de Salomon Gaude, avait pris des poses lascives, remontant ses globes pulmonaires pour les laper voluptueusement, faisant glisser ses mains de sa longue chevelure blonde jusqu'à ses mollets, écartant les cuisses puis les resserrant bien vite avec une mine aguicheuse.

Archibald partit au bout de deux heures, éreinté et exaspéré par le couple de pornocrates. En partant, l'entrepreneur avait tenu à lui offrir en cadeau un petit échantillon des produits « made in Gaude ». Le journaliste n'était pas en position de refuser. Mais il prit bien soin de les oublier dans le train qui le ramenait à Paris.

Cette fois-ci, les voyageurs lui semblèrent merveilleusement humains. Il eut envie de les embrasser et de les prendre dans les bras, mais retint son élan de tendresse. Dans les transports en commun, il convenait de faire la gueule. Ce n'était pas le lieu approprié pour de telles effusions.

Il reçut un message de Ronan sur son téléphone portable :

« Nous avons rendez-vous chez le notaire le 7 à 10 heures. Tâche de ne pas être en retard pour une fois. »

Cinq minutes plus tard, son téléphone vibra à nouveau. C'était Paul.

« Nous avons rendez-vous chez maître Pouic le 7 à 10 heures. Tu veux qu'on y aille ensemble ? »

Les grandes manœuvres commençaient. Archibald prit bien soin de ne répondre ni à l'un ni à l'autre. Il appela sa tante. Mais Isadora avait déjà été prévenue. Deux fois.

24

Le 7 novembre, les trois frères Kerniguet et leur tante Isadora avaient rendez-vous chez maître Pouic pour signer l'acte de notoriété. Le 7 novembres, c'était aussi l'anniversaire de Mirabelle. Cela tombe mal, avait maugréé Paul. Après avoir déposé sa fille à l'école, Gwenaëlle avait accompagné son mari rue de

Vaugirard, pour l'encourager et le soutenir. Ils avaient bu un chocolat chaud assis à une petite table au fond de la salle, comme au temps de leurs études, quand Paul avait les mains moites et tremblantes avant chaque partiel. Dix fois, elle lui avait répété qu'il devait se méfier de Tina, cette pourriture intéressée. Dix fois, elle lui avait dit de ne rien signer tant qu'il n'aurait pas la certitude absolue que la répartition serait juste et équitable. Paul avait droit au tiers de la succession de son père, pas plus, pas moins. Gwenaëlle tenait absolument à son tiers prévisionnel. Paul avait acquiescé en silence, les mâchoires crispées.

Il fallait être vigilant (elle adorait ce mot) car on n'était sûr de rien avec ce fourbe, si, si, ce fourbe de Ronan. Paul avait hoché la tête tout en faisant mine de balayer quelques poussières du revers de la main. Gwenaëlle l'avait grondé : non, il ne devait pas faire ça, il ne savait pas avec quel torchon sale le serveur avait essuyé la table. Et puis il allait tacher son beau costume qu'elle venait d'aller chercher au pressing. Décidément, il fallait qu'il perde cette mauvaise habitude de mettre ses mains un peu partout. Paul lui avait donné raison en soupirant. Finalement, ce fut l'heure d'y aller. Il paya à regret les deux chocolats, embrassa sa femme et sortit du café. Il retrouva ses frères en bas de l'immeuble où se trouvait l'étude notariale, une abominable bâtisse des années 1970, toute en horizontalité de béton et de métal.

— Bonjour, Paul ! s'exclama Isadora, avant d'être prise par une effroyable quinte de toux.

— Bonjour, tante Isadora, fit Paul en embrassant

sa tante. Il fait un peu froid ce matin. Tu devrais te couvrir.

— Tiens, tu n'es pas en retard pour une fois, fit Ronan. L'aîné des Kerniguet venait de quitter sa femme quelques instants plus tôt. Dans le café voisin de celui de Paul et Gwenaëlle, elle lui avait tenu pratiquement le même discours. À une différence près : le chocolat, bien trop calorique, avait été remplacé par un verre d'eau chaude dans lequel flottait une rondelle de citron.

— Salut, Ronan, grogna Paul, méfiant. Salut, Archibald.

— Salut, Paul, ça va ?

— Oui, oui, je n'ai pas très bien dormi, mais ça va aller.

— Ah, au fait, Paul, c'est l'anniversaire de Mirabelle aujourd'hui, susurra Ronan. Tu l'embrasseras de notre part ?

— Oui, oui, répondit Paul, qui sentait le mauvais coup arriver.

— Et qu'est-ce que tu lui as offert ? Un ours en peluche ?

Tous éclatèrent de rire, sauf Paul. Quelques années auparavant, lassé de parcourir Paris à la recherche d'une boutique où il trouverait le doudou que sa fille perdait régulièrement mais dont elle avait encore besoin pour s'endormir, Paul avait fait des recherches sur Internet. Il avait fini par le trouver sur un site de vente en ligne allemand. Bien sûr, il ne pratiquait pas la langue de Goethe, mais ce n'était pas grave. Après tout, un doudou était un doudou, non ? Non. Il aurait dû regarder les détails du produit avant de finaliser la vente. Trois semaines plus tard, la Poste l'invita à aller récupérer ses dix ours en peluche dans un entrepôt situé en banlieue parisienne. Il aurait mieux fait de ne pas y aller. Les doudous qu'il avait achetés ne mesuraient pas 150 millimètres comme il l'avait cru, mais 150 centimètres.

Quand elle l'avait vu arriver avec sa tribu d'ours, Gwenaëlle avait failli s'évanouir. Mirabelle avait consenti à en prendre un, pour faire plaisir à papa. Et les neuf autres ? Gwenaëlle n'avait pas voulu jeter un seul des quinze cartons d'archives et de cours magistraux qu'elle gardait précieusement dans la cave de leur immeuble. Seules cinq peluches avaient pu rentrer, et encore, emberlificotées les unes aux autres dans des postures obscènes. Gwenaëlle avait réussi à en refourguer un premier à l'un de ses clients et un autre dans une fête foraine. Il en restait donc deux, qui trônaient placidement dans leur petit salon et servaient de pouf quand personne n'avait de place pour s'asseoir.

— Ah, ah, très drôle, grinça Paul.

— Bon, il est 10 heures. Je crois qu'il faut y aller, glissa Archibald.

— Oui, allons-y, fit Ronan.

Ils entrèrent dans l'immeuble en file indienne. Comme d'habitude, Ronan ouvrait la marche. Puisqu'aucun d'entre eux ne voulait monter à pied, ils se tassèrent tous les quatre dans l'ascenseur. Les seins d'Isadora pressaient contre le buste d'Archibald, qui fut tenté de les prendre à pleines mains pour voir ce qui en sortirait. Debout contre lui, Paul triturait ses mains nerveusement et regardait le plafond avec un air concentré, comme il est l'usage de le faire dans un ascenseur. Ronan le regardait droit dans les yeux, sachant bien que cela mettrait son frère mal à l'aise. C'était sa façon de remporter la première bataille psychologique, une leçon qu'il avait apprise de Manfred, l'un de ses premiers patrons, réputé pour sa voix douce et ses manières brutales. Dans l'entreprise, on surnommait ce dernier « l'homme qui murmure à l'oreille des requins ».

L'ascenseur arriva finalement au quatrième étage. Isadora sortit la première, suivie de Ronan et d'Archibald. Paul les suivit, laissant derrière lui un souvenir gazeux de son passage. Ils entrèrent dans l'étude, qui était tapissée du sol au plafond d'une moquette rouge vermillon du plus bel effet, et s'approchèrent du guichet. Une jolie secrétaire leur demanda :

— Bonjour, madame, bonjour, messieurs.

— Nous avons rendez-vous avec maître Pouic, lança Ronan.

— Ah oui, vous êtes la famille Kerniguet ?

— C'est bien cela, mademoiselle.

— Maître Pouic vous demande de bien vouloir l'excuser. Il termine un rendez-vous et pourra vous recevoir dans une dizaine de minutes. Si vous voulez bien vous asseoir dans le petit salon à côté en attendant qu'il se libère…

— Très bien, mademoiselle.

Archibald regarda autour de lui. L'étude avait été construite de façon curieuse autour d'une pièce centrale. Il en fit le tour avant de rejoindre ses frères dans la salle d'attente attenante au secrétariat. Tout aussi bizarrement, on aurait dit que ces bureaux étaient dénués du moindre couloir. C'était comme un très grand rectangle percé de toutes parts d'une douzaine de portes qui menaient chacune à un bureau.

Il s'apprêtait à retrouver les siens quand il fut bousculé par une sexagénaire en furie qui sortait en trombe d'un bureau en glapissant : « Ah, mais cela ne se passera pas comme ça, vous allez voir, cela ne se passera pas comme ça ! » Il reprenait à peine ses esprits quand une autre harpie, sa fille, âgée d'une trentaine d'années, bondit hors de la même pièce en criant : « Nous réussirons bien à prouver que vous avez reçu un dessous-de-table à l'occasion de la vente de l'appartement de pépé. Salauds ! »

— C'était quoi ? s'enquit Paul lorsque Archibald entra dans la pièce.

— Bah, une héritière qui trouve là le moyen de faire durer la haine, soupira Ronan en levant les mains au ciel. *Vae victis*... Tiens, vous savez ce qui m'est arrivé ce matin ? Je suis tombé sur un graffiti en bas de mon immeuble. Quelqu'un avait tagué : « D'où vient votre argent ? »

— Et alors ? fit Archibald.

— Vous savez ce que j'ai écrit ? « De ta poche, connard de pauvre ! » C'est drôle, non ?

— Très drôle, grimaça Paul.

— À propos de riches, vous savez où j'étais le week-end dernier ? J'étais invité à une chasse à courre en Roumanie avec lord Woodburn.

— Lord Woodburn ? Celui qui est propriétaire

d'une trentaine d'immeubles à Londres ? Celui qui compose des musiques de films et vient de recevoir un Oscar ? s'exclama Archibald.

— Lui-même.

— Ah ! tu as bien dû t'amuser. Je suis content pour toi, sourit Archibald.

— C'était assez extraordinaire. Nous avons même fait une chasse à l'homme de nuit. Très divertissant.

— Tu veux parler de Jarvis Woodburn ? lança Paul. C'était mon meilleur ami quand on était au pensionnat. Nous avons correspondu pendant longtemps, mais cela fait des années que je n'ai pas eu de nouvelles de lui. Tu lui as parlé de moi ?

— Ah non. J'ai dû oublier.

La secrétaire interrompit leur échange.

— Maître Pouic me fait dire qu'il en a encore pour dix minutes. Voulez-vous un café ?

— Non, mademoiselle, lança Paul avec son sourire le plus charmeur. Que s'est-il passé tout à l'heure ?

— Oh, fit-elle en haussant les épaules, comme si cette réponse suffisait.

Pourvu que cela ne nous arrive pas, se dit Archibald, qui récita une prière pour conjurer cette sinistre perspective. Ça nous pend au nez, pensa Isadora. Ne pas se laisser faire et ne rien signer aujourd'hui, se répétait Paul. Quelle réaction ridicule, pensa Ronan, partir furieux c'est déjà admettre que l'on a perdu.

— Qu'allons-nous faire avec tous les meubles et objets de papa ? demanda Paul.

— Eh, eh, fit Isadora.

— Eh bien… commença Archibald.

— Que veux-tu que l'on fasse ? On va d'abord les faire estimer et puis on organisera un partage et on vendra le reste, coupa Ronan. Il n'y a rien de plus simple.

— En effet, il n'y a rien de plus simple, répliqua Isadora, tout sourire.

Paul s'apprêtait à répondre à son frère quand un homme entra dans la salle d'attente. Il avait la peau mate, des chaussures brillantes et un costume cintré. C'était le grand métis qui avait si virilement étreint les frères Kerniguet le jour de l'enterrement de Christobal. Sur l'instant, personne ne le reconnut.

Il fit claquer ses talons l'un contre l'autre et s'inclina respectueusement vers Isadora, qui lui tendit la main. Il la glissa dans la sienne avec un geste plein d'assurance et de délicatesse.

— Madame. Albert-Félix. Honoré.

— Euh… moi aussi.

Puis le grand métis s'approcha à tour de rôle de chacun des frères, et leur serra vigoureusement la main. Ronan lui tendit la sienne sans daigner le regarder. Paul esquissa une grimace de douleur. Archibald le regarda, interloqué. Puis tout le monde se rassit. Le métis avait déplié un journal. Il semblait absorbé par sa lecture. Au bout de quelques minutes, Archibald se pencha très discrètement vers ses frères et chuchota :

— C'est qui ?

— Je ne sais pas, répondit Paul. Mais il m'a fait mal.

— Peu importe, répliqua Ronan, qui tapotait à toute vitesse sur son téléphone portable.

— Comment est-ce qu'il s'appelle ?

— Je ne sais pas. Félix ? Honoré ? susurra Paul.

— Ce ne serait pas le métis qu'on avait vu à l'enterrement de papa ? ajouta son cadet.

— Peut-être bien. Mais qu'est-ce qu'il fout là ?

Le métis avait levé les yeux de son journal. Il souriait. Paul et Archibald lui rendirent son sourire, gênés. Ronan montra ses dents.

— Qu'est-ce que tu fais ? demanda Paul.

— J'envoie un mail au bureau. Au cas où tu ne l'aurais pas remarqué, je suis en pleine réunion du Comex, le comité exécutif, à l'heure où je te parle. Et toi ?

— Moi, j'ai éteint mon téléphone. Je n'ai aucune envie que Komodia vienne encore m'engueuler ici.

— Vous bossez encore quand vous êtes en rendez-vous à l'extérieur ? s'enquit Archibald.

— C'est vrai que cela ne risque pas de t'arriver, toi le journaleux, grinça Ronan.

Archibald n'eut pas le temps de répondre. La secrétaire était revenue. Elle leur proposa de la suivre. Tous se levèrent alors, même le métis.

— Mais qu'est-ce qu'il fait ! souffla Paul, paniqué.

— On dirait qu'il nous suit, murmura Archibald, qui n'y comprenait rien.

— C'est sans doute l'assistant du notaire, glissa Ronan. Ou un stagiaire.

— Ah bon, fit Paul, vaguement rassuré.

Ce n'était pas un assistant. En tout cas, le grand métis ne vint pas s'asseoir à côté de maître Pouic, mais à droite d'Isadora, face aux trois frères. Il souriait encore. Ronan lui montra ses dents une nouvelle fois.

Maître Pouic entra dans la pièce. C'était un petit monsieur tout en rondeur et en onctuosité, qui aurait tant voulu être médecin ou psychothérapeute qu'il parlait de ses patients lorsqu'il évoquait les familles qui venaient dans son étude. Sa longue expérience des querelles familiales l'avait rendu extrêmement affable bien qu'il ne supportât pas qu'on le contredise ou qu'on l'interrompe dans la lecture d'un acte. C'est pourtant ce que fit Paul.

— Excusez-moi, maître, mais je voudrais savoir…

— Vous pourriez au moins me laisser le temps d'ouvrir votre dossier !

— Bien sûr, bien sûr, mais nous aimerions savoir ce que fait ce monsieur…

— Ah ça y est ! Vous voulez faire mon travail à ma place ! Ah, mais je les connais ceux-là. Il suffit qu'ils aient fait un semestre de droit à l'université pour se croire autorisés à donner leur avis sur les points juridiques les plus complexes. Mais je vous en prie, monsieur, je vous en prie. Prenez ma place et lisez l'acte de notoriété.

— Non, non, ce n'est pas ce que je voulais dire, souffla Paul.

— En fait, nous croyons être quatre et nous nous retrouvons à cinq, tenta Archibald.

— Ah, vous n'allez pas vous y mettre, vous aussi ! Sachez, monsieur, que je connais mon métier. Vous aurez dans quelques instants la réponse à toutes vos questions.

Pendant toute la durée de cet échange, Ronan n'avait pas desserré les mâchoires. Et le grand métis ne s'était pas départi de son sourire. Isadora contemplait la scène en se frottant les mains.

— Puisque vous êtes tous si impatients, je vais procéder sans attendre à la lecture de l'acte de notoriété. Et pour commencer, je dois vous dire que, conformément aux dispositions en vigueur, je me suis renseigné auprès du fichier central des dispositions de dernières volontés. C'est ainsi que j'ai appris que votre père avait rédigé un testament il y a vingt ans, suite au décès d'Isabelle Morsang, votre mère.

Un long sifflement se fit entendre. C'était la valve de Paul qui manifestait ainsi son étonnement. Archibald écarquilla tant les yeux que ses globes oculaires auraient pu sortir de leur orbite. Ronan serrait les dents de plus belle. Isadora tripotait un petit gri-gri entre ses doigts. Et le grand métis souriait.

— Cet acte a été renouvelé une première fois le 29 mai 20…

— C'est le jour de la naissance d'Odin et Thot ! s'exclama Archibald.

Ronan ne bronchait pas.

— Puis une seconde fois le 17 octobre 20…

— C'est celui de Mirabelle ! s'écria Paul, qui en péta de surprise.

— Et enfin une troisième fois au début de cette année. Je vais donc vous en faire la lecture. Rassurez-vous, c'est assez bref.

Mais les trois frères n'étaient de toute façon pas du tout rassurés.

— « Ceci est mon testament. Je soussigné Christobal de Kerniguet, baron du Bois Fleuri, sain de corps et d'esprit, déclare ce qui suit pour mes dernières volontés : je consens à ma chère sœur Isadora la nue-propriété de la moitié du château de Ti-Kroaz en remboursement des multiples dettes contractées auprès d'elle tout au long de mon existence. Qu'elle soit chaleureusement remerciée pour tout ce qu'elle a fait pour moi et puisse-t-elle me pardonner les tortures que je lui infligeais enfant… »

— Je te pardonne, mon minet, murmura Isadora, émue.

— « Je voudrais également léguer la somme de 50 000 euros à Solange, ainsi que la parcelle B590 située sur le village de Longeo. Ce terrain est constructible. Cet argent lui permettra donc de se construire la petite maison dont elle me parlait tous les soirs ; C'est d'autant plus nécessaire que je sais qu'elle ne fera pas long feu à Ti-Kroaz après ma mort… »

Archibald regarda son frère aîné. Ronan ne prononça pas un mot. Il se contenta de lever un sourcil en émettant un petit grincement rauque.

— « Enfin et surtout, je reconnais Albert-Félix comme mon fils légitime, né de mon union avec Constitution M'bélé, sa mère rencontrée en Côte-d'Ivoire il y a quarante-six ans. Je l'institue donc, à égalité avec mes trois autres fils, Ronan (à qui revient mon titre nobiliaire), Paul et Archibald, comme légataire universel de la totalité de mes biens mobiliers, immobiliers et financiers, en particulier de l'appartement du troisième étage du boulevard Raspail, inoccupé depuis trente ans. Fait à Ti-Kroaz, le 9 janvier de cette année, pour faire valoir ce que de droit. »

Paul péta avec tant de violence que la table en trembla. Mais il ne l'entendit pas puisqu'il se bouchait les oreilles de toutes ses forces. Ce n'était pas possible, ce n'était pas possible, ce n'était pas possible ! Son tiers prévisionnel se transformait en quart compassionnel.

Archibald avait caché son visage entre ses mains. Il était plus estomaqué qu'abattu et priait, ne sachant s'il devait se réjouir d'avoir un troisième frère, luttant contre la fureur légitime mais mesquine d'avoir perdu en quelques instants une partie non négligeable de son héritage.

Ronan avait desserré les dents. Ou plutôt, sa mâchoire inférieure s'était presque décrochée. Il calculait très vite dans sa tête toutes les implications de ce coup de théâtre. Ah, le cochon ! Pourquoi ne leur avait-il rien dit ! Et cette salope de Solange… au moins, il serait débarrassé d'elle. Au moins c'était bien à lui que revenait le titre de baron. Demain, il ferait faire de nouvelles cartes de visite.

— Je crois donc que nous allons en rester là pour aujourd'hui, fit le notaire, secrètement ravi d'avoir assisté à cette scène. Madame, messieurs.

Sur ce, maître Pouic se leva pour prendre congé d'Isadora et des quatre frères Kerniguet. Tour à tour, Paul, Archibald et Ronan se levèrent pour serrer mécaniquement la main de l'officier ministériel puis se rassirent, bouche bée.

— Mes frères ! s'écria Albert-Félix. Pas de réponse.

— Je sais que ce qui vient de se passer peut vous

surprendre, mais je voulais vous dire que je ne suis animé que de sentiments fraternels à votre égard. Et je voudrais vous dire d'emblée que je n'ai jamais rien demandé à Christobal, notre père.

Christobal, notre père. Le fumier, pensait Paul. C'est facile de dire que l'on est animé de sentiments fraternels quand on vient d'empocher un énorme magot.

— J'aimerais donc que l'on se connaisse davantage. L'autre jour, à la messe, je n'ai pas osé vous parler devant tout le monde, mais je ne souhaite qu'une chose, c'est que l'on s'entende.

Ouais, c'est cela. On va s'entendre, bien sûr... Ronan réfléchissait à toute vitesse : bon, je viens de perdre 8,33 % du patrimoine familial avec l'irruption de ce négro, mais au moins, on a récupéré un appartement de cent soixante-dix mètres carrés boulevard Raspail, ce qui doit valoir, au prix du marché...

— Eh bien, je te prends au mot, Hubert-Félix, lança Isadora, qui n'avait rien dit depuis le début de la scène. Tu vas venir dîner à la maison.

— Albert-Félix, tante Isadora. Je vous remercie beaucoup.

— Tu peux me tutoyer, tu sais. Quel jour es-tu libre ? Demain ?

— Non, je préférerais jeudi. C'est possible pour vous ? Je veux dire pour toi ?

— Oui, aucun problème. Archibald, Ronan, Paul. Vous êtes libres ce soir-là ?

— Je ne peux pas, glissa Ronan. Je serai à New York ce jour-là...

— Moi non plus, grinça Paul. Je ne veux pas… Euh… je ne peux pas. J'ai mon cours de sculpture…

— Ton quoi ? fit Ronan, en écarquillant les yeux.

— Pour moi, c'est bon, dit Archibald.

— Très bien. Rendez-vous à 8 heures à la maison. On regardera les archives familiales que Paul a si gentiment classées et tu nous parleras de toi.

Sur ce, les uns prirent congé des autres et s'en revinrent à leur activité, légèrement abasourdis par cette nouvelle. D'autant qu'il allait falloir l'annoncer à leur entourage, ce qui ne serait simple. Les affaires se compliquaient nettement.

25

Albert-Félix arriva pile à l'heure chez Isadora. Il fut accueilli sur le palier par Boileau, La Bruyère et Vauvenargues qui vinrent s'enrouler à tour de rôle autour de sa jambe. Le fils caché de Christobal n'en fut pas surpris : Archibald, avec qui il avait bu un café en sortant de chez le notaire, l'avait prévenu. Leur tante avait quelques manies dont il valait mieux s'accommoder sous peine d'être voué aux gémonies. Ce qui serait dommage pour un premier rendez-vous.

Il s'accroupit par terre et les caressa longuement, tout en faisant bien attention à répartir équitablement ses marques d'attention. Boileau rentrait ses griffes de plaisir dans les cuisses du grand métis. La Bruyère tournait autour de lui la queue en l'air. Vauvenargues ronronnait de toutes ses forces. Albert-Félix avait passé la première épreuve. Isadora vint lui ouvrir la porte.

— Hubert, comme c'est gentil d'être là !

— Albert, tante Isadora. Je suis très heureux moi aussi.

— Je vois que mes petits amis t'ont sauté dessus. J'espère qu'ils ne t'ont pas trop dérangé.

— Non, non, j'adore les chats. J'en ai un à la maison. Peut-être l'auront-ils senti…

— Ah, tu aimes les chats ! Ah, ah, très bien… Mais viens, pose ton manteau là, je vais te faire visiter les lieux.

C'était un grand appartement haussmannien de cent soixante-dix mètres carrés et cinq pièces. Mais Isadora n'en occupait réellement que quatre. La dernière, une chambre contiguë à la sienne, avait été transformée en mausolée à la mémoire de ses maris défunts. Les objets, les souvenirs, les malles et les cadres photographiques y étaient accumulés dans un ordre aussi précis qu'immuable. Le lit était fait. À l'instar de ces familles où l'on avait perdu un fils pendant la guerre, tout était à sa place, au cas où le défunt rentrerait.

La horde de chats n'avait pas vraiment le droit d'y pénétrer et, bon gré, mal gré, les matous respectaient cet interdit.

En attendant l'arrivée d'Archibald, Albert-Félix eut droit à une visite approfondie du musée des maris d'Isadora, un honneur exclusivement réservé aux intimes. Il écouta sa tante avec beaucoup d'intérêt et ne manifesta aucune lassitude quand elle lui raconta ses trois mariages.

Archibald finit par arriver. Ému, il avait fumé un pétard avant de rejoindre sa tante et son « nouveau » frère, comme pour se donner de la force. Bien évidemment, il ne se sentait pas plus costaud au moment où il composa, avec une bonne vingtaine de minutes de retard, le code de l'immeuble du boulevard Raspail. Au contraire, il se demandait quelle idée stupide lui était passée par la tête quand il avait décidé de fumer ce joint.

Comme à l'accoutumée, il s'était senti brillant l'espace d'un instant. Il avait même trouvé une accroche formidable pour son papier sur Salomon Gaude. Mais à bien y réfléchir, dans le taxi qui l'emmenait chez sa tante (il avait essayé de louer une bicyclette mais s'était rendu compte qu'il n'était pas en état de rouler jusqu'au boulevard Raspail, finalement, la drogue lui faisait encore de l'effet), son idée n'était pas si lumineuse que cela. Le lecteur la trouverait sans doute un peu tarabiscotée, et sa rédactrice en chef ferait certainement la moue.

Il sonna. Albert-Félix répondit et lui ouvrit la porte, avant de l'accueillir sur le palier du quatrième étage :

— Archibald, comme je suis content que tu sois là !

Le grand métis était parfaitement à l'aise. C'était à croire qu'il était dans la famille depuis toujours. Derrière lui se tenait Isadora. Charles Perrault ronronnait paisiblement dans ses bras.

— Bonsoir, Albert-Félix. Excuse-moi pour le retard. Tu es arrivé il y a longtemps ?

— Non, quelques minutes à peine, mentit l'aîné. Juste le temps que ta tante me fasse visiter son superbe appartement.

— Bonsoir, Archibald.

— Bonsoir, Isadora. Désolé pour le retard : j'ai eu du mal à trouver un taxi et…

— Ce n'est pas grave. Viens plutôt boire un verre au salon. Tu as des clopes ?

— Oui, oui, mais je croyais que tu avais arrêté de fumer ?

— Fadaises ! Plus ils m'emmerderont à se préoccuper de ma santé, plus je m'acharnerai à cloper et à picoler ! s'exclama Isadora.

— Vous avez bien raison, acquiesça Albert-Félix.

— Tu fumes toi aussi ?

— Non, j'ai arrêté. Très difficilement. Il faut dire que j'aimais beaucoup ça.

— À la bonne heure ! Enfin quelqu'un de raisonnable dans cette famille de fous. Entre Ronan et Tina et leurs régimes à répétition et Paul et Gwen qui se croient obligés d'écouter tout ce que ces imbéciles de médecins leur racontent…

— Je suis médecin.

— Non ? Merde alors, je crois qu'on ne va pas s'entendre.

— Pas forcément. Je suis homéopathe. Et kinésithérapeute. D'ailleurs, j'ai l'impression que tu es adepte des médecines parallèles toi aussi.

— Oui, sourit Isadora.

— Mais j'ai quand même fait médecine, glissa Albert-Félix.

— Dommage… soupira Isadora. Mais tu me plais bien quand même. En attendant, j'ai soif ! Archibald, descends nous chercher deux bonnes bouteilles de bordeaux à la cave. Rive gauche, bien sûr !

Archibald descendit à la cave. Comme d'habitude, il avait oublié de prendre une lampe de poche. De toute façon, il connaissait bien l'endroit pour être allé souvent chercher des précieux flacons chez sa tante, qui ne buvait pas que de la piquette. Il s'aida de la parcimonieuse lumière de son téléphone pour fureter dans les rayonnages. Une caisse de Mouton-Rothschild 1990, quatre bouteilles de Lafite-Rothschild 1982, quatre autres de Pichon-Longueville 1985, trois magnums de Ducru-Beaucaillou 1990… Manifestement, Isadora avait une nette préférence pour les vins de Bordeaux, et plus particulièrement pour ceux de la rive gauche.

Comme d'habitude, Archibald mit très longtemps à choisir un vin. À sa décharge, l'obscurité qui régnait dans la cave ne lui facilitait pas la tâche. Il remonta un magnum de Gruaud-Larose 1989. La soirée promettait d'être longue : autant ne pas être obligé de descendre deux fois. Et puis il avait une passion pour les saint-julien.

Avant de remonter, il jeta un dernier coup d'œil à la cave de sa tante. Soudain, il eut envie de se jeter contre le mur de bouteilles et de toutes les casser les unes après les autres. Il y en avait pour au moins 15 000 euros, peut-être plus. De toute façon, personne n'en saurait rien, du moins jusqu'à la prochaine dégustation. Archibald sortit de la cave en soupirant.

Quand il arriva au quatrième étage, il vit sa tante et son frère en train de s'esclaffer.

— Eh bien, vous m'avez l'air de bien vous amuser !

— Oui, oui, je repensais à la tête de Paul quand maître Pouic lui a annoncé qu'il avait un troisième frère ! gloussait Isadora.

— C'était sans doute une des pires désillusions de son existence, soupira Albert-Félix.

— Il avait déjà du mal avec un aîné… Le voici avec deux, sourit Archibald.

— Vous avez, euh… je veux dire tu as raison, Isadora. Il n'empêche que j'ai essayé d'appeler Ronan et Paul. Je leur ai envoyé des mails et des messages écrits. Mais ils ne m'ont jamais répondu. Cela me fait de la peine. Je n'y peux rien si je suis le fils de leur père… Et je peux vous assurer que maman n'a jamais fait un quelconque forcing pour que je sois reconnu. Du reste, j'ai plein de photos de Christobal avec moi enfant, au parc, m'accompagnant à l'école…

— C'est vrai ? fit Archibald.

— Bien sûr que c'est vrai. Tu vas voir, j'en ai apporté quelques-unes. Et toi, qu'est-ce que tu as remonté ?

— Gruaud-Larose 1989. Un magnum. Vous m'en direz des nouvelles.

— Excellent choix, annonça Isadora. Va vite l'ouvrir.

— Oui, je vais le carafer. J'espère qu'il aura le temps de se réchauffer et de s'ouvrir avant que l'on passe à table.

Archibald fila dans la cuisine ouvrir le vin. Il s'arrêta

pour regarder son téléphone qui clignotait frénétiquement. Trois messages de Paul : « Tu es arrivé ? Tout va bien ? » indiquait le premier. « Il est là ? Il ne vous a pas fait de mal ? » s'inquiétait le second, quelques minutes plus tard. « Tu as besoin d'aide ? Tu veux que j'appelle la police ? » s'alarmait le troisième, immédiatement après. Archibald appela rapidement son frère pour le rassurer : tout allait bien. Albert-Félix n'avait pas encore violé Isadora et il ne l'avait pas égorgé non plus.

Il revint au salon.

— Ça sent drôlement bon dans la cuisine, Isadora. Qu'est-ce que tu as préparé ?

— Un ragoût d'agneau à la pakistanaise.

— Super ! j'adore la cuisine indienne ! s'exclama Albert-Félix.

— Moi aussi, s'écria Archibald en leur servant un verre.

— Vous n'y pensez pas ! Ce n'est pas pour vous que j'ai cuisiné ce plat. C'est le repas des chats !

Archibald recracha sa bouchée discrètement. Quel dommage ! Ce plat était véritablement délicieux.

— Ah ! Hem… Isadora, mais qu'est-ce que nous allons manger dans ce cas ?

— Tout est dans le frigidaire. J'ai passé trois heures à cuisiner cet après-midi. Je n'avais vraiment pas le courage de faire des heures supplémentaires à la cuisine. Vous ne m'en voudrez pas, les garçons ?

— Non ! s'exclama Albert-Félix.

— Pas du tout, assura Archibald.

— Tant mieux, tant mieux. Mais je ne nous ai pas

oubliés pour autant : j'ai commandé chez le traiteur libanais une multitude d'entrées plus savoureuses les unes que les autres. Mais auparavant, je vais sortir la marmite du feu. J'ai peur que cela soit un peu fade.

— Non, non, ne t'inquiète pas, Isadora, reprit Archibald.

— Comment ?

— Euh… rien.

Pendant que la vieille dame grabotait en cuisine, Albert-Félix raconta sa vie à Archibald. Il en avait déjà fait le récit quelques minutes plus tôt à sa tante, pendant que son frère était à la cave, mais accepta de bonne grâce de se répéter à quelques minutes d'intervalle.

Il était né à Abidjan des amours de Christobal et Constitution, sa mère, dont il montra une photo à son cadet. C'était une très belle femme qui devait son nom à un père juriste, chantre de l'indépendance de son pays. Constitution était médecin chef dans un hôpital militaire quand elle avait fait la connaissance de leur père, après avoir fait des études de médecine à Montpellier.

— Tu vois, j'aimerais que tu comprennes que ma mère n'était pas une prostituée rencontrée dans un bouge portuaire ou une pauvre paysanne qui se tortille les seins à l'air devant l'explorateur ébahi.

— Mais je ne crois pas cela un instant, protesta Archibald.

— Toi non, mais tes frères si.

Albert-Félix poursuivit son récit. Arrivé en France à l'âge de douze ans, il s'était installé avec sa mère à

Montpellier. Elle ne s'était pas remariée et n'avait pas eu d'autre enfant. Christobal venait leur rendre visite de temps à autre comme en témoignaient quelques clichés jaunis qu'il montra à Archibald. Jusqu'au jour où elle était morte, six ans plus tôt.

Suivant l'exemple de son père, Albert-Félix s'était engagé dans la Légion étrangère à l'âge de dix-huit ans. Il y était resté une dizaine d'années, le temps d'effectuer quelques missions périlleuses en Asie et en Amérique centrale et d'apprendre un métier. Il vivait désormais à Blois où il exerçait sous la double casquette de médecin homéopathe et de kinésithérapeute. Mon frère est masseur, avait souri Archibald.

Entre-temps, Isadora était revenue au salon. Elle se servit un grand verre de bordeaux et les invita à la rejoindre à table. La conversation dévia rapidement sur la médecine et les médecins. Isadora les détestait presque autant que les injonctions qu'ils lui imposaient.

— Tu vois, Albert-Félix, le problème, c'est qu'ils ne comprennent rien. Ils me disent que mes poumons sont encrassés et que mon cœur est faible, mais je sais que ce ne sont que des balivernes pour me vendre leur camelote. Je leur réponds que tant que mes chakras sont alignés, il n'y a pas lieu de s'inquiéter mais ils lèvent les yeux au ciel. Ils me prescrivent des médicaments mais ne veulent pas me croire quand je leur explique que ce sont mes cristaux qui me guérissent. On est fait pour ne pas s'entendre. Oh, merde ! On s'est mis à table mais on a oublié l'essentiel !

— Le bénédicité ? glissa Archibald.

— En quelque sorte. Levez-vous.

Les deux hommes obéirent. Isadora fila dans sa chambre pour revenir quelques instants plus tard revêtue d'une sorte d'aube rouge orangé. Elle déposa des pétales de fleurs sur la table et se mit à danser en rond en récitant quelques incantations qui ressemblaient à des aboiements. Puis elle ôta son costume, le plia soigneusement et le posa sur le dossier d'une chaise, replaça le gros cristal rose qui trônait au milieu de la table et s'assit.

— Voilà. Une bonne chose de faite. Tu me sers un verre, Archibald ?

— Oui, mais tu sais, je ne veux pas t'embêter, mais je crois que tu devrais quand même faire un peu attention à ta santé. Tu m'avais l'air très fatiguée l'autre jour en sortant de chez le notaire…

— La barbe ! Je ne supporte plus les diktats de cette clique de charlatans qui, sous prétexte de santé publique, nous imposent des règles aussi imbéciles que contraignantes. Prenons un exemple : un gamin meurt parce qu'il a bouffé un camembert qui contenait de la listeria. Eh bien, paf ! On va pasteuriser tous les fromages et faire bouffer de la saloperie inodore, incolore et sans saveur à tout le monde pour éviter que cela ne se reproduise. Merde ! Je ne vois pas pourquoi je laisserais un enfant décider de mon alimentation !

— Peut-être, mais tu n'as jamais eu d'enfants, glissa Archibald.

— Mais on s'en fiche puisqu'il est mort ! Ce n'est pas tout : tous les deux ans, les autorités sanitaires pointent le risque d'une pandémie mondiale, laissent croire que des dizaines voire des centaines de millions de morts seront à déplorer et puis, quelques mois plus tard, assurent que finalement tout va bien, que ce n'était qu'une fausse alerte. Ah, si je tenais l'inventeur du principe de précaution, je lui arracherais les yeux !

— Tu as peut-être raison, tante Isadora, répliqua Albert-Félix. Mais je tiens à te rappeler que ce ne sont pas les médecins les plus coupables. Ce sont les journalistes qui rédigent ces dépêches alarmistes et montent en épingle ces affaires. Ce sont les juristes qui s'enrichissent grâce au principe de précaution. Nous n'avons rien à voir là-dedans.

— C'est quand même vous qui avez assuré qu'une femme enceinte ne devait pas boire un verre d'alcool de toute sa grossesse. Je veux bien ne pas avoir eu d'enfants, mais ça, c'est une abomination ! D'abord, trouve-moi une seule maman, une seule grand-mère qui n'ait pas bu une goutte de vin pendant neuf mois. Ensuite, ce qui compte avant tout, c'est que la maman soit heureuse, non ? Eh bien, si cela passe par un petit verre de pinard de temps en temps, où est le mal ? Tu veux que je te dise : cette recommandation est d'un machisme absolu.

— Mais là encore, où est née cette règle ? Sur les plateaux des émissions de télévision. Je n'y peux rien, moi, si les cons font plus d'audience que les gens sensés.

La conversation dériva alors sur la télévision qu'Isadora ne regardait pas, non par principe mais par peur des esprits malfaisants qui hantaient ce cube cathodique et risquaient de s'emparer de son âme. On en vint alors à parler de la manifestation qui devait avoir lieu deux jours plus tard, à l'appel du OUI (Organisation pour l'unité de l'Islam), des catholiques intégristes de Jésus Crie et des fondamentalistes environnementalistes regroupés au sein du collectif Vert de Rage. Leur revendication était simple : choqués par les tenues aguicheuses que revêtaient des femmes de plus en plus jeunes – un catalogue de vente par correspondance proposant des combinaisons en latex taille huit ans –, ils prônaient le retour à une mode plus chaste. Les pantalons, les talons hauts et les jupes courtes étaient bannis, remplacés par la robe longue, les bottines à lacets et le corset pudique. Offusqués, les collectifs féministes s'étaient répandus en de multiples tribunes, publiées en une de toutes sortes de magazines, même animaliers.

Plutôt que d'en débattre, les trois compères décidèrent de revenir aux questions médicales. Albert-Félix finit par convaincre sa tante que la médecine était en train de vivre une révolution majeure. C'en était fini des prescripteurs autoritaires qui se voyaient comme seuls détenteurs légitimes du savoir médical. Grâce à Internet, les malades n'ignoraient rien de leurs pathologies. Ils n'étaient plus des patients dont le rôle consistait à attendre sagement la guérison prescrite par le praticien, mais des hommes et des femmes autonomes, capables d'analyser les symptômes et d'évaluer les traitements, Isadora interpréta cela comme la validation des médecines parallèles. Triomphante et légèrement éméchée, elle leur proposa de trinquer à cette bonne nouvelle. Puis, emportée par son élan, elle se lança dans une série de toasts rocambolesques en mémoire de tous les guérisseurs et magiciennes qu'elle fréquentait depuis des années. Le magnum de Gruaud-Larose y passa, de même qu'une bouteille de condrieu qu'elle avait ouverte le matin même.

C'est ainsi que les deux frères prirent congé de leur tante, dans un concert d'effusions alcoolisées et de promesses sans lendemain.

≈

Dans l'ascenseur, Archibald proposa à son frère de le raccompagner à une station de métro. Ils auraient bien le temps d'aller boire un verre dans un café des environs pour faire plus ample connaissance et parler des derniers jours de Christobal, leur père.

Mais auparavant, Archibald ralluma son téléphone portable : huit messages, dont quatre de Paul et trois de Ronan. Discrètement, il leur promit de les rappeler dès qu'il serait rentré chez lui.

En attendant, ils étaient arrivés devant un bistrot mal famé de la rue de Sèvres, à deux pas de l'Hôpital des Enfants malades. Il n'y avait pas grand monde à l'intérieur, trois ou quatre militaires en permission qu'Albert-Félix salua réglementairement. La lumière était glauque à souhait et la musique démodée. C'était le lieu parfait pour se faire des confidences.

Archibald raconta les dernières heures de son père, la rivalité de Paul et Ronan, la danse d'Isadora et son dernier souffle nauséabond. Son aîné lui apprit qu'il avait profité de son statut de médecin pour rendre visite à Christobal à plusieurs reprises mais qu'il n'était pas à Paris au moment du décès du patriarche. Sous l'effet de l'alcool, Archibald lui narra l'épisode de sa visite nocturne et la taille impressionnante du sexe paternel aperçu dans la pénombre.

— Eh bien, ça alors ! En tout cas, je peux te dire que je ne tiens pas cela de lui, s'exclama Albert-Félix.

— Quoi ! Pourtant j'ai toujours cru que…

— Que les nègres étaient supérieurement membrés ?

— Ben oui.

— Ben non. J'en ai une petite. D'ailleurs, cela m'a joué des tours à bien des reprises. J'en ai déçu plus d'une avec ça…

— Ah ben, oui.

— Et toi ?

— Moi quoi ?

— Tu sais bien.

— Oh, bof, normale. Assez noble à l'heure où je te parle.

— La mienne aussi. Il serait peut-être temps d'aller la mettre en position horizontale.

— Oui.

Sur ce, Albert-Félix prit congé de son cadet et s'en alla dans la nuit noire, laissant Archibald régler les consommations. C'est ce qu'il fit, songeur, avant de rentrer chez lui à pied.

26

— Alors ?

— Alors quoi, Ronan ?

— Eh bien, raconte-moi. Comment est-ce que cela s'est passé avec l'autre ?

— Albert-Félix ? C'était très sympa.

— Mouais, c'est ça… Il cache bien son jeu.

— Non, je ne vois pas pourquoi tu dis cela. Il avait l'air plutôt content de trouver une famille. Tu sais, il n'a ni frère et sœur et sa mère est morte il y a quelques années.

— Le pauvre chaton ! Tu ne veux pas que j'aille pleurer sur son sort pendant que j'y suis ?

— Ce n'est pas ce que je voulais dire. Mais honnêtement, je l'ai trouvé plutôt sympa.

— Tu as intérêt à être sympa quand tu viens foutre la merde dans une famille et extorquer un héritage…

— Nous n'en avons pas parlé.

— Cela ne m'étonne pas. Que veux-tu qu'il dise ? De toute façon, ce n'est pas dans son intérêt de parler. Mais j'ai commencé à enquêter sur son compte et j'espère bien que l'on réussira à casser ce testament indigne… Et Isadora ?

— Elle l'a beaucoup aimé. D'autant que les chats ont passé leur temps à tournicoter autour de lui, même Boileau, qui n'est pas le plus facile des félins, comme tu le sais.

— L'enfoiré ! Je te parie qu'il a mis un parfum spécial pour leur plaire. Tu ne lui as pas dit qu'elle avait des chats, j'espère ?

— Eh bien, si. Pourquoi ne l'aurais-je pas fait ?

— Mais tu es complètement con ou quoi ? Autant lui donner les clés du coffre ! À propos de coffre, qu'est-ce que vous avez bu ?

— Gruaud-Larose 1989. Sublime !

— C'est ça. 140 euros la bouteille. Bravo ! Et videz la cave familiale pendant que vous y êtes ! Décidément, je ne sais pas dans quel camp tu te places, toi…

— Dans celui de la famille.

— Ouais, c'est ça. Bon, j'en ai assez entendu pour ce soir. Mais il va falloir recadrer tout cela au plus vite. Tu viens dîner avec Isadora après-demain ?

— Oui.

— Bon, alors tu te tais et tu me laisses faire. Je vais rattraper ça. Quel enfoiré !

— Qui ça, moi ?

— Non, l'autre. Salut.

— Salut.

— Ah, et puis tu ne dis rien à Paul de tout ça, d'accord ?

— De quoi ?

— Le dîner de demain, mon enquête sur l'autre salopard… Tout ça.

— Mais, Ronan, je t'assure que tu te trompes sur son compte.

Ronan ne répondit pas. Il avait déjà raccroché. Archibald s'était bien gardé de lui dire qu'ils étaient tombés dans les bras l'un de l'autre à l'évocation de leurs mères défuntes. De toute façon, il était tard et Paul devait certainement attendre avec fébrilité le compte rendu de son petit frère.

Il décrocha dès la première sonnerie.

— Tout va bien ? Il ne vous a pas fait de mal ?

— Mais non ! Tu rigoles ou quoi ? C'est notre frère.

— Ben, voyons ! J'étais sur le point d'appeler la police. Et Isadora ?

— Très contente. Mais un petit peu bourrée à la fin…

Archibald entendit la voix de Gwen derrière Paul.

— Tu ne devrais pas la laisser boire comme ça. Ce n'est pas très sympa. Tu sais, c'est une vieille dame maintenant. Il faut faire attention à sa santé…

— Oui, oui, je sais. Mais tu sais bien ce qu'elle répond à chaque fois que l'on aborde ce genre de sujets…

— Je sais, mais quand même. C'est notre rôle de la protéger, la pauvre. Tu lui as dit que Gwen avait un nouveau budget : une grande marque de nourriture pour chat sur mesure, préparée par des grands chefs ?

— Oui, mais je crois qu'elle préfère leur mitonner des plats elle-même. Ce soir, ses matous ont eu droit à un délicieux ragoût. Je le sais parce que je l'ai goûté, croyant que c'était notre repas.

— Ce n'est pas grave. Mais tu lui as bien dit pour dimanche ?

— Non, que se passe-t-il dimanche ?

— Enfin, tu es idiot ou tu fais semblant ? Je t'ai demandé de la prévenir que nous irions faire les courses au marché bio du boulevard Raspail avec elle. Décidément, tu ne passeras jamais les messages…

— C'est vrai. Pardon. Je vais l'appeler demain si tu veux.

— Inutile de le faire. Je lui téléphonerai, moi. À part ça, de quoi avez-vous parlé ?

— De tout, de rien. Un petit peu de la manifestation de samedi.

— Ah, tu iras à la contre-manifestation ?

— Je ne sais pas. Elle est organisée par Salomon Gaude et soutenue par le AAH. Je pense que Tina devrait y aller ?

Archibald entendit une nouvelle fois sa belle-sœur.

— Elle y va, cette garce ? Dans ce cas-là, nous n'irons pas. Pas question de défiler avec elle…

— Mais, doudou, tu me disais que…

— Taratata. Tu connais l'adage : les ennemis de mes ennemis sont mes amis. Pas question que cette morue soit mon amie.

— Bon, je crois que je vais vous laisser, intervint Archibald. Je suis en train d'arriver dans ma rue.

— D'accord. Bonne nuit.

— Bonne nuit, Paul.

— Ah, et puis, pas un mot à Ronan, bien sûr. Tu te souviens de ce que disait papa, non ?

— Non.

— La dernière fois que je l'ai vu, il était très affaibli, mais il m'a clairement dit : « Méfie-toi de Tina. Elle voudra que Ronan accapare tout. Cette femme est venimeuse. » Il a bien dit « venimeuse ». N'est-ce pas, Gwen ?

— Absolument : venimeuse, glapit la femme de Paul.

— Vous êtes sûrs ?

— Certains.

— Ah bon. En tout cas, Paul, je t'assure que tu te

trompes sur Albert-Félix. Ce n'est pas du tout ce que tu crois.

Personne ne lui répondit. De toute façon, Archibald était arrivé chez lui. Zélie l'attendait sous le porche, transie de froid.

≈

— Mais qu'est-ce que tu fais là ?

— Je t'attendais.

— Enfin, Zélie, ma belle… Tu aurais dû m'appeler… Ah non, je sais que tu détestes les ondes des téléphones portables. Viens, monte te réchauffer à la maison.

Dans l'ascenseur, Zélie prévint Archibald : elle n'était pas venue pour coucher avec lui, encore moins pour raviver les braises de leurs amours passés. De toute façon, elle était une très mauvaise ménagère, ne savait pas faire la cuisine et il lui arrivait parfois, l'hiver, de dormir en chaussettes. Il valait bien mieux, comme ils se l'étaient dit la dernière fois, qu'ils cherchent quelqu'un de stable qui les sécuriserait.

Si elle était là, c'était parce qu'elle avait rendez-vous aux aurores à deux rues de chez lui, pour récupérer un violon chez Judith Boronowski, une vieille musicienne juive ashkénaze, hirsute, poétique et brillantissime qui lui confiait ses instruments et lui racontait ses souvenirs de rescapée des camps de concentration. La vieille dame lui avait demandé d'être là à 9 heures.

— Alors tu comprends, Archibald, à moins de faire

une nuit blanche, je ne pourrai jamais me réveiller à temps. C'est pour cela que je suis venue te voir. Pour que tu me serves de réveille-matin. Tu veux bien ?

— Tout ce que tu voudras, pourvu que tu restes.

Archibald tint à la rassurer : lui aussi était un mauvais parti. Du reste, il n'avait pas changé depuis la dernière fois : il était toujours aussi peu fiable, toujours aussi irrésolu, ne rangeait pas plus ses vêtements qu'auparavant et ne gagnait pas mieux sa vie. Vu l'heure tardive, ils convinrent de dormir ensemble chastement : Archibald garderait son tee-shirt, Zélie ses chaussettes.

Mais avant de se blottir l'un contre l'autre, ils burent une tisane et racontèrent leur soirée. Zélie avait dîné avec Baptiste dans un restaurant italien. Comme de bien entendu, son frère s'était violemment querellé avec le serveur. Le prétexte de la dispute ? Ce dernier avait eu l'impudence de s'adresser à ses convives dans la langue de Dante, ce qui avait exaspéré Baptiste.

— Écoute, Ducon-Lajoie, avait sifflé Baptiste. Je t'ai croisé il y a deux heures au supermarché. Tu commandais du jambon avec l'accent le plus parigot que j'ai entendu depuis des années. Pourquoi me parles-tu en italien ?

— *Veramente non parlo francese*...

— À d'autres. Je n'ai aucune envie de faire comme 90 % de tes clients qui ne parlent pas un mot de rital, mais se sentent obligés de massacrer un « *grazie* » pour faire plaisir à leur copine. Vous me faites chier avec vos *zantipasti,* vos *doltchevita* et vos *tiramisou* !

— *Stronzo !*

Zélie, mi-consternée mi-amusée, avait insisté pour qu'ils restent malgré tout. Une fois sa colère passée, son frère s'était montré délicieux, calme et attentionné tout au long du repas. Sauf avec le serveur.

Archibald raconta son dîner chez Isadora. Zélie pouffa de rire quand il lui relata l'épisode du ragoût, hocha la tête quand il évoqua la haine des médecins de sa tante et fit mine de s'intéresser au magnum de Gruaud-Larose (elle ne connaissait rien au vin). Par contre, elle lui demanda de tout lui dire sur Albert-Félix, qu'elle avait hâte de rencontrer.

Archibald était en train de se plaindre de la réaction de Paul et Ronan quand il se rendit compte qu'elle dormait. Il la prit dans ses bras et la coucha près de lui.

≈

Ils se réveillèrent six heures plus tard. Consciencieux, Archibald avait fait sonner trois réveils pour être sûr de ne pas décevoir son amie. Debout au bord du lit, il la regarda : Zélie était couchée en chien de fusil, son corps formant un chiffre quatre presque parfait. Il s'allongea près d'elle, regarda son beau visage, s'endormit et se réveilla en sursaut. Il était 8 heures 30.

Vingt-cinq minutes plus tard, Zélie était partie, laissant Archibald plancher sur son portrait de Salomon Gaude, qu'il verrait peut-être à la contre-manifestation qui devait traverser son quartier le lendemain. Comme à chaque fois qu'elle s'en allait, il ressentait une impression de vide et une extrême lassitude. Pourvu qu'elle retourne vite réparer des violons dans le quartier…

≈

Il n'avait toujours pas trouvé son accroche lorsqu'il entendit la clameur des manifestants et les tam-tams des musiciens. Plutôt que de s'acharner à la trouver, Archibald sortit de chez lui.

Le journaliste avait à peine franchi le pas de sa porte qu'il tomba nez à nez avec une grande femme d'un âge indéfinissable qui bravait la température automnale pour défiler vêtue d'un simple porte-jarretelles clouté et d'un imperméable transparent. Archibald s'en étonna à peine. De toute façon, il n'était pas au bout de ses surprises. Lorsqu'il déboucha sur la rue de Rivoli, il vit passer un char multicolore sur lequel trônait Salomon Gaude entouré d'une multitude de nymphettes qui avaient détourné les habits ecclésiastiques pour les transformer en tenues affriolantes.

Archibald remonta le cortège, qui se dirigeait vers la place de la Concorde, et croisa les militants du AAH (l'Amicale des anticléricaux hargneux), tout de noirs vêtus. Ils marchaient en rangs serrés, le poing levé vers le ciel, et criaient leurs slogans habituels : « *Toi le curé, si tu savais, ta réforme, ta réforme / Toi le curé, si tu savais, ta réforme où on s' la met… au cul, au cul, aucune hésitation !* »

Archibald était en train de s'éloigner quand il aperçut, entre deux rangées de manifestants, sa belle-sœur. Tina défilait en talons aiguilles, un sac de créateur à la main, sous une banderole « *Les muezzins hors du dressing* ». Elle avait dû en profiter pour faire quelques emplettes dans le quartier. Il continua son chemin et croisa la délégation du GRRR (Groupement des républicains radicalement revendicateurs) qui battait le pavé au son du tambour et du fifre, tout en martelant des slogans guerriers : « *Écolo, Facho, le peuple aura ta peau !* » Une jolie manifestante le prit par le bras et l'attira dans une danse endiablée. Malgré l'attrait qu'elle exerçait sur lui, il parvint à se dégager de son étreinte.

Les manifestants n'étaient plus qu'à quelques centaines de mètres de la place de la Concorde, où il était prévu qu'ils se rassemblent pour narguer leurs adversaires, dont le point de ralliement se situait de l'autre côté de la Seine, à proximité de l'Assemblée nationale.

Archibald parvint à s'extraire de la cohue pour emprunter une rue perpendiculaire et remonter la rue du Faubourg-Saint-Honoré. En chemin, il croisa un groupe de touristes brésiliennes, qui déambulaient avec des airs supérieurs et s'exaltaient devant des tongs. Il pressa le pas, déboucha sur les quais, traversa la Seine au pont Alexandre III et rejoignit la foule de marcheurs.

La première personne qu'il croisa fut maître Pouic. L'officier ministériel marchait dignement, avec son fils à ses côtés, tous deux grimés derrière une fausse barbe. Sa femme et sa fille marchaient derrière eux, à petits pas pressés. Archibald le reconnut malgré son accoutrement, mais le notaire ne daigna pas lui rendre son salut. Sans doute de peur que l'on apprenne que sa barbe était postiche.

En effet, si les manifestants de la rive droite étaient majoritairement glabres, l'immense majorité de ceux qui arpentaient la rive gauche étaient barbus.

Il y avait les ultra-écologistes de Vert de Rage à la toison hirsute et grisonnante, qui marchaient d'un pas déterminé, persuadés d'œuvrer pour le bien de l'humanité et pas mécontents de tenir le haut du pavé. Ils se vengeaient ainsi de toutes leurs années d'humiliation, quand l'immense majorité des gens ne prenaient pas aux sérieux leurs thèses catastrophistes.

Les intégristes catholiques et les fondamentalistes musulmans défilaient la main dans la main, sous des banderoles œcuméniques et des slogans accusateurs qu'ils scandaient inlassablement. Leurs barbes étaient fournies, déterminées, inflexibles. Eux aussi étaient persuadés d'agir pour le bien commun. Leurs dieux n'étaient pas les mêmes ? Qu'importe, leurs ennemis l'étaient. Et puis eux aussi se vengeaient d'années passées à camoufler leur foi, à se cacher pour pratiquer leur culte, à essuyer moqueries et quolibets.

Une ravissante femme voilée s'approcha et le prit par la main pour l'entraîner dans le cortège. Elle portait à bout de bras un écriteau sur lequel elle avait calligraphié un slogan : « *Tchador, j'adore !* » Archibald lui sourit et la laissa s'éloigner.

Archibald ne sut que penser de tout cet attroupement. Une chose était sûre, il n'avait aucune envie d'être embrigadé dans un quelconque camp. Son téléphone sonna : c'était Isadora qui lui demandait de ne pas venir la chercher trop tard avant d'aller dîner chez Ronan. Elle ne se sentait pas très bien, sans doute un problème de chakras, et comptait sur son neveu pour venir la chercher le plus tôt possible.

27

— Isadora, ma chérie ! Comme je suis heureuse de vous voir !

— Bonsoir, Tina, fit Isadora en tendant une joue fatiguée.

— Bonsoir, Tina, tu sais que je t'ai vue… ajouta Archibald, qui se fraya un passage derrière sa tante mais n'obtint pas de réponse de sa belle-sœur, tout affairée à s'occuper de la vieille dame.

— Tenez, donnez-moi votre manteau, voilà… Ronan est dans la cuisine. Il prépare le repas. Les enfants, venez vite dire bonsoir à Tante Isadora.

Odin et Thor avancèrent dans l'entrée, gauches et mal à l'aise dans les costumes qu'ils n'avaient accepté de mettre qu'en échange d'un billet de 100 euros. Ils saluèrent leur grande tante avec une effusion maladroite. Isadora leur fit remarquer qu'ils avaient la pupille bien dilatée. Les deux garçons gloussèrent et baissèrent la tête avant de tendre une main moite à leur oncle.

Ronan fit une brève apparition, un couteau de cuisine à la main. Il s'excusa de ne pouvoir s'attarder, mais la préparation du repas l'accaparait. Car ce soir-là, comme à chaque fois qu'ils recevaient, c'était lui qui faisait la cuisine. Il ne pouvait en être autrement. D'abord, parce que Tina cuisinait le moins souvent possible et très mal. Ensuite, parce que Ronan mettait un point d'honneur à épater ses convives par sa grande maîtrise de la cuisine bourgeoise.

Ses préparations étaient succulentes à défaut d'être originales. Ses pommes de terre sautées étaient aussi parfaitement croustillantes et dorées que méticuleusement calibrées. Il y rajoutait, en toute fin de cuisson, quelques brins de romarin qui apportaient à son plat un goût subtil et famé. Son rôti de bœuf, qu'il achetait lui-même chez le meilleur boucher du quartier, était tendre et fondant à souhait. La pâte de sa tarte aux pommes était si fine qu'on aurait presque pu voir au travers et pourtant elle ne cassait pas. Il la badigeonnait d'un mélange de compote et de caramel au beurre salé dans lequel il incorporait quelques grains de sel qui croustillaient sous la dent.

De la même façon, à Ti-Kroaz, Ronan se targuait d'être l'un des meilleurs préparateurs de bar de la région. Il le vidait consciencieusement et l'apprêtait avec des algues cueillies le matin même dans des criques que lui seul connaissait. Le soir venu, il prétendait, en mastiquant sa bouchée, que ce poisson noble était si délicieux qu'il convenait de le préparer le plus simplement du monde. Mais rosissait de plaisir quand sa femme lui assurait que c'était le meilleur poisson qu'elle ait jamais mangé. Et éclatait de rire quand son frère s'acharnait à vouloir singer sa recette : Paul ne connaissait pas les bonnes criques et partait récolter du goémon à la dernière minute, sans tenir compte des horaires et coefficients de marée.

En attendant, la gamme des spécialités de Ronan n'était pas très étendue. En matière de viande, il ne cuisinait que le bœuf et le veau, exceptionnellement l'agneau dont il appréciait les côtelettes mais pas le gigot pascal, de sinistre mémoire. En outre, il était assez exigeant avec les morceaux qu'il cuisinait : le rumsteck, le faux-filet et l'escalope de veau avaient sa préférence, contrairement à la vulgaire bavette, au tendron de veau et même à l'entrecôte qu'il laissait aux représentants de commerce. Bien entendu, il ne lui serait pas venu à l'esprit de proposer du boudin populaire ou des abats, réservés aux ouvriers.

S'agissant de fruits et légumes ou de produits laitiers, les exigences du fils aîné de Christobal n'étaient pas moins fortes. Les haricots verts, les framboises et le camembert avaient le droit de franchir le seuil de sa cuisine, mais certainement pas les choux de Bruxelles, les mandarines et d'une manière générale tous les fromages un peu trop odorants.

Pendant que Ronan s'affairait en cuisine, Tina tourbillonnait autour d'Isadora, sous l'œil consterné d'Archibald.

— Vous voulez boire quelque chose ? Un whisky ? Un porto ? Un verre de vin ? Vous n'avez pas trop chaud ? Trop froid ? Oh oui, bien sûr, vous pouvez fumer. Tenez, je vais vous chercher un cendrier. Imelda ! Ah zut, elle n'est pas là, il va falloir que j'aille le chercher moi-même. Thor ! Thor ! Va me chercher un cendrier, tu seras chou.

— Moi, je veux bien un verre de vin blanc, avança Archibald. Au fait, Tina, tu sais que je t'ai vue aujourd'hui…

Il n'eut pas de réponse et s'en alla chercher un verre de vin à la cuisine.

Isadora s'assit dans le grand canapé, entouré de coussins et de prévenance. Elle ne se sentait pas très bien. Elle avait mal à la tête et sentait que toute la partie gauche de son corps était engourdie. Tina, qui s'était affalée à côté d'elle, faisait de grands signes à ses fils pour qu'ils parlent de leurs études, de leurs activités extrascolaires, qu'elle ignorait en grande partie. Mais ni Thor ni Odin ne trouvaient grand-chose à dire.

Quand Archibald entra dans la cuisine, Ronan était en train de préparer l'assaisonnement d'une salade verte qui accompagnerait un plateau de fromage, constitué d'un demi-reblochon, d'un fromage de chèvre cendré et, comme d'habitude, d'un camembert légèrement coulant.

— Salut, Ronan, tu as un verre de vin blanc au frais ?

— Ah, tu as intérêt à faire attention, toi !

— Quoi ? Ne t'inquiète pas. Je vais juste prendre un verre, pas plus. Je n'ai rien bu avant de venir, ni fumé. Je ne risque pas d'être bourré.

— Je me fiche de savoir si tu as fumé ce soir, répondit Ronan avec un ton glaçant. En tout cas, j'ai comme l'impression que tu avais fumé avant-hier.

— Mais de quoi est-ce que tu me parles ?

— De quoi est-ce que je parle ? Ne joue pas au plus malin avec moi, Archibald. Cela ne marchera pas.

— …

— Si tu as l'intention de pactiser avec l'ennemi, c'est ton droit. Mais il faut que tu sois prêt à en assumer les conséquences.

— Mais de quel ennemi parles-tu ?

— Tu sais très bien de qui je veux parler, rétorqua Ronan.

— D'Albert-Félix ? Mais tu es cinglé ! C'est notre frère.

— Pas que je sache. Mais je te préviens : tu n'as vraiment pas intérêt à monter Isadora contre moi car je te le ferai payer cher. Très cher même.

— Tu es fou.

— Je ne suis pas fou du tout. En tout cas, écoute-moi bien : ce soir, tu la boucles. Si tu dis un seul mot, si tu prononces une seule parole, j'interpréterai cela comme une déclaration de guerre et j'en tirerais les conséquences.

— Mais je…

— Je suis sérieux, Archibald.

Le ton de Ronan s'était fait un peu moins menaçant :

— Tu ignores encore à qui tu as affaire. Crois-moi. C'est pour ton bien que je te mets en garde. C'est pour notre bien à tous. Fais-moi confiance. J'ai commencé à mener ma petite enquête et je suis pratiquement sûr qu'il n'est pas notre frère. C'est trop simple. Papa meurt et il déboule comme ça sans prévenir, prétextant qu'il est le fils aîné de Christobal. Tout ça sur la base d'un testament. Mais enfin, rappelle-toi : à la fin, papa était presque gaga. On a pu lui faire signer n'importe quel papier…

— Mais le notaire l'a authentifié.

— Justement, le notaire. Je doute de ses compétences. Ou en tout cas de son honnêteté.

— Je ne peux pas et je ne veux pas te croire.

— Alors, dans ce cas-là, tu es contre nous.

— Non !

Ronan avait commencé à répartir les quartiers de pommes sur sa pâte brisée. Il se servait d'une règle millimétrée pour s'assurer que chaque lamelle était parfaitement équidistante de l'autre.

— Promets-moi de ne rien dire ce soir, insista-t-il.

— Si tu me promets de ne pas attaquer Albert-Félix tant que tu n'auras pas de preuve irréfutable.

— D'accord.

— Alors je ne dirai rien ce soir. Est-ce que je peux me servir un verre maintenant ?

— Dans la porte du frigidaire, il y a une bouteille de Chassagne-Montrachet entamée. Ah, et puis méfie-toi de Paul.

— Quoi ?

— Ne sois pas naïf, Archibald. Moi, cela fait longtemps que j'ai compris son petit manège. D'ailleurs Christobal m'avait prévenu.

— Ah bon ?

— Oui. La dernière fois que je suis allé le voir, le pauvre pouvait à peine se déplacer, il m'a mis en garde très clairement. « Fais attention à Paul. Il est tellement jaloux de toi qu'il voudra tout te prendre. »

— Paul, jaloux ?

— Absolument.

Archibald se servit un verre et repartit au salon, laissant son frère terminer la préparation du dessert. En passant, il se retint de balayer l'ordonnancement parfaitement géométrique des quartiers de fruits sur le plat à tarte, mais ne voulut pas envenimer la situation.

Quand il revint au salon, il assista à une longue tirade de sa belle-sœur sur le sort peu enviable des mères.

— Si, si, j'insiste, Isadora. Vous avez bien fait de ne pas avoir d'enfants. Moi, voyez-vous, je passe deux heures par jour à me préparer, trois lorsque nous sortons dîner avec Ronan. C'est de plus en plus long ! Quand j'avais vingt ans, un coup de blush, un peu de mascara et voilà, j'étais prête à sortir toute la nuit. C'est fini tout ça !

— Tout a une fin.

— Non ! Tout peut se contrôler. C'est horrible de vieillir parce que, si on ne fait rien, on devient flasque et moche. Et le pire, c'est que chaque année apparaissent de nouvelles jeunes femmes qui nous défient avec insouciance et nous rappellent celles que nous fûmes naguère. Au moins, je n'ai pas commis l'erreur d'allaiter, sans quoi tout serait fichu, je n'aurais même plus de poitrine. Décidément, je comprends Sandra Jones, vous savez, l'héroïne de la série télévisée, qui a décidé d'adopter ses trois, enfants. Au moins, elle s'est épargné une grossesse. Si j'avais su à l'époque que c'était possible, je peux vous dire que je n'aurais pas hésité une seule seconde à acheter des enfants tout prêts. En plus, ils ont quatre ans quand on se les procure. Ils savent déjà marcher et parler, et ils sont propres. C'est d'un commode !

Debout à quelques mètres des deux femmes, Odin et Thor n'en perdaient pas une miette.

— Et puis, vous avez vu comme c'est simple aujourd'hui. La petite négresse que Manuela a adoptée au Mozambique il y a cinq ans. Vous vous en souvenez, non ? On en a fait toute une histoire. Eh bien, comme elle était devenue insupportable, elle l'a rendue à ses parents. Je dis bien rendue. Elle aurait pu la revendre, car avec tout ce qu'elle lui a offert, c'est sûr qu'elle était valorisée, la petite. Eh bien non, elle l'a rendue sans même demander d'argent, alors que son dernier film a fait un bide et qu'elle a besoin d'argent pour payer sa cure de désintoxication annuelle. C'est quand même vachement sympa.

— Tu as raison, chérie, intervint Ronan, qui arrivait avec le plat de pommes de terre sautées. Et si nous passions à table ?

Prétextant qu'elle avait mal aux jambes, Isadora demanda à Archibald de l'aider à se lever. Elle en profita pour se pencher vers lui et lui glisser quelques mots à l'oreille.

— Cocue.

— Comment ça ?

— Je te parie que Tina va être cocue dans les temps qui viennent. Si ce n'est déjà fait.

— Mais non. Regarde le couple qu'ils forment avec Ronan.

— Cela n'a rien à voir avec leur couple. Crois-en ma longue expérience : plus une femme consacre d'énergie à se faire belle, plus elle ne vit que par et pour la séduction, plus ses centres d'intérêt tournent autour des vêtements, des bijoux et du maquillage, plus elle court le risque d'être cocue parce qu'elle rentre dans une compétition qu'elle perdra forcément tôt ou tard.

— Que disiez-vous, ma chérie ?

— Nous parlions de mes chats, siffla Isadora.

— Ah, j'adore les chats ! s'extasia Tina.

— On n'adore que Dieu, coupa la vieille dame.

— Hein ?

— Non, rien…

Tous les six s'installèrent autour de la grande table ovale de la salle à manger. Comme il était d'usage dans la famille lyonnaise de Ronan, qui lui avait fait forte impression, on commença par ne parler de rien. Ou alors on parlait de Garm, le chien de Ronan, de ses mimiques, de sa façon ridicule de quémander de la nourriture. C'était tellement plus simple que d'aborder les questions personnelles.

Tina, étant passée experte dans l'art du babillage creux, savait mieux que quiconque verser du vide dans du néant. Archibald s'ennuyait fermement et contemplait ses neveux, qu'il n'avait pas l'occasion de voir souvent. Ces derniers, n'ayant pas l'habitude de dîner en famille, s'accrochaient à leur verre de boisson vitaminée, et s'ingéniaient à éviter de croiser le regard de leur oncle.

Forte de son statut de chef d'orchestre du vide, Tina attaqua son beau-frère bille en tête. Au moins, se dit-il, elle a remarqué ma présence.

— Alors, comme ça, tu peux t'estimer heureux, Archibald.

— Pourquoi ?

— Eh bien, ta secte accueille de nouveaux adeptes.

— Ma secte ?

La femme de Ronan voulait parler de la récente conversion au catholicisme d'une actrice américaine connue naguère pour avoir été l'égérie d'un réalisateur ouvertement sataniste. Cette conversion venait s'ajouter à celles d'un chanteur de rap qui mâchait d'autant moins ses mots qu'après une fusillade dans une ruelle mal famée, sa mâchoire était entièrement refaite. Quelques semaines plus tôt, cet habitué des plateaux télévisés et des tribunaux correctionnels avait annoncé sa décision de devenir moine.

Archibald ne sut que répondre à cette attaque en règle. Isadora le tira de ce mauvais pas. Ronan lui avait tendu une bouteille d'eau qu'elle avait énergiquement refusée, en dépit de sa fatigue grandissante.

— Non, merci, Ronan, tu es gentil. Mais je fais attention.

— Attention ?

— Oui, pas plus de trois verres par jour.

— Quoi ?

— Tu m'as bien entendue. Je ne bois pas plus de trois verres d'eau par jour. C'est bien ce que recommandent les médecins, non ?

— Non, c'est de vin dont il s'agit, Isadora. L'eau, on peut en boire autant qu'on veut.

— Je fais ce que je veux !

Odin et Thor ricanèrent. Ne sachant que répondre,

Tina prit le parti d'en rire elle aussi. Ronan, qui n'aimait pas que l'on se moque de lui, s'empara du plat de rôti et le passa à son épouse avec un air agacé. Puis, reprenant son calme, il se tourna vers sa tante.

— Je crois que tu as soupé avec Albert-Félix l'autre soir, tante Isadora.

— Oui, j'ai passé une très bonne soirée. Mais, bizarrement, je ne me sens pas très bien depuis.

— Cela ne m'étonne pas. Est-ce que tu as gardé un œil sur ton verre et sur ton assiette tout au long du repas ?

— Bien sûr que non.

— Eh bien, voilà ! J'en étais sûr.

— Sûr de quoi ? intervint Archibald.

— Archibald, souviens-toi de ta promesse, gronda Ronan.

— Et toi de la tienne.

— D'accord. Isadora, il faudra que je te parle tout à l'heure.

La vieille dame hocha la tête. Elle était fatiguée et ce dîner n'en finissait pas. Insensible à sa fatigue, Tina se mit à leur raconter le tournage de la publicité pour une grande marque d'armes à feu pour laquelle elle avait prêté l'un des appartements qu'elle mettait en vente. Admirative, elle raconta les quatre heures de sport quotidiennes auxquelles s'astreignait l'héroïne de cette campagne publicitaire, une ancienne gloire du cinéma d'auteur reconvertie dans la chanson paillarde et la danse du ventre. Elle avait même trouvé le temps, en plus des heures passées avec son nutritionniste, sa conseillère marketing et son psychiatre, d'entraîner toute l'équipe du tournage dans de longues séances de méditation ayurvé-diques que Tina avait trouvées passionnantes mais un peu étranges.

Au final, tout s'était formidablement bien passé. Le script de la publicité avait été respecté à la lettre – après une scène lesbienne avec la gagnante d'un télé-crochet, la star s'était lancée dans une course-poursuite derrière un beau ténébreux dont elle avait fini par sucer le pistolet. Au final, en trente secondes, elle avait galoché deux personnes et un pistolet. Ce jour-là, prise par un élan d'amour, la star avait décidé de pratiquer le french kiss avec toute l'équipe du tournage. Tina avait trouvé l'expérience passionnante mais un peu étrange.

— Quelle chance tu as de rencontrer de telles célébrités par ton métier, sourit Archibald.

— On n'a que ce qu'on mérite, proclama Tina, sous l'œil ravi de son mari.

S'adressant à ses enfants, la femme de Ronan ajouta :

— Vous comprenez maintenant pourquoi nous sommes si souvent en voyage, mes poussins. C'est pour votre bien.

— Oui, mère, répliquèrent les jumeaux d'une seule voix.

— Dis-moi, Tina. Est-ce que tu crois que tu seras amenée à la revoir, cette chanteuse ? demanda Archibald.

— Oh, bien sûr, elle m'a invitée personnellement à une cérémonie de remise de prix qui aura lieu dans trois semaines. Pourquoi ?

— Eh bien, parce que mon ami Adama est un de ses

plus grands fans. Si tu pouvais m'avoir un autographe ou quelque chose comme ça, ce serait vraiment sympa.

— Je vais voir ce que je peux faire, susurra Tina. Je ne te garantis rien…

Sitôt leur dessert avalé, Odin et Thor demandèrent à leur père l'autorisation de sortir de table.

— Je vous laisse sortir d'autant plus volontiers que vous avez été fort sages aujourd'hui, claironna Ronan qui s'adressait autant à son frère et à sa tante qu'à sa progéniture, désireux de leur montrer combien il les éduquait bien.

— Nous vous remercions, père, répondirent-ils en prenant congé.

— Vous sortez ce soir ? s'enquit Tina.

— Oui, nous avons une soirée scari, répliqua Thor. Tu peux me passer de l'argent ?

— Bien sûr, combien voulez-vous ? 200 euros ?

— Cela devrait aller, rétorqua Odin en saisissant le billet d'un geste leste.

— Une soirée scary ? Ah, scary movie ! Vous allez voir un film d'horreur les garçons ? sourit Ronan.

— Oui, c'est à peu près ça, gloussa Odin.

— C'est bien, c'est bien. Passez une bonne soirée et ne revenez pas trop tard.

— Merci, père. Vous pouvez nous faire confiance.

En fait, il ne s'agissait pas d'une soirée scary au sens où Ronan l'entendait. Les deux adolescents n'allaient pas regarder un film d'horreur chez le petit duc de F. comme ils l'avaient annoncé. Ils allaient plutôt chez Charlotte M., la fille d'un magnat des affaires qui possédait son propre appartement rue Servandoni et s'adonnait, tous les samedis soir, à des séances de scarification devant une caméra avant de les partager sur Internet avec des inconnus.

Isadora était de plus en plus fatiguée. Elle ressentait un horrible bourdonnement dans la tête, comme celui que l'on entend quand on passe les tunnels antibruit de la gare Montparnasse ou lorsqu'un avion décolle. Archibald s'en aperçut et lui proposa de la raccompagner sitôt le dîner terminé.

Mais elle dut encore supporter une longue tirade de Ronan qui la mettait en garde contre la nocivité d'Albert-Félix et lui enjoignait d'être prudente. Épuisée, elle accepta tout ce qu'il lui dit en bafouillant. Demain, il faudrait qu'elle appelle Jacques, son guérisseur, à la première heure. Il faudrait impérativement qu'il lui rafistole les chakras parce qu'à son mal de crâne s'était ajoutée une quasi-paralysie des membres gauches.

28

Ce n'était pas un problème de chakras. À son réveil, le lendemain matin, Isadora fut terrassée par un accident vasculaire cérébral. Lorsque Paul et Gwenaëlle vinrent la chercher pour aller faire des courses boulevard Raspail, elle gisait au pied de son lit, son téléphone dans une main, une poignée de cristaux dans l'autre.

≈

Dès qu'il apprit la nouvelle, Archibald se carapata à toute vitesse chez sa tante. Il jura sans discontinuer de la rue de Rivoli au boulevard Raspail. Merde, merde, merde, que lui était-il arrivé ? Merde, merde, merde, est-ce que sa tante allait mourir ce jour-là, le laissant définitivement orphelin ? Merde, merde, merde, pourquoi avait-il décroché quand Sylvie l'avait appelé ? Il l'avait laissée somnolente et angoissée dans son lit quelques minutes plus tôt. Pourvu qu'elle ne farfouille pas dans ses papiers.

Il croisa une équipe du SAMU dans le hall de l'immeuble, ainsi qu'un homme entre deux âges, tout en componction. Après avoir laissé l'équipe médicale monter en premier, ce dernier laissa passer Archibald.

— Vous faites partie de la famille de la défunte ?

Archibald ne répondit pas. C'était probablement un étranger à l'immeuble qui rendait visite à quelqu'un de sa famille en ce dimanche matin et cherchait quelque ragot à se mettre sous la dent pour agrémenter sa matinée. À sa grande surprise, l'homme descendit au quatrième étage lui aussi.

— Pardon, je ne me suis pas présenté. Ferdinand Martin, de la CAP.

— La CAP ?

— Cellule d'action psychologique. Je viens épauler la famille. Vous êtes un proche de la victime, un parent ?

— Écoutez, monsieur Martin. Je suis son neveu. Mais je ne crois pas que ma tante est morte. Voulez-vous me laisser passer maintenant ?

Sur ce, Archibald se précipita à l'intérieur de l'appartement. Il fut accueilli par un concert de miaulements et par une belle-sœur traumatisée, qui s'accrochait à son panier de courses comme à une bouée de sauvetage.

— Salut, Gwen. C'est grave ?

— Bonjour, Archibald. Non, enfin si, je crois qu'elle nous a fait un AVC.

— Elle est consciente ? Elle parle ?

— Non. Il paraît qu'elle est dans le coma.

Il entra dans la chambre de sa tante. Ses frères étaient déjà au chevet de la vieille dame, que l'on avait installée sur un brancard avec un masque à oxygène. Un docteur et une infirmière s'affairaient autour d'elle sans prêter attention au fatras théosophique qui encombrait la pièce. C'était assez gênant de se retrouver à cinq dans le sanctuaire où Isadora priait et méditait.

Archibald s'approcha de sa tante et lui caressa le front. Il avait envie de pleurer, mais se retint de le faire car Ronan le regardait sévèrement.

— Ma pauvre petite Isadora... Ne meurs pas.

— Qu'est-ce que vous avez foutu hier soir ? Tu es passé te torcher la gueule chez elle ou quoi ? gronda son aîné.

— Mais non ! Tu as bien vu qu'elle était éreintée. Je l'ai accompagnée jusqu'à sa porte et je suis rentré à la maison. C'est chez toi qu'elle s'est fatiguée...

— Ne vous disputez pas, messieurs, grommela le

médecin. Ce n'est pas parce que votre tante a plus ou moins bu hier soir qu'elle a eu cet AVC. Au pire, elle aurait eu une sérieuse gueule de bois ce matin.

— Oui, mais cela fait des mois qu'on la prévient qu'elle ne peut pas continuer à boire et à fumer comme ça, ajouta Paul.

— Bon, ça va. On aura compris !

Archibald commençait à s'énerver :

— Vous avez prévenu Albert-Félix ?

— Non, trancha Ronan.

— Il ne manquerait plus que ça, lança Paul.

— Mais c'est son neveu ! Et il est médecin !

— Oh, ta gueule !

Le frère cadet n'eut pas le temps de répondre. L'accompagnateur psychologique était entré dans la pièce sur la pointe des pieds. Il furetait dans les papiers de la vieille dame avec un air intéressé et contemplait les nombreux ouvrages de sa bibliothèque.

— Qui c'est celui-là ? grogna Ronan.

— Bonjour. Je suis Ferdinand Martin de la CAP. Je viens épauler la famille de madame… Madame…

— Mme Isadora de Kerniguet.

— Oui, c'est cela. Si vous voulez, je peux vous recevoir en consultation dans son salon.

— Mais ça va pas ! Vous allez me faire le plaisir de foutre le camp et plus vite que ça, éructa le fils aîné de Christobal. On n'en a rien à foutre de votre accompagnement à la con. Barrez-vous !

Joignant le geste à la parole, Ronan avançait vers le psychologue avec un air menaçant. Il était d'autant plus sûr de lui qu'il s'entraînait d'arrache-pied, avec son entraîneur personnel, pour les championnats de France senior de karaté qui devaient avoir lieu une quinzaine de jours plus tard. Considérant qu'il était sans doute préférable de s'éclipser, l'homme recula jusqu'à la porte d'entrée, non sans avoir déposé un petit tas de cartes de visite sur un guéridon. Au passage, il se fit lacérer les mollets par Boileau et La Bruyère.

≈

Lorsqu'il revint dans la chambre de sa tante, Ronan vit qu'elle était sur le point d'être évacuée vers la clinique la plus proche. Il s'empressa de remplir les formulaires d'inscription avant de rentrer chez lui à toute vitesse pour récupérer sa femme qui n'avait pas eu la force de sortir de son lit quelques heures plus tôt.

Paul en profita pour visiter l'appartement d'Isadora avec sa femme, ce qu'il n'avait jamais eu le temps de faire auparavant. Ils traversèrent chaque pièce aussi discrètement que possible, mesurant le moindre recoin en chuchotant, calculant sans en avoir l'air la place qu'occuperaient les meubles qui encombraient leur petit appartement de la rue Maublanc.

Ils allaient partir quand un grand homme barbu vêtu d'une cape violette sonna à la porte. Il traînait derrière lui une énorme valise rouge pleine de sangles et de diodes lumineuses.

— Qui êtes-vous ? Que faites-vous là ? lui demanda un Paul soupçonneux.

— Je suis Jacques. Je suis venu m'occuper des chakras d'Isadora. Elle m'a appelé hier soir en me demandant de venir ce matin. Je peux entrer ?

— Pas question !

— Comment ?

— Vous allez me faire le plaisir de foutre le camp et plus vite que ça avec vos chakras à la con, vos ampoules bidon et tout votre attirail. À cause de gens comme vous, ma tante est hospitalisée.

— À l'hôpital ?

— Non, à la clinique.

— Où ça ?

— Je ne vous le dirai pas.

— Je le saurai bien.

— Je ne vous le conseille vraiment pas. On en a marre de personnages comme vous qui viennent sucer le sang de notre chère tante. Que cela soit clair entre nous : vous n'aurez pas son fric. C'est compris ?

— Notre relation n'a rien de pécuniaire.

— C'est ça. Tu ne vas pas me faire croire ça. Et maintenant, tu te casses, connard !

Sur ce Paul claqua la porte. Il eut à peine le temps d'entendre le guérisseur l'interpeller derrière la porte. « Vous avez eu une très mauvaise réaction, monsieur. C'était très stupide de votre part. Vous ne savez pas à qui vous avez affaire, mais vous le saurez bien assez tôt. » Paul haussa les épaules et rejoignit sa femme dans le salon.

Archibald, qui s'était assis dans la cuisine pour téléphoner, les accompagna à la clinique. Il n'y avait pas de temps à perdre. Les médecins les avaient prévenus :

dans ce genre de pathologie, il fallait agir le plus vite possible.

Dans la voiture, Paul manifesta son inquiétude de façon répétitive, saccadée et malodorante. Archibald, qui était habitué aux états d'âme de son frère, ne dit rien mais ouvrit discrètement sa fenêtre.

Albert-Félix les attendait dans le hall de la clinique. Dès qu'il le vit, Paul se rembrunit et serra les fesses. Il fut imité aussitôt par son épouse qui refusa de saluer le grand métis.

— Elle est au troisième étage, chambre 311.

Ils passèrent devant lui sans s'arrêter. Archibald, qui marchait quelques pas derrière eux, vint à la rencontre de son demi-frère.

— Paul !

Paul s'arrêta, mais ne se retourna pas.

— Paul !

Paul reprit sa marche. Entre ses dents, Gwenaëlle siffla.

— On dirait que tu as choisi ton camp, Archibald.

— Mais vous êtes complètement cons !

Paul ne répondit pas mais, quelques pas plus loin, il maugréa suffisamment fort pour être entendu.

— Traître.

— Après tout ce qu'on a fait pour toi, grinça sa belle-sœur.

Archibald eut envie de lui courir après pour lui botter les fesses. Qu'importe si Paul était bien plus baraqué que lui. Mais Albert-Félix le retint par le bras.

— Laisse tomber…

— Mais c'est dégueulasse ! Leur comportement est immonde !

— Ce n'est pas grave. Ronan a réagi de la même façon il y a quelques minutes. De toute façon, je l'ai vue. Elle est dans un coma profond mais, d'après ce que m'ont dit mes confrères, son cerveau n'a presque pas cessé d'être irrigué. Elle devrait s'en sortir sans trop de séquelles. Si elle se réveille, bien sûr.

— Comment sais-tu cela ?

— Je te rappelle que je suis médecin. Viens boire un café, on montera tout à l'heure.

— D'accord. Mais d'abord, je vais appeler Zélie. Elle a très envie de te rencontrer. Cela ne te dérange pas ?

— Pas le moins du monde. Au contraire. Et puis merci de m'avoir prévenu.

— C'est la moindre des choses. Entre frères.

≈

Trois étages plus haut, Ronan vit d'un mauvais œil Paul arriver mais se dit qu'il valait peut-être mieux faire front dans l'adversité. Si seulement c'était lui qui avait eu un AVC, avait-il glissé à l'oreille de sa femme quelques minutes auparavant. Il n'est pas assez malin pour en avoir un, avait grogné Tina derrière ses grosses lunettes noires. Ronan avait gloussé tout en faisant remarquer à sa femme, à toutes fins utiles, que l'irruption de l'affreux négro et la mort prochaine de sa tante avaient bouleversé la donne. Il convenait désormais de bien s'entendre avec Paul pour ne pas se retrouver complètement isolés.

— Ah, te voilà, toi, fit Ronan qui avait les pires difficultés à prononcer le simple mot de « bonjour ».

— Eh bien, oui. Cela te dérange ?

— Bien sûr que non, entre.

Paul entra, suivi de Gwenaëlle. Il regarda sa tante puis jeta un regard circulaire à la pièce. Les deux seuls sièges étaient occupés par Ronan et son épouse, qui ne manifestaient aucune envie de se lever. Ils restèrent donc debout à côté du lit, légèrement anxieux et passablement énervés.

— Archibald n'est pas là ?

— Non. Il est resté avec l'autre.

— L'enfoiré ! Je ne pensais pas cela de lui.

— Je suis bien d'accord avec toi. Tiens, à propos d'enfoiré, j'ai chassé l'un de ces charlatans qui gravitent autour d'elle depuis des années.

— Tu as bien fait.

— J'espère qu'ils ne vont pas réussir à siphonner ses comptes bancaires, pas toi ?

— Non. Tout est verrouillé, crois-moi.

Paul interrogea son frère du regard. Mais Ronan s'enferma dans un silence buté. Ce n'était pas le moment de parler de ces sujets-là. Quelques interminables minutes passèrent. Soudain, un médecin fit irruption dans la pièce. Ronan se leva mais d'un geste, le praticien lui fit signe de se rasseoir.

— Bonjour, messieurs. Vous êtes la famille de Madame ?

— Oui. C'est notre tante, expliqua Paul.

— Professeur Vopel. J'ai examiné votre tante à son arrivée. Le coma est relativement profond, mais je ne sais pas encore si les lésions seront irréversibles ou non. Elle menait une vie saine ?

— Pas exactement, lança Gwenaëlle.

Tina hocha la tête en signe d'approbation.

— Bon, bon. Je crois que nous allons devoir faire des examens un peu plus poussés. Nous lui ferons passer un scanner tout à l'heure.

— Docteur ?

— Oui.

— Quelles sont ses chances de survie ?

— Je ne peux pas me prononcer pour l'instant. Moins d'une chance sur deux, *a priori*.

— Ah bon.

— Oui. Ah, je voulais vous dire une chose. Aussi bizarre que cela puisse paraître, nous l'avons entendue proférer quelques syllabes depuis son arrivée. C'est un phénomène rarissime, raison pour laquelle nous allons faire des examens complémentaires. N'hésitez pas à noter ces phrases.

— Très bien, docteur. Merci.

Sitôt le médecin parti, les deux frères et leurs compagnes se penchèrent sur leur tante. Leurs regards exprimaient un mélange de curiosité et de crainte. Pendant plusieurs minutes, ils ne la quittèrent pas des yeux. Ronan fut le premier à rompre le silence.

— Tu m'as l'air fatigué, Paul. Tout va bien ?

— Oui, enfin à peu près. C'est un petit peu dur au bureau en ce moment…

— Ah, mon pauvre !… Si tu veux des conseils, on pourrait déjeuner ensemble dans les temps qui viennent.

— Ah oui, pourquoi pas…

— Je t'inviterai. Je sais bien que tu n'y es pour rien dans le coma d'Isadora.

Ah ça oui, vous n'avez pas cessé de la prévenir d'arrêter ses excès, glapit Tina en montrant sa dentition à sa belle-sœur. Surtout toi, Gwen. Et tu avais raison.

— J'aime bien ta veste, dit Ronan à son frère. Tu l'as achetée où ?

— Ma veste ? Euh, où est-ce qu'on l'a achetée, doudou ?

— Juste en bas de la maison.

— Ah ! C'est une bonne adresse alors. Elle est très bien coupée. N'est-ce pas, Ronan ? renchérit Tina.

Paul et Gwen étaient déboussolés. Si le coma de leur tante les perturbait grandement, l'attitude amicale de Ronan et Tina les surprenait bien davantage. Paul se balançait d'un pied sur l'autre au bord du lit. Gwenaëlle ne pipait mot. Elle avait esquissé un bref sourire en réponse à Tina mais restait quand même sur ses gardes.

— Tu n'as pas l'air bien, Paul. Tu veux t'asseoir ? ajouta son aîné, soudainement plein de sollicitude.

— Non, non. Je te remercie. C'est juste que je trouve que c'est un peu bizarre de te voir si… fraternel.

— C'est normal, mon vieux. Dans ce genre d'épreuves, il faut savoir s'épauler. Tu ne crois pas ?

— Si, bien sûr.

— Et puis, si Isadora venait à disparaître, c'est l'autre enfoiré qui récupérerait une bonne partie du patrimoine familial. Et ça, on n'en a pas envie, n'est-ce pas ? Ça se chiffre quand même en centaines de milliers d'euros. Mirabelle les mérite plus que ce salopard, tu ne crois pas ?

— Si, bien sûr. Mais…

— Mais quoi ?

— Tu es sûr qu'elle n'entend pas ?

— Qui ça ?

— Isadora. Il paraît que…

— C'est des conneries. Viens dehors, on va boire un café. J'ai quelque chose d'intéressant à te montrer.

Les deux frères s'éclipsèrent laissant les deux femmes au chevet d'Isadora. Tina fut la première à rompre le silence.

— Tu sais, Gwen, j'ai pensé à toi.

— Ah bon ?

— Oui. Je vais aller à Dubaï dans un mois pour assister au tournage d'une publicité avec Marcelo Guita, tu sais le joueur de foot là, avec les abdos magnifiques et les cheveux gominés…

Tina n'eut pas le temps de finir sa phrase. Isadora exhala un long râle qui se termina par quelques borborygmes peu intelligibles suivis d'une brève périphrase.

— J'entends tout.

La femme de Paul sursauta. Celle de Ronan s'agrippa au bras de sa belle-sœur.

— Qu'est-ce qu'elle a dit ? glapit Tina.

— Je n'ai pas bien entendu. Chantant tout ? Gentes en tout ? J'entends tout ?

— Qu'est-ce que cela veut dire ?

— Je ne sais pas.

— …

— Tu pourrais me lâcher le bras, s'il te plaît ? Tu me fais mal.

— Oh, pardon.

Elles restèrent quelques minutes sur le qui-vive, attentives au moindre froncement de sourcil de la vieille dame, au moindre frémissement, vibrantes et inquiètes. Mais Isadora resta obstinément silencieuse. Gwenaëlle finit par revenir à la conversation initiale.

— Tu disais ?

— Hein ? Ah oui, je voulais te proposer de venir sur le tournage de cette publicité. Cela ne devrait durer que trois ou quatre jours, mais il fera beau, et ça te changera les esprits.

— Pourquoi pas ?

— Naturellement, il faudra que je te trouve un rôle. On n'approche pas Marcelo comme ça, si facilement. Tu pourrais être mon assistante. Qu'est-ce que tu en penses ?

— Laisse-moi y réfléchir quelques jours.

— D'accord, mais rapidement, parce qu'il faut que j'organise le voyage.

Se sentant en confiance, Gwenaëlle s'enhardit et proposa à sa belle-sœur d'adhérer à l'association qu'elle avait créée avec quelques amies. L'objet de celle-ci était d'imposer, fût-ce par le biais d'une loi, plusieurs règles élémentaires aux mères insouciantes. Bien sûr, au premier rang de celles-ci figurait l'interdiction totale de boire et de fumer tout au long de la grossesse. Tina hocha la tête.

Ce n'était pas tout. Il convenait d'établir une liste

aussi stricte que précise des aliments que la future maman avait le droit de consommer et des activités qu'elle pouvait pratiquer.

Tina fit mine de s'intéresser au récit de sa belle-sœur. Elle hocha la tête à plusieurs reprises et essaya même d'esquisser un sourire. Mais comme elle en avait perdu l'habitude, le tiraillement de ses lèvres se transforma en un rictus qu'elle effaça bien vite de son visage.

Gwenaëlle était en train d'expliquer qu'il fallait absolument sensibiliser les jeunes mamans au coucher des nourrissons. Il fallait impérativement les allonger sur le dos. Cette dernière règle ne souffrait aucune exception. Le fait que les bébés y gagnent un crâne énorme n'avait aucune importance. Les injonctions contradictoires des pédiatres, qui professaient exactement le contraire une trentaine d'années auparavant, non plus.

— Gna, gna, gna !

Tina sursauta. Gwenaëlle s'écarta prudemment. À cet instant précis, Ronan et Paul revinrent. Ils semblaient agités.

— Ah, tu as vu comme je l'ai mouché ! s'exclama Ronan, rouge et ébouriffé.

— Ah oui, ah oui, ça c'est vrai. Tu as bien fait, dit un Paul cramoisi.

— De quoi parlez-vous ? s'enquit Tina.

— Nous avons croisé l'usurpateur dans le couloir. Et Ronan lui a filé une bonne trempe. N'est-ce pas Ronan ?

— Euh… Oui, oui. Absolument. Enfin, heureusement que tu étais là : tu l'as vraiment impressionné !

— Oui… oui. Si on y allait maintenant ?

— C'est ça, allons-y. Vous êtes prêtes ?
— Non, fit Tina.
— Eh bien, dépêchez-vous. Tu es au parking, Paul ?
— Oui, au troisième sous-sol.
— Super. On y va ensemble, hein ?

Dans l'ascenseur, Gwenaëlle, qui ne comprenait pas les raisons de ce départ précipité, lança à la cantonade.

— Isadora a parlé !
— Ah, très bien, très bien, fit Ronan. Tu l'as noté j'espère.
— Oui.
— Tu as bien fait, ajouta Paul. Nous lirons cela dans la voiture.

29

Archibald et Zélie entrèrent dans la chambre d'Isadora un quart d'heure après le départ des deux aînés. À peine entrée, la jeune femme se pencha vers la tante d'Archibald, lui prit la main et la caressa doucement.

— Elle dort ?
— Non, Zélie, elle a eu un AVC.
— Un quoi ?
— Un accident vasculaire cérébral.
— Je ne sais pas ce que c'est.
— Elle est dans le coma.
— Ah bon ? Elle peut m'entendre, tu crois ?
— Je ne sais pas.
— Moi, je suis sûre que oui.

Sur ce, Zélie se mit à parler à Isadora comme si elle était parfaitement consciente. Elle lui raconta ses rêves de la veille, ses dernières expériences et le nouveau travail que lui avait confié Judith Boronowski.

— Vous savez, c'est la musicienne dont je vous avais déjà parlé. Elle connaît plein de monde à l'Orchestre symphonique de Paris et m'a dit qu'elle serait prête à m'aider si j'avais envie de faire carrière auprès des institutionnels. C'est gentil, vous ne trouvez pas ? Oui, mais n'empêche que moi, la carrière, je trouve que c'est un concept du vingtième siècle. Et le vingtième siècle, vous savez, Isadora, moi j'ai un peu de mal avec. Vous me comprenez, n'est-ce pas ?

Ce n'était pas le seul point sur lequel Zélie était en désaccord avec son époque. La frénésie technophile des amateurs de gadgets la laissait indifférente tout comme les nombreux comptes d'épargne que proposait de lui ouvrir, gratuitement et sans conditions suspensives, sa banquière. Elle considérait les nouvelles technologies comme des laisses qui enchaînaient l'humain à des émotions virtuelles, continuait à faire développer ses photos dans un petit laboratoire et prenait un immense plaisir, quand elle invitait des amis, à rédiger des cartons d'invitation admirablement calligraphiés.

En guise de téléphone, c'était Momo, le patron du bar PMU situé en bas de chez elle, qui venait sonner à sa porte quand elle recevait une communication urgente. Elle descendait alors en pantoufles et en nuisette répondre, au milieu des clients rigolards.

— C'est vraiment étrange. Hier soir en me couchant, j'ai eu un mauvais pressentiment. Je me suis dit que quelque chose d'ennuyeux allait arriver à une personne de mon entourage. J'ai d'abord pensé à Archibald. Vous connaissez ses mauvaises fréquentations…

Archibald rougit, pensant à Sylvie qui dormait peut-être encore dans sa garçonnière.

— Et puis, je me suis dit que non, qu'il était en de bonnes mains. N'est-ce pas ? Alors j'ai pensé à vous. Ou bien à Albert-Félix, fit Zélie en regardant la pièce. Dites-moi, cela ne vous dérange pas si j'éteins cette lumière et j'allume celle-là ? L'ambiance est vraiment sinistre avec ce plafonnier blafard. Et je suis sûre que ça doit agresser les yeux de ta pauvre tante, Archibald. Archibald ?

Archibald avait reçu une avalanche de messages. Il les lisait, consterné. « Tu ne mérites plus d'être appelé frère », avait écrit Ronan, en lettres majuscules. « Comment as-tu pu nous trahir ainsi ? » demandait Gwenaëlle. « Je ne te savais pas si avide », disait Tina. « Si tu n'étais pas mon (faux) frère, je te traiterais bien de fils de pute », assénait Paul. Il était consterné.

Isadora le sortit de son trouble en bafouillant.

— Salut, poulette.

— Quoi ?

Ni Zélie, ni Archibald n'avaient été prévenus des sautes d'humeur de la vieille dame. Ils éclatèrent de rire.

Leur fou rire fut de courte durée. Albert-Félix entra dans la pièce. Il tenait une poche de glace à la main. Son visage tuméfié montrait qu'il avait reçu plusieurs coups de poing au visage.

— Mais qu'est-ce qui t'est arrivé ?

— Rien, je me suis fait agresser à la machine à café.

— Comment ? Par qui ?

— Je ne te le dirai pas.

— Fumier ! éructa Isadora.

Cette fois-ci, Archibald et Zélie n'eurent pas le cœur à rire.

— Ah, je ne vous ai pas prévenus pour Isadora. Aussi bizarre que cela puisse paraître, notre tante a des moments d'absence suivis d'éclats comme celui-ci. Venant d'elle, cela ne nous surprendra pas, mais les médecins vont quand même faire des examens complémentaires. Mais pardon, vous devez être Zélie.

— Oui, c'est moi. Je suis heureuse de te connaître.

— Pas autant que moi. Mais je suis désolé que cela se fasse dans de telles circonstances.

— Je t'en prie.

Ils restèrent un long moment dans la chambre d'Isadora à deviser de tout et de rien, d'arboriculture, d'art contemporain, d'Afrique et de coïncidences. Superstitieuse, Zélie rythmait ses journées avec des paris absurdes, aussi invraisemblables que peu risqués (si je ne parviens pas à monter cette marche, je mourrai avant la fin de la journée, si cette pièce ne tombe pas par terre, je me déshabillerai en pleine rue…) Elle ne laissait rien au hasard, considérant que celui-ci était borné, peu poétique et sans charme.

Isadora intervint à plusieurs reprises, à coups de borborygmes parfois incompréhensibles que son neveu notait scrupuleusement dans le petit calepin qu'il portait toujours sur lui.

Albert-Félix finit par leur raconter sa mésaventure : pendant qu'Archibald était allé chercher Zélie, qui s'était perdue en arrivant à la clinique, il était allé boire un café au troisième étage. C'est là qu'il avait croisé Paul et Ronan. Le premier l'avait traité de fils de pute, l'autre l'avait accusé d'avoir empoisonné leur tante. Puis ils lui étaient tombés dessus et l'avaient roué de coups. Albert-Félix n'avait pas voulu se défendre. En partant, Paul avait sifflé « Va mourir ».

Indigné, Archibald voulut les appeler. Mais son frère le lui déconseilla.

— L'Évangile nous commande de tendre la joue droite quand on nous frappe. C'est ce que j'ai fait. Je ne peux m'en prendre qu'à moi-même. N'interviens pas, Archibald. Aussi chevaleresques que soient tes intentions, tu n'y arriveras pas. C'est à moi de faire mon chemin vers eux. J'ai confiance. J'y arriverai.

— Si tu le dis…

De toute façon, Albert-Félix devait retourner à Blois où ses patients l'attendaient de pied ferme. Son train partait en milieu d'après-midi et il ne supportait pas d'être en retard. Ils quittèrent la chambre d'Isadora quand l'équipe médicale de l'après-midi vint chercher la vieille dame pour pratiquer les examens complémentaires commandés par le professeur Vopel.

≈

Pendant ce temps, Paul et Ronan étaient rentrés chez eux en se rengorgeant bruyamment de la raclée infligée à l'intrus. Dans la rue, le plus jeune des deux frères ne se sentait plus de joie. Il battait le pavé avec un air conquérant, tenait sa femme par la taille et défiait du regard les rares passants qu'il croisait. Paul eut même envie d'appeler Komodia pour se venger des humiliations passées, mais Gwenaëlle le lui déconseilla fortement.

Il pénétra dans une épicerie, beugla un « bonjour » tonitruant et acheta la pomme que son épouse lui demandait de manger tous les jours en la faisant sauter en l'air. Il sortit de la boutique, croqua une bouchée qu'il avala bruyamment, s'essuya la bouche avec le revers de la manche et cracha en direction du caniveau. Mais Paul éclaboussa ses pieds. Gwenaëlle le gronda.

Une fois chez lui, il se précipita sur son ordinateur et se lança dans une grande partie de jeu en réseau – il y retrouverait peut-être Acinator, son collègue de bureau –, laissant à sa femme le soin de récupérer Mirabelle chez sa belle-mère.

Ronan et Tina étaient rentrés chez eux. Les jumeaux dormaient encore, d'un sommeil lourd et aviné. Odin et Thor avaient passé la nuit à fumer du crack avec le fils du préfet de police. Ils étaient un peu fatigués. En pleine croissance, préférait dire leur mère.

Sitôt dans sa chambre, Ronan se déshabilla et s'allongea par terre pour faire quelques exercices. Cent pompes et deux cents abdos plus tard, il s'observa dans le miroir. Ses biceps avaient peut-être perdu un peu de volume depuis quelques jours. Il les mesura : effectivement, un demi-centimètre. Il attrapa ses haltères et les souleva une centaine de fois en soufflant. Pendant ce temps, Tina était dans son bain.

Ronan n'était pas encore douché quand le téléphone sonna. C'était Paul.

— Salut, grand frère ! Qu'est-ce que tu fais ?

— Ma gym. Et toi ?

— Euh… Je travaille.

— Ah.

— Qu'est-ce qu'on lui a mis à l'autre con ! Qu'est-ce qu'on lui a mis ! Hé, hé…

— Oui. Je pense qu'il sait à qui il a affaire maintenant.

— Ah ça, oui ! Et qu'est-ce que tu suggères de faire maintenant, frérot ?

— Comme je te le disais tout à l'heure, ce n'est que le début. On va lui faire peur.

— Ah oui, ah oui, fit Paul, tout excité.

— On ne va lui laisser aucun répit.

— C'est ça, excellente idée, s'exclama le petit frère en interrompant sa partie de jeu. On ne va pas le lâcher.

— Voilà.

— Mais après ?

— Eh bien après, il sera dans une telle position de faiblesse qu'il ne pourra rien nous refuser. On rachètera les parts de Ti-Kroaz à bas prix. De toute façon, il n'est pas question qu'il y foute les pieds.

— Ouais, c'est ça ! Il n'ira jamais à Ti-Kroaz. C'est chez nous ! C'est nos racines !

— Ce sont.

— Comment ?

— Ce sont nos racines. Conjugaison.

— Ah. Et Archibald ?

— On va l'écraser comme une punaise, ce traître.

— Ah oui, tu as raison, c'est un traître. Je l'ai toujours su.

— À moins qu'il ne vienne s'excuser à plat ventre.

— Absolument. On va l'humilier, le petit !

— Bon, Paul, je te laisse, faut que j'aille faire une série d'abdos. Plus que treize jours avant la compét'.

— D'accord. Moi aussi, je dois me remettre au travail. On se rappelle.

— Salut.

— Salut.

Sur ce Paul reprit sa partie de jeu. Il attaqua un village troll avec son armée verte, terrassant ses ennemis avec des cris de joie, éventrant les femmes et fracassant les crânes de vieillards en pensant furieusement au méchant métis qui voulait lui piquer son fric. Quand sa femme rentra avec Mirabelle, rien n'était prêt pour le déjeuner. Elle le gronda.

Les fils de Ronan se réveillèrent vers 15 heures. Leur père n'était pas là : il était parti au bureau. Leur mère, qui faisait la sieste après avoir boulotté un brin de céleri et bu une tisane, leur avait laissé un billet de 100 euros pour s'acheter un déjeuner. Ils en profitèrent pour aller à Barbès s'acheter de la came.

≈

Archibald essaya tout l'après-midi de joindre ses frères mais aucun des deux ne répondit. Il raccompagna Zélie chez elle et revint à sa garçonnière. Sylvie était partie après avoir fait le ménage. Elle lui avait laissé un petit mot doux et une brochure présentant le club de gym voisin. Il froissa les deux papiers et s'attela à son article qu'il devait impérativement boucler dans la journée.

Le lendemain matin, Constance l'appela à la première heure. Elle était de très mauvaise humeur.

— Archibald, j'ai lu ton papier.

— Eh bien ? s'enquit le journaliste, qui ne pouvait s'empêcher d'être anxieux quand il voyait le nom de sa rédactrice en chef apparaître sur l'écran de son téléphone portable.

— Eh bien, j'ai dû faire des corrections.

— Ah bon. Mais sinon, ça va ?

— Je viens de te le dire. J'ai dû faire des corrections, explosa Constance. Tu ne l'as pas rendu très sympathique, notre Salomon.

— Mais c'est parce qu'il ne l'est pas !

— Je sais bien qu'il ne l'est pas, mon petit chat. Entre nous, je l'ai trouvé très bien ton papier, bien écrit, bien enquêté et subtil. Mais si je t'ai demandé de le rendre aimable, c'est parce qu'il a acheté de la pub. Édouard a exigé de le lire tout de suite : il a passé un quart d'heure à vociférer, tout en prenant bien soin de laisser sa porte ouverte.

Aussi subitement qu'elle s'était emportée, sa rédactrice en chef s'était radoucie.

— Aïe !

— Il fallait s'y attendre. Enfin, Archibald, on s'en fout de ton jugement ! Tu devrais le savoir pourtant ! C'est le B.A.-BA de ce métier, cria Constance.

Si Archibald se fichait comme d'une guigne que l'on taillade ses papiers, il y avait bien une chose qui l'exaspérait, c'était cette façon de le faire passer pour un débutant.

— Bon, je prends une douche rapide et j'arrive, soupira Archibald.

— Dépêche-toi. Je te rappelle qu'on est en bouclage.

— Mais nous ne bouclons que demain soir !

— Je ne veux pas le savoir. Viens vite. Je suis tellement stressée que je crois que je vais fondre en larmes. En plus, j'ai un autre papier à te commander pour la fin du mois. Je t'embrasse, mon petit chat.

Constance était bien capable d'éclater en sanglots pour un article. C'était peut-être du chantage affectif, mais Archibald n'avait pas le cœur de résister. Lorsqu'il arriva au bureau, trois quarts d'heure plus tard, sa rédactrice en chef lui tendit un livre sans lui dire un mot. C'était le dernier roman de Pierre-Antoine Classe, lauréat de plusieurs prix littéraires les années précédentes. Son dernier opus, *Le Soulier,* était financé par une grande marque de maroquinerie, qui avait exigé, en contrepartie de son soutien, d'être citée une page sur deux, de préférence les pages impaires, que le lecteur lisait en premier. C'était une exigence du service marketing, qui avait obtenu que l'héroïne ne meure pas mais qu'elle aille au contraire profiter des soldes exceptionnelles pour s'acheter un nouveau sac. L'auteur avait modifié son manuscrit sans barguigner.

Le papier devait être bouclé dans la quinzaine : il n'y avait pas de temps à perdre. Justement, Constance avait le numéro de téléphone portable de l'écrivain. Archibald composa le numéro.

— Bonjour, monsieur, Archibald de Kerniguet à l'appareil. Je voudrais parler à Pierre-Antoine Classe.

— Vous dites ? De Kerniguet ?

— Oui, c'est bien cela.

— Vous êtes apparenté à Odin et Thor de Kerniguet ?

— Euh… oui.

— Eh bien, vous pouvez aller vous faire foutre !

— Mais…

— Il n'y a pas de mais. Ces petits connards ont passé la soirée chez ma fille avant-hier. Ils étaient totalement drogués. Ils ont tout dévasté dans mon appartement. Tout ! J'étais sur le point d'aller porter plainte…

— Mais ce ne sont que mes neveux ! Et je voudrais vous interviewer pour *Télé Hebdo Pratique.*

— Eh bien, il vous faudra trouver un nouveau client. Au revoir, monsieur.

Sur ce, l'écrivain raccrocha. L'enquête commençait mal.

≈

Au même moment, Paul investissait les locaux d'Harvouët, bien décidé à en découdre avec tous ceux qui l'avaient embêté ces derniers temps, en particulier Monique Wieler. Mais à sa grande surprise, elle n'était pas là. Ce fut William-Acinator qui le lui apprit, avec un air gêné.

— Elle est malade ?

— Pas vraiment. Elle est en congé maternité.

— Quoi ?

— C'est bien cela. Elle nous a envoyé un mail pour nous dire que son insémination avait réussi. Elle est enceinte de jumeaux. Donc elle ne sera pas là pendant six mois au moins.

— Six mois. C'est presque une bonne nouvelle. Et qui va la remplacer pendant ce temps ? Moi ?

— Non. Raoul.

— Quoi ! Tu rigoles, j'espère.

— Non. Tiens, le voilà d'ailleurs.

C'est un tout autre Raoul Ragondamonda que vit arriver Paul ce jour-là. Le petit stagiaire discret et effacé des premiers mois avait laissé la place à un jeune cadre plein d'assurance, qui jouait négligemment avec ses lunettes de soleil et marchait tout sourire aux côtés de Komodia.

— Bonjour, Paul, c'est à cette heure-là que l'on arrive ? Tu as trop fait la fête hier ou quoi ? rigola le jeune Malgache en faisant un clin d'œil à Komodia.

— Non, pas du tout. Ce n'est pas ce que tu crois…

— Tu te permets de me tutoyer maintenant ? gronda le nouveau directeur général adjoint. Je ne te savais pas si familier.

— Non, mais tu déconnes, là…

— Quoi ! Tu ne vas pas commencer à m'insulter en plus ! beugla Raoul Ragondamonda. Tu veux que je te colle un blâme sur ton bulletin ou quoi ?

— Euh… non, fit Paul en jetant un œil en coin vers Komodia, qui semblait se délecter de la scène. Non, ce n'est pas ce que je voulais dire. Excusez-moi.

— Je préfère. Maintenant, mets-toi vite au boulot.

Je t'ai envoyé un mail ce matin à 6 heures 45. J'imagine que tu ne l'as pas lu. Pas plus que le courrier des ressources humaines de samedi après-midi.

— Euh… non.

— Eh bien, il serait temps que tu te mettes à la page, si tu ne veux pas que tes oreilles continuent à chanter.

Paul consulta ses mails. Raoul avait en effet été promu pendant le week-end, à la faveur d'une réorganisation interne qui le propulsait au poste occupé jusqu'alors par Monique et convoité par Paul. Tous ses plans s'effondraient.

Il passa la matinée à se morfondre et à subir les vexations de Raoul qui le rudoya sans répit pendant près de trois heures. Sa valve s'agitait sans cesse. Son téléphone sonna. C'était Ronan. Il prétexta une envie pressante pour quitter son poste de travail en chuchotant.

— Allô ?

— Que se passe-t-il ? Tu ne peux pas parler ?

— Non. Je t'expliquerai. Qu'est-ce qu'il y a ?

— Je voulais savoir si Archibald t'a appelé. Il m'a laissé plusieurs messages dont le dernier, particulièrement imbécile, au sujet de mes fils. Qu'il ne vienne pas s'en prendre à eux, cet avorton.

— Ouais. Mais est-ce qu'on ne pourrait pas en parler un peu plus tard ?

— Pourquoi ? Tu as un problème ?

Paul raconta tout à son grand frère, ses ambitions dans l'entreprise, la promotion de Raoul et les humiliations qu'il subissait depuis. Au point où il en était, il n'avait plus rien à perdre.

Son frère l'écouta sans mot dire pendant près de dix minutes. Puis il lui dit :

— Tu sais, je connais bien le fils Harvouët. Je le rencontre assez régulièrement dans des cocktails. Nous faisons partie du même cercle. Tu veux que je lui parle de ton cas ?

— Je ne sais pas si ce serait une bonne idée.

— Écoute, au point où tu en es, cela ne peut pas te faire de mal. Et si tu continues à te faire bouffer, cela ne va pas aller en s'améliorant.

Paul était sur le point de répondre quand il entendit un cri. « Paul ! » C'était Raoul, qui le cherchait partout dans les couloirs. Il raccrocha précipitamment. Le calvaire ne faisait que commencer.

≈

À 3 heures de l'après-midi, Paul reçut un appel d'Archibald. Puis à 3 heures 05, à 3 heures 10 et toutes les cinq minutes pendant une demi-heure. Il finit par décrocher, exaspéré.

— Quoi ! Qu'est-ce que tu me veux, renégat ?

— Albert-Félix est mort.

30

Albert-Félix était décédé d'une crise cardiaque en plein milieu de massage. La patiente qu'il manipulait, une quinquagénaire obèse, était secrètement amoureuse de lui : elle ne se plaignit pas de le voir s'affaler sur son corps. Mais lorsque l'étreinte se fit un peu longue, elle commença à lui susurrer à l'oreille qu'elle aimerait bien changer de position. Son kiné préféré ne lui répondit pas.

La femme le poussa alors vers le côté, mais le praticien était bien coincé entre ses bourrelets. Elle poussa un premier cri. Toujours pas de réponse. Elle se mit alors à remuer des fesses espérant le faire glisser. Rien n'y fit, Albert-Félix M'bélé était bien arrimé en travers de son corps. Elle poussa un second cri. Dans la rue, un chien se mit à hululer.

Elle commençait à paniquer. Elle tambourina sur le dos du masseur de toutes ses forces. Il ne bougeait pas, ni ne grognait. Elle s'agita tant, que le corps d'Albert-Félix glissa lentement en arrière pour retomber lourdement à ses pieds. Dans sa chute, le kinésithérapeute avait projeté son flacon d'huiles essentielles en arrière, qui dessina une aile jaune autour de son corps massif. Elle cria une troisième fois. Son nerf sciatique venait de se coincer à nouveau.

La patiente se leva à toute vitesse, s'habilla tant bien que mal et appela les pompiers. Arrivés une dizaine de minutes plus tard, ils ne purent que constater le décès d'Allbert-Félix.

≈

Quand il apprit la nouvelle, Paul poussa un cri lui aussi, mais un cri de joie. Ses collègues eurent beau l'exhorter au silence, il ne se tut pas et célébra cette excellente nouvelle en martelant frénétiquement le clavier de son ordinateur. Craignant une surchauffe de son subalterne, Raoul Ragondamonda ne le sermonna pas mais lui conseilla de sortir quelques minutes pour se reposer.

À peine dehors, Paul appela sa femme, qui était au volant. Elle aussi exulta, traversant la place de la Concorde le poing rivé sur le Klaxon. Arrêtée par la police, elle n'osa pas leur expliquer la raison de son coup de folie, tenta de minauder quelques instants et finit par accepter de payer l'amende. Ce soir-là, Gwenaëlle prépara un bon dîner à la maison, et chevaucha fantastiquement son mari, après avoir chanté des chansons de marins comme au bon vieux temps.

La nouvelle fut accueillie avec les mêmes transports de joie dans la famille du fils aîné de Christobal. C'est un Ronan enjoué et une Tina guillerette qui dînèrent ce soir-là en compagnie de leurs enfants. Bien entendu, on n'aborda pas ce sujet à la table familiale. Il était inconvenant de parler d'argent, de mort et de quoi que ce soit de personnel. Et puis Garm, le foxhound de Ronan, et sa façon si comique de quémander de la nourriture, constituait un magnifique sujet de conversation.

Tina but plus que de coutume : elle répéta cinq fois qu'elle était pompette avant de s'écrouler sur le fauteuil Louis XV du salon. Fort heureusement, ses fils n'assistèrent pas à cette scène : ils étaient repartis boire des bières et regarder du porno sur Internet dans leurs chambres depuis longtemps. Comme d'habitude.

Le lendemain matin, les épouses de Paul et de Ronan se réveillèrent toutes joyeuses, en dépit d'une sévère gueule de bois. Aucune des deux belles-sœurs ne fut en mesure de se rendre au chevet d'Isadora, comme elles s'étaient engagées à le faire.

Ce rôle incomba à Archibald, qui avait trop picolé la veille lui aussi. Mais son ivresse n'était pas aussi pimpante que celle de Tina et Gwen. Il se saoula méthodiquement en compagnie de Zélie, qui pleura sans discontinuer, de la première à la troisième bouteille. Elle se précipita le lendemain matin chez Isadora pour nourrir une douzaine de matous éplorés et se lamenter en leur compagnie de ce funeste coup du sort.

≈

L'enterrement était prévu trois jours plus tard. Zélie et Archibald se rendirent à Blois la veille pour aider aux derniers préparatifs. Sans se soucier le moins du monde de leur cadet, Ronan et Paul décidèrent de voyager ensemble.

Ils convinrent d'un rendez-vous en début de matinée, dans le grand hall de la gare d'Austerlitz. Ronan était d'excellente humeur quand il vit son frère arriver. Paul n'était pas en retard : ils n'auraient donc pas à courir pour attraper leur train, ce qu'il détestait par-dessus tout. Il le félicita pour l'élégance de son costume et le bon goût de sa cravate, discrète sans être lugubre.

Les deux frères montèrent dans leur wagon. Ronan avait pris les billets, de première évidemment. Mais il ne demanda pas à son cadet de le rembourser. Paul était donc de bonne humeur lui aussi. D'autant que Raoul n'avait pas fait d'histoire pour lui accorder une matinée de congé, pourvu qu'il soit au bureau à 16 heures. Il pensa à son petit frère.

— Et Archibald, tu sais s'il viendra à la messe ?

— Certainement, répondit Ronan.

— Elle est à quelle heure, déjà ?

— Midi. Mais j'aimerais passer chez lui avant, pour voir son corps.

— Excellente idée, fit Paul.

— De toute façon, il n'y aura personne.

— Ouais. Et puis, on s'en cogne de la messe. Pourquoi y va-t-on déjà ?

— Pour lui rendre un dernier hommage, il nous retire une bonne épingle du pied, avec sa mort.

Paul éclata de rire. Quel bonheur de se retrouver entre frères ! Il profita de l'heure et demie de voyage pour s'épancher auprès de Ronan. Cela faisait si longtemps qu'ils n'avaient pas parlé ensemble.

Paul s'inquiétait pour Gwen. Depuis quelques semaines, elle était atteinte de troubles de la digestion. C'était inquiétant parce qu'incompréhensible : son épouse respectait scrupuleusement tous les interdits alimentaires de son diététicien, buvait un litre et demi d'eau minérale par jour, prenait grand soin de son capital santé et obéissait à toutes les injonctions des médecins et même à celles des spécialistes dont elle suivait avidement les prestations sur les plateaux télévisés. Malgré cela, elle était de plus en plus souvent malade.

Gwen se mettait alors à culpabiliser. Peut-être

abusait-elle un peu des calmants et autres substances psychotropes ? Peut-être avait-elle trop tendance à avaler des antibiotiques ? Peut-être n'écoutait-elle pas assez les conseils des professionnels assermentés ? Elle naviguait pendant des heures sur Internet, racontant son désarroi dans des forums spécialisés sans jamais trouver de réponse à ses questions.

Paul était sur le point d'expliquer à son aîné les curieuses manifestations de ces pathologies nouvelles mais, d'un geste, Ronan lui fit comprendre qu'il n'avait aucune envie d'être plongé dans les méandres du tube digestif de sa belle-sœur. Il voulait bien être l'allié de Paul, mais il ne fallait quand même pas exagérer.

Il interrogea son frère au sujet des différentes vexations que celui-ci subissait au bureau. Paul ne se fit pas prier. Il lui en fit un récit larmoyant, expliquant combien ce traitement était injuste, combien la promotion de Raoul était incompréhensible, combien le fragile équilibre interne de l'entreprise était menacé par cette réorganisation.

Ronan l'écouta en se retenant de sourire. Il connaissait bien toutes ces humiliations, tous ces mauvais traitements, cette façon de n'offrir aucun répit ni aucune certitude à ses employés. Il promit d'en parler à Antonin Harvouët, qu'il devait justement voir le surlendemain à un dîner de bienfaisance.

Mais quand Paul revint une troisième fois à la charge avec Raoul, son grand frère finit par exploser.

— Mais enfin, Paul, tu n'as rien compris ou quoi ?

— De quoi est-ce que tu parles ?

— Écoute, tu n'as pas réalisé que nous sommes morts, nous autres Européens, depuis qu'il n'y a plus de colonies !

— Qu'est-ce que tu veux dire par là ?

— Je veux dire par là que, si le monde se divise toujours entre prédateurs et pourchassés, dorénavant, nous sommes les proies et eux sont les chasseurs.

— Qui ça, ils ? Les Russes, les Chinois ?

— Mais non, mon pauvre ami, tu n'as rien compris ! Déjà, les Chinois sont en train de se demander comment lutter contre les délocalisations dans des pays où l'on paye encore moins bien les ouvriers que chez eux ! Quant aux Russes, cela fait bien longtemps qu'ils ne sont plus une menace, parce qu'ils ont été rachetés. Depuis lors, ils ont le temps de trimballer leurs putes sur la Promenade des Anglais. D'ailleurs, quand une nouvelle élite commence à aller sur la Côte d'Azur, c'est le signe infaillible qu'elle est en train de devenir décadente. Regarde les Américains dans les années 1920, *Gatsby le Magnifique* et tout ça…

— Je ne vois pas où tu veux en venir.

— Je veux en venir que tu es baisé, mon pauvre ami. Baisé par un Malgache, mais baisé quand même. Ce sont eux les futurs nababs. Hier, ils nous saluaient respectueusement en nous tenant la porte. Demain, ils nous salueront tout aussi respectueusement en nous la montrant. Ce sont eux, ton Malgache, les Birmans, les Chiliens, j'en passe et des meilleurs. Des peuples travailleurs, durs au mal, jamais malades, jamais de congés payés, jamais syndiqués. Ce sont eux, Paul, eux qui vont nous bouffer si on ne les bouffe pas avant. La meilleure défense, c'est l'attaque. Tu ne comprends toujours pas ?

— Si, un peu… Mais qu'est-ce que tu voulais que je fasse ? Que je zigouille Raoul ? Que je flingue Monique ou Komodia ? Je leur dois tout.

— Tu ne leur dois rien. Tu es salarié. Donc esclave. Ils ne te tiennent pas par les couilles, mais par pire que cela. Par le portefeuille. Par le comité d'entreprise. Par les tickets restaurant. Par le confort. Par le crédit de ton appartement que tu aurais dû acheter quand je t'avais dit de le faire – soit dit en passant, tu as perdu quinze pour cent de baisse dans l'affaire, là aussi tu t'es fait baiser. Et ils vont te bouffer.

Paul n'eut pas le temps de répondre. Le train arrivait en gare de Blois. Troublé, il descendit du quai en se demandant si c'était vraiment une si bonne idée que cela d'avoir fait le voyage avec son frère.

≈

Ils se précipitèrent dans un taxi en sortant de la gare. Ronan indiqua l'adresse d'Albert-Félix, où le corps du défunt était exposé jusqu'à 11 heures 30. Quittant l'aimable centre-ville où paressait la Loire, le fils aîné s'exclamait, voyant les quartiers populaires se succéder, au fur et à mesure que l'on s'approchait de la périphérie : « Que cette ville est moche et sans intérêt ! »

Paul ne l'écoutait pas, tout occupé qu'il était à pianoter sur son téléphone portable, comme il en avait l'habitude. Il levait la tête de temps en temps, mais ni les paysages ni les ruelles historiques ne l'intéressaient. Il n'était pas venu pour cela, de toute façon. Il était venu pour s'assurer que l'usurpateur était bel et bien mort et sur le point d'être enterré.

Quand ils arrivèrent à l'adresse que leur avait communiquée Archibald, ils ne purent s'empêcher d'esquisser un rictus moqueur. Ainsi donc c'était là, dans ce faubourg anonyme, que vivait leur frère ? Quel quartier misérable ! Quel environnement sordide ! Pas étonnant qu'il ait cherché à leur dérober leur patrimoine. Ronan soupira d'aise. Paul aussi, mais par l'autre extrémité.

Ils entrèrent dans le petit immeuble aux murs défraîchis en se pinçant le nez. Un bouquet de roses jaunes était accroché à la porte de l'interphone. Ronan les trouva moches et de mauvais goût. Son frère acquiesça. Puis ils montèrent au cinquième étage, où habitait Albert-Félix.

C'était un petit appartement miteux de deux pièces avec une cuisine à l'américaine. Il n'y avait presque personne à l'intérieur, seules deux quadragénaires occupées à ranger les dernières affaires de l'usurpateur. Les deux frères ne les saluèrent pas. Ils s'approchèrent du cercueil et le virent.

Albert-Félix de Kerniguet était revêtu pour l'occasion de son grand costume d'officier de la Légion étrangère. Son teint était grisâtre mais sa peau semblait encore souple. Le grand métis arborait un beau sourire.

— Je ne l'aurais pas reconnu, lança Paul.

— J'ignorais qu'il était militaire, chuchota Ronan.

— Moi aussi.

— Il est plus grand mort que vivant.

— Oui.

— Il ressemble un peu à papa.

— Tu trouves ?

— De toute façon, il est mort.

— Tant mieux.

Sur ce, Ronan pinça le nez d'Albert-Félix de toutes ses forces. Son cadet le regarda, ahuri, puis jeta des coups d'œil furtifs autour de lui. Personne n'avait rien remarqué, heureusement.

— Je voulais m'assurer qu'il était bien mort.

— Tu as bien fait, murmura Paul.

— On y va ?

— Oui. Je peux lui donner une gifle ? Au cas où il ne serait pas tout à fait mort…

— Paul !

Mais son petit frère ne l'écouta pas. Discrètement, il souffleta le grand métis en faisant mine de remettre sa gabardine. Puis il se retourna et vit Zélie. Son teint devint immédiatement cramoisi. Mais l'amie d'Archibald lui sourit.

— C'est gentil d'être venus lui rendre un dernier hommage. Je ne m'attendais pas à vous voir ici.

— Nous ne sommes pas venus pour…

— C'est la moindre des choses, coupa Ronan. C'était notre frère après tout. Cela fait longtemps que vous êtes là ?

— Nous sommes arrivés hier matin, répondit Archibald, qui tenait un carton à la main. Tiens, Paul, tu pourrais mettre ce carton dans l'entrée ? Fais attention, c'est précieux. Il y a là toutes ses décorations.

En passant devant le vide-ordures, le second fils de Christobal eut envie de tout jeter à la poubelle. Mais l'une des deux Africaines s'approcha et lui prit le carton des mains en souriant. Il n'eut pas le temps de se retourner qu'il vit deux policiers en uniforme dans l'entrebâillement de la porte. Les officiers étaient venus assister à la fermeture du cercueil, préalable indispensable à la cérémonie des funérailles.

Les deux femmes proposèrent à Paul et Ronan de les accompagner à l'église. Ils n'eurent pas d'autre choix que d'accepter. De toute façon, se disait Paul, la cérémonie ne durera qu'une heure. Il aurait tout le temps d'être à Paris avant 16 heures. Paul avait promis qu'il ne serait pas en retard à la première réunion animée par Raoul.

≈

Personne ne s'attendait à voir autant de monde sur le parvis de l'église en ce matin sombre d'un mois de décembre frisquet. Exaspéré par les commentaires dithyrambiques de la conductrices Ronan, qui se sentait à l'étroit sur le siège arrière de la petite voiture rouge, fut tout étonné d'apprendre que la cérémonie était organisée à la cathédrale Saint-Louis. Il n'était pas au bout de ses surprises.

Quand il arriva à proximité de l'église, leur véhicule fut escorté par la police municipale jusqu'au parvis, traversant une foule compacte où se pressaient plusieurs centaines de personnes. Ronan et Paul avaient à peine eu le temps de poser un pied à terre, qu'ils furent accueillis par l'évêque, qui leur serra vigoureusement la main, et par le maire de Blois, un catholique fervent qui leur donna l'accolade et les invita à le suivre.

Ils se frayèrent difficilement un chemin jusqu'à l'entrée de la cathédrale, entourés d'un murmure approbateur et éblouis par les flashs des photographes. Archibald et Zélie les y attendaient. Paul et Ronan se regardèrent, médusés.

Puis les portes s'ouvrirent. Emportés par la foule, le quatuor avança jusqu'au premier rang pendant que derrière eux, les fidèles entonnaient en chœur le chant d'entrée : « *Aimer, c'est tout donner / Aimer, c'est tout donner / Aimer, c'est tout donner / Et se donner soi-même.* » Archibald chantait à tue-tête et serrait fort la main de Zélie, qui pleurait à chaudes larmes.

Lorsqu'ils arrivèrent à quelques pas du cercueil, le cortège s'arrêta et le silence se fit. Archibald et Zélie s'agenouillèrent et s'en allèrent vers la droite. Paul et Ronan se regardèrent, interdits. Puis ils posèrent le genou à terre eux aussi avant d'être conduits vers la gauche.

La messe commença par une série de discours. Une demi-douzaine de personnes se succédèrent derrière l'ambon. Le premier fut le maire, un homme corpulent d'une cinquantaine d'années, qui raconta en sanglotant comment Albert-Félix lui avait sauvé la vie, un soir où sa voiture était tombée dans la Loire suite à une mauvaise manœuvre. Puis vint la directrice du pénitencier, une femme sèche, manifestement peu habituée à parler en public, qui raconta comment il consacrait ses dimanches à soigner gratuitement les prisonnières de la maison d'arrêt de Blois tout en leur donnant des cours d'alphabétisation.

Ce fut ensuite le tour de la première des deux Africaines qui s'était occupée de ranger l'appartement. La directrice de l'office HLM de la ville expliqua qu'Albert-Félix consacrait une part importante de ses revenus à financer un fonds privé pour loger les sans-abri, tout en se contentant du modeste appartement que lui proposait le bailleur social.

Trois autres personnes parlèrent après elle. Chaque émouvant témoignage de la générosité du grand métis était entrecoupé de sanglots et de reniflements de la foule et suivi de chants des fidèles. À chaque fois, la foule, qui comprenait un grand nombre d'Antillais, se levait comme un seul homme et tendait les bras au ciel. Bien malgré eux, Ronan et Paul se levaient eux aussi. Mais ils refusaient énergiquement d'entonner le moindre refrain.

Enfin, la conductrice de la voiture rouge s'approcha de l'ambon. Écrasée par l'émotion, elle ne put s'adresser à la foule mais tendit une main en direction des trois frères Kerniguet, les invitant à la rejoindre.

Archibald fut le premier à se lever. Il regarda Zélie, l'embrassa sur le front, et s'approcha du cercueil. Puis il s'arrêta, attendant ses aînés. Faisant contre mauvaise fortune bon cœur, Ronan ne tarda pas à le rejoindre avant de marquer, lui aussi, un temps d'arrêt face à la boîte qui contenait le bienfaiteur des Blésiens. Il ne manquait plus que Paul, qui finit par se lever et marcher vers le corps de l'usurpateur.

Arrivés près de l'ambon, les trois frères s'alignèrent les uns à côté des autres. Paul avait l'impression qu'on allait le fusiller.

Puisqu'il était le premier à s'être levé, Archibald fut le premier à parler. Submergé par son chagrin, il bafouilla un hommage maladroit mais sincère. Puis vint le tour de Ronan qui, un temps désarçonné, se rattrapa en recyclant le discours qu'il réservait aux pots de départ des employés qu'il avait lui-même licenciés. Son discours fut bref mais entrecoupé de lèvres mordues et de mains triturées, comme autant de signes manifestes de l'immense émotion qui l'étreignait.

Il passa ensuite le micro à Paul. Le second des trois frères bafouilla un merci crispé, en s'accrochant au micro comme à une bouée de sauvetage. Paul était tellement tendu de parler en public, il agrippait le cordon avec tant de force que le sacristain fut obligé de tirer dessus pour finir par le faire lâcher prise. Pour un peu, on se serait cru dans une épreuve des jeux celtiques.

Après l'alléluia d'usage, l'évêque, qui faisait partie d'une nouvelle congrégation, « Les Serviteurs de Jésus Trop Top Délire », s'approcha de l'autel en sautillant, l'embrassa puis brandit l'Évangile comme s'il s'agissait d'un trophée qu'il venait de remporter de haute lutte.

Il gambada vers l'ambon, se racla la gorge et lut un passage de l'Évangile selon saint Matthieu : « Comme Jésus parlait encore à la foule, voici que sa mère et ses frères se tenaient au-dehors, cherchant à lui parler.

Quelqu'un lui dit : "Ta mère et tes frères sont là dehors, qui cherchent à te parler." Jésus répondit à cet homme : "Qui est ma mère, et qui sont mes frères ?" Puis, tendant la main vers ses disciples, il dit : "Voici ma mère et mes frères. Celui qui fait la volonté de mon Père qui est aux cieux, celui-là est pour moi un frère, une sœur et une mère." »

Après avoir invité les fidèles à se rasseoir, l'officiant se mit à faire les cent pas devant le cercueil où reposait Albert-Félix. Il commença son homélie :

— Mes bien chers frères, nous sommes réunis en ce jour pour rendre un dernier hommage à Albert-Félix de Kerniguet, notre frère, notre ami. Mais d'emblée, je voudrais vous le dire : ne soyez pas tristes. Il est là ! Il est avec nous !

Sur ce, l'assemblée reprit en chœur la dernière phrase du prêtre, comme s'il s'agissait là d'un refrain. « *Il est là ! Il est avec nous !* » Ronan sursauta. Paul faillit tomber à la renverse. Le prélat continua.

— Albert-Félix, tu es là, tu nous entends. Écoute le message d'amour de la foule rassemblée devant toi ! Écoute la grande foule de tes amis venus se recueillir auprès de ton cercueil ! Et vous, mes amis, vous tous qui êtes là, avez-vous bien entendu la parole de Dieu ?

— Oui, s'écria la foule d'une seule voix.

Ronan tressaillit et se retourna.

— Aujourd'hui, dans notre tristesse, dans notre malheur, nous avons la joie d'accueillir en cette église ses frères naturels, ses frères qu'il a si longtemps espéré retrouver, avec tant de persévérance et d'amour, ces frères dont il nous parlait avec tant de joie il y a encore quelques semaines…

Paul se tourna vers son cadet, de l'autre côté du cercueil. Archibald, qui avait la larme à l'œil, lui sourit tristement. Son regard ne trahissait aucun reproche, aucune amertume. Il eut à peine le temps de regarder Ronan, qui pleurait abondamment, les mâchoires crispées. L'homme d'Église s'était approché d'eux. Il enlaça les trois fils de Christobal de Kerniguet avant de remonter sur scène. Paul trempa son doigt dans sa bouche avant de le faire glisser sur ses joues, pour imiter la trace de larmes.

— Oui, mes frères, nous sommes heureux d'accueillir les frères d'Albert dans la maison de Dieu. Mais nous sommes tous ses frères ! Nous sommes tous ses sœurs ! Nous sommes tous comptables de ses succès et redevables de ses échecs ! Et si quelqu'un lui a fait du mal récemment, nous serons tous là pour lui rendre justice !

— *Nous serons tous là pour lui rendre justice,* vociféra la foule.

Paul regarda ses frères une seconde fois. Archibald avait les yeux fermés. Il pleurait. Ronan était de plus en plus crispé. Une petite rigole humide dégoulinait sur sa joue. Comment faisait-il pour pleurer aussi bien ?

≈

La cérémonie s'acheva dans une ambiance festive, entre cris, chants et embrassades. Trois fois, le prélat annonça à ses ouailles : « *Albert nous attend, Albert nous prépare le terrain, Albert nous espère* », faisant passer le paradis pour un aimable club de vacances et la vie éternelle pour un long congé ensoleillé. Trois fois, la foule scanda ces phrases, avec un enthousiasme débordant.

Au final, la messe avait duré une heure et demie, mais personne ne s'était ennuyé, à l'exception de Ronan qui essayait d'envoyer discrètement des mails à sa secrétaire. Paul essayait de ne pas être gagné par l'enthousiasme général, mais ses membres semblaient plus forts que son anticléricalisme : il finit par taper du pied en cadence.

Lorsqu'ils sortirent de l'église, les trois frères furent entourés par une foule compacte et bienveillante. On félicita Archibald pour son beau discours, on s'étonna de la ressemblance entre Paul et Albert, on loua la dignité de Ronan. Lequel expliqua à qui voulait l'entendre qu'il était bien difficile de contenir son émotion en de pareilles circonstances, déplorant avec emphase de ne pas avoir davantage connu ce cher disparu, pleurant et se frappant la poitrine.

Paul aussi joua le jeu, singeant l'affliction, maniant l'hyperbole. Ces gens étaient si gentils, si affectueux. On le touchait, on le félicitait pour sa vie de famille et le beau prénom de sa fille, on admirait sa carrière, ses compétences en informatique et ses connaissances en chimie organique. Paul se laissait toucher, féliciter et admirer. C'était aussi bon qu'inattendu.

À un moment, il se retourna pour chercher Ronan du regard. Ils devaient rentrer ensemble en train et c'est son aîné qui avait les billets. Mais Ronan avait disparu.

31

C'était une catastrophe. Il lui restait moins de dix minutes pour arriver à la gare, distante de plus d'un kilomètre. Dans sa précipitation, Paul manqua de faire tomber l'évêque en partant. Il aboya un pardon exaspéré, cria « Je suis à la bourre, on se rappelle » au chef d'entreprise qui lui avait proposé de travailler pour lui, mais dont il n'avait pas les coordonnées, et se lança dans un sprint désespéré pour attraper ce maudit train.

Il traversa les boulevards comme une flèche, renversa une poussette, se perdit deux fois, beugla une centaine de jurons et arriva sur le quai au moment où le train partait. Il eut beau tambouriner sur la porte, rien n'y fit. Paul avait raté son train, la réunion de 16 heures avec Raoul et ses dernières chances de ne pas vivre un long et pénible calvaire chez Harvouët.

Il appela Ronan. Le téléphone sonnait occupé. Il lui envoya donc un message écrit.

« Pourquoi ne m'as-tu pas attendu ? »

La réponse vint quelques secondes plus tard.

« Pourquoi es-tu toujours en retard ? *Vae victis.* »

Tout seul sur le quai désert, Paul fulminait. L'échange avec Ronan dura quelques minutes, mais la conclusion était claire dès le départ : ne le trouvant pas du regard, son aîné était parti, craignant lui aussi de rater son train. Paul, qui connaissait son heure de départ, ne pouvait s'en prendre qu'à lui-même.

Ronan, qu'il croyait revenu à de meilleures dispositions, n'eut aucune parole de sympathie. Au contraire, ses derniers messages furent particulièrement blessants. C'était une immense déception.

Il regarda les horaires de train. Le prochain partait trois quarts d'heure plus tard mais n'arrivait pas avant 16 heures 30. Il n'avait aucune chance d'y arriver. À moins que.

À moins qu'il n'appelle Archibald, ce qu'il n'avait pas fait depuis qu'Isadora était dans le coma. Mais il lui en coûtait infiniment d'être redevable de son petit frère, cet émotif, ce rêveur. Lui au moins pouvait rivaliser avec Ronan. Mais pas avec son petit frère, qui ne boxait pas dans la même catégorie.

En désespoir de cause, il se résolut à l'appeler. Archibald était en train de conduire. Il était presque arrivé à Orléans.

— Paul ! Ça va ? Où es-tu ?

— Ça ne va pas. Je suis à la gare de Blois.

— Et alors ? Tu vas prendre ton train ?

— J'ai raté mon train.

— Merde !

— Comme tu dis. J'ai une réunion à 16 heures et je ne pourrai jamais y arriver. C'est l'horreur.

— Tu veux que je vienne te chercher ?

— Je n'ose pas trop te le demander après ce que je t'ai fait subir ces derniers temps.

— C'est oublié. Attends une minute, je demande à

Zélie… Aucun problème. Nous passons te chercher dans une demi-heure.

— Archibald, je ne sais pas comment te remercier. Tu es…

— Un frère ?

— Euh… oui. C'est ça.

— Va prendre un café. Je t'appelle en arrivant.

Paul poussa un immense soupir de soulagement. Il était 1 heure 40. Si son frère roulait vite, il avait une petite chance de ne pas être trop en retard. Il alla boire une bière à la buvette de la gare.

Il essaya bien de commander son verre au comptoir pour discrètement aller le boire en terrasse, mais le serveur, qui avait une tête d'épagneul, flaira son petit manège et lui fit payer un supplément. Paul grogna et paya. Puis il s'assit à une table isolée, à côté de deux jeunes adolescentes, âgées d'une douzaine d'années. À en juger par leurs vêtements de marque et leurs escarpins griffés, c'était des filles de bonne famille. Du reste, Paul, en arrivant à la gare, avait vu leur père les déposer dans un bolide décapotable. Elles étaient mignonnes. Il écouta leur conversation d'une oreille modérément discrète.

— Et toi, Angélique, tu y vas au concert ce soir ?

— Oui, Anne-Charlotte, une soirée de DJ Torn, ça ne se loupe pas. En plus, il y aura son double, MC Oh Daim ! qui fera une projection.

— De quoi ?

— Je ne sais pas. La dernière fois, c'était des images pédophiles sur un fond d'églises et de mosquées en train de brûler. Trop cool !

Paul se racla la gorge. Son regard s'attarda sur leur accoutrement. Il vit que l'une d'entre elles portait la veste d'un couturier qui habillait quelques années plus tôt des femmes de notables provinciaux. Il se rappela qu'à l'inverse, le fait de porter un pantalon en cuir cataloguait une femme, au début des années 1990, au rayon des pires délurées. Vingt années plus tard, ces mêmes pantalons étaient portés par des rombières provinciales. Cette réflexion le fit sourire.

— Mais tu ne trouves pas cela un peu choquant ? ajouta la dénommée Angélique.

— Tu rigoles ou quoi ? Les émissions de téléréalité sont bien plus choquantes que ça. Souviens-toi de la dernière édition de Plan Social, où l'on assistait en direct au licenciement de dizaines d'ouvriers. Ça, c'est indécent.

— Tu as peut-être raison mais, en attendant, il faut impérativement être habillée en dessous dans ces soirées et moi, ça me gêne parce que j'ai un gros cul.

— Fais comme moi : une bonne liposuccion et c'est réglé.

Paul se racla la gorge une seconde fois. Les deux jeunes filles se tournèrent vers lui et commencèrent à l'injurier.

— Qu'est-ce que tu as à nous écouter, espèce d'enculé de pervers ? Tu veux que je te foute mon poing sur la gueule, bâtard ?

— Ouais, viens, Angélique, on va lui démonter sa sale petite tronche de pédophile. T'as ta chaîne de vélo ?

— Mais enfin, mesdemoiselles, ce n'est pas du tout ça…

— Ta gueule, fils de pute ! Tu vas voir ce que ça fait d'avoir emmerdé le gang des Chiennasses de Montparnasse !

— Des quoi ?

— Des Chiennasses de Montparnasse. Un gang de filles. Enculé !

— …

Les deux adolescentes n'eurent pas le temps de mettre leur menace à exécution. Archibald, qui venait d'arriver dans le hall de la gare, cherchait son frère du regard. Paul leva le bras, s'excusa platement auprès des deux amazones et s'empressa de le rejoindre.

Une fois dans l'habitacle de la voiture d'Archibald, Paul poussa un grand soupir de soulagement. Zélie, qui lui avait laissé la place à l'avant pour qu'il puisse étendre ses longues jambes, ouvrit la fenêtre. Puis elle lui demanda des nouvelles de Gwenaëlle et de Mirabelle, qu'elle n'avait pas vues depuis une éternité. Paul saisit cette opportunité pour dresser un tableau idyllique de sa famille. L'agence de communication où travaillait Gwen cartonnait, et c'était dû en grande partie à l'énergie et au talent de sa femme, qui ne tarderait pas à acquérir des parts de celle-ci. Mirabelle était une petite fille épanouie et bien élevée, à la différence de ses cousins qui passaient leur temps à faire des conneries.

Quant à lui, il était sur le point de voir son implication et son mérite récompensés, à l'occasion d'une réorganisation interne dont il attendait beaucoup. C'est pour cela qu'il était extrêmement important qu'il soit à l'heure à sa réunion. Pour conclure son propos, Paul n'oublia pas de dire qu'il faisait une heure et demie de musculation trois fois par semaine, parce qu'il était important de se sentir bien dans son corps et fort.

Son monologue dura près de trois quarts d'heure. Pas une seule fois, il ne s'enquit de la situation de Zélie, qu'il n'avait pas vue depuis l'enterrement de Christobal. Content de lui, Paul finit par s'endormir.

Il se réveilla une demi-heure plus tard. Ils étaient arrivés en bas de l'immeuble d'Harvouët. Sa montre indiquait 15 heures 53. Grâce à Archibald, Paul n'était pas en retard.

— Archibald, je ne sais pas comment te remercier.

— T'en fais pas, c'est normal. Allez, va, maintenant.

— D'accord. Tu me sauves la mise, tu sais ?

— Dis-moi, que fais-tu dimanche soir ?

— Rien, pourquoi ?

— Nous fêtons l'anniversaire de Baptiste, le frère de Zélie. Il aura quarante ans. Tu veux venir ?

— Pourquoi pas. Je vais en parler à Gwen et je te rappelle.

≈

Le surlendemain, Paul et Gwenaëlle arrivèrent avec près d'une heure de retard au dîner d'anniversaire de Baptiste. Archibald, qui connaissait la détestable manie de son frère, avait prévenu ses invités, qui étaient arrivés une demi-heure après l'heure annoncée à Paul.

Ils étaient dix à table : Archibald avait invité Marc, son voisin homosexuel. Zélie était venue avec Virginie, sa meilleure amie, restauratrice de meubles anciens. Baptiste quant à lui était accompagné de ses trois meilleurs amis. Il y avait d'abord Arnaud, un ancien témoin de Jéhovah devenu représentant de commerce, que l'on surnommait le Mozart du démarchage depuis qu'il était parvenu à refourguer des sachets d'eau lyophilisée dans des cliniques du sud de la France. Venait ensuite Guillaume, un ancien camarade d'école, qui travaillait à la morgue et écrivait des scénarios pour des romans-photos diffusés sur Internet. Enfin Valentine, qui avait été la fiancée officielle de Baptiste pendant une dizaine d'années avant d'épouser un architecte luxembourgeois, que le jeune quadragénaire s'efforçait de détester sans jamais réellement parvenir à le faire.

Gwenaëlle était à bout de nerfs. Quelques heures auparavant, elle avait croisé sa belle-sœur en rendant visite à Isadora. Gênées, les deux femmes n'avaient rien trouvé à se dire sinon quelques banalités d'usage. Elles étaient restées une dizaine de minutes au chevet de la vieille dame, parlant fort au cas où celle-ci entendrait leurs voix. Mais depuis quelques jours, Isadora ne disait plus rien. Ses messages incongrus s'étaient arrêtés le jour où Archibald lui avait annoncé la mort d'Albert-Félix.

Pour ne rien arranger, Gwen n'était pas très contente de voir Zélie dont elle se méfiait depuis que l'amie d'Archibald allait nourrir les chats d'Isadora. Cela faisait longtemps que la jeune femme fréquentait Archibald mais Gwenaëlle ne la comprenait pas : comment pouvait-on se laisser aller à avoir des hanches si larges et un derrière si plantureux quand on avait une taille fine et un si joli visage ? La femme de Paul, qui bataillait pour être aussi mince que celle de Ronan, n'avait jamais pu lui parler plus de deux minutes.

Paul, lui, était d'excellente humeur. À sa grande surprise, la réunion présidée par Raoul s'était extrêmement bien passée. On avait écouté ses arguments, validé ses propositions et même ri à ses blagues, ce qui l'avait fait rosir de plaisir. Raoul l'avait remercié pour son intervention, et lui avait même proposé de déjeuner avec lui la semaine suivante. Mieux, le majordome du fils Harvouët lui avait laissé entendre qu'il pourrait être convoqué dans les étages supérieurs à plus ou moins brève échéance.

Ravi d'être remis en selle d'une façon aussi inattendue et se sentant à nouveau très sûr de lui, il s'était moqué de la passion de William pour les jeux en ligne, provoquant l'hilarité générale. Acinator était parti vexé. Ce n'était pas grave : il lui paierait un café le lendemain et tout serait réglé.

C'était comme si la mort du grand métis avait marqué la fin d'une période difficile. Le vent avait tourné. Paul se sentait pousser des ailes. Peut-être irait-il fêter le nouvel an à Ti-Kroaz cette année. Après tout, c'était sa maison. Et cela pourrait peut-être le devenir davantage si le coma de cette vieille cinglée se prolongeait. Il faudrait en parler avec le notaire. En attendant, Prosper, qu'il avait appelé trois fois pour le prévenir de son arrivée, ne décrochait pas et ne le rappelait pas. C'était bizarre.

Paul monopolisa la conversation pendant tout le repas, coupant la parole aux uns, donnant son avis sur tout de façon péremptoire et définitive. Rien ni personne ne lui résistait. C'était l'anniversaire de Baptiste, mais de son point de vue, c'était sa fête à lui. Gwen passait son temps à le regarder : elle devait sûrement être en train de l'admirer.

Malgré l'envahissante présence du frère d'Archibald, la soirée se passa bien jusqu'au moment du dessert. Paul, qui avait trop picolé, se sentait d'humeur provocante. Il interpella Zélie.

— Alors, Zélie, toujours pas de téléphone portable ?

— Non, Paul, je n'en vois pas l'intérêt.

— Elle n'en voit pas l'intérêt. Non, mais je rêve ! Mais dis-moi, Zélie, quand vas-tu cesser de vivre à contre-courant du monde moderne ? Tu as bien des amis. Comment est-ce que tu communiques avec eux ?

— Je leur écris. Quoi de plus simple ?

— Des mails ?

— Bien sûr que non. Des lettres.

— Des lettres ! Décidément tu es née au dix-neuvième siècle ! Tu as cent trente ans ou quoi ?

Paul triomphait. Privatisée quelques années auparavant, la Poste avait commencé par interdire l'envoi de cartes postales, trop lourdes et donc pas assez rentables par rapport aux messages envoyés par le biais de téléphones portables. Ensuite, profitant d'un changement de la réglementation européenne qui reconnaissait la valeur juridique de toute correspondance électronique, l'institution avait incité ses clients à renoncer aux courriers recommandés. Maintenant, il devenait de plus en plus difficile de se procurer un carnet de timbres.

Les nouvelles technologies avaient mis au rebut les modes de communication traditionnels. Seuls quelques retardataires s'évertuaient à continuer à rédiger des lettres. Zélie en faisait partie.

— Qu'est-ce que j'y peux, si je suis un peu vieux jeu, murmura la jeune femme.

— Bientôt, tu ne seras plus seulement vieux jeu, ricana Paul. Tu seras carrément hors-jeu ! Moi, tu vois, j'ai plus de trois cents amis sur Internet avec qui je corresponds. On s'envoie des images, des vidéos, on s'invite à des soirées. C'est tellement plus simple et en plus c'est immédiat. Sincèrement, tu devrais t'y mettre. Tu verras bien que tu ne pourras rapidement pas t'en passer.

— C'est bien ça le problème. Je ne veux pas être ligotée par les nouvelles technologies. J'aime être libre et je déteste être suivie à la trace. C'est pour cela que je n'ai pas de carte bleue, si tu veux tout savoir. Chaque semaine, je vais chercher mon argent à la banque et ça me va très bien comme ça…

— Ah bon ? Et tu y vas quel jour ? Cela pourrait m'intéresser, gloussa Paul.

— Quant à tes réseaux sociaux, j'aimerais bien savoir ce que tu fais de ces courriers auxquels tu prétends répondre tous les jours.

— Eh bien, je les archive dans mon disque dur…

— Mais cela n'a aucune poésie, aucun charme !

— Du quoi ? Mais on n'est plus à l'heure du

charme. C'est bien ce que je disais, la pauvre Zélie est restée coincée dans le passé, ajouta Paul,

— Bon, tu vas peut-être la laisser tranquille maintenant, s'énerva Archibald.

L'intervention d'Archibald mit un terme à ce débat. De toute façon, les deux protagonistes restaient campés sur leurs positions. Paul se tourna vers ses voisins et leur montra les dernières applications qu'il avait téléchargées sur son téléphone portable. Zélie aida Valentine à débarrasser et s'attarda avec elle dans la cuisine du petit appartement d'Archibald.

Lorsqu'elle revint dans le salon, tous étaient en train d'écouter Guillaume, qui lisait le scénario de son dernier roman-photo. L'histoire se déroulait à l'époque contemporaine. La fille lesbienne d'un président conservateur, promise en mariage au fils d'un magnat de la presse proche du pouvoir, était violée au sortir d'un meeting pour la défense des sans-papiers. C'était un militant albinos des droits des homosexuels au Yémen qui la sauvait des griffes de ces affreux bonshommes. Elle parvenait à l'épouser avec la bénédiction de sa mère, une femme battue qui finissait par se révolter contre son mari au point de devenir une pasionaria de la cause féministe. Tous deux adoptaient trois enfants de sexes, de couleurs et de nationalités différentes pour incarner le modèle joyeux d'une famille recomposée heureuse.

— C'est pas mal, glissa Arnaud.

— On ne peut pas dire que cela soit vraiment original, souligna Baptiste, mais cela se tient.

— J'imagine que cela va plaire à ton lectorat, approuva Archibald.

— Oh ! mon lectorat, tu sais, cela fait bien longtemps qu'on a oublié ce que ce mot veut dire, souffla Guillaume. Tu sais, c'est à l'actionnaire qu'il faut plaire avant toute chose. Je ne te cache pas qu'une bonne partie des thèmes m'ont été imposés. J'ai juste eu à broder une histoire autour.

— Cela ne m'étonne pas, lança Paul qui, pour la première fois de la soirée, n'avait pas parlé pendant plus de cinq minutes. C'est pour ça qu'on se retrouve avec cette saloperie d'homosexualité défendue et mise en avant, presque magnifiée.

— Et qu'est-ce que tu as encore contre les homosexuels ? lança Marc.

Le frère aîné d'Archibald s'empara sans hésiter de la perche qui lui était tendue et se lança dans une diatribe homophobe qui dura plusieurs minutes. Non, il n'aimait pas ces gens-là, leur sexualité bestiale, leurs revendications dangereuses pour l'avenir de la société et cette façon ignoble de toujours se présenter comme des victimes. Ils étaient dans des caves jadis, dit-il, je veux bien le croire, mais maintenant qu'ils sont sortis au grand jour, ce sont tous leurs contradicteurs qu'ils enferment dans la prison du politiquement correct. Paul conclut son discours en dénonçant une époque décadente où tous les vices étaient à l'honneur.

— Est-ce que tu sais au moins de quoi tu parles ? lui demanda Baptiste. Est-ce que tu en connais, des pédés ?

— Non. Mais je n'ai pas besoin d'en connaître pour

savoir que c'est un lobby extrêmement puissant qui a asservi complètement la plupart des médias et qui a infiltré un certain nombre de métiers. As-tu remarqué que tous les serveurs des TGV en sont ?

— C'est complètement débile ce que tu viens de dire. Qu'est-ce que cela change au goût des sandwichs ? Mais j'en reviens à ce que je te disais. Est-ce que tu sais ce que cela fait de se sentir différent des autres depuis l'enfance ? Est-ce que tu sais ce que c'est de ne jamais pouvoir jouer au papa et à la maman parce qu'on a l'intime conviction qu'on ne pourra jamais incarner une famille idéale sans se mentir à soi-même et aux autres ? Est-ce que tu sais à quel point il est difficile de se construire quand on a l'impression qu'on n'est pas dans la norme et qu'il faudrait qu'on change mais qu'on ne le peut pas ?

— Dis-moi, tu m'as l'air bien renseigné pour me dire cela…

— Je suis bien renseigné, comme tu le dis si élégamment, Paul, parce que je suis homosexuel, lança Baptiste.

Archibald, qui était en train de remplir le verre de Zélie, en fut tellement estomaqué qu'il continua à verser sans se rendre compte que le vin débordait sur la nappe.

— Archibald ! s'exclama Zélie, en souriant.

— Mais tu savais ?

— Bien sûr que je le savais. C'est mon frère, quand même.

— Je n'ai pas fini ! s'emporta Baptiste. C'est mon quarantième anniversaire, alors laissez-moi parler !

Cela vaut pour toi en particulier, Paul. Est-ce que tu te souviens, Archibald, de nos longues promenades sur la plage, quand tu me parlais de Zélie et moi de Valentine ?

— Bien sûr. Nous avions quatorze ans, c'est ça ?

— Quinze. Eh bien, dès cette époque, je savais que tout cela n'était qu'une blague. Ce n'est pas que tu me déplaisais, Valentine, mais tu n'étais pas mon genre. Tu le savais, n'est-ce pas ?

Valentine hocha la tête. Bien sûr qu'elle le savait. Zélie lui en avait fait la confidence.

— Ne sois pas déçu, Archibald. Si je ne t'ai rien dit, c'est parce que tu étais déjà assez perturbé à l'époque. Et puis après, le temps a passé, les occasions de te l'avouer se sont succédé, mais à chaque fois ce n'était pas le bon moment, ou bien je n'osais pas. Je suis désolé. Vraiment. Mais ce n'est pas de cela dont je voulais parler. Cela ne sert à rien de manifester tous les trente-six du mois pour revendiquer une quelconque fierté parce que, de toute façon, à la base, on est gêné d'apprendre son homosexualité. On préférerait mourir plutôt qu'être anormal.

— Tu n'iras pas à la Gay Pride ? demanda Arnaud.

— Ça va pas, non ? Jamais je n'irais au défilé des enfilés !

— Pourquoi ? s'enquit Guillaume. C'est pourtant l'occasion de défendre votre cause.

— C'est débile. Comme si on formait une population monolithique qu'il convient de défendre en bloc. Je n'ai rien à voir avec ces imbéciles qui veulent absolument passer devant monsieur le maire pour formaliser leur union et former, quelle horreur, un couple comme les autres.

— Ah, parce que tu es contre le mariage homosexuel ? s'étonna Marc. Cela fait presque vingt ans qu'on se bat pour l'obtenir. Tu ne peux pas nous lâcher comme ça, en pleine campagne.

— Je suis contre l'adoption aussi. Et je vais te dire pourquoi : si on commence à se marier et à faire des gosses, on va se réveiller la nuit pour changer les draps du petit qui a souillé son lit. On partira du bureau en catastrophe parce que le mioche est tombé dans l'escalier et qu'il faut l'emmener chez le pédiatre. On n'ira plus en vacances en Toscane ou en Croatie visiter des musées parce qu'il faudra attendre que le moutard se réveille de sa sieste. Très peu pour moi. Moi, tu vois, ce que je ne comprends pas, c'est que certains cherchent leur épanouissement dans un esclavage bourgeois.

— Attends, tous les parents ne font pas comme ça, glissa Archibald.

— C'est vrai. Regarde Tina et Ronan. On ne peut pas vraiment dire qu'ils se sont beaucoup occupés de leurs gosses. D'ailleurs, on voit le résultat… Autant acheter un poisson rouge.

— Et le mariage, pourquoi es-tu contre ? s'indigna Marc.

— C'est bien simple. Si on obtient le droit de se marier, on aura aussi celui de divorcer. N'est-ce pas ? Qui dit mariage et divorce, dit disputes mesquines, querelles, procédures, droit de garde, pensions alimentaires et familles recomposées… Tout cela est d'un commun ! C'est lamentable. Tu reprochais à notre époque d'être décadente, Paul. Moi je crois qu'elle est bourgeoise.

— Tu n'y vas un peu fort ? fit Archibald.

— Mais pas du tout ! Tu crois qu'ils n'avaient pas de gosses les homos, avant ? Bien sûr que si. Non seulement ils en avaient mais en plus ils les éduquaient déjà très bien, sans revendiquer quoi que ce soit. Tout cela est d'un bourgeois, crois-moi ! On se croirait revenus à l'époque de Guizot : enrichissez-vous, mais restez propres. L'alliance du fric ostentatoire et du savon honteux. Je trouve qu'il n'y a rien de plus consternant. Jadis, ce qui caractérisait l'homosexuel, c'était sa culture, sa sensibilité, son originalité. Tout cela sera réduit à néant si on légalise le mariage et l'adoption par les couples homosexuels. Adieu Oscar Wilde, bonjour les ploucs ! C'est pour cela que je ne veux pas du mariage homosexuel. Parce que je suis intimement persuadé que l'on a beaucoup plus à perdre qu'à gagner dans cette histoire.

— Je suis content que tu sois d'accord avec moi, glissa Paul.

— Je ne suis pas d'accord avec toi. Mais alors pas du tout. Toi, tu as peur du mariage homosexuel parce que tu crois, je te cite, que « cela va saper les fondements de notre société ». Mais enfin, qu'est-ce que tu imagines ? Que dans une cinquantaine d'années, l'espèce humaine disparaîtra parce que trop de pédés et trop de lesbiennes auront fait des enfants ? Tu te rends compte de la débilité de cette position ?

— Je crois que jusqu'à preuve du contraire, un enfant naît de la relation entre un homme et une femme.

— Merci de me l'apprendre. Ah ! il commence bien ce vingt et unième siècle. Allez, sers-moi un verre de vin parce que tout cela me déprime. C'est peut-être déjà la crise de la quarantaine…

— De toute façon vous avez déjà gagné, soupira Paul, qui voulait impérativement avoir le dernier mot. Et tu sais pourquoi ? Parce que le simple fait de prononcer cette vérité d'évidence, il faut un homme et une femme pour faire un bébé, fait de vous un homophobe patenté.

Le dîner s'acheva sur cette ultime considération. Il se faisait tard et tout le monde était un peu fatigué. Baptiste vida encore quelques bouteilles en compagnie de sa sœur et de son meilleur ami en écoutant des vieux tubes des années 1980. Les autres partirent les uns après les autres.

32

C'est un Paul tout ce qu'il y a de plus triomphant qui sortit de l'appartement de son petit frère. Après avoir raccompagné Arnaud et Valentine à leurs voitures respectives, il se mit en quête d'un taxi. Gwenaëlle grelottait de froid. Il l'enveloppa de ses longs bras dans un geste protecteur, héla un taxi qui ne s'arrêta pas, l'insulta puis en arrêta un second. C'est d'une voix forte et pleine d'assurance qu'il donna son adresse au chauffeur.

— Finalement, c'était une bonne soirée. Tu ne trouves pas ?

— Mmh…

— J'adore ce genre de soirée où je me sens si fort. C'est dans ces moments-là que je sens la vitalité du sang breton qui coule dans mes veines. Si seulement Ronan me voyait, je suis sûr qu'il arrêterait de me critiquer pour un oui, pour un non.

— …

— J'ai parlé avec Archibald de nos affaires de famille. Je crois que j'ai réussi à le faire passer de notre côté. C'est bien, non ?

— C'est pas gagné. Tu le connais, il est toujours d'accord avec tout le monde. Alors, bien sûr, il n'est pas dérangeant. On lui demande de signer et il signe. On lui dit de ne pas le faire et il ne le fait pas.

— Tu n'as pas tort. Mais, au moins, les choses sont beaucoup plus simples depuis la mort de mon frère ?

— De qui ?

— D'Albert-Félix. Tu sais, j'ai été assez ému par son enterrement. Les gens étaient si gentils… Et puis, il faut bien l'admettre, sa disparition change la donne. N'est-ce pas ?

— Tout ce que je sais, c'est que j'exige que tu aies exactement le tiers de la succession de ton père et pas un centime de moins. Après, tu t'arranges comme tu veux avec Archibald. Mais pour moi, ce n'est pas lui la menace. Souviens-toi de ce que je t'ai dit : c'est Tina qui est dangereuse.

— C'est sûr que c'est pas Zélie qui va l'être. Et puis tu as vu comme elle était habillée ce soir ?

— Ne m'en parle pas…

À la différence de Gwenaëlle et de Tina, Zélie n'accordait pas la plus grande importance aux vêtements qu'elle portait, Ce n'est pas que je ne m'intéresse pas à la mode, disait-elle. C'est la mode qui n'est pas faite pour moi. Elle arpentait les boutiques de vêtements deux fois par an au moment des soldes mais ne trouvait jamais rien à acheter. Alors elle se contentait de remettre une saison de plus les mêmes vestes en panne de velours, les mêmes chemisiers brodés qui lui donnaient l'allure d'une princesse de la Renaissance. C'était un autre sujet d'incompréhension pour Gwenaëlle, qui emmenait Mirabelle tous les mercredis après-midi rendre visite à sa mère dans sa friperie du sixième arrondissement.

— En tout cas, je n'aurais jamais cru qu'il était pédé, Baptiste. Et toi ?

— Je le pressentais. Tu sais, je suis très douée pour voir ce genre de choses.

— Ah bon ? Alors tu as remarqué qu'au fond, il est assez d'accord avec moi sur cet odieux lobby.

— Ce que j'ai surtout remarqué, c'est que toi, tu t'es comporté de façon odieuse.

— Quoi ?

— Je ne sais pas ce qui se passe depuis quelques jours, Paul, mais tu es absolument insupportable.

Personne n'a pu en placer une de tout le dîner. Tu as embêté tout le monde avec tes histoires de bureau…

— Mais tu rigoles ! Ils avaient l'air super-intéressés !

— Ils n'en pouvaient plus. Tu as été détestable avec Zélie, qui est allée pleurer à la cuisine.

— Si on ne peut plus rigoler ! Tu conviendras quand même qu'elle est totalement à la masse avec cette histoire de téléphone portable.

— Tu sais ce qu'elle fait comme métier ?

— Elle est pianiste, non ?

— Non. Elle est luthière. Tu viens de passer six heures avec elle entre hier et aujourd'hui et tu ne lui as même pas posé la question une seule fois. C'est bien ce que je te disais. Depuis quelques jours, tu es devenu un être parfaitement détestable, Paul. La réussite, ça ne te réussit pas.

S'ensuivit une salve de reproches catégoriques et récurrents. Au fur et à mesure que la conversation se prolongeait, Paul devenait de plus en plus livide et silencieux, tandis que son épouse haussait progressivement le ton. À la fin, il finit par l'implorer de parler moins fort.

Les vents, qui semblaient si portants quelques heures plus tôt, étaient-ils en train de tourner ? C'est l'impression qu'il eut en arrivant au bureau le lendemain matin. Paul alluma son ordinateur et consulta son courrier. Dix mails, dont neuf de Raoul envoyés tout au long du week-end et un d'un dénommé Nemesis 2000 intitulé « La Roue de la Fortune ». Le message n'était pas très clair. « C'est bien beau de faire le malin, mais il faut savoir en tirer les conséquences. » Paul ne connaissait pas cet expéditeur, ni le sens du mot Nemesis. Il vérifia sur Internet. La déesse de la vengeance dans la mythologie grecque. Il frissonna et effaça le message.

Puis il jeta un œil à son compte personnel. Encore un message de Nemesis 2000, intitulé « Doom and Gloom » (Ruines et Ténèbres) cette fois-ci. Il avait été envoyé quelques heures après l'autre courrier. Son contenu était à peine moins obscur, mais la menace était moins voilée : « Cela fait des années que ça dure. Prépare-toi à payer. » Il regarda autour de lui mais tous les employés d'Harvouët avaient les yeux rivés sur leurs ordinateurs, y compris William. Il cocha la case supprimer et appuya sur le bouton de sa souris en soupirant.

Plus tard dans la matinée, profitant d'une accalmie entre deux demandes contradictoires et incongrues de Raoul, il consulta son profit dans le jeu en ligne où il passait de nombreuses soirées à batailler contre des ennemis virtuels, souvent en compagnie du fidèle Acinator. Ce dernier n'était pas actif, mais un nouveau personnage était apparu, qui venait d'envahir l'un de ses villages les moins protégés. Son nom : Nemesis 2000. Il referma vite l'application.

De plus en plus inquiet, il vérifia l'état de son compte sur un réseau social très populaire. Pas de nouvel ami, mais un message de Nemesis 2000. « Tu ne m'échapperas pas. » Nemesis était partout, tout le temps. Cet ennemi protéiforme, ce vengeur masqué était pire que l'hydre de Lerne. Paul avait peur. Il était désormais certain qu'il découvrirait une lettre anonyme en rentrant à la maison, ou quelque chose de pire encore. Son téléphone portable sonna. Paul décrocha en tremblotant.

— Allô ?

Une voix sépulcrale lui répondit. Paul en péta violemment de panique.

— Paul de Kerniguet ?

— C'est bien moi. C'est… C'est à quel sujet ?

— Maître Pouic à l'appareil. Vous voudrez bien excuser ma voix enrouée, j'ai pris froid ce week-end. Je vous appelle suite au mail envoyé par votre frère Ronan la semaine dernière. Ce courrier faisait suite à l'hospitalisation de votre tante et au décès de votre frère Albert-Félix.

— Oui, je suis au courant de tout cela, chuchota Paul, dont la tension nerveuse était retombée d'un coup.

— Bien. Votre frère propose un rendez-vous à l'étude lundi prochain à 16 heures. Serez-vous disponible ?

— Euh, je vérifie dans mon agenda, souffla Paul, qui détestait aborder ces sujets au bureau, devant tout le monde, pour ne pas attiser les jalousies. Oui, oui, c'est bon pour moi, maître.

— Très bien. Je vais appeler votre jeune frère maintenant. Savez-vous s'il est à Paris ?

≈

Archibald n'était pas à Paris, en tout cas pas pour longtemps, puisqu'il avait fini par obtenir un rendez-vous avec Pierre-Antoine Classe, l'auteur de best-sellers qui lui avait raccroché au nez quelques jours auparavant. Un coup de téléphone au service marketing de son éditeur avait suffi à Constance pour faire céder l'irascible écrivain. Après tout, le sort de l'édition et de la maroquinerie française était en jeu.

Mais avant de se rendre à La Courneuve, où vivait l'homme de lettres, Archibald déposa Zélie chez elle. Fatiguée, elle était restée dormir chez lui après le départ de Baptiste. Ils n'avaient pas fait l'amour mais s'étaient tendrement pris dans les bras. « Tu sais, lui avait-elle dit, je ne peux pas me donner à toi tant que tu seras à ce point irrésolu. » C'était sa façon de lui faire comprendre qu'elle ne supportait plus son infidélité chronique.

Archibald se réveilla au milieu de la nuit et regarda Zélie dormir. Dans son sommeil, elle émettait d'étonnants petits bruits. Même là, il la trouvait touchante. Pourtant, il ne se sentait pas prêt à ne dormir qu'avec elle jusqu'à la fin de sa vie. Elle lui plaisait, il la connaissait depuis si longtemps qu'ils se comprenaient à demi-mot et ils faisaient merveilleusement bien l'amour. Tout cela était vrai. Mais n'y avait-il pas ailleurs une autre Zélie, un peu plus jolie, un peu plus parfaite, un peu plus ambitieuse ? S'il la demandait en mariage, ne le regretterait-il pas au bout de quelques années ? Faudrait-il qu'il renonce à son esprit de conquête ? C'était un choix, encore un, qui lui coûtait énormément. Il se lova autour de son corps chaud et lui embrassa l'épaule.

≈

Ils étaient en train de passer devant le cimetière de Montmartre quand il reçut l'appel téléphonique de maître Pouic. Sans même qu'elle lui ait demandé quoi que ce soit, Archibald raconta à son amie la guerre de tranchées que préparaient ses deux aînés.

— Ils passent leur temps à me mettre en garde l'un contre l'autre, mais je n'ai pas envie de choisir entre Ronan et Paul. Le voudrais-je que je ne le pourrais pas. Nous sommes frères. Tu comprends ?

— Bien sûr. La méfiance est le plus corrosif des acides.

— C'est déjà assez dur comme ça de ne pas avoir de parents. S'il faut en plus que je me préoccupe de leurs arrière-pensées, on ne s'en sortira pas. Cela me fait tant de peine de les voir s'éloigner les uns des autres, d'entendre la dureté avec laquelle ils parlent de leurs femmes respectives. Du reste, Tina et Gwen ne font rien pour se faire aimer de leurs beaux-frères.

— Quand on n'est pas aimable, on n'est pas aimé, affirma Zélie.

— Oui, eh bien moi, j'aimerais que l'on s'aime un peu plus. Pourquoi ne pourrait-on pas, entre frères, se réjouir du bonheur et du succès de l'autre ?

— Tu sais bien que je suis comme toi, Archibald. J'aime l'amitié et l'amour quand ça déborde, quand ça dégouline et qu'on en a plein les doigts, plein le cœur. Je pleure à chaque fois qu'un film se termine bien, surtout s'il est débile. Cela ne me dérange pas du tout. Mais tu sais, peut-être qu'ils ont des cœurs gros comme des verres à vodka, qui se remplissent et débordent trop rapidement. Et si ça se trouve, ils n'ont pas envie de se salir. Tu sais, l'amour, ça laisse des traces.

— Je sais. Mais dis-moi, Zélie, comment cela s'est

passé chez toi ? Si je me souviens bien, ta grand-mère est morte récemment.

— Tu veux parler de sa succession ? C'est très simple. D'un point de vue matériel, de façon totalement inégalitaire. Nos cousins ont eu plus d'argent que nous.

— Et cela ne vous a pas choqués ?

— Pas le moins du monde. Leur père, notre oncle, était mort jeune dans un accident de voiture, donc ils ont toujours eu moins d'argent que nous qui avons encore nos deux parents. Cela nous paraissait normal qu'ils touchent une plus grande partie de l'héritage. Parce que d'un point de vue sentimental, nous avons tous été aimés autant les uns que les autres. À la base, nous avons tous reçu la même quantité d'amour et c'est cela qui était le plus important.

— Et cela ne vous a pas dérangés, Baptiste et toi ?

— Non. Notre père nous a enseigné que la meilleure façon de rendre une succession conflictuelle, c'était de vouloir que les choses soient équitables.

— Il semblerait que c'est la conviction de Gwen.

— Pauvre de toi.

Ils étaient arrivés devant chez Zélie. Elle lui tendit une joue timide. Il essaya de l'embrasser sur la bouche, mais la jeune femme se détourna et sauta hors de la voiture. En deux bonds, elle était devant sa porte.

— Tu fais quoi aujourd'hui ?

— Je vais voir Racine.

— Tu vas au théâtre ?

— Non, je vais nourrir les chats d'Isadora.

— C'est gentil.

— Ils m'amusent beaucoup. Je suis un peu comme ta tante, tu sais. Parfois, je me sens plus proche des animaux que de certains humains.

≈

Pierre-Antoine Classe habitait la Cité des 4 000. Cet ancien quartier sensible avait été réhabilité de fond en comble dans le cadre d'un ambitieux plan gouvernemental de rénovation urbaine qui n'avait servi qu'à déplacer le problème. À savoir les masses populaires dont on attendait qu'elles se tiennent tranquilles à coups d'émissions de télévision obscènes, de publicités pornographiques et de loteries multimillionnaires.

Les barres d'immeubles, où s'étaient successivement entassés les rapatriés d'Afrique du Nord, les immigrés africains, puis les réfugiés chinois, pakistanais et tamouls, avaient été transformées en lofts ultramodernes où vivaient architectes à la mode, écrivains à succès, artistes et designers. On avait évincé les étrangers de la zone avant de la ceindre d'un haut mur protecteur.

Il fallait montrer patte blanche pour pouvoir y entrer, et être prêt à débourser des sommes considérables pour y habiter. La Cité des 4 000 s'appelait toujours ainsi, mais ce n'était plus pour faire référence aux multiples nationalités qui s'y côtoyaient, sinon pour évoquer le montant des loyers,

Et Paris ? La capitale était divisée en deux cercles concentriques. Les beaux quartiers avaient été livrés à l'appétit des spéculateurs. Des dynasties bourgeoises s'étaient éteintes dans la haine et l'appât du gain. Leurs immeubles de famille avaient été vendus appartement par appartement. Plus personne n'y habitait, si ce n'est des industriels brésiliens ou des entrepreneurs indiens, qui n'y séjournaient que quelques semaines par an, quand ils ne les prêtaient pas à leur progéniture habituée à une domesticité pléthorique et silencieuse.

Ce Paris historique se vidait d'année en année. Les pouvoirs publics avaient fait mine de s'en préoccuper un temps, mais ils s'étaient vite tus, puisqu'ils vivaient désormais de la manne que leur apportaient chaque année les droits de mutation.

L'autre Paris était encore peuplé de Parisiens. Ils étaient toujours aussi râleurs, indisciplinés, contradictoires, agaçants, imbus d'eux-mêmes et égocentriques. Mais également généreux, idéalistes, gourmets, élégants et somme toute géniaux. C'était le sujet du dernier roman de Pierre-Antoine Classe, qui accueillit Archibald dans le vestibule de son grand appartement avec une poignée de main franche et un grand sourire.

— Soyez le bienvenu, cher monsieur. Merci d'être venu jusqu'à ma lointaine banlieue pour m'interviewer.

— Je vous en prie, répondit Archibald, étonné par l'affabilité de l'écrivain.

Pierre-Antoine Classe était extrêmement sympathique. Il s'excusa avec délicatesse pour son premier refus et montra quelques images des déprédations causées par les neveux d'Archibald. L'entretien, qui dura plus d'une heure, fut émaillé de bons mots et de citations d'auteurs latins. Le journaliste était sous le charme.

L'écrivain ne se faisait aucune illusion sur l'avenir de l'édition. Il lui en expliqua les tenants et les aboutissants sans rien escamoter.

— Je ne prétends pas que mes romans soient meilleurs que les autres sous prétexte que j'ai reçu la quasi-totalité des prix littéraires ces dernières années, disait-il. Mais je suis convaincu que les polémiques me concernant n'ont rien de littéraire.

— C'est-à-dire ? demanda Archibald.

— Ce qui choque mes contempteurs n'est pas la qualité de mes œuvres. Cela, ils s'en fichent comme d'une guigne parce qu'ils n'ont pas lu mes livres. Ce qui les choque, c'est que j'ai été le premier à faire figurer des bandeaux publicitaires dans les pieds de page et dans les en-têtes de chaque chapitre. Mais je tiens à souligner que je n'ai fait que pousser à son terme un procédé employé par la majorité de mes contemporains. Regardez les romans publiés ces dernières années : les marques de vêtements, les célébrités et les chansons les plus populaires y figurent à chaque page. Seulement moi, je ne cite que des marques.

— Et pourquoi donc ?

— Tout simplement parce que, si je mentionne une célébrité, elle risquera de porter plainte pour atteinte au droit à l'image. Et si je reprends le titre d'une chanson, on pourra demander à mon éditeur des droits d'auteur. Alors qu'avec les marques, il n'y a aucun problème. Pour elles, c'est de la publicité, rien de plus. Il n'y a pas de raison qu'elles ne payent pas pour cela. J'ajoute que ce procédé était déjà en œuvre depuis certaines années dans le cinéma, où le héros boit tel whisky single malt et conduit telle voiture allemande. Sans parler des actrices qui jouent, défilent et paradent dans des robes de grands couturiers.

— Mais quel est l'intérêt pour l'éditeur ?

— C'est très simple. À l'heure actuelle, le tirage moyen d'un roman est de 2 500 exemplaires. Si l'on additionne les droits d'auteur, les frais fixes d'édition et d'impression et toutes les taxes diverses, l'opération n'est pratiquement pas rentable dès le départ. Les éditeurs ne vivent que par trois ou quatre best-sellers annuels qui compensent les pertes de tous les autres titres. En procédant ainsi, j'apporte une manne supplémentaire à mon éditeur, ce qui lui permet de rentrer dans ses frais. Quant à moi, il va sans dire que mes revenus en sont considérablement augmentés. D'autant que je donne de moi-même, comme vous le savez. Bref, tout le monde y gagne.

— Sauf la morale peut-être ?

— La quoi ?

— Non, rien.

— Bon, je crois que vous avez compris le principe. Si cela ne vous dérange pas, nous allons devoir arrêter l'entretien. J'ai rendez-vous au Val Fourré dans trois quarts d'heure.

— Pour quoi faire ?

— Je vais au Congrès des écrivains qui disent du mal de leurs grands-parents.

— Ah ?

Archibald partit songeur. Peut-être était-ce une voie

à explorer ? L'homme contemporain était-il voué à devenir une espèce d'homme-sandwich ? Fallait-il voir cette omniprésence du marketing comme une gangrène ou comme une chance ? Il se fit toutes ces considérations en rentrant chez lui, traversant des boulevards illuminés par les premières décorations de Noël.

≈

Ronan lui aussi aperçut ces mêmes décorations de Noël en rentrant chez lui ce soir-là. Il venait de passer deux jours à un congrès international de cost-killers à San Gimignano. La splendeur de la campagne toscane, les collines qui se peignaient de teintes multicolores à la tombée du jour et la succulente cuisine locale offraient un cadre parfait pour ces hommes et ces femmes habitués à la grisaille uniforme des quartiers d'affaires et aux repas fades des cantines d'entreprises. Les quatorze hautes tours, souvenir de la lutte sans merci qui opposa naguère les familles puissantes de la région, en particulier les Ardinghelli et les Salvucci, faisaient écho à l'impitoyable compétition de ces dirigeants de multinationales, obsédés par leurs bonus de fin d'année, lesquels étaient indexés sur le nombre d'ETP (équivalent temps plein) qu'ils étaient parvenus à virer dans le courant de l'armée passée.

Ronan croisa la voiture d'Archibald sur le pont de la Concorde, mais ne la remarqua pas. De toute façon, il n'était pas habitué à s'intéresser à des véhicules qui coûtaient moins de la moitié du sien. Pourquoi perdre son temps quand il y avait bien plus intéressant à comparer ? Il appela sa femme.

— Bonsoir, madame la baronne. Votre mari au téléphone.

— Bonsoir, Ronan. Tu as fait bon voyage ?

— Oui, chérie. Je suis en train de rentrer. Je serai à la maison dans vingt minutes. Et toi ?

— Je suis sur le point de partir du bureau.

— D'accord. On se retrouve à la maison ? J'y serai vers 19 heures 19.

— Très bien.

— À tout à l'heure, chérie.

— Dis-moi, Ronan ?

— Oui ?

— Elle n'était pas là ?

— Qui ça ?

— La salope.

— Quelle salope ?

— Tu sais très bien de qui je veux parler, Karine Duvallier. La petite DRH aux gros seins.

— Oh, elle ! Mais tu sais bien qu'elle ne m'intéresse pas.

— C'est ça, c'est ça…

— Il ne s'est rien passé. Je te le jure.

— Bon, d'accord.

Ronan poussa un soupir de soulagement et accéléra. Depuis quelque temps, Tina était de plus en plus jalouse. Tout cela témoignait d'un manque de contrôle de soi quelque peu agaçant, mais il préférait malgré tout voir cela comme une marque d'attention. Il n'eut pas le temps de réfléchir à tous ces sujets car son téléphone sonna. C'était l'école.

— Monsieur de Kerniguet.

— Bonsoir, madame Joli-Pinson. Que me vaut votre appel ?

Mme Joli-Pinson était la professeure principale d'Odin et Thor dans un établissement coté pour fils de bonne famille désobéissants. Cette femme pratiquement obèse, qui portait bien mal son nom de famille, était la risée de tous les élèves du collège. Elle se vengeait de ses railleries en infligeant des punitions invraisemblables et des carnets scolaires de sycophante à ces garnements.

— C'est au sujet de vos fils. Ils devaient me rapporter leurs carnets signés il y a plus d'une semaine et je n'ai toujours rien reçu. Les avez-vous signés ?

— Je ne les ai pas vus, chère madame, car j'étais en déplacement à l'étranger ces derniers jours. Mais je suis en train de rentrer à Paris. À ce propos, avez-vous reçu notre petit cadeau ?

— Oui. Mais il me faut ces bulletins scolaires le plus tôt possible.

— Ils vous les rapporteront demain.

— J'y compte bien. Bonsoir, monsieur.

— Bonsoir, madame.

La froideur du ton de la maîtresse agaça Ronan. À quoi bon lui graisser la patte ? Chaque mois, Tina préparait un petit colis contenant parfums, maquillages et bons d'achat, toutes sortes de choses qu'elle recevait en abondance au bureau et dont elle ne savait que faire. Odin et Thor les apportaient à tour de rôle avec un petit mot bien senti de Ronan, ce qui leur permettait de passer sans encombre dans la classe supérieure. Jusqu'à présent, ce procédé avait toujours bien marché.

Visiblement il ne fonctionnait plus à en juger par la mine contrite de ses fils lorsqu'il leur demanda de lui apporter les fameux bulletins scolaires. Leurs notes étaient au-delà du catastrophique. Et si la sévère maîtresse avait pris un malin plaisir à forcer le trait dans toutes les matières, rédigeant un long paragraphe de conclusion sur chacun des deux élèves, c'était surtout leur comportement qu'elle pointait du doigt. La dernière phrase était cinglante. « Ce n'est pas d'une école dont ils ont besoin, ce n'est même pas d'une cure de désintoxication. Ce qu'il faut à ces enfants, c'est un lavage de cerveau. Tout est à reprendre depuis le début. »

Ronan entra dans une colère noire en lisant cette prose. C'en était trop. Il les avait laissés faire pendant des années en pensant pouvoir leur faire confiance, mais ils avaient dépassé les bornes. C'étaient deux incapables, deux bons à rien. Ronan les insulta pendant de longues minutes, leur réservant le traitement qu'il accordait aux employés qu'il licenciait.

C'était la première fois depuis trois ans que Ronan parlait vraiment à ses fils, et c'était pour les rabaisser plus bas que terre. Odin, qui était défoncé au début de la conversation, fut dévasté par cette humiliation. Après tout, c'était lui l'aîné. C'était sur lui que reposait une bonne partie des attentes de son père et celui-ci n'avait pas manqué de le lui rappeler.

Thor ne se sentait guère mieux. Mais s'il enrageait

un peu de se voir maltraité ainsi par son vieux, c'était la perspective de voir remis en cause le voyage à Goa qu'ils avaient organisé depuis plusieurs semaines qui l'effrayait. Il n'était pas question qu'ils ne partent pas.

≈

Quand Tina revint à la maison, elle trouva ses trois hommes dans un très mauvais état. Ronan faisait rageusement des séries de pompes dans son bureau. Il n'avait pas défait son sac, ce qui ne lui ressemblait pas. Odin était sorti se saouler au bistrot en bas de la maison. Il ne reviendrait pas chez lui avant 2 heures du matin, pour retrouver un petit mot réconfortant de sa maman sous l'oreiller et un billet de 200 euros. C'était sa façon à elle de montrer son affection. Thor était resté à la maison pour complaire à ses parents et obtenir que le voyage à Goa ne soit pas annulé. Ce n'était pas gagné.

33

Archibald accepta d'aller chercher Paul à la station RER du Luxembourg. Son frère le lui avait demandé avec insistance, expliquant qu'il ne pouvait pas quitter son entreprise avant 14 heures 30, à cause d'un important déjeuner avec Komodia. Ce déjeuner avait bel et bien eu lieu, mais Paul n'y était pas convié. De toute façon, il n'aurait pas pu y assister : le virus de la grippe lui était tombé dessus sans prévenir, aussi avait-il présenté à ses supérieurs un mot d'excuse pour ne pas revenir au bureau après son rendez-vous parisien.

Paul avait éteint son ordinateur en frissonnant avant de rejoindre Gwenaëlle qui l'attendait à son agence, située à quelques centaines de mètres de la place de la République. Son épouse avait tenu à lui rappeler quelques règles d'élémentaire prudence dans ce genre de circonstance. Après tout, si personne n'était mort dans sa famille, tout du moins sans que ce décès n'occasionne autant de fracas que celui de Christobal, elle avait été servie avec le divorce de ses parents, qui n'était toujours pas définitivement réglé.

Gwenaëlle lui intima l'ordre de se méfier de son frère aîné. Mais Paul, qui s'était recroquevillé contre le radiateur pour y puiser un peu de chaleur, haussa les épaules. S'il était d'accord pour surveiller Tina, cette vilaine morue, il n'en allait pas de même de Ronan, qui était intervenu auprès du fils Harvouët pour l'aider à regagner le terrain perdu depuis la nomination de Raoul. Ce qui le tarabustait, en revanche, c'était cette phrase énigmatique prononcée à la clinique, devant une tante comateuse : « Pour ce qui concerne ses comptes, tout est verrouillé. » Qu'est-ce que cela pouvait bien vouloir dire ?

Malgré les menaces répétées de Nemesis 2000, malgré les remontrances de sa femme, malgré le climat délétère chez Harvouët (on murmurait que quelque chose d'important se préparait), malgré les premiers symptômes de la grippe, Paul se sentait plus combatif que jamais. On allait voir ce qu'on allait voir. Il avait potassé quelques livres de droit, s'était renseigné sur Internet, avait discuté avec quelques amis. Et surtout, Archibald venait le chercher pour aller ensemble chez maître Pouic.

— Tu peux me dire ce que tu veux, Archibald me mange dans la main depuis la conversation de l'autre jour, avait toussé Paul en quittant sa femme.

— Peut-être. En tout cas, dépêche-toi. Il ne te reste que quarante minutes pour arriver au Luxembourg. Ce serait dommage qu'il te voie débarquer d'un taxi.

— Pas de souci. Tout est prévu, chérie. Dis-moi merde pour tout à l'heure.

Sur ce, Paul avait quitté la brasserie du boulevard de la République en roulant des mécaniques. N'était-il pas plus fort que tous ces employés attablés avec des airs sinistres pour boulotter leurs plats du jour à toute vitesse ? Lui au moins deviendrait bientôt millionnaire. Ah, s'ils savaient le gaillard qu'ils avaient en face d'eux ! Ah si seulement cette maudite fièvre pouvait cesser de monter ! Et Prosper qui ne rappelait pas !

≈

Ronan arriva en retard au rendez-vous chez maître Pouic, ce qui ne lui ressemblait pas. Mais il venait de passer une heure avec la conseillère principale d'éducation de l'institution privée où étaient scolarisés ses deux fils. Il avait accepté de venir la voir pour parler des bulletins calamiteux de ses rejetons, mais n'avait pas envisagé une seule seconde que l'entretien puisse se prolonger au-delà d'une demi-heure.

Trente minutes. Telle était la durée maximale des rendez-vous qu'il fixait à ses collaborateurs. Il avait même élaboré une règle dite des dix-vingt-trente, qui avait toujours bien fonctionné jusqu'à présent. Dix minutes quand il s'agissait d'une affaire personnelle, décès, divorce ou maladie grave. À ses yeux, c'était déjà beaucoup : la vie sentimentale et familiale des salariés avait déjà tendance à interférer démesurément dans la sphère professionnelle. Heureusement, la mise en place des trente-cinq heures avait permis de réduire à néant les temps de pause, de chronométrer les passages aux toilettes et de limiter l'heure du déjeuner à une trentaine de minutes.

Si le sujet en valait la peine, qu'il s'agisse d'un entretien de licenciement, d'une évaluation annuelle ou d'un rendez-vous avec un client, l'entretien pouvait durer vingt minutes. Enfin, les réunions et autres rencontres avec les membres du directoire de son entreprise méritaient que l'on bavarde pendant trente minutes, mais pas une de plus.

Seulement voilà, la conseillère principale d'éducation n'avait aucun droit de se revendiquer comme une supérieure hiérarchique, et d'exiger par là même une demi-heure d'entretien. Tout au plus entrait-elle dans la catégorie des fournisseurs. Pire, il avait été obligé de négocier avec elle le maintien d'Odin et Thor dans cette institution privée. Lui, Ronan de Kerniguet, obligé de négocier. C'était le monde à l'envers ! Au prix que lui coûtaient les études de ses fils !

Ah ça, il allait leur passer un sacré savon en rentrant à la maison ce soir-là ! Déjà, depuis qu'il avait lu leur cahier, il n'avait cessé de les agonir d'injures, filant la métaphore d'incapables à chaque fois qu'il leur parlait. Odin et Thor étaient nuls. C'était clair, net et définitif. Il n'y avait rien à faire avec eux. C'était peine perdue.

Ronan arriva chez maître Pouic à 15 heures 15 exactement. C'était bien là le seul aspect positif de son retard.

≈

En l'attendant, Paul avait entrepris de convaincre son petit frère de la nécessité de former un clan uni pour lutter contre la venimeuse Tina. Archibald l'avait écouté poliment mais avait refusé tout aussi poliment de lui promettre quoi que ce soit.

— Tu es gentil de vouloir protéger Ronan, avait dit Paul. Mais ce n'est pas de lui dont il s'agit. C'est de Tina dont je te parle. C'est elle qui exerce une influence particulièrement néfaste sur notre frère. Ne sois pas naïf. Tu ne trouves pas qu'il a changé depuis quelque temps ? Moi si. Regarde, il est 15 heures 10 et il n'est toujours pas là.

— Il aura eu un empêchement. Ça arrive à tout le monde.

— Oui, mais cela ne lui ressemble pas. C'est comme le coup du train, l'autre jour. Il m'avait promis qu'on rentrerait ensemble et tu te souviens de ce qui s'est passé… Non, je t'assure, tout ça, c'est la faute de

Tina. D'ailleurs, papa nous l'avait bien dit. Tu t'en souviens, n'est-ce pas ? Tu ne pourras pas dire que tu n'étais pas au courant.

— Je sais que vous n'aimez pas Tina, toi et Gwen. Mais de là à parler d'influence négative…

— Tu es un doux rêveur, Archibald, c'est ça ton problème. Mais il va bien falloir que tu choisisses ton camp un jour ou l'autre.

Plutôt que de lui répondre, Archibald avait préféré raconter l'inhumation d'Albert-Félix qui s'était déroulé le lendemain des obsèques, à Montpellier, dans une ambiance recueillie. Leur grand frère était adossé pour l'éternité à la Constitution, sa mère. Paul consentit à dire quelques paroles positives sur son frère éphémère. Maintenant qu'il était mort, cela ne coûtait rien d'en dire du bien.

Archibald était venu avec une petite mallette marron. Paul n'y avait pas prêté grande attention. En revanche, son regard s'attarda sur une feuille de papier qui dépassait de la poche de la veste de son petit frère. De quoi s'agissait-il ? Archibald avait vidé l'appartement qu'Albert-Félix occupait à Blois. Et s'il avait rédigé un testament juste avant de mourir ? Ce serait abominable ! L'idée commençait à l'obséder de plus en plus quand son téléphone sonna. Encore un mail de Nemesis 2000 ! Décidément, il ne le laisserait jamais en paix. Qui cela pouvait-il être ? Monique ? Archibald ? L'homme à la cape violette qu'il avait refoulé de chez sa tante le jour où elle était tombée dans le coma ?

C'est à ce moment que Ronan fit son apparition.

Paul n'allait pas rater une si belle occasion de lui faire la leçon.

— Eh bien alors, Ronan, c'est à cette heure-ci que tu arrives ?

— Oh, ça va ! J'ai été retenu à une réunion.

— Je ne veux pas le savoir. L'assistante de maître Pouic est passée trois fois. Elle avait l'air de plus en plus embêtée. Tu sais pourtant qu'il est important, ce rendez-vous !

— Elle n'est passée que deux fois, avança Archibald, dont une pour nous proposer du café. Tout va bien ? Tu as l'air chafouin.

— Non, non, ça va aller. Rien de spécial, murmura Ronan, blême.

Cet abruti de Paul essayait de jouer avec lui ? Très bien. Il allait voir de quel bois était fait Ronan de Kerniguet, qui fit craquer ses doigts en imaginant un combat de karaté.

≈

C'est maître Pouic en personne qui vint chercher les trois frères. Paul avait tellement envie de lui montrer qu'il avait passé ses soirées à lire des textes de loi pour préparer cette entrevue. Mais voyant l'air sévère du notaire, il se ravisa et lui tendit une main décidée avant de le suivre dans le dédale de l'étude notariale.

Une fois installé dans le vaste bureau décoré de peintures modernes et conflictuelles, le second fils de Christobal prit la parole en premier. Il se sentait fébrile mais voulait donner le change.

— Cher maître, nous venons vous voir pour vous parler de la nouvelle situation induite par la…

— Veuillez m'excuser, cher monsieur, mais jusqu'à preuve du contraire, c'est moi le notaire, coupa l'officier ministériel.

— Bien entendu, cher maître. Mais je me suis procuré le code civil, et je voulais juste vous rappeler qu'en vertu de l'article…

— Tu n'as aucune éducation, mon pauvre Paul, coupa Ronan. Quand cesseras-tu de couper la parole à tout le monde pour faire ton intéressant ?

Le notaire leur adressa un regard glacial avant de commencer la lecture de l'acte de décès d'Albert-Félix. Paul baissa les yeux et tritura son téléphone. Il avait encore reçu un message de Nemesis. Ronan revint à l'assaut.

— Je te signale qu'on est en rendez-vous, aboya-t-il. Si cela ne t'intéresse pas et que tu préfères jouer à des petits jeux, tu peux tout aussi bien faire une procuration.

— Mais j'étais juste en train d'envoyer un mail…

— Eh bien, cela peut attendre, n'est-ce pas, maître ?

— Je vous prie de m'excuser, cher maître, bafouilla Paul, qui se redressa et annonça : Comme je vous le disais tout à l'heure, je me suis renseigné. Si j'ai bien compris, l'essentiel est de savoir si le passif de notre frère dépassait ses actifs. Parce qu'en application de l'article 771 du code civil, l'État peut nous contraindre à…

— Mais tu vas te taire ! rugit Ronan. Ce n'est pas parce que tu n'as plus rien à faire au bureau, sinon surfer inutilement sur Internet, que tu vas nous faire croire que tu as des connaissances juridiques. Tais-toi donc et laisse parler les experts.

Paul voulut se lever, mais Archibald posa sa main sur son avant-bras en signe d'apaisement. Maître Pouic, qui n'avait pas cillé, continua comme s'il n'avait rien entendu.

— Oui, oui. Le décès de votre frère modifie incontestablement la donne. Je vais vous lire le courrier que nous allons envoyer à l'administration fiscale.

Profitant de la lecture de la lettre, Ronan songea à Odin et Thor. Pourquoi avaient-ils sombré ainsi ? Il n'avait eu de cesse d'en faire des hommes solides et droits, dignes et inflexibles. Pas des mauviettes comme Paul ou des romantiques comme Archibald. Et s'il s'était trompé sur toute la ligne comme le laissait entendre leur professeure principale ? Inenvisageable. Il faudrait qu'il demande son avis à Tina, mais ils avaient un dîner ce soir-là. La seule solution serait de venir la voir dans son bain, même si elle n'aimait pas trop qu'il vienne la déranger dans ces moments-là.

Il observa Archibald qui souriait en regardant les tableaux et triturait une feuille de papier qu'il avait sortie de son veston. À côté de la plaque, comme d'habitude. Paul, en revanche, pâlissait à vue d'œil. Peut-être était-il en train de tomber malade ? Ce n'était pas une raison pour se laisser attendrir. Décidé à pousser son avantage, Ronan s'adressa à son petit frère.

— Dis-moi, Archibald. C'est quoi le papier que tu as sorti de ta poche, là ? Je te pose la question parce que cela fait plusieurs minutes que Paul a les yeux rivés dessus.

— Mais non, mais non, protesta Paul.

— C'est ça. Prends-nous pour des demeurés. Je sais très bien à quoi tu penses : et s'il s'agissait du testament d'Albert-Félix. C'est ça, hein ? Et s'il réclamait quand même sa part post-mortem ? Ce serait affreux, non ? Tu n'as aucune compassion pour notre pauvre frère !

— Mais pas du tout, s'exclama Paul. Ce n'est pas ce que vous croyez…

— En tout cas, je ne t'ai pas vu verser une seule larme à l'enterrement. Et toi, Archibald ?

— Ne me prends pas à partie, Ronan, lança Archibald, qui était en train d'imaginer maître Pouic avec son éternel nœud papillon en train de besogner son épouse légitime. Tu sais bien que j'étais de l'autre côté du cercueil.

— Toujours d'accord avec tout le monde, n'est-ce pas ? ricana Ronan.

— Je dois bien admettre que jusqu'à preuve du contraire, votre frère aîné n'a pas laissé de dispositions particulières. Mes équipes ont interrogé le fichier national des dernières volontés et il semblerait effectivement qu'il n'y ait rien. À moins que ?

— Vous vous trompez sur toute la ligne, coupa Archibald. Il s'agit juste du brouillon d'un article que je dois écrire pour la fin de la semaine. Je sais qu'Albert-Félix n'a pas rédigé de testament. En revanche, j'ai récupéré ça chez lui. Je pensais que cela pourrait vous intéresser.

Archibald attrapa la mallette marron et l'ouvrit sur la table. Elle contenait une accumulation de lettres manuscrites et de photos jaunies, quelques bijoux, des billets de train, un vieux passeport, un couteau à la lame élimée et d'autres babioles.

— Voilà tous les souvenirs d'Afrique de papa. Vous vous souvenez qu'à chaque fois qu'on lui demandait de nous raconter ses années africaines, il nous expliquait que c'était impossible parce qu'il n'avait aucun objet pour s'en souvenir. Eh bien, les voici. Je trouve cela assez émouvant, pas vous ?

— C'est formidable, s'exclama Paul, qui n'était pas mécontent d'être momentanément tiré de ce mauvais pas.

Ronan s'empara de la mallette, regarda quelques photos, lut quelques lignes d'un document administratif, joua avec le couteau, soupesa les bijoux et, jugeant qu'ils ne pourraient pas être vendus, passa l'ensemble à Paul avec un air dédaigneux. Lequel reproduisit à l'identique les gestes de son aîné avant d'en tirer une conclusion bien différente. Il se sentait mieux depuis quelques minutes.

— Tu vois, Ronan, j'ai remarqué à quel point ces souvenirs ne t'intéressaient pas. Je trouve cela choquant. Je te remercie, Archibald, d'avoir récupéré tous ces objets et, si tu es d'accord, nous pourrons les classer avec Gwen quand nous retournerons à Ti-Kroaz. D'ailleurs, je tiens à vous dire que j'ai l'intention d'aller y passer le réveillon du nouvel an avec mon ami Prosper.

— Cela ne me pose aucun problème, répondit

Archibald. Mon seul désir, c'est que tout cela reste en famille. Est-ce que tu pourrais juste scanner quelques photos et nous les envoyer par mail ?

— Bien entendu, trompeta Paul.

— Bien entendu, grinça Ronan d'une voix nasillarde.

Ronan ne décolérait pas. Ce n'était pas tant le fait de laisser son cadet aller investir la maison familiale qui le dérangeait. De toute façon, il avait déjà prévu d'aller passer une semaine à Megève avec Tina. Et puis pour lui, c'était évident, Ti-Kroaz lui revenait de droit. Paul n'aurait qu'à s'installer dans la petite ruine au bout du jardin. Avec l'argent qu'il toucherait de la revente de ses parts du manoir, il aurait largement les moyens de se faire construire un petit « pavillon ». Il serait toujours temps, ensuite, de séparer les deux propriétés avec une futaie ou autre chose,

Non, ce qui l'agaçait, c'était l'intervention inutile et malvenue du petit. Pour une fois qu'il tenait Paul à la gorge, cet imbécile l'obligeait à lâcher prise avec ses bons sentiments. Mais Paul ne perdait rien pour attendre. La moindre faute serait sanctionnée immédiatement.

Elle finit par arriver. Le notaire ayant conclu que, faute d'héritier, le patrimoine d'Albert-Félix revenait de droit à ses frères, Paul, croyant pousser son avantage, l'interrogea au sujet d'Isadora.

— Vous comprenez, maître, cela fait près de deux semaines qu'elle est dans le coma et il nous faudrait sortir du provisoire. Chaque jour, ma femme vient lui rendre visite. Archibald vient nourrir ses chats. Tout cela est sympathique, mais cela ne peut pas durer éternellement. Ne croyez-vous pas qu'il soit nécessaire de trouver une solution ? Une mise sous tutelle, peut-être ? Il faudrait écrire au procureur de la République.

— Mais tu es ignoble, Paul ! s'écria Ronan. Tu n'as aucun cœur ou quoi ?

— Quoi ?

— On vient à peine d'enterrer notre frère et tu songes déjà au trépas de notre chère tante Isadora !

Archibald et maître Pouic regardèrent Paul avec consternation. De l'autre côté de la grande table, Paul était cramoisi. C'était absolument scandaleux ! Il savait très bien, pour en avoir brièvement discuté avec lui dans le train qui l'emmenait à Blois, que Ronan était tout aussi embêté que lui. Du reste, Gwen avait fait ses calculs : cela faisait plusieurs jours que Tina ne venait plus voir Isadora. Il n'y avait rien d'étonnant à cela : elle ne supportait pas les vieux.

Le rendez-vous se termina dans une ambiance électrique. Archibald fit son possible pour éteindre l'incendie, mais c'était peine perdue.

On avait pris acte de la mort d'Albert-Félix, rien de plus. Ni Ti-Kroaz, ni les appartements du boulevard Raspail n'avaient été évoqués, pas plus que la gestion du patrimoine d'Isadora. Et l'inventaire des biens de Christobal restait à faire. Le règlement de la succession du baron de Kerniguet avançait à un train de sénateur. Ronan, qui n'avait aucune envie d'accélérer les choses, pouvait pavoiser.

Les deux aînés faillirent en venir aux mains sur le palier. Ils furent interrompus par l'irruption de la furieuse sexagénaire, toujours accompagnée de sa fille, qu'ils avaient croisée la fois précédente. Archibald sépara les belligérants et pressa Paul de partir le premier, ce qu'il consentit à faire en maugréant.

— Mais pourquoi as-tu été si dur avec lui ?

— Dur, moi ?

— Arrête, Ronan. Tu as passé ton temps à l'agresser. Tu ne t'es pas rendu compte qu'il était fiévreux ?

— Si, justement.

— Et alors ?

— Il faut battre le frère tant qu'il est chaud.

≈

Tina pavoisait elle aussi en entrant dans la clinique où Isadora était hospitalisée : son voyagiste venait de lui confirmer son billet d'avion en première classe pour le tournage à Dubaï, au début du mois de janvier suivant. Comme cela faisait plus d'une semaine qu'elle n'était pas venue, elle se perdit un peu dans les couloirs. Aucune importance : ce n'était pas comme si la vieille bique l'attendait.

Elle eut la très mauvaise surprise de voir sa belle-sœur au chevet d'Isadora en entrant dans la pièce. Tina ne pouvait malheureusement pas rebrousser chemin. Est-ce que cette grue allait encore lui faire la leçon comme la dernière fois ? Gwen n'était guère plus heureuse de voir Tina arriver. La femme de Ronan semblait avoir maigri, alors qu'elle, à la troisième pesée du matin, avait grossi. C'était désespérant. Ce soir-là, elle prendrait une double dose de ce médicament coupe-faim qui semblait si efficace.

— Bonjour, Tina. Je ne savais pas que tu venais aujourd'hui.

— Salut, Gwen. En effet, ce n'était pas prévu. Mais je viens de conclure une vente à deux pas d'ici, alors je me suis dit que je pourrais passer voir cette chère Isadora. Cela fait… trois jours que je ne l'ai pas vue, mentit l'épouse de Ronan. Comment va-t-elle ?

— J'ai croisé un médecin tout à l'heure. Il m'a dit que son état était stationnaire, répondit la femme de Paul, qui mentait elle aussi.

Elle n'avait vu personne et de toute façon n'attendait qu'une chose, c'est que cette vieille chèvre claque car elle en avait assez de passer des heures dans cette clinique sinistre.

— Ah bon. Stationnaire. D'accord.

— Oui, quand je suis arrivée, il y avait aussi un de ses gourous en train de la baratiner. J'ai été obligée de faire appel à la sécurité pour qu'ils le virent.

— Tu as bien fait, merci.

— C'est normal. La pauvre Isadora. C'est odieux de profiter de son état pour essayer de lui extorquer son magot, ajouta Gwenaëlle, qui avait psalmodié le nom de son mari pendant dix minutes en espérant influencer la vieille dame. À propos, as-tu déjà fait tes courses de Noël ?

— Pas encore, rétorqua Tina, qui venait de dépenser plus de 2 000 euros pour s'acheter le sac à main qu'arborait une chanteuse à la mode dans un hebdomadaire féminin. Et toi ?

— Oh, tu sais, je crois que cela va être comme chaque année. J'ai tellement de travail que je serai obligée de m'y prendre au dernier moment. Si seulement j'avais plus de temps, je pourrais éviter de faire la queue dans les grands magasins… Mais comme je viens de récupérer ce gros budget, il faut que j'assure, tu vois.

— Oui, je te comprends, mais si tu as plein de boulot, c'est plutôt une bonne nouvelle…

— Oui.

Les deux femmes restèrent un long moment au chevet d'Isadora. La vieille dame restait obstinément enfermée dans un mutisme total depuis quelques semaines. Au début, cela leur faisait plaisir, car ni l'une ni l'autre n'aimaient les élucubrations de la comateuse. Mais au moins, il se passait quelque chose.

Tina fut la première à parler.

— On fête toujours Noël ensemble ?

— Bien sûr, répondit Gwen. Qu'est-ce que tu veux qu'on apporte ?

— Rien, nous avons déjà tout prévu.

— Si, si, dis-moi ce que tu veux que je prenne.

— Non, non.

— Si, si.

Tina et Gwen se chamaillèrent pendant quelques minutes, comme deux vieilles bourgeoises en train de faire mine de se refourguer l'addition après avoir déjeuné dans un mauvais bouchon lyonnais. Si, si, c'est moi qui vous invite. Mais non, mais non, il n'en est pas question. Si, j'insiste. Non, je n'en ferai rien… Finalement, Tina céda.

— Bon, d'accord. Si vous voulez, vous n'avez qu'à apporter un foie gras.

— Très bien. Et si pour une fois on faisait Noël chez nous ? Cela fait trois fois de suite qu'on va chez vous. Vous devez en avoir marre.

— Cela ne nous dérange pas du tout, répondit Tina qui effectivement, ne supportait plus ces réunions de famille et ne manquait pas de le faire remarquer à son mari. Mais c'est vraiment trop petit chez vous, c'est trop étriqué. En plus, votre rue est super-glauque. Non, franchement, cela ne nous pose pas de problème de fêter Noël à la maison.

Gwen ne releva pas l'affront. Elle resta encore quelques minutes puis s'en alla. Tina la suivit moins de trois minutes plus tard. Il fallait vite rentrer à la maison pour écouter le compte rendu de son mari.

34

— Alors, mon chéri, comment ça s'est passé chez maître Pouic ?

— Bien. Très bien même. Cet imbécile de Paul a voulu faire son intéressants mais il s'est ridiculisé tout seul. Je n'ai presque pas eu à intervenir. C'était un vrai naufrage. Tu aurais dû voir ça !

— Ah, j'aurais bien aimé, j'aurais bien aimé…

Tina était déjà dans son bain quand son mari rentra du rendez-vous chez le notaire. La journée s'était bien passée : elle avait commencé par un petit-déjeuner avec Emmanuelle, sa meilleure amie, qui était l'agent de plusieurs stars du show-biz. Les deux jeunes femmes s'étaient nourries de graines de courge et de ragots. Un journaliste avait appelé pour dégotter un rendez-vous avec une actrice. Cela faisait dix fois qu'il appelait. Emmanuelle décida de le laisser marner encore un peu. Après tout, elle avait bien mieux à faire que de répondre aux sollicitations des journalistes. Tina avait pouffé de rire en pensant à son beau-frère.

Elle s'était poursuivie avec la visite d'un hôtel particulier que convoitait le gendre d'un dictateur nord-africain. Bien qu'illettré, l'homme dirigeait la filiale locale d'une multinationale française. Il signa d'une croix le document que lui avait lu sa secrétaire, une jeune femme à la poitrine opulente qui portait un tee-shirt marqué du chiffre 105. « Ce n'est pas son tour de poitrine, avait-il plastronné. C'est le nombre de victimes civiles de la dernière manifestation contre beau-papa. » Puis il avait éclaté de rire. Tina aussi, qui songeait que ce chiffre 105 correspondait en milliers d'euros à la commission que toucherait son agence.

— Et toi, tu es allée voir Isadora ?

— Oui. Figure-toi que j'ai rencontré Gwenaëlle là-bas.

— Et alors ?

— Toujours aussi grosse.

— Mais encore ?

— Toujours aussi mal habillée.

— Je veux bien le croire, chérie. Mais Isadora ? Elle n'a rien dit ?

— Non, malheureusement. Quand est-ce qu'elle va crever, cette vieille bique, pour qu'on palpe son fric et qu'on récupère les deux appartements du boulevard Raspail ? Tu sais que Cédric m'a renvoyé un plan du duplex qu'on pourrait y créer. Nous aurions une chambre de soixante mètres carrés avec le lit à baldaquin dont tu rêves. Et il m'a fait une nouvelle proposition pour l'aile des enfants…

Ronan se rembrunit. Il avait brièvement évoqué les notes désastreuses de ses fils mais son épouse s'était contentée de ricaner. Après tout, elle aussi avait collectionné les mauvaises notes tout au long de sa scolarité. Cela ne l'avait pas empêchée de réussir dans l'immobilier. Il ne fallait pas prêter attention aux jugements de ces professeurs aigris qui avaient tendance à tout dramatiser. Depuis son entretien avec Mme Joli-Pinson, Ronan n'était pas de cet avis.

— Chérie, il faut que je te parle des garçons. J'ai vu leur professeure principale aujourd'hui.

— Eh bien ?

— C'est plus grave qu'on ne le pensait. Odin et Thor sont renvoyés de l'école. Il va falloir leur trouver un nouvel établissement.

— Quoi ? Au prix où on paye leur scolarité. Mais ils sont malades ! Elle t'a parlé de mes petits cadeaux ? Est-ce qu'elle les a reçus ? Et si on les doublait ou que l'on y ajoutait un petit billet de 500 ?

— Je crois que cela ne sera pas suffisant.

— Mais alors qu'est-ce que tu veux faire ?

— Je vais leur parler tout à l'heure, quand ils vont rentrer de l'école. J'aimerais que tu sois là.

— Si tu veux. Mais je te signale qu'on dîne chez Pavel ce soir. Et qu'est-ce, que tu comptes leur dire ?

— D'abord qu'ils peuvent tirer un trait sur leurs vacances à Goa. Ils viendront avec nous à Megève.

— Mais qu'est-ce que tu me racontes là ! Cela fait cinq ans qu'on n'a pas passé de vacances avec eux. Qu'est-ce que c'est que ce retour en arrière ? En tout cas, j'espère que tu ne comptes pas sur moi pour cuisiner des repas en famille ou prendre des cours de ski ensemble. Moi, j'y vais pour le spa, tu le sais bien.

— Je sais. Mais je suis convaincu que c'est pour leur bien. De toute façon, ce ne sera pas des vacances pour eux, mais un stage d'oxygénation avant leur nouvelle école. Ils auront huit heures de ski par jour avec un moniteur, entrecoupées d'un repas frugal et aucune permission de sortie, si ce n'est le soir du réveillon. Je serai impitoyable et inflexible avec eux parce qu'ils ont trahi ma confiance. Ce n'est pas tout…

Ronan lui présenta la pension Alcatraz où les deux frères termineraient l'année scolaire. Situé en pleine mer, dans un phare désaffecté, cet établissement accueillait une dizaine d'enfants à problèmes tous les ans. Les cours et la discipline y étaient assurés par une vingtaine d'anciens repris de justice. Les châtiments corporels étaient encouragés.

— Nous avons été trop tendres avec ces petits salopards, conclut le fils aîné de Christobal. Il est temps que cela change.

— Mes poussins ? Tu es sûr qu'il n'y a pas d'autres solutions ? gémit Tina.

— Certain.

— Et combien cela va coûter tout ça ?

— 12 000 euros par enfant et par an.

— Ah, quand même… Et on pourra les voir ? J'aimerais leur glisser un petit billet de 200 de temps à autre…

— Ils auront droit à une visite par mois. Mais c'est à nous de nous déplacer. En hélicoptère.

Cette perspective n'enthousiasmait guère Tina. Elle détestait l'hélicoptère. Mais elle savait d'expérience qu'il était préférable de laisser son mari agir quand il était furieux. Il serait toujours temps, par la suite, d'atténuer la portée de cette foucade.

Elle plongea sa tête dans l'eau et en ressortit quelques instants plus tard.

— Ah ! chéri, je ne t'ai pas dit. J'ai parlé de Noël avec Gwenaëlle.

— Oui et alors ?

— Elle a proposé qu'on le fasse chez eux. Naturellement, j'ai refusé. Aucune envie d'aller dans leur gourbi sinistre. Mais elle a insisté pour apporter du foie gras. Je n'ai pas pu l'en empêcher.

— Ce n'est pas grave. Tu vas voir, on va leur en mettre plein la gueule !

Tina éclata de rire et plongea à nouveau la tête sous l'eau. Ronan sortit de la salle de bains et partit s'entraîner. Le championnat de France de karaté avait lieu ce week-end-là. Une autre médaille d'or ferait certainement bisquer son médiocre cadet.

≈

Gwenaëlle aussi était allée s'entraîner. Le lundi était

le jour de son cours de cardio-jazz-pump-up-my-fat-ass training, avec Janine, sa coach américaine octogénaire. Il n'était pas question qu'elle rate une séance. Pour se remettre de cet effort, elle se rendit ensuite chez Max, son ostéopathe, pour son massage mensuel.

— Bonjour, ma belle. Comment ça va aujourd'hui ? avait lancé le praticien d'un ton affable en regardant sa patiente se déshabiller.

— C'est un peu dur en ce moments Max. J'ai une raideur au niveau des cervicales dont je n'arrive pas à mc débarrasser depuis quelques jours.

— On va voir ça. Allongez-vous sur le ventre. Voilà…

Il commença à la manipuler. Ce n'était pas une raideur, c'était une fossilisation. Gwenaëlle était complètement bloquée. Comme chaque mois. Le praticien commença à la masser en la flattant. Il savait que c'était la seule façon de la détendre.

— Voilà… Respirez et ne pensez à rien. Écoutez-moi : je vois des dizaines de jeunes femmes chaque semaine, mais vous êtes incontestablement la plus belle. Et de loin. Votre peau est ferme comme celle d'une adolescente. C'est incroyable. On dirait que vous n'avez jamais eu d'enfants !

Peu à peu, Gwenaëlle commençait à se détendre.

— Voilà… c'est bien, c'est très bien. Et sinon, au travail, toujours la meilleure attachée de presse de Paris ? Quel budget avez-vous encore récupéré cette semaine, hein ?

La femme de Paul poussa un grognement ravi en

guise de réponse. Ses muscles étaient presque entièrement relâchés. Max continua :

— J'ai l'impression que vous avez fait l'amour il n'y a pas longtemps, n'est-ce pas ? Avec la sensualité qui se dégage de votre peau, je ne doute pas que vous soyez une amante exceptionnelle, espèce de petite coquine…

Gwenaëlle sortit tout à fait détendue de sa séance et arriva toute guillerette à la maison. Sa bonne humeur ne dura pas longtemps. Paul, qui avait récupéré Mirabelle à l'école, s'apprêtait à partir à son cours de sculpture. Entre deux reniflements, il lui raconta le rendez-vous chez maître Pouic, les timides avancées du jour, les humiliations de Ronan et la volonté de conciliation d'Archibald. Il omit volontairement de lui parler de Nemesis 2000.

— Ah, il commence vraiment à m'emmerder, ton petit frère, à refuser de te défendre. Tu veux que je te dise, ce n'est qu'un lâche !

— Ne nous fâchons pas avec lui, bébé. Au moins, il ne nous fait aucun mal. Ce n'est pas comme Ronan. Je commence à croire que c'est lui le problème, que c'est lui le salaud dans l'affaire. Et pas seulement Tina.

— Je ne sais pas et je ne veux pas le savoir. Ce qui compte, c'est que tu t'es encore fait marcher sur la gueule et que la succession de ton père n'avance pas. C'est ça mon problème. En tout cas, tu sais qui j'ai vu à la clinique ?

— Non. Tu es allée voir Isadora ?

— Oui, je suis restée près d'une demi-heure à lui parler de toi et de Ronan, mais toujours rien, toujours aucun signal de vie. C'est désespérant. Et tu sais qui j'ai vu apparaître, un quart d'heure après ce gourou que tu avais viré de chez elle l'autre matin ? Tina !

— Non !

— Si ! On n'a pas parlé de grand-chose, si ce n'est de Noël. Je lui ai dit qu'on apporterait un foie gras.

— Mais c'est super cher ! Tu ne pouvais pas éviter ?

— Non. Cela fait des années qu'on fête Noël chez eux sans jamais rien apporter. Il est temps que cela change.

— Mais pourquoi veux-tu que cela change ? Ils gagnent plus d'argent que nous. C'est normal qu'ils paient plus. Et puis Ronan me doit bien ça après tout ce qu'il m'a fait subir dans mon enfance.

— Non, ce n'est pas normal. J'en ai marre de passer pour les pauvres que l'on invite le soir de Noël.

— Moi, cela ne me dérange pas.

— Ça ne te dérange pas tant que tu ne payes pas. Mais cette fois-ci, c'est moi qui décide.

Paul partit en claquant la porte. Un foie gras. Au prix que cela coûtait ! Gwenaëlle était mécontente elle aussi. Son dos recommençait à lui faire mal. Elle s'en prit à Mirabelle, qui n'avait pas fait ses devoirs.

≈

Archibald était retourné dans l'étude notariale une demi-heure après le départ de ses frères. Il avait oublié son écharpe, qu'il ne trouva pas dans la salle de réunion. Inquiet, il posa la question à la jolie secrétaire.

Laquelle prit la peine de sortir de son guichet pour l'aider à la chercher. Archibald en profita pour admirer ses courbes avantageuses.

— Quelqu'un aura dû la laisser dans la cuisine. C'est là où nous les rangeons d'habitude. Si vous voulez bien me suivre ?

Ah ça oui, il voulait bien la suivre. Il l'aurait même suivie jusqu'au bout de l'étude, et même plus loin encore… Dieu, qu'elle était désirable avec ses grandes bottes à talons, sa petite robe en laine et ses cheveux sagement attachés en queue-de-cheval. Tout en l'observant, Archibald se demandait : est-ce qu'une femme se rend compte du désir d'un homme qui marche derrière elle ? Son regard malicieux lorsqu'elle entra dans la cuisine et se tourna vers lui, l'écharpe à la main, constitua un élément de réponse.

— C'est celle-là ?

— Euh… oui. Merci.

La jeune femme lui tendit l'écharpe. Il s'en empara, mais elle ne lâchait pas. Au bout de quelques secondes, elle finit par la relâcher. La secrétaire souriait. Archibald était troublé.

— Je vous offre un café ?

— Euh… oui. Volontiers.

Elle glissa une pièce dans la machine à café, lui donna sa boisson et se servit un cappuccino. Archibald ne savait que dire.

— Vous avez… un très joli gobelet.

La jeune secrétaire pouffa.

— Merci. C'est gentil. Vous êtes libre ce soir ?

— Oui.

— Rendez-vous devant l'Opéra Bastille à 8 heures 30. D'accord ? Bon, il faut que je vous laisse, ma pause a déjà trop duré. À ce soir alors ? Sans faute ?

Sans faute oui, mais pas sans culpabilité. Archibald retrouva la jolie secrétaire à l'heure convenue. Elle s'appelait Justine, elle aimait les sushis, la musique électronique et la fellation.

Après avoir dîné dans un restaurant japonais, Justine l'invita à venir écouter de la musique chez elle. Elle lui fit écouter, dans l'ordre : de la deep & électro soul puis de la sensation soul & vibrations groovy, du groovy mix new funk, du revival reggae et electro brazil, du mix fusion funky-house & afro dream avant de terminer par une session de relax soul & pop rock. Le concert dura près d'une heure.

Justine dansait langoureusement devant Archibald qui l'admirait et la désirait, tout en sirotant de l'alcool de riz. Morceau après morceau, elle se déshabillait, s'approchait de lui, lui susurrait le genre de la composition qu'ils écoutaient à l'oreille avant de s'éloigner, mutine. Il aimait bien, mais ne voyait pas la différence entre chaque mélodie.

Il finit par l'attraper par les poignets et l'attirer à lui. Elle éclata de rire et l'embrassa. Avant de se laisser emporter par le désir, Archibald pensa à Zélie. Pourvu qu'elle n'en sache rien…

≈

— Vous êtes des incapables, des minables !

— Mais, père ! gémit Odin.

— Ta gueule ! Vous ne valez pas mieux que ces abrutis de Paul et Archibald. Moi qui vous croyais au-dessus du lot, je me suis bien trompé. Vous êtes de la boue. Dire que je vous ai donné le beau nom de Christobal ! Vous n'êtes plus mes fils !

— Mais, papa ! s'exclama Thor.

— Tais-toi, petit morveux. Je suis allé voir Mme Joli-Pinçon. Vous êtes virés de l'école. Mais vous n'allez pas vous en tirer à si bon compte. Dès la rentrée prochaine, vous partez à Alcatraz !

— Alcatraz ? C'est quoi ?

— On demande « Qu'est-ce que c'est ? » quand on a un peu d'éducation, espèce de merdeux. Tiens, voilà une brochure : tu pourras te rendre compte par toi-même avant d'y aller, aboya Ronan en jetant un dépliant au visage de son fils.

— Mais tu ne peux pas nous faire ça ! s'insurgea Thor.

— Bien sûr que je peux. Et depuis quand est-ce que je t'ai autorisé à me tutoyer ? Ah, et puis j'en profite, vos vacances à Goa ? Annulées. Vous partez à Megève avec votre mère et moi.

— Ah, non ! cria Thor.

— Mais si ! hurla Ronan. La conversation est erminée.

Sur ce, Ronan se leva et partit s'entraîner. Les championnats de France senior de karaté avaient lieu le surlendemain. Furieux, il fit ce jour-là trois cents pompes et quatre cents abdos. D'une manière générale, plus il était énervé, plus il faisait de sport.

Odin se laissa dégouliner de son fauteuil. C'était

comme s'il n'avait plus un seul os dans le corps. Thor, lui, ressentait encore les effets de la drogue. Il était indigné. Pour le calmer, sa mère, qui avait assisté à toute la conversation sans rien dire, lui glissa un billet de 100 euros dans la poche.

35

Et puis ce fut Noël. Zélie, qui avait été invitée *in extremis*, arriva avec une demi-heure d'avance. C'était la faute d'Archibald, qui l'avait appelée la veille pour lui donner l'adresse de Ronan mais s'était trompé d'horaire, croyant s'adresser à Paul et à ses éternels retards. Imelda, recrutée en cette soirée de réveillon et payée trois paires d'escarpins, lui ouvrit la porte.

— Bonsoir, mademoiselle ? Vous être qui ?

— Bonsoir, je suis Zélie, une amie d'Archibald. Je suis en avance ?

— C'est le moins que l'on puisse dire, grogna Ronan, qui était sorti de la cuisine pour chasser l'importun.

— Oh, je suis désolée ! Est-ce que tu préfères que je repasse plus tard ?

— Non, non, maugréa Ronan, qui s'était avancé. Qu'est-ce que tu as là ?

— Une bouteille de Champagne. Tiens, si tu veux la mettre au frais…

Ronan s'empara de la bouteille. Il regarda l'étiquette, la retourna et lut rapidement les quelques lignes qui figuraient sur la contre-étiquette, puis poussa un soupir dédaigneux en indiquant le salon à Zélie.

— Personne n'est prêt. Mais puisque tu es en avance, j'imagine qu'Archibald ne va pas tarder à arriver. Il faut que j'aille badigeonner le chapon. En attendant, si tu veux t'installer au salon.

— Merci, Ronan. C'est gentil.

Mais Ronan ne répondit pas. Zélie entra dans la grande pièce qui avait été décorée par Tina. Estimant qu'il fallait en finir avec les traditions désuètes, la femme de Ronan avait remplacé le sapin par la composition d'un artiste turkmène, un arbre métallique où des pistolets automatiques faisaient office de branches. De la même façon, elle avait demandé à Imelda de ranger la crèche au débarras. À la place, elle avait affiché au-dessus de la cheminée en marbre une lithographie d'un designer salvadorien. Intitulé *Le Crash,* cette œuvre représentait un avion s'écrasant sur Saint-Pierre de Rome. Le pape gisait dans une flaque de sang, entouré d'une sarabande de cardinaux et de nymphettes dévêtues sur un fond de guerres et d'explosion. Tina, qui trouvait cette œuvre aussi drôle que sublime, entra dans la pièce quelques minutes après l'arrivée de Zélie.

— Bonsoir, Tina. Comme tu es belle ce soir !

— Merci. Cette robe m'a été prêtée par un couturier à qui j'ai vendu un appartement. Elle vaut 30 000 euros. Et ce collier, tu sais combien il coûte ? 117 000 ! Pas mal non ?

— Ah, oui, c'est très joli. Vraiment.

Tina regarda Zélie de haut en bas. D'où pouvait venir une robe si démodée ? Devinant sa question, Zélie lui répondit.

— Tu te demandes d'où vient ma robe ? Pour tout te dire, je ne sais pas. C'est ma robe porte-bonheur. À chaque fois que je la porte, je passe une bonne soirée. Et puis, elle est très confortable.

Confortable ! Quelle idée saugrenue ! Depuis quand demandait-on à un vêtement d'être confortable ? Elle tourna les talons et repartit dans sa chambre se maquiller. Zélie prit un livre au hasard dans la bibliothèque et s'assit. C'était le recueil d'Upanishad qu'affectionnait tant Ronan.

Justement, celui-ci entra en trombe dans le salon. Il était torse nu. Le maître de maison tournicota pendant quelques minutes dans la salle à manger, déplaçant un coussin, arrangeant le couvert qu'Imelda avait mis, mesurant l'espace entre les verres pour que ceux-ci soient bien équidistants les uns des autres. Il ponctua son petit manège de grommellements, de « bon », de « bien » et de « ça, ça va là » tout en gonflant ses muscles et en exhibant la médaille d'or qu'il avait remportée au championnat de France de karaté. Puis, constatant que la jeune femme ne le regardait pas, tourna les talons et partit s'habiller.

Odin et Thor firent leur apparition. Ils s'affalèrent tous les deux dans un canapé à quelques mètres de Zélie mais ne lui parlèrent pas. Les jumeaux étaient complètement défoncés. Ils venaient d'aller faire leurs stupéfiantes courses de Noël.

Archibald arriva enfin. Il se confondit en excuses.

— Bonsoir, Zélie. Oh, excuse-moi ! Tu es arrivée il y a longtemps ?

— Vingt minutes.

— Vingt minutes ! Oh, je suis vraiment désolé. Mais comment est-ce que cela se fait ?

Archibald se sentait mal à l'aise. Il avait passé la nuit avec Justine et s'en voulait terriblement. Ce n'était pas le fait d'avoir couché avec elle qui le tourmentait et encore moins l'avenir de cette liaison. La passionnée de musique électronique venait de divorcer : elle n'avait aucune envie de s'enfermer dans une relation amoureuse de longue durée et préférait prendre du plaisir, tout simplement. Elle n'attendait rien de lui, si ce n'est un peu de tendresse.

En voyant Zélie, Archibald ne pouvait pas s'empêcher de se sentir coupable. Ils ne s'étaient rien promis, rien prédit. Mais le fils de Christobal était persuadé que chaque baiser de Justine avait laissé une trace indélébile sur son visage. Elle ne pouvait pas ne pas s'en rendre compte.

Le filleul de Jean-Yves se souvint d'une conversation avec son parrain. Alors qu'Archibald l'interrogeait sur les relations entre Christobal et son épouse, le charpentier de marine lui avait répondu : « Tu vois, le problème, quand on est infidèle, c'est qu'on se place automatiquement en position d'infériorité. On fait souffrir l'autre, donc on s'en veut, on culpabilise. Et l'autre, par-delà sa souffrance, au-delà de son pardon, ne peut pas s'empêcher de vouloir se venger. C'est automatique. Être infidèle, c'est être faible sur tous les tableaux. »

Archibald était si occupé à ces considérations qu'il n'entendit pas la porte sonner. C'était Paul, Gwenaëlle et Mirabelle qui arrivaient, les bras chargés de paquets. Plus exactement, c'était Gwenaëlle qui portait les paquets, Paul se contentant de tenir dans sa main un petit sachet en plastique contenant le foie gras qu'il avait acheté pour l'occasion. Loin de s'en offusquer, Gwen en avait profité pour grimper les quatre étages à pied, en faisant bien attention à poser ses orteils en premier à chaque marche. « Cela fait du bien de faire un peu d'exercice avant les fêtes, avait-elle dit. Et puis ça affine les mollets. »

Paul s'était coincé le dos la veille, en soulevant des haltères plus lourds que d'habitude. C'était une banale sciatique, ce qui lui arrivait souvent, au moins trois fois par an. Sauf qu'elle tombait mal : son kiné était parti en vacances et ne reviendrait pas à Paris avant le nouvel an. Il sonna.

Ronan lui ouvrit et lui donna une grande tape dans le dos.

— Ah, mais tu es vraiment trop con ! Ça fait super-mal ! couina Paul. Je me suis coincé le dos…

— Je ne pouvais pas le savoir, rétorqua Ronan.

— Eh bien, maintenant tu sais, gémit Paul. Tiens, voilà le foie gras. Est-ce que je peux utiliser tes toilettes ? Je vais aller me mettre de la crème dans le dos.

— Va. Tu sais où c'est, se contenta de répondre Ronan en ouvrant le petit sachet. Mais qu'est-ce que tu m'apportes là ?

Paul n'écouta pas. Il était déjà parti se badigeonner dans la salle de bains. Mirabelle entra dans le salon.

Elle faisait la tête. C'était sa mère qui lui avait appris comment faire. La jeune fille n'était pas contente, car ses parents avaient refusé de lui offrir le sac à main dont elle rêvait, l'accessoire obligé qu'exhibait cet hiver-là un mannequin maigrelet dont l'inconduite notoire faisait se pâmer les chroniqueurs de la presse à deux sous.

— Bonsoir, Mirabelle, tu es bien jolie ce soir, lança Archibald.

— 'soir.

Zélie s'approcha et lui tendit la joue. L'enfant l'embrassa mollement, salua d'un geste ses cousins et partit s'affaler dans un fauteuil Louis XV. Elle n'en bougerait pas jusqu'à ce que l'on commence à déballer les cadeaux. D'un bout à l'autre de la pièce, les cousins se toisaient et s'observaient en chiots de faïence.

Enfin, Tina apparut. Dès qu'elle la vit, Gwenaëlle manqua de s'étrangler. Archibald, qui cherchait la meilleure place pour ne pas voir le crash de l'artiste salvadorien et avait fini par lui tourner le dos, fut obligé de s'agripper à la cheminée pour ne pas flancher. Paul venait de sortir de la salle de bains. La crème chauffante lui faisait une agréable impression de relâchement : quand il vit Tina, il se crispa de toutes ses forces et se relâcha d'un coup. Son dos lui fit encore plus mal.

Ce n'était pas la femme de Ronan qu'ils avaient devant eux, mais sa mère. Leur mère. Tina avait passé un très long moment dans son boudoir à se coiffer et à se maquiller, sans prendre la peine de venir saluer ses invités. Archibald s'en était ouvertement étonné.

Désormais, il avait la réponse. Debout à trois mètres de lui, sa belle-sœur était le sosie de sa mère le jour de l'accident, le jour de sa mort. Tout, les yeux, le rouge à lèvres, la coiffure et même les boucles d'oreilles, tout était parfaitement identique. C'était saisissant. Les frères de Ronan avaient devant eux une copie animée de la dernière photographie d'Isabelle Morsang.

Gwenaëlle courut dans la salle de bains avaler un calmant. Archibald avala d'un trait la coupe de champagne que lui avait servie Ronan et s'en resservit une autre, qu'il but cul sec. Paul se précipita vers les toilettes. Ronan pavoisait.

— Bon, quand vous aurez fini vos petites affaires, on va peut-être ouvrir les cadeaux ?

Ses frères ne tardèrent pas à retrouver leurs esprits. En tout cas, ils allaient dîner avec celui de leur mère.

— Bien. Je crois que l'on peut commencer la distribution. Tout le monde est prêt ? Cela vaut pour vous aussi, Odin et Thor, même si vous avez déjà reçu les vôtres. N'est-ce pas ?

Les jumeaux n'avaient rien reçu mais c'était une façon de leur faire comprendre que désormais leur père ne leur ferait plus de cadeaux. « *No more mister nice guy* », avait-il crié en les extirpant du lit à 9 heures ce matin-là.

Zélie fut la première à sortir ses cadeaux. Elle était allée faire ses courses de Noël avec Archibald trois jours plus tôt. Ils s'étaient laissé emporter par la marée humaine dans les grands magasins, sans chercher à résister quand la foule les séparait, riant aux éclats lorsqu'ils se croisèrent dans les escalators allant en sens contraire, parvenant enfin à se retrouver chez le caviste où Archibald lui conseilla un champagne. Elle sortit un petit paquet rectangulaire de son sac à dos et le tendit à Tina.

— Qu'est-ce que c'est ?

— C'est une icône. Elle a été faite par une de mes amies, qui a appris la technique de la détrempe en Grèce. C'est une Vierge à l'enfant assez classique. Je sais que tu n'es pas fan de thèmes religieux, mais on se disait avec Archibald que vous aimez les beaux objets, toi et Ronan. Et puis comme tu es grecque, ça te rappellera ton pays natal…

— Et ça coûte combien ? demanda Tina, qui songeait déjà à le revendre sur Internet.

— Je ne sais pas, répondit Archibald. Je peux te dire le prix que l'on a payé, mais cela, ne te renseignera pas beaucoup car l'amie de Zélie n'en vit pas vraiment. Ou plutôt si, mais elle en survit difficilement…

Archibald tendit ensuite un paquet à Paul. C'était un coffret d'écriture en acajou, contenant du papier à lettres, des enveloppes et un stylo à plume à l'ancienne. Zélie avait glissé un petit mot : « Pour l'amateur de nouvelles technologies, voici une méthode archaïque qui a encore du charme. Affectueusement. Z. » Paul ouvrit le paquet en forçant sur son sourire. Il n'avait pas songé un seul instant à apporter un cadeau à Zélie.

Tout juste avait-il acheté un livre pour chacun de ses frères. Après tout, c'était bien suffisant. Passé la quarantaine, c'était puéril de s'offrir des cadeaux. Et puis, il n'avait pas d'argent : les cadeaux de Mirabelle et le foie gras lui avaient coûté assez cher comme ça.

Surtout, il avait invité William-Acinator à déjeuner une semaine auparavant. Il fallait bien qu'il sache si c'était lui le fameux Nemesis, qui continuait à le harceler nuit et jour. Il l'avait cuisiné de l'entrée au dessert, voyant avec consternation son collègue commander les meilleurs plats et les bouteilles les plus chères. À la fin du repas, Acinator était guilleret et un peu bourré. Paul était fauché et furieux. Et il en savait d'autant moins sur Nemesis qu'il avait reçu un mail du vengeur anonyme en plein milieu du repas.

Ronan non plus n'avait pas prévu de cadeau pour Zélie. Il avait demandé à sa secrétaire d'acheter un coffret cadeau pour Archibald et un pull en cachemire pour Paul. C'était bien suffisant. Et puis il avait mis l'accent sur le cadeau de sa femme, une nouvelle voiture. Tina, quant à elle, avait offert à son mari une montre en or et un téléphone portable dernier cri, qui ne sortirait en France que quelques mois plus tard. Ce n'était pas tout : elle avait également offert une robe en soie jaune à Gwenaëlle, qu'elle lui tendit en faisant de son mieux pour sourire.

— Tiens, Gwen, voilà mon cadeau de Noël. Tu veux l'essayer ?

Gwen, gênée de n'avoir rien apporté à sa belle-sœur, si ce n'est une yaourtière qu'elle avait achetée en promotion, prit la robe, regarda l'étiquette et répondit :

— Oh, comme c'est gentil, Tina. Merci beaucoup. Il ne fallait pas…

— Tu veux l'essayer ? susurra Tina.

— Non, tu es gentille. C'est un peu compliqué

d'enlever ma robe ici. Je l'essaierai à la maison. Merci en tout cas.

— Je t'en prie. Et toi, Paul, si tu essayais le pull que t'a offert Ronan ?

Paul n'avait pas très envie d'enfiler le pull. Mais devant l'insistance de sa belle-sœur et en l'absence d'une raison valable, il ne put résister longtemps. C'était un pull à capuche orange vif avec une tête de mort dans le dos. Paul détestait l'orange, il était allergique au cachemire et les têtes de mort le déprimaient. Il retira sa veste et enfila le pull. Deux tailles trop petites. Les manches s'arrêtaient au milieu de son avant-bras et l'on devinait son nombril. Zélie pouffa de rire, bientôt imitée par Tina, Ronan et leurs enfants.

— Je crois qu'il est un peu petit.

— Ah oui. C'est mon idiote de secrétaire, souffla Ronan, en se tenant les côtes. Elle a dû se tromper de taille.

— Tu as le ticket de caisse ? demanda Gwen, d'un ton acide.

— Euh… non. Mais je vais le lui demander. Il faudra que tu passes au bureau le chercher après-demain, car nous serons déjà partis pour Megève.

Gwen fit une grimace et partit aider Mirabelle, qui était très occupée à déballer son avalanche de consoles de jeux et de vêtements. Zélie admirait le beau livre sur l'artisanat d'art que lui avait offert son ami. Les jumeaux observaient leur famille l'air hagard. Archibald s'était assis à côté d'eux. Il parlait à Thor à voix basse. Zélie s'approcha de Ronan et lui dit :

— Excuse-moi, Ronan, mais je crois que la bouteille de champagne est vide. Tu veux peut-être aller en chercher une autre ? On pourrait ouvrir celle que je t'ai apportée. Tu l'as mise au frigidaire ?

— La bouteille de quoi ?

— Eh bien, de champagne. Celle que je t'ai passée tout à l'heure.

— Ah, parce que c'était du champagne ! Mais tu aurais dû me prévenir. Quand j'ai vu la mousse, je me suis dit que tu m'apportais une vinaigrette, ou plutôt une mayonnaise, comme la dernière fois.

La première fois que Zélie était venue dîner chez Ronan, quelques mois auparavant, le frère aîné d'Archibald lui avait ordonné de faire une vinaigrette. La voyant émulsionner l'huile et le vinaigre, ce qui ne se faisait absolument pas dans ce milieu, il l'avait interpellée vivement : « Eh bien, Zélie, tu es en train de faire une mayonnaise là ! » Tina, qui se souvenait de cet épisode, éclata de rire. Ronan continua sa plaisanterie.

— Vraiment, Zélie, je t'assure que je ne savais pas que c'était du champagne. C'est vrai que la bouteille aurait pu me mettre la puce à l'oreille mais, en cette période de fête, je me suis dit que nos amis du marketing ne savaient plus quoi inventer…

— Mais tu voyais bien que…

— Il ne faut pas lui en vouloir. Elle s'est peut-être trompée de rayon, s'esclaffa Paul. Tu sais combien Zélie a du mal avec le monde moderne.

Gwenaëlle gloussa.

— Ah, mais tu rougis ? lança Ronan d'un ton sarcastique.

Pour le coup, la peau du visage de Zélie devint vraiment écarlate. Elle se leva et se précipita vers la salle de bains, manquant de faire tomber l'armoire où Ronan conservait ses souvenirs de la Première Guerre mondiale. Archibald courut la rattraper. Pendant ce temps, Tina se tenait les côtes.

Il eut toutes les peines du monde à ouvrir la porte de la salle de bains. Accroupie par terre, Zélie bloquait le passage. Elle sanglotait : « Mais pourquoi sont-ils si méchants ? »

Et là, soudain, ce fut une évidence. « *No more mister nice guy* », avait dit Ronan ? Il ne croyait pas si bien dire. Au nom de quoi ce grand dadais se permettait-il d'agresser sa Zélie ? Au nom de quoi l'insupportable Tina se permettait-elle de la regarder de haut ? Archibald pensa à Paul et se souvint du jour où ils étaient venus le chercher à la gare de Blois, après l'enterrement d'Albert-Félix. Ce jour-là, Zélie devait rapporter un violon chez une cliente. Elle avait accepté d'être en retard pour rendre service à ce « pauvre Paul ». Lequel avait monopolisé la parole tout au long du trajet, sans se soucier d'elle un seul instant. Quelques jours plus tard, à l'anniversaire de Baptiste, Paul s'était moqué de Zélie. Jusqu'à quand allait-il accepter cela ?

« *No more mister nice guy.* » Archibald se répétait cette phrase en séchant les larmes de son amoureuse et en la couvrant de baisers. Depuis son enfance, on lui avait collé l'étiquette du gentil, du tendre, de l'affable. Il était temps de la décoller de son front et de la jeter par terre. C'était terminé. L'heure était venue de se comporter comme un chevalier.

Archibald mit près de dix minutes à consoler Zélie. Ce fut d'autant plus long que Garm, le foxhound de Ronan, croyant entendre un peu d'animation, s'était approché et grattait frénétiquement la porte. Lorsqu'il revint au salon, le plus jeune fils de Christobal était fou de rage.

— Tu, tu n'avais pas le droit de lui parler comme ça ! Tu, tu ne pouvais pas faire cela le soir de Noël. C'est dégueulasse ! Je me casse. Enfin, je veux dire, on se casse, éructa-t-il. Et j'ajoute, pour information, que c'est moi qui lui ai conseillé d'acheter cette bouteille de champagne. Tu n'avais pas le droit de lui parler comme ça !

— Mais tu es complètement fou, mon pauvre Archibald ! répondit Ronan d'une voix douce. Tu ne comprends pas que c'est de l'humour ?

Pour le coup, Ronan était sérieux. Lorsque sa mère était morte, il s'était beaucoup rapproché de sa famille maternelle, passant de longs week-ends et plusieurs vacances avec ses cousins lyonnais. Odieux et imbus d'eux-mêmes, ces derniers lui avaient enseigné qu'il n'y avait rien de plus impudique que de se dire des gentillesses. Même s'il ne les voyait plus, Ronan avait parfaitement retenu leur leçon de savoir-vivre.

Archibald se tenait bien droit à côté de l'armoire de son grand frère, avec une envie folle de la renverser par terre et de viser ses neveux, qui continuaient à ricaner, avec les casques à pointe de l'armée allemande. Pressé par sa femme, qui ne voulait pas que le spectacle s'arrête si tôt, Ronan consentit à s'excuser. De toute façon, il était 20 heures 21 : c'était l'heure à laquelle il avait prévu que l'on passerait à table. D'un geste, il intima l'ordre à ses rejetons de se taire.

— Je ne voulais pas lui faire de la peine. Je suis désolé, mais décidément, vous n'avez aucun humour. On ne peut rien vous dire. C'est d'ailleurs ce que papa disait…

— Tu veux bien laisser papa en dehors de ça ? grogna Archibald.

Zélie revint au salon. Elle avait les yeux rouges. Odin aussi, qui était allé fumer un pétard sur le balcon. Ronan marmonna un « désolé » et invita ses hôtes à s'approcher de la salle à manger. Il s'assit en premier et fit sonner la petite cloche qu'il avait posée non loin de son assiette. Quelques instants plus tard, Imelda arrivait avec le foie gras. Ronan attendit que tout le monde fût servi, puis il souleva une tranche fine et la fit glisser dans son assiette en soupirant.

— Et voilà. Maintenant, je ne vais rien pouvoir dire.

— Dire quoi ? fit Paul, soupçonneux.

— Dire que je n'aime pas que l'on se foute de ma gueule. Tu sais que j'aime les belles choses, n'est-ce pas ? Eh bien, ton mauvais pâté, tu peux te le garder, Paul. Je voudrais savoir une chose : est-ce que tu as bien regardé l'étiquette avant de l'acheter ?

— Oui.

— Et que disait-elle ?

— C'est une interrogation surprise ? On n'est pas à l'école, je te signale, grogna Paul. De toute façon, je ne l'ai pas apportée dans son emballage.

— Ah ça merci, je me suis bien rendu compte de ton procédé minable pour cacher le fait que tu l'avais acheté dans un supermarché low-cost.

S'adressant à la tablée comme s'il haranguait une foule, Ronan s'écria :

— Savez-vous ce que Paul nous a apporté ? Ce n'est pas un foie gras entier. Ce n'est même pas un bloc de foie gras. C'est une vulgaire mousse de foie gras.

— Il y avait marqué parfait sur l'emballage… gémit Paul.

— C'est ça. C'est parfait. Eh bien, tu veux que je te dise, ce que tu nous as apporté ce soir, c'est de la merde. De la merde pour pauvres qui veulent copier les riches et bouffer eux aussi du foie gras et du saumon fumé le soir du réveillon, en se bourrant la gueule au mauvais mousseux !

— Et pourquoi est-ce qu'ils n'auraient pas le droit ? s'emporta Gwenaëlle.

— Pourquoi ? Parce qu'ils sont pauvres et qu'ils n'ont qu'à becqueter de la bouffe de pauvres, bordel ! s'exclama Tina.

— Pas seulement ma chérie, ajouta Ronan. Le problème, c'est qu'à force de produire à grande échelle des produits qui étaient réservés naguère à un tout petit nombre, on a ouvert la boîte de Pandore de la malbouffe. Ce n'est pas possible de fabriquer du bon foie gras à si grande échelle. Ce n'est pas étonnant qu'on ait tous ces problèmes d'alimentation. Je croyais que tu étais sensible à cela, Gwen. Quant à toi, Paul, je me suis décarcassé tout l'après-midi pour préparer ce chapon, et j'aurais espéré, en ce premier Noël sans papa, que tu lui rendes hommage en apportant un produit de qualité… Tu sais combien il aimait ça.

— En tout cas, moi je trouve qu'il est bon, le pâté de Paul, souffla Zélie.

— Oh ça ne m'étonne pas… soupira Ronan.

— Qu'est-ce que tu viens de dire ? gronda Archibald.

Ronan regarda son frère, interloqué. Archibald serra le poing mais Zélie mit sa main dessus. Pour détendre l'atmosphère, Tina détailla le stage « Maigreur et bien-être » qu'elle allait suivre à Megève, à base de cours de sport intensif, de régime protéiné et de projections de films. Les trois premiers jours, elle verrait des défilés de mannequins anorexiques, pour se rendre compte du chemin à parcourir. Les trois suivants, ce serait un reportage sur l'obésité dans le Pas-de-Calais mélangé à des prises de vues de restaurants gastronomiques, d'orgies romaines et de repas de famille campagnards pour avoir cela en horreur. Enfin, pour clore le stage, on projetterait des images d'archives sur la libération des camps de concentration. Cela ne choquait pas du tout Tina. Après tout, les rayures, qui affinaient la silhouette, étaient à la mode cette année-là. Cela s'appelle le programme 34, conclut-elle, triomphante.

— Pourquoi le programme 34 ? demanda Zélie.

— Parce que c'est la taille des vêtements dans lesquels je vais rentrer quand j'en aurai terminé avec cela, s'exclama la femme de Ronan.

À l'autre bout de la table, Gwenaëlle mâchonnait frénétiquement un morceau de chapon. Quoi ! La taille

34 ? Oh, la salope ! Et dire qu'elle s'était resservie de foie gras sous l'œil goguenard de sa belle-sœur…

Ronan, qui ne s'était pas inscrit au même programme mais comptait bien faire un régime lui aussi, en profita pour raconter les championnats de France senior de karaté. En quart de finale, il avait explosé un publicitaire à la mode. En demi-finale, il avait exécuté le président d'un fonds de pension concurrent. Et en finale, pour couronner le tout, il avait humilié son ami Maxime Kodarshian, celui qui travaillait dans l'immobilier. C'était jouissif, conclut-il.

Sentant son auditoire captif, il ôta sa chemise, et entreprit de montrer quelques techniques de coups de poing, de coups de pied et de balayages.

— C'est avec celui-là que j'ai battu Maxime, souffla-t-il. Il n'a rien vu venir, ah, ah ! Le pire, c'est qu'il n'a pas obtenu sa prime car le chef d'État qui achetait le duplex qu'il avait mis en vente a été renversé. C'est ce que je lui ai dit en l'aidant à se relever après le second balayage. Et toi, Paul, tu l'as eue ta prime ?

Paul ne répondit pas. Il avait bien reçu sa prime de fin d'année. 3 euros 48. Il rongeait un os de sa volaille castrée avec un air mauvais.

— Non, je ne l'ai pas encore reçue, fit-il, en tendant son assiette à Imelda qui apportait la salade et le plateau de fromage.

— Ah, voilà la salade ! J'ai fait la vinaigrette moi-même. Cela ne te dérange pas, Zélie ? lança Ronan.

— Fais attention, Ronan, siffla Archibald entre ses dents. C'est mon dernier avertissement.

— Oh, tu ne m'impressionnes pas.

Pour la seconde fois, Zélie mit sa main sur celle d'Archibald. Elle plissa les yeux et se tourna vers Thor avant de lui demander des nouvelles de sa scolarité. Mais le fils cadet de Ronan n'était pas vraiment en état de répondre. Discrètement, son père avait glissé un calmant dans le verre de soda de ses jumeaux avant de passer à table. Les deux adolescents étaient totalement amorphes.

— Tout va bien pour eux, Zélie, fit Ronan en leur jetant un regard noir. Ces deux chenapans sont un peu fatigués parce qu'ils se préparent pour le stage de ski qu'ils vont faire avec nous à Megève. N'est-ce pas, les garçons ?

— Oui, père, bredouilla Odin.

— Mais je croyais que vous partiez à Goa ? s'enquit Archibald.

— Nous avons changé d'avis, glapit Tina. C'est important de passer du temps en famille. Tu ne crois pas, Gwen ?

Gwen hocha la tête. Taille 34. Elle n'en revenait pas. Tina allait faire une taille 34 en revenant des vacances de Noël. C'était tout simplement invraisemblable. Paul prit la parole.

— Oui, je suis d'accord avec toi, Tina. C'est important de passer des vacances en famille. En tout cas, nous sommes très heureux d'aller à Ti-Kroaz. Cela fait des semaines que Mirabelle nous en parle. N'est-ce pas, Mirabelle ?

Mais Mirabelle ne répondit pas. Elle boudait dans son coin, alternant les bouchées de chapon – elle s'était resservie trois fois – et les messages écrits qu'elle adressait à ses copines.

— Je suis tellement heureux de retrouver ma terre natale, ma chère Bretagne. À chaque fois que j'y pense, j'en ai le cœur qui gonfle de bonheur. À ce propos, Archibald, j'ai bien pris la mallette qui contient les souvenirs de papa. Tu es sûr que tu ne veux pas venir ?

— Oh, j'y retournerai bien un jour, mais ce n'est pas pressé, répondit son petit frère. Nous avons déjà prévu d'aller faire un tour en Écosse avec Zélie et Baptiste. Et puis Zélie n'aime pas trop Ti-Kroaz.

— Comment ça ? fit Gwenaëlle, ahurie.

— C'est vrai. Je trouve qu'ils sont trop durs, les gens là-bas, souffla Zélie. Ils me font un peu peur…

— C'est juste qu'ils sont vrais. Ils ne mentent pas. Ce sont des hommes, des vrais, ajouta Paul. Et puis moi, je suis très heureux de retrouver mon ami Prosper…

— Ça m'étonnerait, lança Ronan.

— Comment ça ?

— Je dis que cela m'étonnerait.

— Et pourquoi donc ?

— Parce que Prosper ne sera pas en Bretagne. Il sera avec nous à Megève.

Cette nouvelle fit l'effet d'une bombe. Tous se tournèrent vers Paul, guettant sa réaction. Qu'allait-il dire ? Mais Paul ne répondit rien. D'abord, parce qu'il était sonné, dans les cordes. Ensuite, parce qu'il préférait occulter cette terrible nouvelle et faire comme s'il n'avait rien entendu. Il réagissait de même quand son équipe préférée encaissait un but ou lorsque le joueur de tennis dont il avait fait son favori était sur le point de perdre. Dans ces moments-là, après être resté les yeux rivés à son écran pendant de longues minutes, il éteignait son ordinateur précipitamment et partait en claquant la porte.

C'est justement ce que faillit faire Archibald, exaspéré par une remarque perfide de Tina concernant la robe de Zélie. Mais pour la troisième fois, celle-ci posa sa main sur la sienne en geste d'apaisement. Cela ne servait à rien de faire un coup d'éclat. Alors Archibald se tourna à nouveau vers ses neveux, essayant de les sortir de leur léthargie. En vain.

Odin et Thor prirent congé de leur famille en s'inclinant respectueusement vers eux puis s'éclipsèrent dans leur chambre d'un pas traînant. Archibald les regarda s'éloigner avec inquiétude. Plus tard dans la soirée, il s'en ouvrit auprès de son aîné : l'alcool et la drogue étaient deux fléaux qui frappaient les jeunes de plus en plus tôt. Ronan le rembarra. Qu'allait-il donc chercher là ? Ce n'était pas parce que lui en avait beaucoup abusé que tout le monde devait en consommer.

Du reste, Ronan fut relativement gentil avec ses frères jusqu'à la fin de la soirée. Il laissa Archibald fumer dans le salon et commanda un taxi pour Paul en utilisant son numéro confidentiel, réservé aux cas d'urgence. Puisqu'il avait marqué le dernier point, le fils aîné de Christobal ne poussa pas son avantage en cherchant à provoquer la colère de ses petits frères.

Légèrement ivre, Tina monopolisa la conversation, racontant à qui voulait bien l'entendre sa réussite professionnelle et l'envie qu'elle suscitait au bureau ou parmi ses amies. « Je n'arrive pas à comprendre pourquoi, mais j'ai l'impression que toutes les femmes me jalousent », glissa-t-elle en guise de conclusion.

Enfin, il fut l'heure de partir. Chacun récupéra ses cadeaux, ses manteaux et ses affaires. Dans l'entrée, Ronan demanda à Paul :

— Et ta sculpture, ça avance ?

— Oui. Je devrais exposer à la fin de l'année, répondit-il d'une voix monocorde. Pourquoi ?

— Oh, pour rien…

Ronan ferma la porte en souriant. Il était 23 heures 45. 2, 3, 4, 5. Ce dîner de Noël s'était formidablement bien passé.

36

— Archibald ?

— Oui, Zélie ?

Zélie avait posé la tête sur l'épaule de son ami. Elle avait froid et elle était fatiguée. Finalement, ils avaient attendu longtemps l'arrivée du taxi commandé par Ronan. Pour patienter, Archibald avait allumé une cigarette dans le hall de l'immeuble, mais Gwenaëlle lui avait lancé un regard si noir qu'il était sorti la fumer dehors en faisant les cent pas, laissant sa belle en morose compagnie. En effet, Paul n'avait pas desserré les mâchoires depuis qu'il était sorti de chez son frère. Quant à Mirabelle, elle continuait imperturbablement à faire la tête comme sa mère lui avait appris. Laquelle ruminait sans cesse la taille 34 de Tina, et se plaignait, depuis qu'elle était rentrée dans l'ascenseur, d'avoir largement dépassé son capital calories en cette soirée de Noël. Quand il entendit sa belle-sœur employer cette expression, Archibald pensa à Sylvie, la jolie dentiste, et son capital dentaire. Il eut envie de la gifler.

— Merci de m'avoir défendue tout à l'heure.

— De rien, Zélie. C'est normal. Tu sais, j'en ai plus qu'assez de leur humour cruel. J'en ai marre qu'ils tournent tout en dérision, par pudeur, par habitude, par conformisme bourgeois. Chez ces gens-là, la sincérité est un mouvement de l'âme vulgaire, la douceur est une marque de faiblesse, la gentillesse est une mièvrerie inutile. Le pire, c'est que je sais qu'au fond, ils ne sont pas comme ça.

— En tout cas, toi, tu as été très chevaleresque.

— Tu es gentille de me dire ça. Mais, encore une fois, c'est normal. J'ai trop longtemps supporté que l'on t'attaque. Dorénavant, je veux te protéger.

— Merci, mon chevalier. Ce qui est formidable avec toi, Archibald, c'est que tu ne m'as jamais déçue, même si notre relation n'a pas toujours été simple…

— Désormais, je ne laisserai plus rien passer.

— Oh si, tu laisseras passer bien des attaques. En tout cas, moi je te le souhaite. Tu sais, mon amour, tu as pu croire parfois que tu t'étais trompé parce que tes frères avaient abusé de ta gentillesse. Ce n'est pas vrai. Même si tu peux en douter par moments, avec ces sordides affaires d'héritage, ce n'est pas en devenant cynique et impitoyable que tu l'emporteras sur qui que ce soit. À cet égard, tu remarqueras qu'avec leur grand cœur, ni l'un ni l'autre n'a parlé d'Isadora, qui est dans le coma depuis près d'un mois… C'est ainsi. Mais moi, je te le dis, mon amour, tu gagneras en restant bon. Tu seras toujours le plus fort de cette façon.

— Qu'est-ce que tu viens de dire ?

— J'ai dit que tu serais toujours plus fort qu'eux en restant gentil. Tu ne le crois pas ?

— Si, bien sûr.

Ce n'était pas cela que demandait Archibald. Zélie l'avait appelé deux fois « mon amour ». C'était la première fois depuis qu'il la connaissait. C'était une bouleversante surprise pour lui qui l'avait connue si rétive à toute forme d'engagement. Au même moment, son téléphone se mit à vibrer. C'était un message de Justine : « Noël en famille over déprimant. Je te rejoins chez toi, mon mauvais garçon préféré. J. »

Malheur de malheur ! Il était sur le point de traverser la Seine quand il reçut ce message inopportun. Il fallait impérativement qu'il arrive chez lui avant elle. Il pourrait alors débrancher son interphone, éteindre son téléphone et prétendre qu'il n'avait rien entendu. Il serait toujours temps de mettre un terme à cette liaison un peu plus tard. Tout cela n'était pas très chevaleresque, mais avait-il vraiment le choix ?

À moins qu'il ne propose à Zélie de la raccompagner chez elle ? Après tout, il n'était pas sûr qu'ils coucheraient ensemble ce soir-là, alors qu'avec Justine… Archibald s'efforça de chasser ces pensées de garçon boucher, mais le mal était fait. Il était plongé dans un gouffre de perplexité d'autant plus profond que le temps de prendre une décision se raccourcissait à chaque feu tricolore.

Lorsqu'il déboucha dans la rue des Mauvais-Garçons, son cœur manqua de s'arrêter. Une jeune femme se tenait debout à côté d'un scooter. Elle semblait attendre quelqu'un. Et si c'était Justine ? Il passa devant elle en serrant les fesses. Ouf, ce n'était pas la passionnée de musiques électroniques ! À coup sûr, Justine avait dû lui envoyer ce message depuis l'appartement de sa mère, situé en proche banlieue. Elle ne pouvait pas être arrivée si rapidement. Peut-être était-elle encore en famille…

Archibald se gara, ouvrit galamment la porte de Zélie et la prit par l'épaule. Transie de froid, son amie, qui ignorait tout de ses atermoiements, se blottit contre lui. Oui, c'était sûr, il n'y avait aucun risque que Justine soit arrivée.

Et pourtant si. Justine l'attendait dans le hall de son immeuble, dansant d'un pied sur l'autre, des écouteurs sur les oreilles. Elle avait revêtu en cette soirée de réveillon un horrible survêtement vermillon. Quand elle le vit arriver, elle retira les écouteurs de ses oreilles. Une cacophonie assourdissante en sortait. De la trip-hop jungle beat. Ou peut-être du reggae funky tango.

— Yo, Archibald. Te voilà enfin ! Ah, mais tu n'es pas seul ?

— Euh… bonsoir, Justine. Je te présente Zélie. Une… amie. Zélie leva les yeux vers Archibald. Il rougit. Elle l'interrogea du regard mais il ne sut que répondre. Que pouvait-il dire, de toute façon ? Qu'à chaque fois qu'il dormait seul, il se souvenait de ses chagrins d'enfance, quand, après la mort de sa mère, personne ne venait l'embrasser et lui souhaiter une bonne nuit ? Qu'il n'avait pas prévu cet embouteillage nocturne et ne savait laquelle choisir ?

Zélie regarda Justine, qui ne disait rien. On entendait distinctement un refrain : « *Fuck them all, fuck their hole.* » C'était sans doute un slow. Justine sourit. Elle avait déjà couché avec une femme, mais jamais avec un couple. Cela ne la dérangeait pas d'essayer. La femme en face d'elle était plutôt appétissante.

Zélie se tourna à nouveau vers Archibald, qui rougit à nouveau. Elle lui caressa la joue sans dire un mot et fit demi-tour. Une grosse larme coulait sur sa joue. Peut-être devrait-elle se résoudre à changer de robe porte-bonheur…

≈

— Ah, le cochon !

Paul n'avait rien dit depuis qu'il était sorti de chez son frère. Dans l'étroit taxi, assis entre sa femme et sa fille, les genoux plaqués contre le buste, il n'avait pas moufté. Arrivé chez lui, il était allé se laver les dents puis s'était déshabillé en silence. Ensuite, il était allé embrasser Mirabelle, qui étalait ses cadeaux au bout de son lit, pour mieux les voir. Il s'était couché sans dire un mot. Inquiète, Gwenaëlle lui avait demandé si tout allait bien. Il n'avait pas voulu répondre.

— Ah, le cochon !

Paul s'était réveillé en sursaut au milieu de la nuit. Il

était assis dans son lit, les poings fermés, les cheveux en bataille, l'air furieux. Son cri avait réveillé Gwenaëlle, qui se redressa et lui toucha l'épaule. Sa peau était brûlante. Ses muscles étaient bandés à l'extrême.

— Qu'est-ce qu'il y a, mon doudou ?

— Ah, le cochon !

— Qui ça ? Prosper ?

— Non, Ronan. Prosper n'est qu'un alibi. Ce n'est rien de plus qu'un instrument dans les mains de ce salopard pour asseoir sa domination, pour marquer son territoire.

— Qu'est-ce que tu veux dire par là ?

Par habitude autant que par intérêt, Gwenaëlle faisait mine d'être inquiète pour son mari. Au fond, d'elle-même, elle jubilait.

— Prosper n'a rien à voir là-dedans. Il suit Ronan parce qu'il adore rouler dans des grosses cylindrées et se la jouer dans des palaces…

— Mais c'était ton meilleur ami ?

— Tu as raison. C'était mon meilleur ami. Il ne l'est plus désormais. Et pour bien le lui faire comprendre, je n'irai pas à son anniversaire cette année.

— Tu crois vraiment que ça le perturbera tant que ça ? Il n'avait pas l'air si heureux de te voir l'an dernier…

— Plus que tu ne le penses. Mais ce n'est pas tout. Je prends le serment devant toi de ne plus jamais aller dîner à la Daisy Rade. Ça, je peux te dire qu'il s'en rendra compte !

— Il n'est pas le seul. Mon banquier aussi : je te rappelle qu'on y allait au moins deux fois par semaine à chaque fois qu'on allait à Ti-Kroaz. Mais cela veut dire que l'on n'ira plus beaucoup au restaurant, car tu m'as toujours interdit d'aller dîner ailleurs, considérant que les autres bistrots étaient infects… Et Ronan ?

— Alors là…

Paul s'extirpa difficilement du lit. Il aurait bien aimé mimer quelques crochets du droit et des uppercuts pour montrer à sa femme le sort qu'il réservait à son aîné, mais ses lombaires lui faisaient trop mal. Il crapahuta péniblement jusqu'aux toilettes, s'assit sur la cuvette et se libéra d'une partie de sa colère. De retour dans le lit, il se tourna vers Gwenaëlle et lui dit :

— Ronan, ce n'est pas pareil. Chez lui, c'est une volonté de m'annihiler depuis l'enfance. Tu te rappelles de mes maquettes d'avion qui avaient disparu ? Il les a revendues sur Internet ! Tu as oublié les repas de famille ? Il volait la nourriture dans mon assiette dès que je levais le nez ! Tu te souviens de ma collection de BD ? Il a écrit son prénom en bas de chaque page. Il m'a tout pris, ce salopard de Ronan. Il m'a tout pris ! Tout ! Tout ! Tout !

— Oui, il a toujours été horriblement cruel avec toi. Je le sais bien. Mais qu'est-ce que tu veux dire par là ?

— Je veux dire par là que ce fumier est convaincu que tout ce que je possède lui appartient et que cela fait longtemps que c'est comme ça. Parce que cela ne s'arrête pas là ! Il m'a piqué ma maman. En tout cas, il a récupéré tous les albums de photos sans rien nous laisser à Archibald et à moi. Et il ose prétendre aujourd'hui qu'il les a égarés ! Il m'a piqué mon papa en m'excluant des week-ends qu'il passait avec lui ! Et je l'ai même entendu dire : estime-toi heureux d'être en vie. C'est quand même dingue ! Je réalise maintenant qu'il était sérieux ce jour-là.

— Mon pauvre doudou…

— Non, je ne suis plus ton pauvre doudou. Je suis Paul et je ne veux plus jamais parler ou croiser le chemin de cet enfoiré qui a gâché une bonne partie de mon existence mais qui ne gâchera pas tout, je peux te l'assurer.

— Tu as raison, mon doudou. C'est un salaud.

— Tu vas voir qu'il va essayer de nous piquer Ti-Kroaz. Mais je ne me laisserai pas faire. Demain, j'appelle Archibald pour le mettre en garde.

— Tu as raison, mon doudou.

Gwenaëlle avait sommeil. Elle avait trop bu et la double dose du médicament censé brûler les calories excessives lui donnait la nausée. Elle s'allongea en chien de fusil et demanda à son mari d'éteindre. Paul accepta de mauvaise grâce. Ne trouvant pas le sommeil, il alla terminer sa nuit au salon.

≈

Gwenaëlle le retrouva quelques heures plus tard allongé dans les bras d'un des gros ours en peluche qu'il avait malencontreusement commandés sur Internet pour sa fille. Une bouteille d'alcool vide gisait à côté de lui.

Paul avait passé la nuit à effacer toute trace de son frère. Il avait déchiré toutes les photos où on les voyait tous les deux. Il avait effacé de son ordinateur personnel tous les fichiers où figurait le nom de son aîné. Il avait découpé tous les bas de page de sa collection de bandes dessinées et ronflait au milieu d'un amoncellement de bandes de papier sur lesquelles Ronan avait écrit son nom en majuscules, au marqueur rouge.

— Paul ! Mais qu'est-ce que tu as fait ?

— Je me suis débarrassé de lui. Il peut crever la gueule ouverte devant moi ! Je n'en aurai rien à foutre !

— Paul ! Il est 7 heures du matin. Tu ne peux pas rester comme ça. Mirabelle va bientôt se réveiller. Va vite prendre une douche. Je ne veux pas que tu la traumatises…

— D'accord, je vais me laver. Mais qu'est-ce qu'il y a ? Ça ne va pas ?

— Non, pas trop. Je ne sais pas ce qui m'arrive…

En ce matin de Noël, Gwenaëlle arborait un teint vert pomme. En d'autres temps, cela ne l'aurait pas dérangée, tant elle considérait qu'il était important d'abuser de fruits et de légumes. Elle aida son mari à ranger, cacha la bouteille de gnôle derrière l'évier en faisant la moue et se précipita aux toilettes pour vomir pendant que son mari se douchait.

Puis elle se recoucha. Mirabelle dormait encore. Gwenaëlle entendit son mari se préparer un café et appeler son jeune frère.

— Salut, Archibald, c'est Paul. Je te réveille ? Oui. Ah, je suis désolé… Tu as deux minutes quand même, il faut que je te parle.

Pendant quelques minutes, elle entendit le long monologue que lui avait servi son époux, entrecoupé çà et là de quelques silences. Elle se tournait et se retournait dans sa couche pour trouver le sommeil mais n'y parvint pas.

— Enfin voilà, pour moi, les choses sont claires : il faut tuer tous les aînés. C'est la seule solution. On ne s'en sortira pas sans ça. C'est bien simple. Regarde tous les grands cons dominateurs et arrogants. Ce sont toujours des grands frères. Ou parfois des grandes sœurs. Réfléchis-y, Archibald. Et en tout cas, méfie-toi : Ronan va vouloir nous piquer Ti-Kroaz.

Quelques instants plus tard, Paul était de retour dans la chambre. Gwenaëlle ne dormait pas.

— Qu'est-ce qu'il a dit ?

— Il a dit que si l'on tuait tous les aînés, ce serait moi qui deviendrait l'aîné puisque je suis le second et qu'il est le troisième.

— C'est pas faux.

— Il a rajouté que je n'avais pas attendu ce jour pour me comporter comme un grand con arrogant. Quel imbécile ! Je te parie qu'il est jaloux de moi.

≈

Bien loin de ces considérations, Ronan était très satisfait de ses vacances. D'abord parce que le chalet qu'il avait loué dans le quartier le plus huppé de Megève correspondait en tout point à ses attentes, avec sa vue magnifique sur les montagnes, sa piscine d'extérieur évidemment fermée mais idéalement placée, ses grands salons de réception et sa décoration à la fois sinistre et cosy, ses boiseries omniprésentes et ses motifs à carreaux, sa salle de bains minimaliste et son confort Spartiate.

C'était peut-être cela qui plaisait le plus à Ronan. Après les folles agapes du soir de Noël, il mettait un point d'honneur à refuser de se vautrer comme tout le monde dans la gourmandise vulgaire et la basse ivrognerie. Lui, contrairement à tous ces ploucs, vivait une vie d'anachorète irlandais, courant à moitié nu dans la neige tous les matins, mangeant peu, buvant moins et se couchant tous les soirs à la même heure après avoir bu d'âcres tisanes aux herbes.

Ce mode de vie convenait très bien à Tina, qui vivait la même vie d'ascète avec une pointe de frénésie en plus, quelques gélules multicolores dont elle ignorait la provenance, des musiques agressives et un coach sadique venu d'Extrême-Orient. Jour après jour elle fondait comme neige au soleil dans une compétition acharnée avec ses amies parisiennes.

Prosper était venu passer deux jours et il était reparti. Le fils aîné de Christobal lui avait fait faire le tour de la région dans sa nouvelle Audi, sans oublier à chaque fois qu'il redémarrait de faire vrombir le moteur cinq fois comme autant de lettres de son prénom. Prosper avait été très impressionné.

Les jumeaux, eux, s'ennuyaient plus encore qu'à Paris. Ils étaient arrivés à soudoyer leur moniteur de ski qui faisait mine de les emmener skier pour les laisser lézarder au premier restaurant d'altitude, sachant que jamais leurs parents n'iraient vérifier. Dès lors qu'ils payaient, cela voulait dire que leurs enfants étaient entre de bonnes mains.

Le matin, en revanche, ils ne pouvaient pas échapper au réveil tonitruant de leur papa et au cours de gymnastique intensif prodigué par un Moldave bodybuildé qui ne parlait pas un mot de français mais savait y faire pour conduire ses fripons (il prononçait ce mot dont il ignorait le sens en roulant les *r*) vers les différents appareils de musculation. Ronan leur faisait grâce du petit déjeuner en famille : il valait mieux qu'ils prennent une bonne collation en fin de matinée qu'un petit déjeuner qui alourdirait leurs ventres à l'heure de l'entraînement. Mal réveillés, les deux adolescents n'avaient de toute façon pas très envie de voir leurs parents suçoter des graines avec des mines sinistres.

Odin et Thor se bâfraient donc en famille sur les coups de midi, sous l'œil consterné de Tina, mais quelque peu envieux de leur père. Puis tout le monde partait faire la sieste avant les activités de l'après-midi. Le surlendemain de son arrivée, Odin envoya un message écrit à Julien, le fils du duc de F. : on s'ennuie à périr. Il ne croyait pas si bien dire.

Chaque soir, pendant que leurs parents sortaient, les deux frères bravaient l'interdiction de sortie imposée par leurs parents, s'enfuyaient par les toits avant de retrouver les fils et filles de bonnes familles pour se droguer allégrement en regardant les montagnes, les sapins et les remontées mécaniques dessiner des formes grotesques dans leurs hallucinations nocturnes.

Quand ils s'embêtaient trop, ils s'entassaient dans la voiture de l'un d'entre eux pour slalomer dans les petites routes de montagne. Quand ils ne se tripotaient pas à l'arrière des voitures, les adolescents jouaient à se faire peur avec les pistolets d'alarme que l'on trouvait désormais en vente libre dans les supermarchés ou lançaient des feux d'artifice en direction des maisons qu'ils voyaient dans le lointain.

Tout ce petit monde se retrouvait le long d'une voie ferrée peu avant 23 heures pour s'adonner à leur jeu favori, le Jump'o train. Ce jeu consistait à attendre le passage des trains de marchandises – il en passait un tous les quarts d'heure à cette époque de l'année – et de sauter au dernier moment, juste avant le passage de la locomotive, sous l'œil effaré du conducteur de train et le regard goguenard des camarades de beuverie.

Entre deux parties, le groupe s'adonnait au vandalisme joyeux, repeignant en noir les panneaux de circulation, arrachant les signaux lumineux, pissant sur les voies ou sectionnant des câbles qu'ils pourraient revendre plus tard contre un peu de came. De toute façon, comme disait Thor, seuls les pauvres et les ploucs prenaient encore le train. Eux rentraient à la maison en avion, en hélicoptère ou dans la voiture du chauffeur de leur papa.

Ce soir-là, c'était au tour d'Odin. Tous les autres garçons étaient déjà passés, y compris Thor. Il avait un peu d'appréhension, mais se sentait en pleine forme grâce au cours de musculation du Moldave. Et puis le cachet qu'il avait avalé quelques minutes plus tôt commençait à le désinhiber.

Il était le plus fort. Il était l'aîné des fils de Ronan. Il était invulnérable. Odin prit son élan et sauta le plus loin possible.

Odin passa sans encombre devant le convoi de fret

et eut même le temps d'observer la mine ahurie du conducteur. Mais il n'évita pas le train de nuit, qui avait une demi-heure de retard ce soir-là et arrivait en sens inverse.

Le Milan-Paris heurta Odin à pleine vitesse, sectionnant son pied au passage. L'aîné des jumeaux n'eut pas le temps d'avoir mal. Il était mort sur le coup.

37

Au même instant, Garm se mit à hurler. Ronan, qui était confortablement installé dans son fauteuil princier, face à la vue panoramique, lui tapa sur la truffe sans ménagement. Il était en train d'écrire un mail à son ami Antonin Harvouët où il racontait en détail les ambitions de Paul, pour mieux les contrer, et ses manigances minables, pour mieux s'en moquer. En guise de signature, il écrivit *Nemesis* en bas du courrier électronique. Il était 23 heures et 23 minutes. C'était l'heure de sa toilette du soir.

Dans vingt-deux minutes exactement, il serait au lit à côté de Tina, qui regardait sur son écran panoramique un documentaire sur la vie sexuelle des femmes de ménage précédé d'un reportage au domicile d'une actrice quadragénaire qui, moins d'une année après avoir épousé un footballeur analphabète, venait d'accoucher de jumeaux. Son trousseau de jeune maman comportait des couches à 4 euros l'unité, une chaise haute qui en valait 800 et une poussette sertie de bijoux et de chaînettes, le tout griffé au nom d'un grand couturier. Four un peu, Tina aurait aimé avoir encore un enfant.

Tout allait pour le mieux. Ronan avait deux jours d'avance sur son programme de remise en forme. La femme de ménage était passée pour la troisième fois de la semaine : son chalet était donc parfaitement ordonné, comme il l'exigeait. Le petit David qui avait essayé de le court-circuiter avait été viré sans ménagement ni indemnités. Aux dernières nouvelles, on l'avait expulsé de son appartement et sa fiancée russe l'avait quitté en emportant la voiture, les bijoux et l'argenterie. C'était bien fait pour lui. La situation était sous contrôle.

Il mit son réveil à 6 heures 42. Avant d'aller faire son jogging, il ne faudrait pas qu'il oublie d'envoyer à Paul la photo de lui et Prosper à bord de son Audi. Puis il ouvrit le recueil d'Upanishad qu'il avait emporté avec lui pour ses vacances et en lut quelques passages au hasard avant de s'endormir. Ronan ne lisait jamais de roman, considérant qu'il n'y avait rien de plus inutile que de se vautrer dans la sensiblerie d'histoires qui ne le concernaient pas. Tina non plus ne lisait pas de roman. En fait, elle ne lisait rien à part les légendes des photos dans les magazines féminins et les prix des vêtements dans les catalogues. Le reste était une perte de temps.

Ils furent réveillés par un coup de téléphone à 2 heures du matin. Un peu moins éméché que les autres ou un peu plus conscient des risques que comportait le fait de déplacer le corps sanguinolent d'Odin, l'un de ses amis avait prévenu la police.

— Monsieur Ronan de Kerniguet ?

— C'est moi. Qui est à l'appareil ? J'espère que vous avez une bonne raison pour m'appeler à cette heure-ci.

— Commissariat de police d'Albertville. Vous êtes le père d'Odin de Kerniguet ?

— Oui ? Pourquoi ? Que lui est-il arrivé ?

Ronan se redressa. Qu'est-ce que ce petit con avait encore fait ? Tina grogna, se retourna sur son côté, réajusta le masque au sperme de hérisson qu'elle portait pour avoir une belle peau et recommença à ronfler.

— Votre fils est mort, monsieur. Il a été renversé par un train il y a environ une heure.

— Quoi ? Mais vous êtes fou ? Il est ici avec son frère. Ils sont allés au cinéma et…

— Non, monsieur. Son frère Thor est avec nous. Il est en état de choc mais il n'est pas blessé. Pouvez-vous nous rejoindre sur les lieux de l'accident ?

— Bien sûr, répondit Ronan d'une voix qu'il ne connaissait pas.

— Voulez-vous que nous vous accompagnions ?

— Non. Ce ne sera pas nécessaire.

— Très bien. Nous allons vous guider vers les lieux de l'accident. Gardez votre téléphone allumé.

Ronan s'habilla machinalement, réveilla sa femme qui crut à une mauvaise blague avant de se liquéfier. Il l'emmena avec lui après lui avoir administré successivement une bonne paire de gifles, une demi-bouteille de cognac et trois calmants. Puis il fonça au parking récupérer sa voiture et démarra en oubliant de faire vrombir le moteur cinq fois comme il en avait l'habitude.

Assise à côté de lui, revêtue d'une combinaison de ski rose et coiffée d'une cagoule jaune fluo qui empêchait que l'on voie qu'elle n'avait pas eu le temps de se coiffer, Tina délirait. Au premier lacet de la route, elle éclata de rire. Au second, elle s'endormit. Au troisième, elle vomit par la fenêtre. Ronan n'y prêta pas attention.

Sa première réaction, quand il arriva sur les lieux de l'accident, fut de boxer tous les gens qu'il croisait, en commençant par Thor qui était porté par deux de ses camarades. Ces derniers eurent droit au même traitement.

Ronan en était à son huitième coup de poing quand il s'approcha du corps de son fils. Un gendarme était en train d'effectuer les premiers relevés. Le commissaire de police s'approcha. Il avait déjà recueilli les dépositions des différents acteurs du drame. Ronan aurait bien aimé le cogner lui aussi, mais la présence d'un pandore au teint rubicond le dissuada.

Le corps d'Odin était recouvert d'un drap. Il le souleva et fut pris d'un haut-le-cœur. Le visage d'Odin n'était pas modifié en apparence. Tout juste pouvait-on remarquer quelques ecchymoses et trois égratignures. Mais c'était comme si tout avait été chamboulé à l'intérieur par la violence du choc. Ses yeux étaient grands ouverts. Tina s'approcha et vomit.

Le commissaire mit sa main sur l'épaule de Ronan, qui parvint difficilement à se lever.

— C'est un horrible accident.

— Un horrible accident…

— Ils jouaient à sauter au-devant d'un train mais il a été percuté par un train venant en sens inverse.

— Venant en sens inverse…

— Il est mort sur le coup.

— Sur le coup…

— Malheureusement, il y a un problème.

— Il y a un problème… Quoi ? Que me dites-vous là ?

— Il lui manque un pied.

— Comment ça, il lui manque un pied ?

— Oui, nous l'avons cherché partout.

— Je vais vous aider à le retrouver, brailla Tina.

Tina, qui était prostrée auprès du corps de son fils, se releva d'un coup, comme un ressort trop longtemps contenu. Pendant près d'une demi-heure elle quadrilla le terrain en répétant à qui voulait l'entendre : « Mais pourquoi a-t-il mis des baskets blanches ? On n'a pas idée de mettre des baskets blanches ! Comment vais-je les retrouver dans la neige ? »

Pendant ce temps, Ronan signait les premiers documents. Il avait été pris en charge par la cellule d'action psychologique et ne cherchait plus à boxer quiconque. Thor était allé s'asseoir dans la voiture de son père. Il dodelinait de la tête sans pouvoir s'arrêter.

Finalement, il fallut se rendre à l'évidence. Le pied d'Odin avait disparu. Après avoir appelé ses collègues de la brigade ferroviaire, le commissaire en conclut que le pied de l'adolescent avait dû rester coincé à l'avant de la locomotive. Il faudrait que quelqu'un aille le récupérer à la gare.

≈

À l'heure où Odin mourait, Archibald était au téléphone avec Baptiste.

— Alors, comme ça, tu ne viendras pas fêter le réveillon avec nous ?

— Écoute, je crois qu'il ne vaut mieux pas. J'ai fait de la peine à Zélie et je n'ose pas la déranger. Comment va-t-elle ?

— Bien, mais tu comprendras qu'elle n'a pas trop envie de te parler en ce moment. Je crois qu'elle a été très blessée par ton comportement le soir de Noël et…

— Oui, je sais. La soirée s'est assez mal finie. Je ne sais pas ce qu'elle t'a raconté mais…

— Je ne veux pas en savoir davantage. Archibald, tu es mon ami et Zélie est ma sœur. Je ne veux pas prendre parti. Je l'ai déjà trop fait par le passé. Changeons de sujet. Tu fais quoi pour le réveillon ? C'est après-demain.

— Je ne sais pas. Paul m'a proposé de le rejoindre à Ti-Kroaz.

— Tu ne vas pas y aller, j'espère.

— Pourquoi pas ?

Baptiste n'aimait pas Ti-Kroaz. Ce n'était pas seulement parce que la maison lui paraissait sinistre avec son désordre permanent, son organisation aléatoire et l'ombre oppressante de Christobal. En fait, il détestait la campagne. L'air frais le rendait neurasthénique. Les grands paysages le terrifiaient. Baptiste n'était à Taise que dans le bruit des klaxons et l'odeur des pots d'échappement. La pollution était son élément.

— Cet endroit est horrible. C'est une cocotte-minute familiale. Je ne comprends pas pourquoi Paul s'évertue à y aller.

— Sans doute pour occuper le terrain à la place de Ronan. Et puis je crois qu'il adore les gens là-bas. Tu sais, avec son militantisme breton, ce sont des héros pour lui.

— Des héros ? J'aimerais bien savoir en quoi ils sont héroïques. Parce qu'ils vont au bistrot sous la pluie, sans prendre de parapluie ?

— Ce n'est pas parce que tu n'aimes pas l'endroit qu'il faut en dégoûter les autres. Et toi, où vas-tu ?

Baptiste lui expliqua qu'il avait l'intention d'aller passer la soirée du nouvel an dans les tranchées de la Première Guerre mondiale, à Verdun. Un spectacle de sons et lumières y serait organisé, rythmé par le bruit pétaradant des bouchons de champagne. Cette ambiance belliqueuse et cette camaraderie virile convenaient parfaitement au meilleur ami d'Archibald. Peut-être pourrait-il y faire des rencontres intéressantes.

Il s'endormit peu de temps après avoir raccroché et rêva de se réconcilier avec Zélie. Il fut réveillé quelques heures plus tard par Ronan. Son aîné avait la voix pâteuse et le débit lent. Il lui raconta la mort d'Odin. Son récit était entrecoupé de sanglots et de silences pendant lesquels Archibald devinait que son frère se servait un verre d'alcool et allumait une cigarette. Pourtant, Ronan s'enorgueillissait d'avoir arrêté de fumer sans aucune difficulté plusieurs années auparavant. Manifestement, il avait succombé à la tentation. Cela ne lui ressemblait pas.

Mais ce n'était pas le moment de s'en étonner. Archibald était sonné. Il ne manifesta aucune surprise quand son frère l'implora de bien vouloir récupérer ce qui restait du pied d'Odin à l'arrivée du train, gare de Lyon.

Il ne se rendormit pas cette nuit-là et resta de longues heures assis dans son lit, à fumer cigarette après cigarette, en pleurant. Il pensa à son frère qui devait faire de même à quelques centaines de kilomètres de distance et pleura de plus belle. Il pensa à Zélie et versa d'autres larmes. Ronan lui avait demandé de prévenir Paul car il n'en avait pas la force. Il l'appellerait le lendemain.

≈

Mais ce fut Paul qui téléphona le premier. Archibald était en train de rentrer chez lui après avoir récupéré le pied de son neveu et l'avoir soigneusement emballé puis rangé dans une glacière. Avant de sortir de la gare, il avait eu envie d'exhiber le membre ensanglanté comme un trophée macabre ou de croquer dedans pour voir la réaction des badauds, mais une fois de plus il se retint de le faire. C'était encore une attaque de Milou rouge. Archibald soupira et se dirigea vers le parking pour récupérer sa voiture.

— Allô, Archibald ?

— Ah ! Paul. Ça tombe bien que tu appelles. Il faut que je te parle.

— Moi aussi.

— Il est arrivé un malheur à Ronan.

— Ne me parle plus jamais de cet enculé ! Tu sais ce que j'ai retrouvé à Ti-Kroaz. Des plans d'architecte pour changer de fond en comble la maison de nos aïeux. L'enfoiré ! S'il croit que cela va se passer comme ça…

— Arrête, Paul. Il lui est arrivé quelque chose d'horrible…

— Je m'en fous. Qu'il crève, lui et sa famille

— Justement.

Mais Paul avait raccroché. Furieux, Archibald le rappela quelques instants plus tard.

— Mais tu es complètement con ou quoi ?

— Commence pas à m'emmerder. Ce salaud m'a envoyé une invitation pour un vernissage de ses sculptures qui aura lieu dans deux mois. Il s'est bien gardé de me dire qu'il s'y mettait, à la sculpture. C'est bien ce que je te disais. Il ne veut rien me laisser, même pas cet art pour lequel j'ai un talent évident.

— Écoute, Paul, on s'en fout de ta sculpture.

— Comment ça, on s'en fout ? Tu es de son côté toi aussi ? Comme ce fumier de Prosper ?

— Mais qu'est-ce que tu racontes là ?

— Ne joue pas au plus malin avec moi. Tu sais bien de quoi je parle. D'ailleurs, cela ne m'étonne pas. J'ai déjà remarqué du vivant de papa que…

— Tu vas la fermer oui ou merde ! Odin est mort cette nuit.

— Quoi !

Archibald lui répéta ce que Ronan lui avait raconté la veille. Paul était estomaqué, mais ne voulut quand même pas assister à l'enterrement. Gwenaëlle aurait bien aimé, car elle était curieuse de voir la déchéance de Tina mais, pour une fois, son époux fit prévaloir sa volonté. Il n'était pas question qu'ils quittent Ti-Kroaz plus tôt.

≈

Les funérailles eurent lieu le 2 janvier à 9 heures du matin. Craignant une publicité négative, les parents de Thor firent en sorte que la cérémonie soit la plus confidentielle possible. On n'avait pas prévenu les collègues de bureau de Tina, et encore moins ceux de Ronan. Du reste, personne ne saurait rien de l'affaire : Tina avait prétendu une opération mal conduite pour annoncer qu'elle ne viendrait pas au bureau pendant trois semaines. Ronan avait demandé à sa secrétaire de transférer les appels les plus importants sur son téléphone portable et de lui faxer les documents à signer.

Les amis d'Odin n'étaient pas conviés non plus. D'abord, parce que Ronan les tenait pour responsables de la tragédie. Ensuite, parce que la plupart d'entre eux étaient restés en vacances. Enfin, parce qu'ils ne pourraient jamais être debout à l'heure matinale où la messe fut célébrée. Pour décourager les plus insistants, on leur avait indiqué une mauvaise adresse et un horaire bidon.

La cérémonie fut expédiée en moins d'une heure. Il n'y avait pas plus de dix personnes dans la petite chapelle enchâssée de métal de l'église Saint-Germain-des-Prés, dont une vieille bigote qui ne lâcherait pas son cabas de toute la cérémonie, un couple de noctambules avinés et Imelda, la femme de ménage, qui avait tant insisté pour être là que l'on avait accepté sa présence, considérant qu'elle ne risquait pas de cafter, vu son mauvais niveau de français.

Debout tout au long de la cérémonie, Ronan arborait une barbe de trois jours. Quand Archibald s'approcha pour l'embrasser, il fut pris d'un mouvement de recul tant les effluves d'alcool étaient puissants. Assise à ses côtés, Tina arborait l'air béat de ceux à qui l'on a administré une puissante dose d'antidépresseurs. Elle passa son temps à croquer des barres chocolatées, pliant méticuleusement les emballages avant de les ranger dans son sac à main.

Thor était assis de l'autre côté. Il avait déplacé sa chaise tout contre le cercueil de son frère, qu'il enlaça tout au long de la cérémonie en dodelinant de la tête. Zélie fit une si brève apparition qu'Archibald crut que c'était un songe. Mais il était habitué à l'envisager ainsi, légère comme un soupir.

38

Il n'y avait pas grand monde sur la place Saint-Germain-des-Prés quand ils sortirent de l'église, mis à part une bande de Bulgares toutes occupées à s'extasier devant des sacs de plage multicolores, vendus 400 euros pièce dans la boutique luxueuse d'un maroquinier. Zélie avait disparu. Archibald la chercha du regard mais elle n'était pas assise à la terrasse d'un café à la mode – de toute façon, ce n'était pas son genre – ni à l'arrêt de bus voisin. Il se tourna vers son frère, qui soutenait tant bien que mal son épouse.

— Ronan…

— Merci d'être venu, Archibald. Cela me touche beaucoup.

— C'est normal. Que se passe-t-il maintenant ? Où est-il enterré ? J'ai vu le corbillard démarrer à toute vitesse…

— Oui. Nous ne voulions pas qu'il y ait d'attroupement. Mais l'enterrement n'aura pas lieu aujourd'hui.

— Ah bon ?

— Oui. On va faire ça à Ti-Kroaz, dans quelques jours. Pour l'instant, ce n'est pas possible.

— Ah bon ?

— Paul est là-bas en ce moment. Il ne voulait pas qu'on le dérange pendant ses vacances, alors j'ai reporté la mise en terre de trois jours. Le corps de mon petit chaton est reparti à la morgue.

Sur ce, Ronan éclata en sanglots et tomba dans les bras de son frère. Lequel ne sut comment réagir car il n'était pas habitué à de telles effusions. Archibald tapota doucement le dos de son frère et regarda sa belle-sœur. Elle les observait en souriant. Manifestement, elle n'avait aucune espèce d'idée de ce qu'elle faisait là.

— Et Thor, où est-il ?

— Je ne sais pas. Sans doute dans la chapelle.

— Ligne 12, mairie d'Issy-Porte de la Chapelle, ânonna Tina.

— Tu viens boire un coup ? demanda Ronan.

— Euh… oui. Mais tu ne crois pas qu'on devrait aller chercher Thor ?

— Allez, viens boire un coup avec ton frangin, lança Ronan en prenant des accents de Gavroche.

— J'arrive. Tu me commandes un café ?

— D'accord, on est juste en face. On t'attend. Tu viens, hein ? Tu viens vite, d'accord ?

— D'accord.

Archibald rentra dans l'église. Après s'être arrêté quelques instants devant la statue de la Vierge à l'enfant, il marcha lentement le long du bas-côté et s'approcha de la chapelle. Thor n'avait pas bougé. Son bras gauche pendant le long de son corps, amorphe. Il hochait toujours la tête de droite à gauche. Archibald s'assit à côté de son neveu. L'adolescent ne bougea pas.

— Thor ?

— …

— Tu peux parler ?

— …

— Tu as pris quelque chose ? Fumé ? Sniffé ?

— Plus jamais.

— Ça va ?

— Non.

— Ne te sens pas coupable. Ce n'est pas de ta faute.

— …

— Tu veux que je te laisse un peu seul ?

— Oui.

— Je vais boire un café avec tes parents et je reviens après. D'accord ?

— Le salaud.

— Ne lui en veux pas. Il ne savait pas ce qu'il faisait.

— Il a tué mon frère.

— C'est de notre faute à tous. On vous a abandonnés à votre sort. Je reviens dans un quart d'heure. Tu ne bouges pas, d'accord ?

— De toute façon, je ne peux pas. Mon pied gauche est mort.

Archibald regarda Thor. Son neveu avait les yeux dans le vide. Il posa sa main sur son épaule et se leva. Quelques minutes plus tard, il était attablé à la terrasse du café. Tina le regarda arriver avec un sourire béat.

— Salut, poulette ! lança-t-elle, d'une voix traînante.

— Je t'ai commandé une bière, fit Ronan.

— Euh, merci. Mais tu sais, il est à peine 10 heures du matin. Je crois que je vais prendre un café plutôt. À moins que je ne prenne un cappuccino… Quoiqu'un chocolat serait pas mal… Mais non, c'est trop sucré. Alors je vais me contenter de prendre un café. Non, un déca allongé…

Ronan regarda Archibald avec tendresse. Son petit frère avait toujours autant de mal à se décider. Il lui mit la main sur la cuisse. Archibald, qui n'était pas habitué à ces familiarités, frémit et regarda son aîné. Un pan de sa chemise dépassait de son pantalon.

— Prends un café normal. Le déca est dégueulasse ici, je t'assure. En attendant, cela ne te dérange pas si je bois ta bière ? J'ai déjà sifflé mon demi.

— Non. Mais ne picole pas trop. Même si je comprends que tu aies besoin de relâcher la pression.

— Oh, tu sais…

Le téléphone de Ronan sonna. Il le regarda, ricana et l'éteignit. Puis il attrapa un paquet de cigarettes sans filtre et en alluma une.

— C'était le bureau.

— Tu n'as pas décroché ?

— Oh, pour ce que j'en ai à foutre en ce moment…

— Je n'arrive pas à croire que Paul t'ait refusé le droit d'enterrer Odin à Ti-Kroaz.

— Il ne me l'a pas refusé. Il ne voulait pas qu'on le dérange pendant ses vacances. C'est pas pareil.

— Et tu as cédé ?

— Tu sais, Archibald, je crois que j'ai été un peu dur avec vous tous ces derniers temps, et plus particulièrement avec ce pauvre Paul. Tu te souviens du rendez-vous chez le notaire ? Et du repas de Noël ?

Tina les regardait avec un air détaché. Elle ouvrait précautionneusement l'emballage d'une barre chocolatée avant de la dévorer avec entrain. Le serveur s'approcha et prit la commande : un café pour Archibald et un demi pour Ronan. Tina demanda un lait-fraise.

— Je crois que ce qui l'a particulièrement choqué, c'est que tu invites Prosper à Megève.

— Oh ! ça, c'est un peu différent. Même si je comprends qu'il l'ait mal pris... Mais depuis j'ai fait pire. Je lui ai envoyé une invitation pour un vernissage début avril.

— Tu t'es mis à la sculpture ?

— Mais non ! C'était juste pour le faire enrager ! Et je ne me suis pas arrêté là. J'ai bien peur que sa situation chez Harvouët soit compromise après les mails que j'ai envoyés au patron de sa boîte.

Ronan en profita pour avouer que c'était lui, Nemesis, l'ennemi anonyme qui avait harcelé Paul pendant plusieurs semaines.

— Tu me diras : autant partir maintenant avant qu'elle ne soit délocalisée à Bangalore... Non, franchement, je crois que ce n'est pas anormal qu'il m'en veuille.

— Et puis je crois que ce n'est pas le seul.

— Tu veux dire que tu m'en veux aussi ? s'inquiéta Ronan.

— Moi non, mais ton fils...

Les yeux du fils aîné de Christobal s'embuèrent instantanément. Pas ceux de Tina, qui était occupée à ouvrir un paquet de bonbons.

— Oui. Il ne me parle plus depuis que son frère est mort. Je crois que je l'ai définitivement perdu.

— Une de perdu, dix de retrouvées, beugla Tina en exhibant une petite boule rouge et sucrée.

— Dis-moi, chérie, cela ne te dirait pas d'aller faire un tour dans les boutiques du quartier ?

— Un tour dans les boutiques ?

— Oui. Faire des courses, acheter un sac à main, des chaussures, des vêtements. Tu adorais faire ça avant. Tu es sûre que tu ne veux pas ?

— Ah si ! Ça pourrait être chouette ! Tu embrasseras Odin pour moi ?

— Bien sûr.

Tina se leva et s'en alla d'une démarche traînante. Ronan la regarda s'éloigner et soupira. Depuis la mort de son fils aîné, Tina avait perdu pied. C'est pour cela qu'il lui avait suggéré d'aller faire les boutiques, comme au bon vieux temps. Le shopping serait peut-être un formidable exutoire. Peut-être retrouverait-elle goût à la vie en se bagarrant avec d'autres femmes autour d'un débardeur ?

À peine avait-elle fait trois pas qu'elle fut prise à partie par des membres de l'AAH qui déambulaient d'un pas martial sur la place Saint-Germain-des-Prés. Leur chef de file interpella Tina. Pourquoi n'avait-elle pas mis de pantalon ce jour-là ? Était-elle en train de trahir la Cause en portant une jupe, longue de surcroît ? Tina leur avoua benoîtement qu'elle sortait de l'église. Que n'avait-elle pas dit là ! Ils l'emmenèrent avec eux, bien décidés à la faire revenir dans le droit chemin.

Ronan avait commandé un troisième demi. Il se tourna vers son frère pour lui demander de s'occuper de son fils. Archibald proposa de l'emmener déjeuner. Ce serait formidable, s'extasia Ronan. Et tu me raconterais tout après ? Prudent, son petit frère lui promit de l'appeler.

Pendant ce temps, Ronan irait voir Isadora. Cela faisait bien trop longtemps qu'il n'avait pas vu sa chère vieille tante. Il était temps qu'il rattrape le temps perdu. Laissant son aîné siroter sa bière, Archibald retourna dans l'église où Thor l'attendait.

≈

Paul avait passé ses vacances à Ti-Kroaz dans l'atelier de sculpture, délaissant sa femme et s'énervant à chaque fois que Mirabelle venait lui parler. Ce n'était pas le moment de le déranger. Il avait une œuvre à finir. C'était sa priorité et cela le resterait, même après qu'Archibald lui eut expliqué que le vernissage de Ronan n'aurait pas lieu. Paul n'en croyait pas un mot, pas plus qu'il ne donnait du crédit au repentir de son aîné. Tout cela n'était qu'une comédie. Il n'était pas dupe.

Gwenaëlle, qui ne l'était pas davantage, accélérait frénétiquement son régime. Elle n'allait quand même pas attendre le début du mois de janvier pour atteindre la taille 34 à laquelle Tina avait soi-disant renoncé. La femme de Paul ne mangeait presque plus rien, si ce n'est ses cinq légumes quotidiens qu'elle épluchait minutieusement dans la grande cuisine pour confectionner de toutes petites soupes qu'elle sirotait à petites lampées en lançant des regards furieux à son mari qui, lui, ne cessait de se bâfrer. Paul prétendait qu'il nourrissait ainsi son inspiration.

Mirabelle en profita pour se faire dépuceler. À quatorze ans passés, c'était la dernière de sa classe à perdre sa virginité. Il était temps qu'elle soit enfin une femme. L'adolescente aurait bien aimé en parler à sa mère, mais celle-ci était trop occupée à se faire vomir entre deux prises de médicaments.

Ils passèrent la soirée du réveillon avec une demi-douzaine de militants de la BIBI qui se disputèrent violemment pour savoir s'il valait mieux circonscrire leur lutte aux seules provinces historiquement bretonnes ou s'il convenait de l'étendre au reste de la France, voire aux pays frères. Lorsque ses invités s'en allèrent, Paul ne savait pas très bien dans quel camp se situer. Il savait juste qu'il était bourré.

Pour une fois, son épouse ne lui en fit pas le reproche. Elle était ivre elle aussi, non pas tant d'avoir trop bu, mais parce qu'elle n'avait pratiquement rien mangé depuis deux jours, si ce n'est deux bols de riz, une infecte tisane aux herbes et ses fameuses pilules amaigrissantes dont elle avait encore doublé les doses, agacée de ne pas voir de résultats probants à part des attaques de tachycardie de plus en plus régulières et intenses.

Toute la petite famille cuva son vin pendant trois jours avant de rentrer à Paris en voiture. Paul, qui avait bâclé ses dernières sculptures, car les vapeurs d'alcool lui embrumaient l'esprit, n'était pas content de lui. Il remâcha sa rancune à l'encontre des aînés tout au long du voyage : Raoul, qui lui faisait subir les pires humiliations au bureau, était à coup sûr un aîné. Prosper, qui l'avait tant déçu, aussi, forcément. Tout comme Baptiste, le frère de Zélie, qui l'avait agressé le soir de son anniversaire ou encore l'odieux type de la station-service. Un frère aîné, sans l'ombre d'un doute.

Comme les choses lui semblaient plus claires désormais ! Comme il était heureux de n'avoir eu qu'un enfant pour éviter au cadet d'être martyrisé ! Comme Archibald était naïf d'être tombé dans le piège machiavélique que lui tendait Ronan ! Lui au moins n'était pas dupe. Il était vigilant. Il répéta cela trois fois à Gwenaëlle qui approuva, car c'était l'un de ses mots favoris, tout en se plaignant d'avoir de plus en plus mal au ventre. Paul n'y prêta pas attention.

Lorsqu'il revint au bureau le lendemains il était plus que jamais décidé à atteindre le plus vite possible les cimes sculpturales où trônait son père. N'en avait-il pas fait la promesse sur sa tombe le soir du 1er janvier ? Les remarques acides de Raoul n'avaient plus aucune importance. Il sécherait désormais les interminables réunions du vendredi après-midi et ne perdrait plus son temps à reconquérir le terrain perdu. Paul avait une œuvre à créer. Tout le reste passait après. Chez Harvouët, on finirait bien par s'en rendre compte. Cela n'avait plus aucune importance.

Le second fils de Christobal lisait des manuels de sculpture dans le train qui l'emmenait au bureau le matin. Il les compulsait dès que possible, à chaque fois que Komodia avait le dos tourné, pendant l'heure des repas, laissant ses collègues déjeuner sans lui. Il bachotait même le soir avant de s'endormir. Les revues informatiques s'accumulaient au pied de son bureau formant des piles instables avec les guides d'installation des nouveaux matériels. Les mises à jour pouvaient attendre, les tâches urgentes ne l'étaient pas tant que ça et sa messagerie téléphonique était pleine. De toute façon, cet imbécile de Nemesis 2000 le laissait en paix depuis quelques jours : manifestement, son dernier message d'insulte avait dû lui faire peur.

≈

Archibald passa une bonne partie de l'après-midi avec son neveu. Il fallut d'abord le sortir de l'église, ce qui ne fut pas une mince affaire. Thor ne mentait pas quand il avait dit que son pied gauche était mort. Il retira son mocassin, enleva sa chaussette et exhiba un morceau de chair noire et sclérosée. Depuis la mort d'Odin, il ne ressentait absolument aucune sensation dans ce membre et ne s'en étonnait même pas.

Archibald fut obligé de le soutenir pour sortir de l'église. En passant devant la statue de saint Antoine, l'adolescent l'interrogea sur ses convictions religieuses. Ainsi donc, Archibald était croyant. En quoi est-ce que cela consistait ? Comment pouvait-on invoquer quelque chose ou quelqu'un que l'on ne voyait pas ? Était-il possible d'avoir la foi quand on songeait à tout le mal qu'un père était capable de faire ? Archibald eut envie de lui parler de sa grand-mère, Isabelle Morsang, et de la lumière de ses yeux juste après la communion. Mais cette simple évocation l'attrista tant qu'il se tut.

Il garda le silence tout au long de leur chemin jusqu'aux confins du vingtième arrondissement. Archibald avait promis à Ronan de parler à son fils mais il ne savait comment s'y prendre. Devait-il être complice ou fallait-il être procureur ? Son grand frère lui avait toujours interdit de parler de ses expériences de jeunesse. Thor savait-il que son oncle avait été drogué ? Son neveu ne lui donna aucun indice et se contenta de le diriger vers un restaurant situé sur les hauteurs des Buttes-Chaumont où il allait souvent déjeuner avec Odin. C'est là qu'il voulait aller. Archibald était ravi de ne pas avoir à choisir l'endroit.

Il se laissa guider vers une petite table à l'arrière du restaurant. À peine installé, Thor sortit un paquet de cigarettes et s'en alluma une en tirant de grosses bouffées nerveuses. Ravi de découvrir un établissement qui bravait le couvre-feu hygiéniquement correct, son oncle fit de même.

Quand le serveur arriva, Archibald hésita à commander du vin. Mais son neveu lui fit comprendre que si son illustre ancêtre avait déjà effectué un sacré périple à son âge, lui, Thor de Kerniguet avait déjà vécu quelques trips rocambolesques bien qu'il n'ait pas encore quinze ans. Enhardi par l'alcool, l'adolescent lui raconta ses trois dernières années de libations. Rapidement, Archibald comprit que son expérience ne serait d'aucune utilité pour le jeune homme qui avait non seulement tout goûté – en allant souvent plus loin que son oncle dans les différents excès – mais qui en plus semblait tout à fait déterminé à tourner la page.

De toute façon, ce n'était pas pour cela qu'il était content de retrouver son oncle. Thor avait des comptes à régler avec Ronan. Au lendemain de la mort d'Odin, de retour à Paris, il avait fouillé dans les papiers de son père. Il avait découvert que Ronan avait volontairement interverti leurs actes de naissance pour faire d'Odin l'aîné. Pendant près de quinze ans, le fils aîné de Christobal avait attisé les rivalités entre ses rejetons, incitant sa femme à donner plus d'argent de poche à l'un qu'à l'autre, ricanant aux grosses bêtises de l'un, stigmatisant les petits défauts de l'autre, soufflant sans cesse sur les braises.

Au fil des ans, Thor n'avait eu d'autre choix que de se précipiter à la suite de son frère dans une obsédante course en avant qui s'était terminée de façon grotesque et tragique le long d'une voie ferrée. Il ne pardonnerait jamais à son père d'avoir transmis à ses jumeaux le virus de la jalousie et de l'avoir institutionnalisée ainsi. Un jour, je vais lui régler son compte, siffla-t-il entre ses dents. En attendant, Thor demanda à son oncle l'autorisation d'aller dormir rue des Mauvais-Garçons pendant quelques jours.

≈

Trois heures plus tard, Ronan accueillit Archibald en titubant. Tina était rentrée quelques minutes plus tôt de fort méchante humeur. Elle avait insulté son mari, lui reprochant de ne pas savoir où étaient ses fils, puis s'était enfermée dans sa chambre avec une pile de magazines féminins. Tina avait dû avaler plusieurs somnifères puisqu'on l'entendait ronfler à dix mètres.

Archibald s'assit en face de son frère, alluma une

cigarette, se servit un verre de vin et regarda Ronan droit dans les yeux. La nuit allait être longue.

39

— Paul, tu dors ?

— Non.

— Qu'est-ce que tu fais ?

Paul ruminait de sombres pensées depuis le moment où il s'était couché auprès de sa femme. Quand il ne se tourmentait pas pour sa sculpture, le mari de Gwenaëlle songeait à son frère aîné. Quand je le verrai, se disait-il, je lui dirai ceci, et puis cela et puis ça encore. Ah là, il fera moins le malin, l'enfoiré… Et je lui rappellerai cet épisode – qui remontait à l'enfance –, cette humiliation – qu'ils avaient tous deux oubliée depuis des années –, cette injustice – qui relevait plus du hasard que d'autre chose…

Vingt ans plus tôt, Paul défendait fougueusement sa belle contre des assaillants imaginaires. Cette fois-ci, son ennemi était unique et parfaitement identifiable. Le règlement de compte n'en serait que plus violent. Ronan l'avait cherché pendant toutes ces années. Dorénavant, il le trouverait.

— Rien. J'étais en train de m'endormir.

— Paul, j'ai mal.

— Comment ça, tu as mal ? Où ça ?

— J'ai mal au ventre, à la tête et au cœur. Je ne sais pas ce que j'ai, mais je suis un peu inquiète.

— Tu es allé voir un docteur ?

— Oui. Il n'a rien vu de grave.

Gwenaëlle mentait. Elle avait vu son médecin généraliste le matin même. Son diagnostic était clair : les résultats des prises de sang effectuées trois jours plus tôt étaient très mauvais, son électrocardiogramme était très alarmant et sa perte de poids était tout sauf une bonne nouvelle. Il fallait impérativement qu'elle arrête de prendre ces abominables médicaments coupe-faim qu'elle gobait à longueur de journée, sous peine de mettre sa santé en péril.

Elle ne voulut rien savoir. Pas question d'arrêter de maigrir tant que cette salope de Tina rentrait dans une taille 34. Son horrible belle-sœur voulait être la plus mince ? Elle se battrait jusqu'au bout. C'était une question d'honneur.

— Je ne sais pas à quoi c'est dû. Je ne mange que des fruits et je bois deux litres d'eau par jour…

— C'est peut-être ça le problème. Et si tu diversifiais un peu ton alimentation ?

— Tu n'y penses pas ? Pour avoir des fesses comme celles de Zélie ? Cela ne m'étonne pas qu'elle soit luthière : elle ressemble à un violon !

— Elles ne sont pas si grosses que cela.

— Là n'est pas la question. Cette salope de Tina m'a offert une robe en 36 pour Noël dans laquelle elle savait que je ne rentrerais jamais. Mais je vais y arriver, tu peux me croire. Je prends cela comme un défi. Tu vas voir, mon doudou, ce dont ta femme est capable…

— Tu vas y arriver, marmonna Paul, qui était en train de s'endormir.

— Bonne nuit, mon doudou.

— Bonne nuit. Tu sais, je crois que je sais comment je vais la finir ma sculpture…

— Ah oui ? C'est bien. Je suis fière de toi.

— Grllbrf…

Paul se mit à ronfler. Sur ce, Gwenaëlle se rendormit. Elle se réveilla quelques heures plus tard, tenaillée par une terrible envie de vomir. Son cœur battait la chamade. Elle se précipita vers les toilettes et s'accroupit par terre. Rien ne sortit de sa bouche, si ce n'est quelques râles qu'elle étouffa pour ne pas réveiller sa fille et un peu de sang. Elle s'essuya la bouche, se releva et approcha la balance. Trois cent cinquante grammes de plus que la veille. C'était incompréhensible. Elle ne parviendrait donc jamais à perdre ces deux derniers kilos ? Allons, se dit-elle en se recouchant. Un dernier petit effort et j'arrête.

≈

Archibald s'était réveillé en sursaut lui aussi. Ce n'était pas contre un mal de ventre qu'il se débattait, mais contre les dernières bribes d'un rêve étrange. Sa belle Zélie n'était plus luthière mais gérante d'un dépôt-vente à Saint-Germain-des-Prés. Elle ne jurait que par les grands couturiers, suivait béatement les diktats les plus grotesques de la mode et l'enjoignait de s'inscrire aux Beaux-Arts. Lesquels avaient profondément changé : influencés par la spéculation autour de leurs œuvres, les artistes ne s'habillaient plus en treillis mais en costume-cravate et suivaient des cours de marketing et de commerce international.

Il mit longtemps à chasser de son esprit ces relents de cynisme, d'agiotage et d'agitation, tout en sachant que comme toujours, ces images disparaîtraient à tout jamais. Le rêve n'avait-il pas cette qualité d'être la seule pensée qui ait vocation à être définitivement oubliée, contrairement à toutes les autres, dont on pouvait toujours se rappeler d'une façon ou d'une autre ?

Archibald se réveilla trois heures plus tard l'esprit embrumé. Constance l'attendait au bureau à 10 heures. Il était en retard. Dans la cour de son immeuble, la concierge lui tendit une lettre. Comme chaque année, Jean-Yves lui avait adressé une carte de vœux.

Il l'appela entre deux feux rouges et lui raconta les derniers événements. Le vieil artisan, qui avait appris le coma d'Isadora et la mort d'Albert-Félix sans lever un sourcil, ne manifesta aucune surprise quand son filleul lui annonça la disparition d'Odin. Encore un décès dans la famille. C'était le troisième en quelques mois.

— Et Zélie ? Vous avez passé Noël ensemble ?

— Noël oui, mais pas le jour de l'an.

— Ah bon ? Et pourquoi donc ?

Archibald n'eut d'autre choix que de lui raconter la rencontre avec Justine. Jean-Yves soupira.

— Ah c'est vraiment dommage, glissa Jean-Yves.

— Oui, c'est dommage, fit Archibald, qui connaissait les jugements abrupts de Jean-Yves et n'était pas mécontent de s'en tirer à si bon compte, bien qu'il n'ait pas totalement renoncé à récupérer sa fiancée.

— Oui, c'est vraiment dommage. D'autant que ton père l'aimait beaucoup… C'était sa préférée. Enfin, c'est la vie. De toute façon, il n'aurait pas connu vos enfants étant donné que tu as tant traîné. N'est-ce pas ?

— Comment ? Qu'est-ce que tu viens de dire ?

— Que ton père n'aurait de toute façon jamais connu tes enfants.

— Non, avant ça.

Archibald ne pouvait pas le croire. La seule fois que Zélie était venue à Ti-Kroaz, son séjour s'était si mal passé – elle était terrifiée par Christobal – que le jeune homme s'était promis de ne plus jamais emmener de petite amie passer le « test ultime » dont parlait Paul. D'après son frère, une femme qui ne pouvait apprécier Ti-Kroaz ne saurait être la fiancée d'un Kerniguet. Quelle épreuve ridicule !

Ainsi donc, son père appréciait Zélie. Mais pourquoi n'avait-il rien dit ? Parce que vous ne vous êtes jamais compris alors que vous étiez si semblables, expliqua Jean-Yves qui ajouta, en guise de conclusion : « Cela étant, tu n'es pas obligé d'emprunter tous ses traits de caractère. Si tu peux t'abstenir d'être aussi infidèle que Christobal, tu ne t'en porteras pas plus mal. Et tu ne seras pas le seul… »

Archibald raccrocha, perplexe. Comment retrouver Zélie ? Il avait bien essayé de l'appeler chez Momo, mais le tenancier du café en bas de chez elle lui avait assuré qu'il ne l'avait pas vue depuis des jours. Il était passé à son atelier. Non seulement il était fermé, mais des dizaines de courriers dépassaient de sa boîte aux lettres, prouvant qu'elle n'y était pas allée depuis longtemps. Archibald était même resté une journée entière chez sa tante, espérant la voir arriver, car elle s'était engagée à nourrir les chats, mais là encore, il ne l'avait pas vue.

Le journaliste était dans les mêmes dispositions d'esprit quand il sortit de sa réunion avec Constance. Sa rédactrice en chef ne lui avait rien proposé de concret, si ce n'est un hypothétique papier de quatre pages sur une animatrice de télévision alcoolique qui s'était engagée à traverser l'Atlantique en pédalo pour expier ses fautes. Rien de bien folichon.

Il rejoignit Ronan, qui ne pouvait plus se passer de lui, dans une brasserie du quartier de la Bourse. Son grand frère était toujours aussi jovial et débraillé. Il avait voulu passer au bureau ce matin-là, mais André, le petit gros du service courrier, l'en avait dissuadé.

— Quel mec sympa, ce Dédé ! s'exclama Ronan quand il vit son frère arriver. On a passé un quart d'heure à parler de foot…

— Alors tu n'y es pas allé, finalement.

— Ben non. Partie remise. Il faudrait peut-être que j'aie l'air plus présentable…

Ronan gloussa.

— Et sinon, comment ça va ?

— On a connu mieux. Je crois que Paul est rentré hier de Ti-Kroaz, mais il n'a pas décroché quand je l'ai appelé… Je vais aller enterrer mon Odin après-demain. J'irai avec Thor. Tu sais, cela m'a fait du bien cette conversation de l'autre soir. Cela nous a fait un bien fou à Thor et à moi. Il est revenu à la maison, tu es au courant ? Je ne sais pas comment te remercier pour tout ce que tu as fait récemment.

— Oh, tu sais…

— D'ailleurs, j'aimerais bien que tu viennes avec nous. Cela risque d'être un peu éprouvant. Et puis je ne sais pas si je pourrai conduire tout le chemin.

— Tu peux compter sur moi. Mais je croyais que seuls toi et Tina avaient le droit de conduire ton bolide.

— Plus maintenant. De toute façon, je crois que Tina ne viendra pas…

— Comment ça ?

— C'est un peu compliqué. Je vais t'expliquer. En attendant, voilà le serveur. Te connaissant, j'ai commandé à ta place. Tu ne m'en voudras pas, j'espère ?

— Bien sûr que non. Tu as très bien choisi en plus… Merci, monsieur… Bon, je t'écoute.

Tina avait quitté Ronan la veille. Elle n'était plus la même depuis la mort d'Odin, qu'elle niait avec une énergie farouche, au point de refuser catégoriquement d'adresser la parole à Thor depuis cette soirée fatidique. Pour elle, c'était clair, elle n'avait jamais eu d'enfants. Tout cela n'était qu'un horrible cauchemar dont elle ne tarderait pas à se réveiller.

Elle avait commencé à reprendre le dessus le jour où son mari l'avait incitée à aller s'acheter des vêtements dans les boutiques de Saint-Germain-des-Prés. Elle était revenue tard ce soir-là, chargée de sacs à main ornés de têtes de mort, de cuissardes cloutées, de survêtements à plume et de corsets transparents. Elle était à nouveau d'aplomb.

Tina s'était endormie vite, grâce à un cocktail à base de rhum et de barbituriques, mais s'était réveillée au milieu de la nuit. Ronan et Archibald étaient encore au salon. Elle en avait profité pour fouiller dans les papiers de son mari, ce qu'elle n'avait jamais fait jusqu'alors. En ouvrant un tiroir habituellement fermé à clef dans son secrétaire en bois précieux, elle était tombée sur une enveloppe contenant plusieurs dizaines de lettres d'amour envoyées par les amantes de son mari. Tina les avait toutes lues avec un mélange d'avidité et de dégoût. À ce niveau-là, ce n'était plus du cocufiage, mais de l'acharnement.

Elle avait attendu le retour de son mari pour exploser, mais comme il était hors d'état de parler, Tina avait été obligée de retenir sa colère pour quelques heures. Son explosion n'en fut que plus spectaculaire. Pourquoi ? avait-elle hurlé. Par goût pour la compétition plus encore que par esprit de conquête, lui avait-il répondu. Tu comprends, si nous étions plusieurs à voir passer une jolie femme, il fallait que ce soit moi qui l'aie et pas un autre. Mais s'il était seul, cela ne l'intéressait pas. En somme, Ronan n'avait trompé sa femme qu'en public. Tina quitta le domicile conjugal le soir même. « Finalement, c'est toi qui imites ton père ! » furent ses dernières paroles, avant de claquer la porte.

— À l'heure qu'il est, elle doit être en train d'enregistrer ses bagages.

— Elle part en voyage ?

— Oui, elle va à Dubaï, tu sais, sur le tournage de la publicité avec le joueur de foot, Marcelo Guita. Elle m'a dit qu'elle avait besoin de se changer les idées.

— Ah, oui. Gwen ne devait pas y aller avec elle ?

— Si, si, mais finalement, c'est avec Maxime Kodarshian qu'elle part.

— Maxime. Ton ami ?

— Oh, tu sais, les amis, en ce moment, c'est comme la famille… Il faut parfois faire des choix. En tout cas, toi, tu nous accompagnes après-demain. N'est-ce pas ?

— Oui, bien sûr.

≈

Au même moment, Paul descendait le boulevard Raspail en vélo. Il allait s'acheter du matériel pour son stage intensif de sculpture, prévu le week-end suivant. Traversant le boulevard du Montparnasse, il reconnut dans la foule un visage connu, celui de Prosper. Il freina d'un coup sec et courut à la rencontre de son ancien ami.

— Prosper !

— Ah, salut, Paul. C'est marrant de te voir ici. Qu'est-ce que tu fais là ?

— Cela ne te regarde pas, espèce de traître !

— Comment ?

— Tu m'as bien entendu. Après tout ce que j'ai fait pour toi…

— De quoi est-ce que tu me parles ?

— Tu sais très bien de quoi je parle. Cela fait des mois que je te dis que je vais aller à Ti-Kroaz à Noël et tu me lâches au dernier moment pour aller te pavaner à Megève avec môssieur Ronan. C'est dégueulasse !

— Tu veux rire, j'espère ?

— Est-ce que j'ai l'air de trouver ça drôle ?

— Non. À ton avis, qu'est-ce que je suis allé faire à Megève ?

— Ben, je te dis, tu as fait l'intéressant chez les gens chics en laissant tomber ton ami d'enfance comme une vieille chaussette. Tout cela pour courtiser ce grand connard de Ronan.

— Tu es vraiment trop con.

— Ah, tu vois ! Il n'y a que la vérité qui blesse.

Sur ce, Paul enfourcha son vélo, fier d'avoir réglé ses comptes avec ce sale bonhomme qui l'avait tant déçu. Prosper attrapa sa roue arrière, manquant de le faire tomber.

— Paul !

— Quoi ? fit le frère de Ronan avec un air dédaigneux, s'attendant à de plates excuses.

— Tu veux que je te dise ce que je suis allé faire à Megève ?

— Dis toujours.

— Si je suis allé à Megève, c'est parce que j'ai accompagné Bernadette, ma cuisinière, qui est originaire d'Annecy, ce que tu as certainement oublié, lança Prosper, avant d'ajouter, en découpant chaque syllabe : On lui a diagnostiqué une tumeur dans le sein gauche il y a un mois et elle a absolument voulu se faire opérer près de son lieu de naissance.

— Ah, mais je ne savais pas, je pensais…

— À l'heure qu'il est, Bernadette n'est pas tirée d'affaire, loin de là. Et moi, tout ce que je sais, c'est que si elle meurt, je ferme le restaurant. Bernadette et Amélie sont comme deux mères pour moi,

— Oh, je suis désolé, mais je pensais que…

— J'ai dormi deux nuits à Megève et j'ai passé les journées à courir d'un service à l'autre de l'hôpital pour qu'ils prennent correctement soin d'elle. Si tu crois que j'avais le cœur à aller me pavaner comme tu le dis si gentiment…

— Bien sûr, mais tu comprends, je pensais…

— Tu penses, tu penses, mais est-ce qu'il t'arrive de réfléchir ? Cela fait des années que tu me fatigues avec ta rivalité avec Ronan. Bon sang ! Je n'y suis pour rien moi, si tu passes ta vie à te comparer avec lui ! Quand est-ce que tu vas commencer à vivre par toi-même ? Laisse Ronan en paix. Est-ce que tu es au courant qu'il a perdu son fils ?

— Ouais, ce petit connard de drogué.

— C'est toi le connard, Paul. Tu veux que je te dise ? Je suis bien triste d'avoir cru en l'amitié de quelqu'un d'aussi médiocre.

Sur ce, Prosper tourna le dos à Paul et reprit sa route en direction de la gare Montparnasse.

Troublé, Paul enfourcha sa bicyclette une seconde fois. Comment pouvait-il savoir ce qui arrivait à Bernadette ? Personne ne le lui avait rien dit. Et puis, de toute façon, Prosper n'avait pas de leçon à lui donner : il n'avait rien fait d'autre de sa vie que de prendre la succession de son père à la Daisy Rade. Pour la peine, il n'y irait plus. En plus, c'était dégueulasse là-bas. Et puis qu'est-ce que c'était cette idée grotesque d'avoir deux femmes comme mamans ? Autant soutenir l'ignoble mariage homosexuel…

Son portable sonna. C'était Gwenaëlle qui rentrait

plus tôt du bureau. Elle avait horriblement mal au ventre. Paul lui conseilla de prendre une tisane et un bain chaud. Elle aurait bien aimé qu'il vienne plus tôt, mais il fallait d'abord qu'il aille acheter son matériel de sculpture. Son stage commençait le surlendemain : il n'était pas question qu'il l'annule. Prosper, Ronan et tous ces cons verraient bien de quoi Paul de Kerniguet était capable. Il s'était même trouvé un nom d'artiste : Polka. Ça sonnait drôlement bien.

≈

Archibald s'y attendait : il conduisit la voiture de son frère de Paris jusqu'à Ti-Kroaz. Son aîné ne lui réclama pas le volant, alors qu'il adorait conduire, et ne lui fit aucune remarque, bien qu'il ait l'habitude de se moquer des conducteurs lents et maladroits. Ils s'arrêtèrent deux fois, l'une pour prendre de l'essence, l'autre pour s'acheter un sandwich. Ronan mordit dans son pâté-cornichon avec appétit.

Le fils aîné de Christobal était propre et bien rasé, n'avait pas bu une goutte d'alcool depuis le déjeuner avec son frère et arborait l'un de ses costumes favoris. Après avoir hésité près d'une demi-heure devant son placard, Archibald avait revêtu sa chemise préférée, celle qu'il portait les jours de bouclage, pour que celui-ci se passe bien.

Pendant toute cette journée, Thor, qui s'était acheté un nouveau costume et avait jeté, avec l'accord de son père, tous ses vieux vêtements, s'agrippa à Ronan. Archibald compta les fois où l'adolescent prononça le mot « papa » entre Rennes et Vannes : trente-sept fois. De son côté, Ronan passa tout le voyage à toucher et regarder son fils. C'était comme s'ils se redécouvraient.

— Dis, papa ? demanda Thor, alors qu'ils approchaient de Vannes.

— Oui, mon garçon.

— À quel âge as-tu appris à conduire ?

— Tu veux que je te dise ? J'ai raté mon permis deux fois, sourit Ronan, en passant sa main dans la tignasse de son enfant.

— Tu as raté ton permis ? s'exclama Archibald.

— Eh oui. Je ne t'avais rien dit parce que papa m'avait interdit toute faiblesse. Mais j'en ai eu, tu sais, des faiblesses. J'en ai eu mais je me suis efforcé de ne rien montrer.

Sur ce, le fils aîné de Christobal ferma les yeux et soupira :

— Oh, mon Odin, si tu pouvais me pardonner…

Thor prit la main de son père dans la sienne et la serra fort.

— Papa, tu m'apprendras à conduire ?

— Oh oui, mon garçon, je t'apprendrai à conduire. Je t'apprendrai aussi le karaté et le bricolage, la botanique et l'arithmétique. Je te montrerai comment on tombe et comment on se relève en souriant. Je t'enseignerai à vivre dans l'espérance de la perfection, qui sera ton moteur pour avancer, mais aussi dans l'impuissance de cette même perfection, sans quoi tu te consumeras d'orgueil. Je te dirai enfin qu'il faut toujours s'attacher à voir le bon côté des gens, leur noblesse et leur élégance, et laisser leurs défauts aux jaloux et aux inquiets. Je serai enfin un père pour toi, mon fiston chéri.

— Est-ce que j'irai à Alcatraz ?

— Bien sûr que non. J'ai déjà annulé. On va trouver une solution. En tout cas, pour l'instant, tu restes tout près de moi. D'accord ?

— D'accord, papa.

Ils arrivèrent enfin à Ti-Kroaz. Paul avait laissé quelques traces de son passage. Dans le salon, les meubles, les objets et les tableaux avaient été remis à leur ancienne place. Le mari de Gwenaëlle avait rétabli sa chambre dans son état d'origine et vidé celle de Christobal de tout objet appartenant à son frère aîné. Tout était redevenu comme avant. Bien sûr, les plans d'architecte avaient disparu. Ronan ne s'en formalisa pas. Finalement, tout cela n'avait pas beaucoup d'importance.

L'enterrement d'Odin se déroula dans une intimité virile. Cinq hommes se tenaient debout les uns contre les autres, dans la froideur glaciale d'un après-midi breton : Ronan et Thor d'un côté du prêtre, Archibald et Jean-Yves de l'autre. Laissant le corps d'Odin reposer au-dessus de celui de son grand-père, Jean-Yves, Archibald et le prêtre partirent boire un verre au bistrot voisin.

Ronan et son fils restèrent longtemps face au caveau. Ils se tenaient la main et pleuraient.

≈

Paul était en plein milieu de son stage quand son téléphone sonna. C'était Gwenaëlle. Il ne décrocha pas, parce qu'il avait les mains pleines de terre glaise.

Sa femme l'appela une seconde fois quelques instants plus tard. Il marmonna un juron et ne répondit pas. Pourquoi venait-elle le déranger en plein stage ? Elle savait bien que ce n'était pas le moment de l'appeler.

Une minute plus tard, son téléphone sonna pour la troisième fois. Il s'énerva. Pourquoi venait-elle le harceler comme ça ? Mirabelle était gardée chez sa grand-mère, le frigidaire était rempli et il lui avait conseillé de prendre un bain pour vaincre cette nervosité qui faisait battre son cœur de plus en plus vite. Il n'y avait aucune raison qu'elle l'appelle. Après tout, elle n'avait qu'à laisser un message, ce qu'elle ne fit pas.

Gwenaëlle n'était pas en état de laisser un message. Quand il rentra chez lui ce soir-là, sa femme était allongée dans la baignoire. Elle s'était électrocutée avec l'un des appareils ménagers qu'elle avait achetés la veille. Le courant avait bien disjoncté, mais le choc, le stress et l'émotion de l'accident avaient provoqué un arrêt cardiaque.

40

Non. Ce n'était pas possible. Ce n'était pas vrai. Sa Gwenaëlle n'était pas morte. Paul ne pouvait pas y croire. Il la gifla une fois, deux fois, trois fois, de plus en plus fort. Aucune réaction. Il lui pinça les seins. Pas mieux. Non ! Non, non et non ! C'était impossible. Paul s'effondra par terre et sanglota. Ses cris et ses larmes étaient entrecoupés de petits gémissements chuintants venus des tréfonds de son être.

Son téléphone sonna deux fois. C'était Mirabelle qui appelait pour dire bonsoir à ses parents. Il ne décrocha pas. Il ne pouvait pas décrocher. Qu'allait-il lui dire ? Bonsoir, ma petite chérie, est-ce que tu passes un bon moment chez ta mamie ? Ici tout va bien, je vais boire un petit verre là, parce que mon stage de sculpture était un peu éprouvant et puis après, je vais manger un morceau et me coucher. Ah, au fait, je voulais te dire, ah, ah, comme c'est drôle, j'allais oublier, ta maman est morte.

Merde ! Gwenaëlle était morte. Qu'allait-il faire ? Qu'allait-il devenir ? Que devait-il faire ? Il l'attrapa par les poignets et la tira hors de la baignoire. Son corps inerte faisait un bruit de serpillière. Au passage, quelques moutons se coincèrent dans son chemisier. Gwen n'aurait pas aimé ça, se dit-il. Elle qui mettait un point d'honneur à ce que son appartement soit impeccable…

Il l'installa dans le gros nounours en peluche qui trônait au milieu du salon et la regarda. Comme elle était belle ! Sa peau fraîchement tendue et légèrement jaunie faisait ressortir l'élégance de ses traits. Mais pourquoi ne le lui avait-il pas dit plus souvent ? Il partit dans la cuisine et se servit un grand verre de whisky qu'il avala d'une traite. Il se resservit un verre, se pinça le bras et retourna au salon. Gwenaëlle était toujours aussi morte. Et merde !

Paul but son verre en trois lampées, péta un bon coup et se leva. Il s'approcha de son épouse et lui pinça à nouveau le téton. Désolé, mon bébé, dit-il à voix haute. Désolé. Comment pouvais-je savoir ? Comment pouvais-je savoir que c'était si urgent que ça quand tu m'appelais ? Mais il fallait que je termine cette sculpture, tu comprends ? N'est-ce pas que tu comprends ? Maintenant, il chuchotait. Comme s'il avait peur de la déranger en plein décès.

Le nouveau veuf retourna dans la cuisine. Il prit la bouteille de whisky et un pot de confiture de fraises. Elle n'aurait pas aimé que je mange ça, se dit-il. Des sucres ultrarapides. Pour le coup, ce n'est vraiment pas un repas équilibré. Et puis je ne me suis pas lavé les mains depuis que je suis rentré… Si ça se trouve, elles sont pleines de bactéries.

Il mangea toute la confiture avec ses doigts en biberonnant la bouteille de single malt au goulot. Merde ! Qu'allait-il faire maintenant ? Que fallait-il faire ? L'esprit embrumé, il prit son épouse par les bras, la sécha délicatement et la mit au lit avant de se coucher auprès d'elle.

Paul se réveilla en sueur au milieu de la nuit. Gwenaëlle était toujours là, plus morte que jamais. Paul avait horriblement mal à la tête. Il prit trois cachets d'aspirine et se mit la tête sous l'eau. Il retourna vers sa chambre, s'approcha lentement de l'embrasure de la porte et se pencha en avant. Elle était toujours là. Paul soupira.

Il fit demi-tour et retourna vers la cuisine, butant au passage dans la bouteille de whisky vide. Le sculpteur en herbe avait faim. Il ouvrit le réfrigérateur et engloutit tout ce qui lui tomba sous la main, une saucisse de

Francfort et une mousse au chocolat, un œuf dur et une tranche de bacon crue, une confiture bio à l'étrange parfum quetsches-curcuma et un yaourt nature préparé la veille par son épouse. Le dernier yaourt préparé par sa femme ! Ahi ! Paul se laissa glisser par terre et pleurnicha.

Un quart d'heure plus tard, il était toujours assis par terre, pleurant et reniflant. La porte du frigidaire était ouverte. Il avait vidé au passage le paquet de bacon et la tablette de chocolat. Il se recoucha dans le salon, nauséeux et malheureux.

Sa tête lui faisait un peu moins mal quand il se réveilla quatre heures plus tard. Maintenant, c'était son ventre qui le faisait souffrir. Le gros ours, dans les bras duquel il avait dormi, le regardait avec ses grands yeux vides. Paul crut y déceler un semblant de compassion. Il était 8 heures du matin. Gwenaëlle était morte depuis une quinzaine d'heures et il était en retard pour sa seconde journée de stage.

Paul hésita longuement avant de prévenir qu'il ne viendrait pas. Il finit par adresser un message lapidaire à son enseignante avant d'éteindre son téléphone portable. Ce n'était vraiment pas le moment de se justifier. Il rappellerait sa Mirabelle plus tard, quand ça irait mieux. Paul se rendit compte alors que cela ne pourrait jamais aller mieux. Il étouffa un sanglot et réalisa qu'il n'avait pas le courage d'aller dans sa chambre s'assurer que tout cela n'était qu'un affreux cauchemar. Il savait bien que c'était vrai.

C'est alors qu'il remarqua un petit cahier à couverture rouge posé sur la table basse du salon. Il ne l'avait jamais vu auparavant. Paul s'approcha et l'ouvrit. C'était le journal intime de Gwenaëlle. Quoi ? Elle tenait un carnet de bord ? Cette activité n'était donc pas l'apanage des jeunes adolescentes qui s'assoient dans le métro les pieds tournés vers l'intérieur, gloussent et caquettent avec leurs copines de classe et rêvent du grand amour ? L'espace d'un instant, un sourire moqueur se dessina sur ses lèvres.

Il s'effaça bien vite. Dès les premières lignes, soigneusement calligraphiées, il comprit qu'il n'avait rien compris. Son épouse s'y révélait d'une lucidité admirable. Elle ne méconnaissait pas les dangers de sa cure de médicaments et sentait bien qu'elle se mettait en danger en dépassant frénétiquement les doses prescrites. Mais elle avait atteint un tel point de détestation vis-à-vis de Tina qu'elle ne pouvait faire autrement. « J'en suis arrivée au stade où tout ce qu'elle dit, tout ce qu'elle fait et tout ce qu'elle est m'exaspère. Il suffit qu'elle annonce blanc pour que j'aie envie de crier noir, d'indiquer le chemin de droite pour que j'accélère vers la gauche, d'aimer pour que je déteste. » Plus loin, elle écrivait : « Il faut que je sois plus belle que cette traînée pour venger mon Paul que j'aime tant et qui mérite tout ce qu'il y a de mieux ! »

Paul s'affaissa sur son fauteuil. Il ouvrit le carnet à la première page et lut chaque ligne en s'efforçant de ne pas mouiller le précieux témoignage d'un si bel amour avec ses larmes vulgaires. Il n'était pas une page, il n'était pas une phrase où Gwenaëlle ne parlait de lui. Et à chaque fois, transparaissait cette implacable volonté que son couple soit plus solide et plus exemplaire que celui de son beau-frère. La veille de sa mort, Gwen avait écrit en majuscules cette phrase majestueuse : « MON COUPLE, C'EST MOI. »

Farfouillant dans les affaires de la défunte, Paul découvrit un autre cahier, à la couverture verte cette fois-ci. Toutes les humiliations, toutes les moqueries, tous les mauvais traitements infligés par Ronan y étaient méticuleusement répertoriés, avec le lieu, la date et même l'heure. L'émotion laissa rapidement place à une colère grandissante. Ah, le cochon ! rugit Paul à plusieurs reprises.

Il se résolut enfin à appeler Mirabelle en fin d'après-midi. Sa belle-mère l'avait appelé cinq fois, laissant autant de messages exaspérés. Mais il n'était pas en état de tout lui révéler. Et encore moins d'annoncer à sa fille que sa mère était morte.

— Allô, c'est Paul.

— Paul ! Enfin ! Que s'est-il passé ? Je vous ai appelé cinq fois.

— Je sais. Je suis désolé.

— Que se passe-t-il ? Rien de grave, j'espère ?

— Non, non, rougit-il.

— Que fait ma petite Gwen ?

— Elle se repose. Écoutez, je voudrais savoir si, exceptionnellement, vous ne pourriez pas accompagner Mirabelle au collège demain. Elle a sport le lundi matin…

— Mais c'est très compliqué…

— Non. Ce n'est pas si compliqué que cela. Je sais que vous avez rendez-vous chez votre esthéticienne demain à 10 heures. C'est juste à côté de l'école. S'il vous plaît…

— Je vous passe Mirabelle.

— D'accord.

— Allô, papa. Ça va ? Tu t'es encore disputé avec maman ?

— Non, ma pépette. On ne s'est pas disputés. Je te le jure. Tu veux bien aller à l'école avec mamie demain ?

Au terme d'une longue et éprouvante négociation, Mirabelle accepta enfin de rester dormir chez sa grand-mère une nuit de plus. C'était toujours cela de gagné. Avant d'aller se coucher auprès de son épouse, Paul chercha une bouteille d'alcool dans le placard de la cuisine. Il ne trouva qu'une demi-bouteille de gentiane qu'il mélangea à de la grenadine pour lui enlever un peu de son goût terreux. Un petit peu ivre, il retourna se coucher auprès de Gwen. Avant de s'endormir, il embrassa son front glacial pour lui souhaiter une bonne nuit.

≈

Paul se réveilla de bonne heure le lendemain matin. Il se lava, se rasa et mit son costume gris, celui qu'il portait quand une semaine difficile s'annonçait. Puis il prit son petit déjeuner dans la cuisine en écoutant la radio, comme tous les lundis matin. Pendant que son café au lait refroidissait, il fit un point sur la situation : tout était presque comme d'habitude. Une semaine de travail commençait, il était déjà en retard et il avait son habituel nœud dans le ventre avant d'aller travailler chez Harvouët. Rien ou presque ne sortait de l'ordinaire, si ce n'est l'incroyable bazar dans la cuisine et le salon. Et sa femme morte, allongée dans son lit depuis deux jours.

Je dois aller au bureau, se dit-il en sirotant les dernières gorgées. C'est déjà assez compliqué comme ça. Je ne vais pas en plus risquer de me faire virer. De toute façon, il va bien falloir que j'y retourne un jour. Allez, il faut y aller maintenant ! Si je suis à la bourre, je vais encore avoir un avertissement de retard. Ce serait le troisième en un mois : Komodia va me passer un blâme qui sera inscrit sur mon bulletin trimestriel. Et adieu la promotion !

Avant de quitter son appartement, Paul s'arrêta quelques instants à la porte de sa chambre. Il dit au revoir tout doucement à Gwenaëlle, promettant qu'il reviendrait tôt dans l'après-midi et jurant qu'il rangerait l'appartement à son retour. Paul avait un peu mauvaise conscience.

Serré dans le métro contre des travailleurs indifférents, Paul ne se sentait pas très bien. Il culpabilisait d'avoir laissé sa femme toute seule. Et s'il lui arrivait quelque chose ? Et si sa belle-mère venait lui rendre visite à l'improviste ? Non, c'était impossible, le lundi était le jour où sa boutique était fermée : elle en profitait pour passer la journée dans les instituts de beauté, tentant vainement de ranimer l'éclat d'une jeunesse perdue dans l'alcool, les commérages et la méchanceté.

Cerné par les attachés-cases dans son train de banlieue et entouré par le bourdonnement inaudible des baladeurs numériques, Paul allait de plus en plus mal.

Gwenaëlle était morte, c'était un fait. Il ne pouvait pas la laisser comme ça, allongée pour l'éternité dans le lit conjugal. Il faudrait bien l'enterrer un jour. Il faudrait bien se séparer d'elle définitivement.

Paul arriva avec huit minutes de retard au bureau. Heureusement, Komodia était occupé à finaliser les derniers détails de la réunion mensuelle du comité de pilotage : il ne fit pas attention à son subordonné qui se glissa telle une grosse anguille derrière son poste de travail.

Mais il était incapable de se concentrer. Mirabelle devait être à l'école. Elle finirait bien par rentrer à la maison. D'ailleurs il avait promis à sa belle-mère qu'il irait la chercher à l'école ce jour-là. Qu'allait-il lui dire ? Comment allait-il le lui annoncer ? Qu'allaient-ils devenir tous les deux ? C'était une véritable torture psychologique. Il fallait qu'il en parle à quelqu'un.

Il envoya un message à Raoul et à Komodia, leur demandant l'autorisation de partir en début d'après-midi et fonça vers les toilettes. Avant de s'asseoir sur le trône pour appeler son frère, il s'assura que la pièce était vide. C'était le cas, tous les loquets étaient sur la position verte.

— Allô, Archibald, c'est Paul.

— Paul ! Ça va ? Tu as une voix bizarre.

— Non, ça ne va pas.

— Ah bon. Que se passe-t-il ?

— Elle est morte.

Assis de l'autre côté de l'étroite cloison, Raoul Ragondamonda, qui avait terminé sa petite affaire, retint sa respiration. Comme à l'accoutumée, il avait volontairement omis de fermer la porte à clef, espérant depuis des mois qu'il entendrait ainsi une confidence malheureuse. Le grand jour était arrivé. Il serra le poing et exulta silencieusement.

— Qui ça ? Gwen ? s'exclama Archibald. Tu es sûr ?

— Absolument certain. Je suis dans la merde, Archibald, je suis dans la merde !

— Et elle est où ?

— Dans notre lit. Où veux-tu qu'elle soit ?

Raoul avait mis son dictaphone en marche. Il le plaqua contre la cloison.

— Tu en es vraiment sûr ? Ce n'est pas un malaise ? demanda Archibald.

— Mais puisque je te dis qu'elle est morte ! Ma femme est morte ! s'écria Paul en pleurant.

— Calme-toi, Paul. Calme-toi. Qui l'a découverte ?

— C'est moi !

— Et comment est-elle morte ? C'est un accident ? On l'a assassinée ?

— Non.

— Elle n'était pas malade. C'est quoi, une crise cardiaque ?

— Le coup de la baignoire.

— Comment ça ? Noyée ? Électrocutée ?

— Électrocutée.

— Merde ! Et personne ne l'a vue à part toi ? Qui l'a sortie du bain ? C'est vraiment toi ? Je ne te crois pas.

— Mais puisque je te dis que c'est moi qui l'ai fait ! s'exclama Paul en fondant en larmes une seconde fois.

— Reprends-toi, Paul. Débrouille-toi pour revenir chez toi le plus vite possible. Je te rejoins. On va voir ce qu'on peut faire. OK ?

— OK. J'y retourne, mais n'appelle pas les flics. Je t'en supplie.

Paul se leva en titubant. Il tira la chasse machinalement et retourna à son bureau récupérer ses affaires. Raoul venait de lui répondre quelques instants plus tôt : « Aucun problème. Tu peux partir plus tôt si c'est nécessaire. Bien amicalement. Raoul. » C'était bien la première fois que Raoul lui présentait ses amitiés. Troublé, Paul n'y fit pas attention. Il ne remarqua pas davantage le sourire de son supérieur, qui était en train de transférer l'enregistrement sur son ordinateur avant de l'envoyer sur le serveur de la police criminelle.

≈

— Ah non ! Pas lui !

Ronan se tenait derrière Archibald, dans le hall de l'immeuble de Paul. Il était venu avec son fils.

— Si ma présence te dérange, Paul, je le comprendrais, glissa Ronan. Je voulais juste te dire que je suis bouleversé par ce qui t'arrive. Mais si tu le préfères, je peux m'en aller…

— Oui, c'est ça. Casse-toi ! coupa Paul.

— Paul ! fit Archibald.

— Ce n'était vraiment pas nécessaire de venir si

c'était pour m'enfoncer, ajouta Paul en serrant les poings.

— Bon, je crois que j'ai compris, lança Ronan en baissant la tête.

Le fils aîné de Christobal avança vers son frère pour l'embrasser. Mais Paul recula d'un pas et le toisa, l'air mauvais. C'est à cet instant que Thor intervint.

— Ça va pas, non ? Tu vas rester, papa, un point c'est tout.

— On ne t'a pas demandé ton avis, petit morveux drogué ! grogna Paul.

— Eh bien, je le donne quand même, oncle Paul, ajouta l'adolescent, en soutenant le regard de son oncle. Parce que ça commence à bien faire vos disputes à la con et vos rancunes imbéciles. Vous êtes frères, bon sang ! Eh bien, aimez-vous comme des frères plutôt que de vous chamailler comme des gamins ! Vous n'allez quand même pas attendre d'être morts pour vous réconcilier ? Moi, j'ai perdu mon frère, je ne sais pas si tu es au courant. Odin est mort de ces rivalités imbéciles. Alors tu vas me faire le plaisir d'arrêter de déconner, parce que je crois vraiment qu'il y en a eu assez, des décès dans la famille. Tu auras l'air malin quand il ne restera plus qu'un seul Kerniguet ! Donc, tu la fermes et tu nous laisses monter tous les trois parce que tu as besoin de nous comme nous avons besoin de toi. Allons-y, ma tante m'attend là-haut et je veux lui rendre hommage.

— Thor ! firent les trois frères avec trois accents de voix différents, où la surprise le disputait à l'approbation.

Le jeune homme fit semblant de ne pas avoir entendu et se dirigea vers l'asçenseur, dont il ouvrit la porte. La concierge de l'immeuble, Fatima Diaz Irae, surgit hors de sa loge. Tout comme la gardienne de Ronan, elle avait elle aussi la fâcheuse manie d'écorcher le nom de famille des locataires de l'immeuble.

— Bonjour, monsieur Karphuquet, il y a encore eu beaucoup de bruit chez vous hier soir.

— Excusez-moi, madame Diaz, cela ne se reproduira pas, répondit Paul d'une voix molle.

— J'espère bien, monsieur Kerminette, parce que la prochaine fois que j'entends des chants militaires à 2 heures du matin, j'appelle la police.

— C'était des chansons de marins, glissa Paul, qui ne se souvenait pas d'avoir écouté de la musique la veille.

Les quatre hommes s'entassèrent dans l'ascenseur. Paul regardait son aîné droit dans les yeux mais Ronan observait ses chaussures. Et si son repentir était sincère ?

Arrivés chez Paul, le quatuor se recueillit longuement devant la dépouille de Gwenaëlle. Archibald et Ronan entouraient leur frère, qui chancelait, terrassé par la fatigue et l'émotion. Une fois de plus, ce fut Thor qui brisa le silence.

— Je crois qu'il est l'heure d'aller chercher Mirabelle à l'école. Tu veux qu'on y aille avec papa, oncle Paul ?

— Quelle heure est-il ?

— Une heure moins le quart. Elle sort de classe dans dix minutes.

— Tu viens, papa ?

41

— Maman !

Mirabelle était entrée dans la chambre de ses parents sur la pointe des pieds, dans la lumière froide et parcimonieuse de cet après-midi de janvier. Pendant que Ronan filait au collège récupérer la fillette, Archibald avait rangé à toute vitesse l'appartement de son frère. Il avait jcté les cadavres de bouteilles d'alcool, vidé le frigidaire de tous les reliquats des festins funèbres de Paul et construit un mausolée instable avec les disques de chants de marins et les journaux intimes de Gwenaëlle.

— Maman !

Mirabelle s'était accroupie au chevet de sa mère. Elle pleurait. Son père et ses oncles se tenaient à l'écart, Archibald et Ronan entourant un Paul chancelant. Pleure, c'est bon de pleurer, avait dit Ronan à son frère, en le prenant dans ses bras. Pleure, ne retiens pas tes larmes, laisse les couler. Juste à côté d'eux, Archibald n'avait pas attendu l'injonction de son grand frère pour s'émouvoir.

— Maman, ma petite maman…

— Oh oui, ma chérie… C'est terrible, souffla Paul.

— Que s'est-il passé ?

— Je ne sais pas, ma chérie. Je l'ai retrouvée dans le bain…

— Comment est-elle morte ?

— Je ne sais pas. Je crois qu'elle a fait un arrêt cardiaque. Elle avait des problèmes de cœur récemment.

— Oui, je m'en souviens. Pauvre petite maman. Elle est morte quand ?

— Samedi, ma chérie.

— Il va falloir l'enterrer.

— Oui, mais pas question que cela se fasse à l'église. Pas avec ces salauds pédophiles ! Pas avec cet enfoiré qui s'habille en blanc pour camoufler la noirceur de son âme et les saloperies de son Église qui ne fait qu'opprimer le peuple breton depuis des siècles ! Pas avec cette clique de trous du cul qui vont grenouiller tous les dimanches, mais ne laissent rien passer aux autres ! Il n'est pas question que ma Gwenaëlle soit enterrée à l'église. Vous m'avez compris ? Si vous voulez être complices de tous ces salopards, ça vous regarde, mais moi pas.

Le téléphone de Ronan sonna, interrompant le monologue de Paul. C'était Tina, qui venait de rentrer de Dubaï. Elle n'appelait pas pour prendre des nouvelles de Thor et encore moins pour s'enquérir de la santé de son ancien mari. Elle décrivit en moins de trois minutes l'hôtel de luxe où ils étaient logés, le tournage avec Marcelo Guita, les litres de champagne millésimés qu'ils avaient engloutis avec Maxime, son ami Maxime, avant de faire l'amour comme des sauvages pendant trois nuits. Ronan ne répondit rien.

— Et tu diras à cette grosse pouffe de Gwen que ça

y est, j'y suis arrivée à la taille 34. Tu veux que je te dise comment ? Je n'ai rien mangé depuis samedi !

— Elle non plus.

— Ah bon ? Comment a-t-elle fait ?

— Elle est morte.

Sur ce, Ronan raccrocha au nez de sa femme puis retourna dans la chambre de son frère qui se tourna vers lui.

— C'était qui ?

— Oh rien. Une conne. Pour l'enterrement, tu fais comme tu veux, Paul. Et si tu as besoin de quoi que ce soit, s'il faut que je te prête de l'argent, ce n'est pas un problème. Pas pour l'instant en tout cas…

— J'espère bien que je fais comme je veux. C'est quand même ma femme !

— Oui, mais c'est aussi ma mère, papa. Et moi je veux qu'on l'enterre dignement, pas qu'on la brûle dans un crématorium sinistre.

Mirabelle s'était levée. Elle regardait son père avec un air de défi dans le regard. Paul était abasourdi. Il s'attendait à ce que son petit frère, cette grenouille de bénitier, lui croasse un reproche, mais certainement pas à ça. Quoi ! Sa fille, sa petite chérie, osait lui tenir tête, qui plus est en présence de ses frères !

— Comment ? Mais qu'est-ce qui te prend ?

— Il me prend que j'en ai assez de te voir révolté contre tout et contre tous, papa. Tu t'énerves pour un rien. Tu passes ton temps à être indigné. T'es vraiment lourd, tu sais ? Et puis, j'aimerais que tu arrêtes de voir cette Église comme un monstre oppressant. On n'est plus au dix-neuvième siècle quand elle était toute-puissante et qu'on n'avait rien le droit de dire. L'Église parle, mais plus personne ne l'écoute. Elle se mobilise, mais tout le monde s'en fiche. De toute façon, moins d'une personne sur vingt va à la messe tous les dimanches. C'est avec ça qu'elle opprime ?

— Mais où as-tu appris à me parler comme ça ? Tu as raison d'être triste, ma petite pépette, mais cela ne doit pas te donner le droit de me manquer de respect.

— Je ne suis plus ta petite pépette, papa, OK ? Et puis j'en profite, puisque vous êtes là tous les deux, maman et toi, pour te dire que je ne suis plus un enfant. Je suis une femme maintenant, si tu vois ce que je veux dire…

— Quoi ? Tu… Quand ? Qui ?

— À Ti-Kroaz, il y a treize jours exactement. Mais je te passe les détails, tu veux bien ?

Paul n'eut pas le temps de répondre : on avait sonné à la porte. Archibald alla ouvrir. C'était la police, qui venait perquisitionner, munie d'un mandat en bonne et due forme. Les trois officiers bousculèrent Archibald et entrèrent dans le salon.

— Monsieur Paul de Kerniguet ?

— C'est moi. Qui êtes-vous ? Que me voulez-vous ?

— Police. Nous venons dans le cadre d'une commission rogatoire délivrée par le juge P. Nous enquêtons sur le décès de Mme Gwenaëlle de Kerniguet. S'agit-il de votre épouse ?

— Euh, oui.

— Où est-elle ?

Paul ne connaissait rien au droit et ne s'attendait pas

du tout à cette visite impromptue. Ronan, qui s'était posté derrière les policiers, faisait de grands gestes des bras. Mais Paul ne comprenait pas ce que son frère voulait lui dire. Il leur indiqua sa chambre. Ils lui indiquèrent ses droits.

Une vingtaine de minutes plus tard, pendant que les policiers étaient en train d'interroger Paul, un médecin arriva pour constater le décès. Le praticien n'était pas seul : Mylène Martinet, promue chef de secteur chez PFUIT, redevenu numéro trois français des pompes funèbres, l'accompagnait. Pour l'occasion, elle avait troqué son costume rouge contre un ensemble violet. Cette fois-ci, elle ressemblait à une aubergine.

— Bonjour, monsieur de Kerniguet. Je ne pensais pas vous voir si tôt. Cela me fait bien plaisir, lança Mylène Martinet, qui avait toujours autant de tact.

— …

— Comme vous le savez, chez PFUIT, c'est la satisfaction de nos clients qui prime avant toute autre chose. C'est pourquoi je tenais à m'assurer que vous aviez eu le temps de prévenir tous ceux que le décès de votre épouse intéresse.

S'ensuivit une longue litanie que l'employée psalmodia consciencieusement en cochant des petites croix sur son cahier, sous l'œil consterné des frères Kerniguet. Avez-vous prévenu votre banque ou votre caisse d'épargne ? Son employeur et l'assurance chômage ? La Sécurité sociale et votre mutuelle ? Votre propriétaire et le syndic ? Le centre des impôts ? Votre fournisseur d'eau, de gaz et d'électricité ? Sa compagnie de téléphone mobile ? La préfecture de police pour son permis de conduire ? Ah oui, ils sont déjà là…

Confortablement installée sur le gros ours en peluche de Mirabelle, dont elle écrasait la truffe, Mylène Martinet étala sa documentation, vantant les avantages d'un produit, proposant un rabais sur une prestation, mettant en avant l'envolée du prix des concessions dans les cimetières parisiens pour affirmer, d'un ton péremptoire : c'est le moment, il faut investir dans la pierre. Tombale.

C'est alors qu'arriva la mère de Gwen, qui avait été prévenue par sa petite-fille. Ce fut un ouragan de cris et de larmes, un torrent de gémissements et d'injures. Elle fit le tour de l'appartement trois fois en courant, agrippant les uns et invectivant les autres. Elle finit par s'asseoir sur un tabouret branlant de la cuisine, commanda un café serré qu'elle avala d'une traite avant de retourner veiller sa fille décédée. Une demi-heure plus tard, elle réapparut dans le salon et s'approcha de Paul.

— Dis-moi, Paul. Est-ce que cela te dérange si je récupère quelques-uns de ses vêtements ?

— Non, bien sûr que non. Prenez ce que vous voulez. Je comprendrais que vous ayez besoin de garder des souvenirs d'elle.

— Ce n'est pas exactement ça. En fait, je n'ai pratiquement plus rien à vendre de la dernière collection et comme les soldes approchent…

≈

Paul fut convoqué à la préfecture de police le lendemain. On lui notifia sa mise en examen, le temps que l'enquête aille à son terme et que l'autopsie livre ses résultats. On ne doutait pas vraiment de sa bonne foi, mais un enregistrement audio reçu la veille laissait planer le doute. On y entendait distinctement la voix de Paul qui affirmait : « Elle est morte ! » puis « C'est moi » et enfin « Mais puisque je te dis que c'est moi qui l'ai fait ! » Tout cela était passablement équivoque et nécessitait une enquête complémentaire.

Grâce à l'intervention de Ronan, qui se démena pour dégotter en moins de trois heures l'un des ténors du barreau, Paul fut laissé en liberté sous contrôle judiciaire. Il put se rendre au bureau le lendemain, après trois jours d'absence inexpliquée. Personne ne lui en fit le reproche parce que personne ne voulut lui adresser la parole. Mais une heure après son arrivée, il fut convoqué au dernier étage de l'immeuble d'Harvouët.

Cela faisait des années qu'il en rêvait : Paul aurait donc pu en être satisfait. Il ne l'était pas. Au rez-de-chaussée, tout le monde fantasmait sur ce sixième étage aussi méconnu qu'inaccessible. Mais ce jour-là Paul, qui était dans la maison depuis plus de dix ans, avait d'autres chats à fouetter. Du reste, quand il arriva dans le saint des saints, il fut plutôt déçu : il n'y avait pas de tapis rouge ni de tentures damassées mais une moquette marronnasse datée des années 1970 et d'horribles peintures à l'huile réalisées par la mère du PDG.

Le majordome conduisit Paul dans une vaste salle à manger où l'attendait Antonin Harvouët. L'ambiance était sépulcrale, presque mystique, malgré une tenace odeur de graillon. On avait fermé les stores électriques pour ne pas déranger Monsieur Antoine, le patriarche, qui assista à l'entretien, allongé dans un grand canapé vert à l'angle de la pièce. Raoul et Komodia étaient présents eux aussi.

— Mon cher Paul, nous sommes très heureux de faire enfin votre connaissance, bégueta Antoine Harvouët depuis son canapé.

Il se racla bruyamment la gorge, immédiatement imité par le reste de l'assistance. Après une interminable quinte de toux ponctuée de quelques crachats, le vieil homme ajouta :

— Quel dommage que cela se passe dans de si terribles circonstances.

— Ah oui, quel dommage ! fayota Raoul.

— C'est vraiment terrible, marmonna Antonin Harvouët.

— Terrible, terrible, terrible, conclut Komodia.

Le vieil homme fut secoué par une nouvelle quinte de toux qui le laissa pantelant. Il tendit une main tremblante et blanche vers la grande table comme s'il transmettait le flambeau aux trois jurés. Paul n'avait pas encore parlé.

— Nous sommes vraiment affligés par ce qui vous arrive, susurra le fils Harvouët. Perdre sa femme dans de telles circonstances, c'est vraiment horrible. Je voulais vous dire que nous sommes de tout cœur avec vous.

— Horrible, horrible, horrible, ponctua Komodia en dodelinant de la tête.

— Parce que vous savez, mon cher Paul… Vous permettez que je vous appelle mon cher Paul, cela fait si longtemps que vous travaillez chez nous, huit ans, c'est bien cela ?

— Bientôt douze, monsieur Harvouët, répondit Paul.

— Douze ans ! s'exclama Raoul, l'air songeur, tout en calculant le montant des indemnités de licenciement.

— Douze ans.

Antonin Harvouët marqua un temps d'arrêt arithmétique :

— Vous le savez, mon cher Paul, chez Harvouët, nous sommes une grande famille. Et quand quelqu'un de la famille est en deuil, tout le monde est triste. Nous sommes tous très tristes pour vous.

Il marqua un second temps d'arrêt, à la fois pour marquer son effet et parce que la somme à laquelle il aboutissait était bien supérieure à celle qu'il envisageait de donner.

— Merci.

— Mais nous avons cru comprendre que la police avait diligenté une enquête au sujet de la mort de votre chère Murielle et…

— Gwenaëlle, monsieur Harvouët.

— Ah, bien sûr, Gwenaëlle. Veuillez m'excuser, mon cher Paul. L'émotion… Je disais donc : nous avons appris qu'une enquête était en cours et il nous semble important que vous puissiez entièrement vous y consacrer. Vous comprenez, n'est-ce pas ? J'ajoute que nous avons reçu ces derniers mois plusieurs courriers d'un certain Nemesis, qui nous ont permis de comprendre que vous ressentiez une certaine lassitude…

— Mais pas du tout ! s'exclama Paul, ulcéré que les ignobles attaques de son ennemi anonyme soient parvenues jusqu'à lui.

— Oui… hem, bien sûr. Enfin bref, je voulais vous dire que si vous aviez envie de prendre un peu de recul pendant quelques semaines, nous le comprendrions tout à fait.

— Oh, oui, nous le comprendrions sans peine, ajouta Komodia qui articula là sa première phase.

— D'ailleurs, si vous avez vraiment envie de prendre un peu plus du recul encore, nous pourrions sans doute trouver une solution, une porte de sortie honorable pour tout le monde, souffla le jeune Harvouët.

— Parce qu'il faut vraiment que vous ayez l'esprit libre, n'est-ce pas, siffla Raoul. Alors vous ne voudriez pas que des préoccupations professionnelles viennent perturber votre nécessaire deuil.

À quelques mètres d'eux, le patriarche fut pris d'une si violente quinte de toux qu'une infirmière entra avec un air inquiet. Au bout d'une dizaine de râles plus déchirants les uns que les autres, Paul comprit qu'il était invité à partir. Il se leva et esquissa un geste en direction du vieillard, lequel lui répondit en agitant faiblement la main. Komodia le raccompagna jusqu'à l'ascenseur. Au moment où les portes s'ouvrirent, le directeur général de l'entreprise le serra dans ses bras et l'embrassa en lui disant : « Bravo, Paul, vous avez pris la bonne décision. »

≈

L'enterrement de Gwen fut célébré à Ti-Kroaz trois jours plus tard. Bien qu'il ait été blanchi de toute accusation, Paul n'était pas revenu au bureau et n'avait prévenu personne. À quoi bon, se disait-il.

Les trois frères firent la route ensemble dans la voiture de Ronan, dont on avait retiré la plage arrière pour accorder une place confortable à Garm, le foxhound du fils aîné de Christobal, qui méritait bien d'aller prendre l'air marin après toutes ces émotions. Ronan conduisit jusqu'au Mans puis il passa le volant à Archibald et insista même pour que Paul conduise.

— Tu es sûr ? Je n'ai pas l'habitude de conduire sur autoroute… gémit Paul.

— Ne t'inquiète pas, répondit Ronan. Le seul moment compliqué c'est quand tu sors de la station-service. Je suis certain que tu vas très bien y arriver… Voilà, c'est très bien comme ça. Et puis de toute façon, si tu plies la voiture, ce n'est pas grave…

— Pas grave ?

— Non, je suis en train de me faire virer de la boîte. D'ici quelques semaines, ils vont vouloir récupérer la voiture et même l'appartement.

— On va devoir quitter la rue Guynemer ? demanda Thor, qui ne lâchait plus son père depuis l'enterrement d'Odin et tenait dans sa grande paluche les petits doigts de sa cousine Mirabelle, qui se blottissait contre lui.

— J'en ai bien peur, mon chéri. Tu ne m'en veux pas trop ?

— Au contraire ! Vivement qu'on se casse de cet appartement sinistre, plein de mauvais souvenirs. Mais tu ne me laisseras pas tout seul au moins ?

— Je ne vais plus jamais te quitter, mon bonhomme. Tu le sais bien.

À l'avant du véhicule, Paul se sentait de plus en plus en confiance. Finalement, ce bolide n'était pas si difficile à conduire. Il commençait même à prendre du plaisir et accéléra. Archibald fit mine d'avoir peur, se plaqua contre son siège et éclata d'un rire joyeux.

— En tout cas, Ronan, je te remercie de m'avoir avancé l'argent pour les obsèques, lança Paul. C'est vraiment sympa. Mais ne t'inquiète pas, je te rembourserai dès que nos comptes bancaires seront débloqués.

— Je ne suis pas inquiet du tout, répondit Ronan, qui n'avait aucune intention que son frère lui rembourse quoi que ce soit et connaissait l'avarice de Paul.

Il avait réglé toutes les factures rubis sur l'ongle, désireux d'offrir à sa belle-sœur un enterrement somptueux. Ronan avait encore eu recours au service de l'employée empressée de PFUIT. Mylène Martinet avait été tellement ravie de la prodigalité de ce bon client qu'elle lui avait proposé une carte de fidélité avec tarifs dégressifs. Ronan refusa l'offre poliment.

— Ma pauvre petite Gwen. Comment ai-je pu être si aveugle ! se lamenta Paul.

— Ce n'est pas grave, mon papounet, répondit Mirabelle. Je suis sûre qu'elle ne t'en veut pas.

— Peut-être. En tout cas, malgré ta grande générosité, Ronan, je n'ai pas eu le courage d'inviter grand monde. En plus, ils étaient tous sur répondeur quand j'appelais. Ça va être gai, un enterrement à cinq… Tu as prévenu le recteur, Archibald ?

— Oui, oui, glissa Archibald en faisant mine de regarder le paysage.

— Ah, ça va être gai… Tiens, en plus il se met à pleuvoir. Tu ne veux pas prendre le volant, Ronan ?

Mais Ronan laissa son frère conduire jusqu'à Ti-Kroaz. Ils eurent quelques frayeurs, mais pas d'accident. Le quintet arriva sur le parvis de l'église avec une dizaine de minutes d'avance. Le recteur, qui les attendait à l'entrée, serra chaleureusement la main des trois frères, embrassa leur progéniture et les invita à entrer dans la petite église pour se recueillir auprès de Gwenaëlle.

Trois heures avaient sonné. La messe pouvait commencer. Et c'est au moment où Paul s'y attendait le moins, juste après le premier couplet du chant d'entrée entonné timidement par les fils de Christobal, qu'une foule d'amis et de proches investirent l'église pour entonner le refrain de toutes leurs forces. Ce n'était pas sans raison si personne n'avait répondu aux appels de Paul : Archibald avait invité tous leurs amis d'enfance à assister à cet enterrement surprise.

Ils étaient partis cinq, mais par ce prompt renfort, sortirent à cinquante de la petite chapelle pour marcher en procession vers le cimetière où un dernier hommage fut rendu à Gwenaëlle. Tous se retrouvèrent ensuite à Ti-Kroaz devant un vaste buffet préparé le matin même par Prosper.

On installa Paul sur un grand fauteuil au milieu du salon, juste en face de la cheminée et chacun vint lui apporter un cadeau ou un témoignage d'amitié. Les uns étaient venus avec un disque, les autres avec une chanson ou un poème composé pour l'occasion. Les meilleures amies de Gwenaëlle s'étaient réunies pour mettre en commun leurs photos et offrir un superbe album retraçant les vingt années heureuses et conflictuelles de cette union.

Pendant ce temps, Archibald cherchait Zélie, qu'il avait crue entrapercevoir, d'abord à la messe et ensuite au cimetière. Ronan lui murmura à l'oreille qu'elle se trouvait peut-être sur le banc, auprès de la petite rivière qui traversait la propriété.

— Zélie !

— Archibald. Je t'attendais.

— Comment ça, tu m'attendais ? Mais comment pouvais-tu m'attendre alors que c'est moi qui ai lancé les invitations ?

— En tout cas, c'est très réussi. Bravo.

— Merci. Mais comment as-tu su que l'on enterrait Gwen aujourd'hui ? Cela fait des semaines que je te cours après en ayant à chaque fois l'impression que tu viens juste de partir…

— Ce n'est pas entièrement faux…

— Je passe à ton atelier et tu n'y es pas. Je vais chez Isadora et les chats viennent d'être nourris. J'appelle Momo et il ne sait pas trop quoi répondre. C'est à croire qu'il est palermitain, ton ami, et pas kabyle !

— Hi, hi !

— Mais enfin, comment as-tu su que l'on enterrait Gwen ici, et aujourd'hui de surcroît. Tu es magicienne ou quoi ?

— Je ne suis pas magicienne. Mais ta tante Isadora l'est peut-être un peu…

— Comment ça ?

— C'est elle qui m'a prévenue. Elle est sortie du coma avant-hier. J'étais auprès d'elle en compagnie de

Ronan, qui venait de lui annoncer la nouvelle. J'étais donc parmi les premières informées. Voilà, tu sais tout maintenant.

— Quoi ! Isadora est réveillée ! Mais pourquoi est-ce que personne ne m'a rien dit ? Pourquoi est-ce que Ronan ne m'a rien dit ?

— C'était mieux ainsi.

— Je suis vraiment désolé pour l'autre soir, Zélie. Ne m'en veux pas. Je t'en supplie.

Zélie ne répondit pas. Elle se leva, caressa la joue de son ami et l'embrassa.

42

Isadora était sortie du coma quarante-huit heures plus tôt en hurlant un « J'ai soif ! » retentissant. Consternés, les médecins avaient été obligés de constater, après lui avoir fait passer une batterie d'examens, que la vieille dame était dans une forme resplendissante. Ils lui avaient conseillé de se reposer, ce qui avait fait ricaner Isadora : comme si elle n'avait pas assez dormi comme ça ! Malgré ses demandes pressantes et ses supplications agacées, ils lui refusèrent le verre de côtes-du-rhône qu'elle réclamait.

Ronan, qui était venu comme chaque jour lui rendre visite, avait relaté toutes les tribulations de la famille Kerniguet depuis le jour où elle était tombée dans le coma. Isadora avait écouté son récit avec attention mais n'avait fait aucun commentaire. Lorsqu'il eut terminé, Ronan était allé chercher une bouteille de vin qu'ils avaient bue en cachette, ricanant comme des adolescents à chaque fois qu'une infirmière passait. Ils avaient été interrompus par l'arrivée de Zélie qui avait rapporté la chronique féline du boulevard Raspail.

Tout occupé à lancer des invitations pour l'enterrement surprise de Gwen, Archibald n'avait pas été mis dans la confidence. Il vint voir sa tante chez elle, le lendemain de son retour de Ti-Kroaz. Zélie lui ouvrit la porte.

— Mon amour !

La jeune femme ouvrit les bras en voyant Archibald arriver. Après tout, quoi de plus normal ? Ne venaient-ils pas de passer la nuit ensemble, le soir de l'enterrement de Gwenaëlle ? Certes chastement mais c'était surtout parce que le fils cadet de Christobal était complètement saoul. Il répondit à son invite en tendant une bouche angoissée.

Archibald avait peur. Il venait de passer au journal où Constance lui avait demandé d'améliorer l'interview d'une chanteuse sexagénaire. Jadis connue pour ses frasques et provocations sexuelles, puis pour son engagement dans l'ésotérisme juif, la Duègne était devenue la figure de proue du combat contre l'avortement en plus d'être une fervente militante du droit des Américains à porter sur eux des armes à feu, quels que soient leur âge et leur casier judiciaire. L'entretien avait eu lieu quelques jours plus tôt, la star ayant fait une escale à Paris pour soutenir son nouvel amoureux, qui passait son bac blanc. Le journaliste n'avait aucune idée de l'accroche qu'il pourrait donner à son papier.

Archibald avait peur de revoir sa tante, qu'il était allé voir une dizaine de fois depuis son accident vasculaire cérébral mais qu'il avait un peu délaissée ces derniers temps. Et l'honnêteté lui commandait de ne pas prétendre qu'il s'était occupé de ses chats, puisque ses allers-retours répétés boulevard Raspail n'avaient d'autre finalité que de croiser Zélie.

Elle était enfin là devant lui mais plutôt que d'être tout simplement heureux de la revoir, Archibald se sentait fébrile et inquiet. Il se sentait oppressé par une désagréable vibration qui faisait battre son cœur plus vite que d'habitude. Le souvenir des crises de spasmophilie qui suivirent la mort de sa mère lui revint à l'esprit. Il soupira fort quand elle l'embrassa.

Ils entrèrent dans le salon. Isadora était assise dans son fauteuil habituel, entourée de matous ronronnant, un verre de porto à la main.

— Bonjour, Archibald ! Quelle joie de te voir !

— Bonjour, Isadora, répondit Archibald en l'embrassant. Tu as plutôt bonne mine pour quelqu'un qui vient de frôler la mort…

— Frôlé la mort, comme tu y vas… C'était plutôt un long vol plané dans une dimension parallèle qu'autre chose. Un jour, je te raconterai tout ce que j'ai vu quand j'ai survolé la planète. Mais tu as une petite mine, toi. Sers-toi un verre.

— Non merci, Isadora. Tu sais, j'ai pas mal picolé avant-hier alors je vais plutôt boire un thé, si cela ne te dérange pas. Et puis j'essaie de faire régulièrement des cures : depuis l'enterrement de Gwen, par exemple, j'ai décidé de ne pas boire une goutte d'alcool pendant trois jours.

— Mais ça ne va pas ? Tu es complètement dingue ou quoi ?

Depuis qu'elle était sortie du coma, Isadora avait repris ses bonnes habitudes. Non seulement elle estimait que l'alcool n'était en rien responsable de ses ennuis de santé, mais en plus elle était d'une génération qui considérait qu'un petit verre de pinard derrière le cornet ne faisait de mal à personne. Elle regarda son neveu avec sévérité.

— Vraiment, depuis que je ne suis pas là, tout part à vau-l'eau. C'est n'importe quoi ! s'exclama la vieille dame.

— Oui, c'est assez abominable cette succession de drames, acquiesça Archibald.

— Je suis vraiment désolée, ajouta Zélie.

— Ne te fais pas de bile, ma puce, je sais bien que tu n'y es pour rien.

— Oh si, j'aurais quand même pu prévoir…

— Mais non. En tout cas, maintenant que le mal est fait, il est urgent de reprendre les choses en main. Au moins cela me fait comprendre qu'il était important que je me réveille pour mettre un peu d'ordre dans la famille. Dans un sens, c'est plutôt gratifiant…

— Bien sûr, fit Archibald, mais je t'assure que tout a changé depuis le dernier décès.

— Il serait temps. Après toutes les conneries qu'ils ont faites.

— Je te trouve un peu dure.

— Dure, moi ? Tu veux rire, j'espère. Ils sortaient tous les soirs, buvaient et croquaient n'importe quoi, ramenaient je ne sais quelle souris à la maison et se réveillaient à pas d'heure. Tu ne vas pas me dire que je suis dure de constater ce qui est évident.

— Non.

— Cela devait forcément mal finir. Et l'autre conne qui ne bouffe plus rien pendant des semaines et se laisse dépérir, qu'est-ce que tu en penses, hein ?

Archibald ne sut que répondre. Assurément, les disparitions d'Odin et de Gwenaëlle auraient pu être évitées. Mais de là à avoir des jugements aussi tranchés… Ces longues semaines de coma avaient rendu sa tante impitoyable.

— J'ai fait ce que j'ai pu, Isadora, vous le savez bien.

— Mais je sais bien que ce n'est pas de ta faute, ma petite chérie.

— Elle ne voulait vraiment rien savoir, ajouta Zélie.

— C'est vrai, glissa Archibald.

— Rien, pas une croquette, pas une boîte, même pas un filet de poisson alors que je les leur préparais en suivant scrupuleusement vos recettes, s'écria Zélie.

— Mais qu'est-ce que tu racontes ?

Isadora et Zélie ne parlaient pas de Gwen et d'Odin mais de Boileau et Corneille qui étaient morts tous les deux en l'absence de leur maîtresse. Boileau avait été écrasé par un bus à quelques pas de sa maison et Corneille, affligée par la disparition de son matou préféré, n'avait plus rien voulu avaler depuis, au point qu'elle était morte moins de dix jours plus tard. Archibald ne s'était rendu compte de rien.

≈

— On vous dérange ?

— Non, pas du tout, entrez.

C'était Ronan et Thor. Ils portaient deux grosses valises et arboraient la mine réjouie de touristes en goguette. Zélie leur demanda s'ils avaient l'intention de partir en voyage. Pas du tout, petite sœur, répondit Ronan en l'embrassant tendrement. Je me suis fait virer.

— Viré ? Mais je croyais que c'était déjà fait, ajouta Archibald en embrassant son neveu. Ça va, Thor ?

— Ne m'appelle plus Thor, Archibald. J'ai changé de prénom. Dorénavant, ce sera Félix, comme ton grand-père. Ça ne te dérange pas ?

— Non, pourquoi ?

— On en avait marre, papa et moi, de ces prénoms mythologiques un peu couillons. Et puis Thor, ça fait un peu bourrin comme sonorité, non ?

— Cela ne me dérange pas, répondit Archibald. Mais ça ne répond pas à ma question. Je croyais que tu étais déjà viré de ta boîte, Ronan.

— Bien sûr, mais là, c'est de chez moi que j'ai été viré ! Jean-Claude, mon boss, est passé récupérer les clefs il y a deux heures. Il m'a laissé vingt minutes pour vider l'appartement et partir.

— Vingt minutes ! s'exclama Zélie.

— Oui. Heureusement, Tina était déjà passée par là.

Il ne restait plus grand-chose si ce n'est le contenu de ces deux valises et l'icône que tu m'as offerte à Noël et dont je te remercie, ma petite sœur chérie !

À ces mots, Ronan s'affala dans le canapé. Félix-Thor attrapa deux grands verres dans la commode qu'il remplit de porto, sous l'œil approbateur de sa grand-tante. Puis il farfouilla dans sa poche à la recherche de son paquet de cigarettes, qu'il finit par trouver avant de le lancer négligemment sur la table basse.

Archibald l'attrapa et le regarda avec étonnement. Sur une face, juste en dessous de la marque, le fabricant avait inséré la photo d'un cancéreux au stade terminal, le visage ravagé par la souffrance. Sur l'autre, on pouvait lire : « Bien fait pour ta gueule ! » Félix n'était pas choqué par ce message. Au contraire, il collectionnait ces paquets. Les « Je n'irai pas te voir à l'hôpital » valent presque 2 euros de plus tant ils sont recherchés, dit-il en tendant une cigarette à son oncle.

La bouteille de porto terminée, Isadora ordonna à ses neveux d'aller chercher deux bonnes bouteilles de vin à la cave. L'après-midi touchait à sa fin. Il fallait se ravitailler au plus vite. Archibald accepta de descendre. Un changement d'air, même confiné et humide, pourrait peut-être atténuer l'horrible sensation de vertige qu'il ressentait.

— Vous êtes sûre qu'on ne vous fatigue pas trop ? s'inquiéta Zélie.

— Certaine. Et puis il faut qu'on parle tous les cinq. Je ne vais quand même pas laisser mes neveux dormir à l'hôtel…

Quand ils furent descendus, Archibald demanda à

Ronan ce qu'il pensait de Zélie. Pour toute réponse, son frère l'étreignit, les larmes aux yeux. Le cadet des Kerniguet n'était pas plus avancé. Ils passèrent dix minutes à fourrager dans les trésors d'Isadora. Archibald avait d'autant plus de difficultés à choisir qu'il s'accrochait encore à sa résolution de ne rien boire ce jour-là. Mais son frère ne l'aidait pas, bien au contraire. Assis sur une caisse de champagne, Ronan pleurait en pensant à Mirabelle qui grandirait sans sa mère, comme lui.

Lorsqu'ils arrivèrent au quatrième étage, ils rencontrèrent Paul et Mirabelle, qui venaient d'arriver. La fille de Gwenaëlle était accroupie par terre, une pléiade de chats de l'âge classique ronronnant à ses pieds.

— Fumier d'aîné ! s'écria Paul.

— Ordure de cadet ! beugla Ronan.

— Nemesis de malheur ! cria Paul.

— Informaticien de mes fesses ! s'emporta Ronan.

Ils tombèrent dans les bras l'un de l'autre en éclatant de rire. Les deux magnums de bordeaux, l'un de la rive droite, l'autre de la rive gauche de la Garonne, s'entrechoquèrent dans le dos de Paul. Pas trop mal à la tête ? demanda l'un. Pas moins que toi, s'esclaffa l'autre. Archibald apprit plus tard que Paul et Ronan avaient dîné ensemble la veille dans un restaurant étoilé du premier arrondissement, sifflant trois bouteilles de vin en mémoire de leurs femmes respectives.

Archibald observait la scène avec un sourire angoissé. Si l'escapade à la cave lui avait momentanément fait du bien, les vertiges recommençaient de plus belle en arrivant au quatrième étage. Paul et Ronan entrèrent sans l'attendre, le laissant seul sur le palier. Archibald s'assit sur la première marche de l'escalier et se mit à pleurer. Jamais ses familiers n'avaient été aussi proches les uns des autres. Mais dans le même temps, lui ne s'était jamais senti aussi seul.

Il finit par rentrer chez sa tante avec une appréhension qu'il ne parvenait pas à identifier. Cela irait peut-être mieux s'il trouvait cette fichue première phrase sur laquelle il achoppait, comme à chaque fois qu'il commençait un article.

Paul et Ronan étaient assis côte à côte sur le canapé vert. Face à eux, Zélie, Mirabelle et Félix se tenaient par la main avec des airs de conspirateurs aimables. Du haut de ses quatorze ans, la fille de Gwen fut la première à briser le silence.

— Papa, oncle Ronan, oncle Archibald, j'ai quelque chose à vous dire…

— Nous t'écoutons, ma jolie, sourit Paul, qui connaissait déjà l'annonce qu'allait faire sa fille.

— Vous savez que je ne suis plus une enfant, n'est-ce pas ? Je vous l'ai annoncé il y a moins d'une semaine…

Archibald acquiesça, Ronan se pencha vers l'avant et Isadora hocha la tête.

— J'ai fait un test il y a deux jours et comme le résultat me surprenais j'en ai fait un second ce matin…

— Un test de quoi ? lança Ronan avec une curiosité gourmande.

— Eh bien ? sourit Zélie.

— Alors ? ajouta Félix-Thor en pressant dans sa grande paluche les petits doigts de sa cousine.

— Eh bien, la famille s'agrandit !

La nouvelle fut accueillie par un grand éclat de rire. Mirabelle était enceinte à l'âge de quatorze ans ? Ce n'était pas grave ! Identifier le père relevait de l'exploit puisque l'adolescente, soucieuse de rattraper son retard, avait couché avec trois hommes en l'espace de trois soirs. Ce n'était pas un problème. Le fils de Mirabelle – Isadora était persuadée que c'était un garçon – serait choyé par ses grands-parents avant de l'être par son père. Enthousiaste, la vieille dame s'empressa de dresser son profil astrologique, notant au passage que cette vieille âme qui avait connu de multiples incarnations apporterait beaucoup de joie dans la famille.

Zélie s'approcha d'Archibald et lui passa la main dans le dos. Il ressentit cette caresse comme une décharge électrique et bondit en arrière. Craignant qu'on ait remarqué son trouble, il proposa aussitôt d'aller chercher une bouteille de champagne à la cave pour célébrer l'excellente nouvelle.

Avant qu'il ne descende, Zélie passa une seconde fois devant lui. L'impression de vertige revint instantanément, avec une telle force qu'il fut obligé de s'asseoir quelques instants. C'était bien la première fois que Zélie lui faisait cette impression-là. Il essaya d'en parler à Paul, qui était descendu avec lui, mais son frère lui coupa la parole.

— Tu te souviens du jour où tu m'as déposé chez Harvouët ?

— Oui. C'était après l'enterrement d'Albert-Félix, n'est-ce pas ?

— Exact. Eh bien, tu sais quoi ? Tu n'auras plus jamais à le faire : j'ai démissionné ce matin !

— Tu as démissionné ? Mais tu me disais encore l'autre soir que tu étais décidé à te battre jusqu'au bout pour que ton honneur soit lavé.

— J'ai changé d'avis. Plutôt, Ronan m'a fait changer d'avis. Ça aurait changé quoi, de toute façon ? J'aurais vécu un enfer pendant des mois pour finir par être licencié au prochain plan social…

— Avec de confortables indemnités à la clef…

— Et une fierté bafouée quotidiennement par les mauvais traitements. Gwen aurait sans doute souhaité que je me batte pour leur extorquer un maximum d'argent. Ça, tu vois, ç'aurait été la véritable épreuve. Toi au moins, tu peux être sûr que Zélie ne te harcèlera pas avec ce genre de considérations. Tu as de la chance… Au fait, tu voulais me parler de quelque chose ?

— Non, rien.

— Ah bon. On remonte alors ?

Ronan avait sorti sept coupes de champagne. Archibald protesta quand on le servit.

— Je ne sais pas ce que j'ai, expliqua-t-il, je ne me sens pas très bien aujourd'hui. C'est peut-être cet article dont je n'arrive pas à trouver l'accroche, ce qui m'angoisse. À moins que je n'aie mangé quelque chose de lourd et indigeste. Voilà, c'est certainement le fromage qui était dans mon frigidaire depuis une semaine… Et pourtant, j'ai bien envie de trinquer avec vous, mais j'ai un peu peur que cela me balance par terre. Qu'est-ce que vous en pensez ?

— Tu veux que je te dise ce que j'en pense, Archibald ? répondit Zélie, qui s'était approché de lui, provoquant un tressaillement de tout son être,

— Euh…

— Je crois que ce n'est pas le fromage qui t'a rendu malade mais l'angoisse et l'indécision. Alors, puisque je suis bonne fille, je vais t'aider : ton article, tu vas le commencer de la façon suivante : « Cinq cents ans après Christophe Colomb, la Duègne a redécouvert l'Amérique… » Voilà, ça vaut ce que ça vaut, mais c'est déjà une base de départ. Ensuite, tu vas me faire le plaisir de boire une coupe de champagne parce qu'aujourd'hui, on a deux événements à célébrer.

— Deux ? L'enfant de Mirabelle et ?

— Et ta demande en mariage. Que j'accepte bien volontiers, mon amour.

ÉPILOGUE

Archibald et Zélie se marièrent trois mois plus tard à Ti-Kroaz, dans une ambiance de kermesse joyeuse. Ronan et Paul insistèrent pour être garçons d'honneur, de sorte que la traîne de Zélie ne touchait pas terre mais ressemblait plutôt à une voile d'artimon. Félix et Mirabelle furent établis comme témoins de cette union, rôle qu'ils remplirent avec le plus grand sérieux. Isadora eut aussi son rôle à jouer, ou plutôt sa partition : elle avait découvert le gospel lors de ses séances de rééducation chez l'orthophoniste. La sœur de Christobal brama un chant *a cappella* dont on attendit la fin avec soulagement.

La centaine d'invités se rendit à Ti-Kroaz en procession, après une brève escale au cimetière où l'on rendit hommage à Christobal, Odin et Gwenaëlle. Les trois frères se recueillirent un instant devant le petit monticule.

Paul proclama, avec sa grandiloquence habituelle, que ces chers disparus leur manquaient bien. Même pas vrai ! s'époumona Isadora, provoquant un éclat de rire général.

Puis tous se dirigèrent vers le manoir des Kerniguet. Ronan, ayant perçu quelques indemnités de licenciement, avait vu les choses en grand : les quatre-vingt-dix-neuf convives, dont une petite délégation d'Argentins bruyants et dissipés, purent admirer un cracheur de feu, un montreur d'ours et une troupe de jongleurs et d'acrobates venus d'un cirque voisin.

Les téléphones et les ordinateurs portables, ainsi que tout ce qui avait un écran ou qui projetait des ondes furent bannis. Tous s'y plièrent de bonne grâce, même si certains eurent quelques difficultés à ne pas succomber à la tentation, en particulier Paul.

≈

Le jeune couple s'installa six mois plus tard dans l'appartement d'Isadora, boulevard Raspail. La sœur de Christobal avait vendu, avec l'accord de ses neveux, deux des trois studios qu'elle possédait dans le Marais pour financer d'importants travaux à Paris et en Bretagne.

Isadora partit vivre à Ti-Kroaz avec tous ses chats qui firent le trajet dans un convoi spécial. Ils investirent toute l'aile gauche du manoir et s'entendirent à merveille avec Garm, le foxhound de Ronan, qui se prélassait dans la cour, n'allait plus jamais à la chasse et grossissait à mesure que les chats d'Isadora s'affinaient.

Ronan et Paul emménagèrent ensemble avec leurs enfants dans l'appartement du troisième étage, juste en dessous de leur petit frère. Ronan, qui s'était découvert un talent de masseur, s'entraînait en famille et songeait vaguement à ouvrir un cabinet. Paul était un tout petit peu plus actif. Fort de ses douze années d'expérience chez Harvouët, il était devenu consultant en informatique, mais ne se tuait pas à la tâche, préférant s'occuper de son petit-fils.

Mirabelle et Félix étaient retournés à l'école. Ils étaient tellement inséparables que certains les soupçonnaient d'entretenir une relation presque amoureuse, ce dont ils se défendaient mollement. Quand ils étaient en cours, Ronan et Paul s'occupaient du bébé, un beau garçon joufflu à la peau mate et aux yeux verts. Ils passaient leurs après-midi au square, bras dessus, bras dessous, et se penchaient tous les trois pas sur le landau en gazouillant. Des passantes outrées s'éloignaient pestant contre ces infects promoteurs de l'adoption par les couples homosexuels.

Zélie tomba enceinte de triplés. La nuit, elle se relayait avec Archibald pour surveiller leur sommeil et s'assurer qu'ils étaient bien vivants.

Photocomposition C*MB* Graphic
44800 Saint-Herblain

Achevé d'imprimer par GGP Media GmbH, Pößneck
en mai 2012
pour le compte de France Loisirs,
Paris

N° d'éditeur : 68434
Dépôt légal : mars 2012

Imprimé en Allemagne